BESTSELLER

Lola Cabrillana es maestra, gitana y escritora. Nació en Málaga y se crio a las orillas de Benalmádena, municipio en el cual reside. Titulada en Educación, es maestra de Educación especial e infantil y colabora con editoriales, librerías y bibliotecas en distintos proyectos para el fomento de la lectura.

Comprometida con la lucha contra el racismo, ejerce su activismo a través de las redes sociales y coopera con distintas asociaciones. En 2022 fue galardonada con el Premio a la Divulgación de la Cultura e Historia del Pueblo Gitano en la XII Gala Premios Gitanos Andaluces. También ha sido reconocida con el Premio CODAPA como referente contra el racismo, el acoso y las desigualdades en el aula y con el Premio Secretariado Gitano 2024 a la Solidaridad.

En 2020 autopublicó su primera novela, *Voces color canela*, y tres años más tarde publicó *La maestra gitana* de la mano de Grijalbo, con la que despegó su carrera literaria. Desde entonces, los lectores han podido disfrutar también de *Las cuatro esquinas del mar*. Ahora regresa a las librerías con *Vulnerables*.

LOLA CABRILLANA

La maestra gitana

DEBOLS!LLO

Papel certificado por el Forest Stewardship Council®

MIXTO
Papel | Apoyando la
silvicultura responsable
FSC® C117695

Penguin
Random House
Grupo Editorial

Primera edición en Debolsillo: junio de 2025
Tercera reimpresión: febrero de 2026

© 2023, Lola Cabrillana
© 2023, 2025, Penguin Random House Grupo Editorial, S. A. U.
Travessera de Gràcia, 47-49. 08021 Barcelona
Diseño de la cubierta: Penguin Random House Grupo Editorial
Imagen de la cubierta: Composición fotográfica a partir de las imágenes de
© Hiraman / Gettyimages, © Amoklv / Istockphoto y © Xavier Arnau / Istockphoto

Printed in Spain – Impreso en España

ISBN: 978-84-663-8192-5
Depósito legal: B-6.455-2025

Compuesto en M.I. Maquetación, S. L.
Impreso en Novoprint
Sant Andreu de la Barca (Barcelona)

P 3 8 1 9 2 5

A mis padres,
los protagonistas de todas mis páginas.
A mi hermana Susana,
la princesa de todos mis cuentos.

1

Cuando alguien toma una decisión importante, siempre duda de si se estará equivocando. Yo nunca quise volver a la «aldea» y, sin embargo, ahí estaba.

Los años habían tratado bien a esa calle larga y estrecha de las afueras del pueblo que albergaba una decena de casas humildes, pequeños hogares heredados de padres a hijos. Sus alrededores, en cambio, se habían trasformado tanto que me costó reconocer el lugar. El entorno rural se había fundido con las urbanizaciones de lujo que muchos extranjeros habían escogido para disfrutar de una vida tranquila a orillas del mar, cobijados por la montaña, que, altiva, enmarcaba sus jardines.

En esa aldea había pasado mi infancia correteando con una veintena de niños con los pies siempre empolvados, unidos por el afán de atesorar una travesura tras otra. Al cruzar de nuevo aquella calle, un pellizco de nostalgia me acompañó a lo largo del camino, junto con los recuerdos que iban aflorando como fotografías de una vieja cámara olvidada.

La alegría de obtener una plaza definitiva en el instituto del pueblo donde nací se había visto empañada por el fallido intento de encontrar un alojamiento, pues el turismo vacacional se había tragado sin piedad los alquileres a precios asequibles, así que la única alternativa que tuve fue aceptar el ofrecimiento de vivir en la casa de la Yaya.

En mi memoria, el hogar de mi bisabuela, la que sería ahora mi residencia, era una casa enorme donde nos reuníamos todos los chiquillos para merendar rebanadas de pan tostado con mantequilla y beber un líquido caliente que nos presentaban como chocolate pero que sabía a fondo de olla quemada. Sin embargo, lo que tenía delante era una casa vieja y menguada, que se mantenía en pie con dignidad, a pesar de las visibles grietas en la cal de sus paredes.

En esa calle había reído siendo una niña y llorado al marcharme, en mi adolescencia, por las decisiones que otros tomaron.

Me bajé del coche para admirar la fachada principal, adornada con viejas macetas que la llenaban de flores de vivos colores. Tuve que ponerme de puntillas para alcanzar el geranio. Ahí, entre las ramas y la tierra húmeda, justo donde Manuel me había dicho que estarían, encontré las llaves.

Emocionada me acerqué a la vieja puerta de madera maciza. La gruesa capa de polvo que la cubría no conseguía ocultar los arañazos que mis primos y yo habíamos trazado en ella, heridas de guerra contra el aburrimiento cuando el mar se volvía gris y ajeno, y tan solo nos quedaba la calle como escenario del juego.

Impaciente por reencontrarme con las habitaciones de mi infancia, abrí la puerta empujándola con fuerza y di un par de pasos, pero me despisté un segundo y se cerró dejándome a oscuras. No veía absolutamente nada. Orientada apenas por un tenue rayo que se colaba por las rendijas de una persiana, me encaminé a tientas hacia una de las ventanas. Entonces sentí que algo se paseaba por mi pie. Mi grito retumbó en la casa vacía, y quizá también en todas las casas de la aldea. Nerviosa, me apresuré a descorrer las cortinas y vi una enorme lagartija escabulléndose por las baldosas rojizas; huía de mí sin imaginarse que yo era la que estaba más asustada de las dos. Desapareció de mi vista dejándome la duda de si por la noche querría dormir acompañada y me visitaría cuando estuviera metida en la cama. Menuda bienvenida.

Aún con el susto en el cuerpo, me asomé a la cocina, que estaba exactamente igual que como la recordaba, con gruesos muebles de madera en la parte de arriba y viejas cortinillas, estampadas de colores gastados en sustitución de las puertas en la de abajo. En el centro había una enorme mesa rodeada de sillas, cada una de una época y un estilo diferentes. Me acerqué y acaricié el hule que la cubría. Era robusto, reforzado en las esquinas con un hilo que en algún momento lució blanco. Los fuegos de la cocina seguían siendo los mismos que Manuel y yo utilizamos para hacer palomitas de maíz aquella memorable tarde de invierno.

Con once años Manuel, y yo con ocho, decidimos que éramos lo suficientemente mayores para cocinar rosetas. Así llamábamos a las palomitas de maíz fritas con aceite de oliva y sal. Sabíamos cómo se hacían, los ingredientes y lo crujientes que estaban recién hechas. Así que él se encargó de encender el fuego y yo de buscar el aceite, la sal y el pesado jarrillo de lata que contenía las palomitas que la Yaya escondía en la alacena, bajo los paños de cocina. Lo habíamos descubierto por casualidad una tarde que trasteábamos buscando chocolate. Entre los dos conseguimos bajar la gruesa sartén que la bisabuela guardaba encima del viejo horno. Vertí el aceite despacio, pero no supe calcular que con la tercera parte habría suficiente. Mirándome con ojos risueños, Manuel encendió el fuego con seguridad y yo volqué el jarrillo entero, con las palomitas que debían durar un año y entretener las tardes de invierno de toda la familia. Eso sí, lo hice despacio, con cuidado de no perder ni una. Orgullosos de nuestra hazaña cocinamos un sinfín de perlitas naranjas que llenaron la enorme sartén hasta el filo. La espera se nos hizo eterna escuchando el chisporroteo del aceite caliente y el crujir de las palomitas en el justo momento en que sufrían su transformación.

Las primeras en abrirse no saltaron con demasiada fuerza, y los dos nos miramos asombrados, no entendíamos qué habíamos hecho mal. Las siguientes cogieron más impulso y botaron con brío hacia todos los rincones de la cocina. En un principio nos pareció muy divertido, hasta que cientos de ellas empezaron a salpicarnos y quemarnos a una velocidad descontrolada. Cuando el olor a churruscado llegó a los adultos, los dos estábamos debajo de la mesa llorando con anticipación por el castigo que nos iba a caer encima. Su madre lo cogió por un brazo y con la misma intensidad que se limpia una alfombra sucia sacudió al indefenso niño, que se movía como una lombriz, intentando zafarse del brazo de su madre y de los palos que recibía sin pausa. Gritaba a todo el que quisiera oírlo que había sido idea suya, que yo no tenía la culpa, para que no compartiera su misma suerte.

A partir de ese día nos prohibieron jugar juntos a solas. Esa fue la gota que colmó un vaso rebosante de travesuras sin límites. Nos seguimos viendo cada tarde, pero ya no fue lo mismo, pues siempre había alguien vigilándonos para asegurarse de que no cometiéramos ninguna fechoría.

Durante la infancia no nos separamos nunca, y cuando en la adolescencia tuvimos que hacerlo sentí un vacío que no pude llenar con ninguna amistad. Mi familia se mudó a otro pueblo y el simple recuerdo de la brusca separación de Manuel seguía produciéndome una angustia que el tiempo no había conseguido diluir. Su padre y el mío eran primos hermanos, y las dos familias habían mantenido hasta ese momento una relación cercana. Y a pesar de todo lo que habíamos vivido juntos, ahora éramos dos desconocidos. A «los rosetas», como nos llamaba la familia, la vida nos había llevado por diferentes escenarios, hasta el punto de que no nos reconocíamos ni la voz por teléfono.

Yo había escogido el camino de la docencia, me licencié en Historia, y disfrutaba de la vida nómada que me habían regalado unas oposiciones aprobadas sin plaza fija. Él se había casado con la gitana más guapa del pueblo, una joven que había salido de casa de sus padres para entrar en la de Manuel sin haber cumplido la mayoría de edad. Tuvieron tres hijas preciosas, pero cuando la pequeña tenía un mes la madre murió de una dura enfermedad que mermó el ánimo, las fuerzas y las ganas de vivir a toda la familia.

De aquello hacía ya seis años, y en todo ese tiempo solo habíamos coincidido un par de veces, en entierros de familiares comunes. El luto por su mujer lo había apartado de las celebraciones en los últimos tiempos, así que desde hacía mucho solo me habían llegado noticias de su tristeza, de lo agrio de su carácter y de su continuo malhumor por los chismes que viajaban de casa en casa, que crecían un poco en cada una de ellas y no se detenían en ninguna hasta desaparecer.

En la corta conversación del día anterior, Manuel me había prometido que se acercaría después de almorzar por si necesitaba algo, y hasta en esa cordialidad noté cierta sensación de nostalgia.

Después de descargar todas las cajas y las bolsas del coche —por suerte no me tropecé con la mirada curiosa de ningún vecino—, abrí las ventanas para ventilar, quité sábanas y toallas, y las guardé en las cajas vacías que mi padre había cargado en el coche sin que yo le prestara demasiada atención. La casa estaba limpia, pero los muebles gastados, el suelo añejo y las paredes desconchadas deslucían su pulcritud. Con ganas de hacer mío aquel espacio, extendí sábanas limpias y desplegué una funda estampada con pequeños lunares de colores suaves sobre el viejo sofá, para darle algo de color al insulso salón. Apenas me había sentado a descansar y había comenzado a calcular cuánta pintura necesitaría para adecentar las paredes cuando un ruido me sobresaltó.

Manuel estaba en la puerta, como si no se atreviese a entrar en la casa que su padre le había dejado como única herencia. Al verlo me dio un vuelco el corazón.

—Veo que ya te has instalado —dijo acercándose al salón.

—Sí, me lo has puesto muy fácil, estaba todo muy limpio —respondí animada.

—Le dije a mi Saray que le diera un repaso a la casa, espero que lo haya hecho bien. Esta juventud, ya sabes, está loca por terminar las tareas para agarrarse de nuevo al móvil.

Durante unos instantes nos miramos dejando que la timidez de ambos marcara la distancia necesaria para sentirnos cómodos. En efecto, éramos dos desconocidos. Demasiado tiempo sin mantener un contacto cercano.

Se dirigió a la cocina y abrió la vieja nevera en silencio.

—Mi madre te ha dejado una cazuela con lomo en manteca *colorá*, que dice que estás muy seca y te hace falta. No sabes lo que te espera, teniéndola en la casa de enfrente.

Me mostró un pequeño cuenco de cerámica donde rebosaban grandes trozos de carne de cerdo aliñada, semienterrados en manteca de un color anaranjado.

—Dale las gracias de mi parte —le contesté sonriendo—, dile que en cuanto me organice la invito a tomar un cafelito. Me la tropecé hace un par de semanas en casa de mi prima y por lo que me dices, me sigue mirando con buenos ojos. Por cierto, te he traído el dinero, lo tengo en un sobre en alguna parte.

Mientras yo rebuscaba en mi bolso el sobre con el dinero del alquiler, Manuel caminó entre mis pertenencias esparcidas por el salón. Su mirada se dirigió a la esquina de un libro que sobresalía amenazando con caerse. Por primera vez se le escapó una sonrisa. Se acercó a la caja y lo cogió sujetándolo con ambas manos.

—No puedo creer que guardes esto —murmuró en un tono nostálgico.

Era un viejo cuento infantil con el que jugábamos cuando éramos niños. Al abrirlo, los gnomos se desplegaban y adquirían tres dimensiones.

—Es la única aportación que la tía Margot hizo a esta familia, además de su horroroso pavo de Nochebuena —añadí con burla, y los dos nos reímos a la vez.

La Nochebuena era una celebración que en mi familia se disfrutaba con los cinco sentidos. Desde bien entrada la mañana las mujeres trajinaban con grandes ollas cargadas de manjares y el delicioso olor mantenía a todos los niños pegados a la cocina, aunque lo único que alcanzábamos a ver eran las faldas de nuestras madres yendo de un lado para otro. La mesa del salón se ampliaba con unos tablones que se apoyaban en borriquetas de madera, para que cada miembro de la interminable familia tuviera un lugar cómodo para comer. Sobre un mantel rojo se disponían los platos fríos, y cuando ya se habían sentado todos y el puzle de personas, piernas y sillas entre patas y borriquetas había encajado, se servían los platos calientes. Y todos los años, en el centro de la mesa, ocupaba un hueco generoso el pavo de la tía Margot.

Cada 24 de diciembre nuestra tía, de origen francés, cocinaba un enorme pavo. Siempre le quedaba reseco, ya que lo asaba en el horno unas cuantas horas de más, y resultaba difícil de masticar. Además insistía en acompañarlo con una salsa espesa, grumosa y agridulce cuyos ingredientes no conseguíamos adivinar. Mi padre solía bromear con la idea de que la tía nos quería envenenar con la salsa, lo intentaba año tras año, pero tenía la mala suerte de que nadie la probaba. Después de que la tía Margot nos contara con todo lujo de detalles las horas interminables de su tediosa elaboración, todos los miembros de la familia estábamos moralmente obligados a servirnos un trozo de pavo. Los niños esperábamos el momento adecuado para hacerlo desaparecer del plato sin que ella se diera cuenta: algunos lo escondíamos en las servilletas de papel, otros lo dejaban con disimulo debajo de la mesa, para recogerlo en el momento en que se retiraran los platos sucios y ella mirara hacia otra dirección. Los mayores no tenían más remedio que comérselo e intentaban digerirlo con el vino de la tierra que bebían a grandes sorbos.

—Reconócelo —le espeté a Manuel con tono pícaro mientras rememoraba en mi cabeza las Navidades de nuestra niñez—, fuiste tú quien dejó la puerta del patio abierta la última Nochebuena.

—No fui yo, de verdad, mi familia lleva años acusándome de eso. No tengo ni idea de quién pudo ser. Es cierto que yo me encontré al perro comiéndose el pavo y que me volví disimuladamente. Si hubiera dado la voz de alarma, se habría salvado la mitad y habríamos tenido que comer el pavo con las babas del perro.

Los dos volvimos a reír a carcajadas.

—Tengo que confesarte que yo siempre sospeché que fue mi padre, pero no tenía pruebas. Mi madre tampoco lo duda, ella siempre tuvo claro que fue él quien invitó al perro a la mejor cena de su vida —añadí risueña.

—Creo que nunca fue más celebrado un divorcio —recordó Manuel—. La tía Margot no era mala persona, pero librarnos de su pavo nos alegró a todos.

El teléfono de Manuel sonó en ese instante dejándome muy claro el nivel de eco que acampaba a sus anchas en mi salón. Pensé que debía colocar algunos elementos decorativos en la pared para amortiguarlo.

—Tengo que irme, me paso en otro momento —comentó sin mirarme a los ojos mientras salía apresurado, con el teléfono pegado al oído y dejando mi «adiós» flotando en el aire.

Las risas con Manuel me habían sentado bien. Era curioso que esa nueva etapa se iniciara justamente envuelta en la ternura que desprendían las vivencias del pasado.

Miré la hora y me sorprendió lo tarde que era, no había almorzado y tenía que comenzar a organizar la primera clase del lunes, ordenar la ropa y llamar a casa para ver cómo se entendían mi padre y mi perro. En ese momento me arrepentí de no haberlo traído conmigo. Era la primera vez que nos separábamos y me sentía extraña sin su compañía.

Organizar los primeros días sin conocer a los alumnos no era una tarea fácil. Al ser la última en incorporarme —por culpa de un trámite burocrático que se había retrasado—, no había podido participar en la organización del principio del curso con mis compañeros.

Lo único que tenía era un par de correos en los que el director me informaba de que sería tutora de cuarto de secundaria e impartiría Historia y Cultura Clásica. Cuando lo leí no podía dar crédito a la suerte que había tenido. Normalmente a los nuevos nos toca primero, o segundo, con un poco de buenaventura. En cambio, esta vez parecía que la fortuna estaba de mi lado, había sido premiada con cuarto de secundaria, el temario del que más disfrutaba y el curso que se presuponía con menos dificultades. Los contenidos eran apasionantes y me permitirían poner en práctica todas las ideas que hacían bullir mi cabeza como una olla exprés desde que me había enterado de la noticia.

Estaba rodeada de apuntes y libros de texto cuando mi teléfono sonó en algún lugar del salón. Comencé a rebuscar entre los cojines pero no alcancé a contestar antes de que se cortara la llamada.

En el segundo intento de mi interlocutor lo encontré debajo del cuento que Manuel había estado ojeando un rato antes.

—Hija, soy tu padre —me saludó con una voz más ronca de lo habitual.

—Papá, puedo ver quién eres antes de contestar al teléfono, te lo he dicho muchas veces —protesté con desidia.

—Lo sé, pero lo digo para reafirmarme. Siempre he tenido serias dudas sobre tu paternidad, ya sabes, eres demasiado inteligente.

—Papá, ve al grano. ¿Está bien el perro? ¿Me echa de menos? No sabes lo arrepentida que estoy de no haberlo traído conmigo.

—Yo también estoy bien, gracias, hija.

—Sé que estás bien, anda pásame a mamá, que quiero preguntarle si me puede hacer unas cortinillas nuevas para los muebles de la cocina.

—Pues para eso te llamo. Ha habido una tragedia familiar, tu madre se ha largado.

—¿Qué has hecho ya, papá?

—Nada, ha sido ella. Yo estaba viendo la tele tan tranquilo cuando ha empezado a pegar gritos, ha cogido la puerta y se ha ido de casa. Estoy preocupado, ha pasado una hora y no ha vuelto. Llámala tú, que se le están enfriando los rosquillos que le he hecho —suplicó cambiando el tono por otro más azucarado.

—Te ha encontrado el escondite de las aceitunas otra vez.

—Y mira que esta vez el escondite era bueno —afirmó convencido—. El paquete de los polvos de lavar fue uno de los mejores, pero me lo pescó demasiado pronto. Este no sé cómo lo ha encontrado, creo que ha sido pura casualidad.

—A ver, sorpréndeme...

—Las había metido en el armario de las herramientas del patio, dentro de un bote grande de pintura de la de pintar las rejas. No sé cómo ha dado con ellas. El olfato de tu madre me hace la vida más difícil de lo que te imaginas.

—Se te olvida que quien te ha prohibido las aceitunas ha sido el médico, no mi madre, y solo le das malos ratos.

—También se los doy buenos, pero ya sabes cómo es tu madre, la intimidad no la cuenta, se la guarda para ella. Acaba de entrar por la puerta, ha debido de oler los rosquillos, menos mal.

—Ahora te toca el trabajazo de quitarle el enfado.

—Me pongo a ello. Te recojo mañana a las seis.

—Papá, a las seis y media. Te recuerdo que estoy en Benalmádena y que tú estás en Churriana, si me recoges aquí ya tienes casi media hora de camino hecho para llegar a Puerto Banús.

—Seis y cuarto, y tú pagas los cafés.

—Siempre pago el desayuno. Descansa, luego llamo a mamá. Te quiero.

Colgué con una sonrisa en los labios. Mi padre siempre me hacía sonreír. Es la persona con más sentido del humor que conozco.

Cuando por fin terminé de preparar las clases, sacar la ropa de las bolsas y colocar los libros, regresé a la cocina para hacer inventario. Necesitaba saber qué podía utilizar y qué más tenía que traerme de la casa de mis padres, donde se amontonaban todas mis pertenencias.

Pese a los años que habían pasado, estaba segura de que en la cocina seguirían guardadas las viejas sartenes, la plancha circular con un enorme agujero en el centro que la abuela ponía directamente en el fuego para tostar el pan en segundos, los platos transparentes de color marrón oscuro que todos reconocíamos como eternos compañeros de vida, incluso el viejo jarrillo de las rosetas, aunque estuviera vacío. Y no, no me equivoqué. Todo estaba allí, limpio, no hacía falta traer nada más. Era un alivio no tener que seguir trajinando cajas, tan solo iría a buscar mi cafetera automática. Y es que más allá de un buen café por la mañana, no necesitaba grandes lujos en mi día a día.

Una vez revisé todos los enseres de la cocina y di por finalizada la mudanza, el cuerpo me pidió una buena ducha caliente. Encontré en la estantería del baño un jabón verde parecido al que fabricaba mi abuela en grandes barreños, con el aceite que las vecinas le traían en viejas vasijas de barro cocido.

Aquella casa me envolvía en recuerdos, la visita de Manuel y la organización de mis cosas me habían dejado agotada física y emocionalmente. El día había sido largo.

Al ser profesora interina, había vivido en muchos lugares de Andalucía durante los últimos años y, aun así, cada vez que llegaba a un lugar nuevo me sentía extraña y abrumada. Las emociones me producían más cansancio que cualquier ejercicio físico.

Cuando me metí en la cama, noté que mi cuerpo desprendía un intenso olor a limpio, barajé seriamente la posibilidad de que me hubiese bañado con jabón de lavar la ropa. Mi abuela se habría reído de mí, pero estaba tan cansada que eso no me iba a quitar el sueño. De hecho, me dormí al instante y no volví a pensar en la asustada lagartija, a la que en unas horas le había robado la apacible seguridad de su hogar.

2

No eran aún las seis de la madrugada cuando la furgoneta de mi padre rompió el silencio de la calle; era fácil de reconocer por el ruido del cascado tubo de escape. Salí rápido de la casa, temiendo que el estruendo despertara a todos los vecinos de la aldea. La puntualidad de mi padre, sumada a la mía, me obligaba a levantarme siempre una hora antes de lo necesario.

—Buenos días, Tamara —me saludó mientras le daba un beso fugaz en la mejilla.

Me quedé mirándolo. Estaba serio y sospeché que le ocurría algo, ya que, de otro modo, habría iniciado alguna conversación al segundo siguiente de ponerme el cinturón de seguridad.

—Papá, ¿tú has dormido esta noche en el sofá? —le pregunté sin dejar de observarlo.

—¡Leche! Debiste ser detective en lugar de maestra, nos hubiésemos forrado —contestó incrédulo.

—Me has llamado Tamara, y solo me llamas así cuando estás cabreado. Además, tienes el botón del cojín marcado en la cara. No me lo has puesto muy difícil.

—Tu perro y tu madre se han confabulado contra mí. —Me encantaba el dramatismo que volcaba en sus historias añadiéndoles todo tipo de detalles—. Y me he visto en el sofá, hija, con tu chucho ocupando la mayor parte del espacio y el único abrigo de la triste sábana de la abuela. Y tú, ¿qué tal en tu nueva casa?

—Bien, no vivo sola, hay una lagartija como un demonio. Esta mañana, mientras me duchaba, ha estado un rato mirándome con unos enormes ojos saltones. Quiere intimidarme y va ganando ella.

—Uy, no se lo cuentes a tu hermana o la lagartija pasará un examen médico, la adoptará legalmente y le tejerá una bufanda para que no pase frío.

Los dos nos echamos a reír. Mi hermana amaba los animales con una pasión a la que nadie podía ponerle nombre, cualquier palabra se les quedaba pequeña a esos sentimientos desmesurados. Desde niña recogía cualquier bicho con más o menos vida que se cruzara en su camino, y eso había dejado una huella imborrable en mí. Literalmente. Tengo en la mejilla una marca de un cangrejo que decidió llevarse a casa justificando que andaba mal y cuando descubrió que los cangrejos se desplazaban hacia atrás, el crustáceo ya había desaparecido del cubo. Anduvo en paradero desconocido un par de días, hasta que una noche volvimos a saber de su existencia de sopetón, cuando clavó sus pinzas en mi mejilla con una fuerza que jamás olvidaré. Después de esta experiencia, no he tenido mucha confianza en los pequeños seres vivos de mi alrededor, ni siquiera en una diminuta lagartija.

Por la cara que llevaba mi padre, supe que ocultaba algo más que una mala noche. Estaba segura de que mi madre no lo había dejado ir de rositas.

—¿Te han costado caras las aceitunillas? —le pregunté con sorna—. ¿Te pilló mamá algo más?

—Un bote de pepinillos en vinagre y dos de toreras picantes —contestó avergonzado—. Y bueno…, una bolsa de rosquillos, un paquete de galletas y cinco tabletas de chocolate.

—¿En serio? Si yo fuera mamá no te cocinaba ni un plato más. Pasa horas en la cocina haciendo que las recetas de la dieta sean apetecibles y luego resulta que tienes un arsenal escondido en el patio. Es normal que estés preocupado, no te va a perdonar en siete años.

—Tú no le des ideas, hija —me rogó.

Un fuerte golpe en la parte trasera de la furgoneta nos sobresaltó.

—¿Qué ha sido eso? —pregunté asustada.

—No pueden ser los hierros, están bien sujetos.

Mi padre estaba preocupado, pero antes de que pudiera parar en el arcén, un ladrido nos dejó muy claro quién era el polizón que llevábamos en la furgoneta.

—No puedo creerlo, papá, se te ha colado mi perro y no te has dado ni cuenta.

—¡La madre que lo parió! Te juro que lo he metido dentro de casa, no sé cómo se ha podido escapar. Ha tenido que ser cuando he ido a por el toldo que estaba arreglando en el garaje.

—¿Y no te has dado cuenta al cerrar la puerta?

—Estaba muy oscuro. Obviamente, si lo hubiera visto, no lo habría traído al mercadillo. A ver qué hacemos ahora con el perro, como nos vea el encargado nos echa a patadas a los tres, y no nos da tiempo a volvernos; si nos entretenemos no vamos a tener sitio para aparcar la furgoneta —añadió contrariado.

Comencé a barajar soluciones al problema de cuatro patas que llevábamos en la parte trasera. Que uno de mis hermanos pasara a recogerlo no era viable, ambos dedicaban su mañana de descanso a dormir y a esa hora estarían soñando con los angelitos. Quizá podríamos tenerlo atado a una de las palmeras traseras que bordeaban la carretera, aunque no estaba segura de que a mi perro le hiciera mucha gracia. En ese momento me planteé cuál de mis dos trabajos me creaba más inquietudes, los sábados con mi padre o el comienzo en un instituto nuevo.

Amanecía cuando llegamos a la explanada del mercadillo. Llegar a la hora pactada era de vital importancia. La zona de carga y descarga era muy pequeña, y éramos muchos los que teníamos que usarla. La mayoría de los conflictos que surgían se generaban en el trasiego de aparcar las furgonetas y descargar la mercancía. Todos teníamos prisa y todos queríamos hacerlo en el tramo que estaba más cerca de nuestro puesto. Se respetaba que mi padre llegara en tercer lugar y aparcara entre la furgoneta de Carmen, a la que todos conocían como la Gitana, y la de John el Inglés. Eran nuestros vecinos habituales de ambos lados.

Carmen no era la única gitana que vendía en el mercadillo, pero había dos vendedoras con el mismo nombre. Para diferenciarlas, a Carmen la apodaron «la Gitana», cosa que siempre aceptó con agrado. John era «el Inglés», y todo el mundo parecía ponerse de acuerdo en llamarlo lo menos posible; no era una persona popular debido a la arrogancia que destilaba.

Nada más bajar del coche y antes de descargar la mercancía, mi padre cogió una cuerda gastada de la guantera y sin mediar palabra fue a amarrar a Bosco. Estuve tentada de ir a achuchar a mi perro, pero me guardé las ganas para no alterarlo y pasé a saludar a mis compañeros.

Modou, nuestro vecino senegalés, ya había descargado todas las cajas de zapatos y las estaba ordenando ante la mirada atenta del Inglés, su jefe. Caminé zigzagueando entre varias docenas de ellas para acercarme hasta él, que sonrió al verme llegar.

—Buenos días, Modou. ¿Qué tal la semana? —le pregunté mirándolo a los ojos.

—Muy bien, hoy mejor, los sábados *gusta* más. Mi vecina favorita *está*.

Modou no hablaba español de forma fluida, utilizaba los tiempos verbales de un modo tan impersonal que a veces nos costaba entenderlo; aun así intentábamos ser muy cuidadosos con la manera de corregirlo, y cuando no lo entendíamos, buscábamos preguntas que le ayudaran a expresarse. Su timidez silenciaba a menudo frases completas, que no se atrevía a expresar por miedo a equivocarse. Sobre todo le intimidaba su jefe, que justo en ese momento cortó nuestra conversación con su presencia mirándolo con cara de pocos amigos.

—Mara, ven —me reclamó mi padre desde la furgoneta—, el marido de Carmen se lleva a Bosco, luego cuando venga a recogerla a ella nos lo traerá.

Así era la vida en esas calles, podías olvidarte del toldo o de algún hierro de la estructura de tu puesto y siempre había alguien capaz de ofrecerte ayuda. La solución comenzaba cuando contabas lo que te ocurría y el problema iba galopando de unos a otros hasta dar con la persona que podía ayudarte.

Carmen se estaba poniendo los guantes cuando llegué a su altura. La miré unos instantes en la distancia, me encantaba verla trabajar. Era tan menuda que los días de mucho viento mi padre siempre bromeaba con echar en la furgoneta un hierro de más para atarla, para que el aire no se la llevara en volandas y yo no tuviera que salir corriendo a buscarla.

—Buenos días, mi niña, ¿cómo van esos nervios? —Al verme sonrió.

—Pues ahí van, no me dejan ni dormir. El lunes empiezo ya, y me mudé ayer, así que puedes hacerte una idea de lo nerviosa que estoy. Lo paso muy mal cada vez que empiezo en un instituto, ya sabes, soy más *cortá* que la manga de un chaleco y me cuesta enfrentarme a nuevos compañeros, nuevo sitio y nuevos alumnos. Demasiadas cosas de golpe. Y a todo esto hay que sumarle que mi señor padre no colabora —le respondí con pesadumbre.

—¿Qué bicho le ha picado a este viejo cascarrabias ahora? Tampoco te has ido tan lejos como para que se muera de nostalgia.

—No es eso, Carmen. El médico le ha dicho que nada de sal por la tensión y nada de azúcar, que la ha sacado por las nubes. Y él se está matando con sobredosis bilaterales de todo lo prohibido.

—Pues mándale un mensaje a tu primo que no le ande regalando más veneno. Lidia, la limpiadora, me contó que el otro día tu padre se pasó por el puesto de su sobrino y se vino cargadito de botes de aceitunas y tabletas de chocolate.

—Ay, no tiene remedio, Carmen —asumí con resignación—. Voy a ir colocando, que se me echa el tiempo encima.

Me volví hacia nuestro puesto, donde mi padre ya había empezado a trabajar afanoso, pero antes de empezar a ayudarle le mandé un mensaje a mi primo Jenaro para que no se le ocurriera darle una aceituna más a mi padre, o se las vería conmigo.

Lo primero que hacíamos siempre era colocar los hierros sobre el suelo, luego montar la estructura, extender los toldos y por último distribuir la ropa en forma de «U». Nuestro puesto era uno de los más bonitos del mercadillo. Vendíamos sudaderas y camisetas bordadas de forma artesanal. Cuidábamos hasta el más mínimo detalle en la presentación de las prendas, incluso las etiquetas con los precios estaban hechas a mano. Mi hermano creaba los diseños, mi hermana era la encargada de bordarlos y mi padre los vendía con un arte que ninguno de sus tres hijos éramos capaces de imitar. No necesitaba vocear ni insistir. Él tenía el don de saber decir a cada persona lo que necesitaba oír. Además, él mismo había inventado un sistema para colgar la ropa en cañas de azúcar que habíamos forrado en los extremos con hilo de chenilla de tonos pálidos.

Montar era para mí una de las partes más pesadas. Mi padre lo hacía de manera tan mecánica y rápida que cada sábado sentía admiración por él. Yo me limitaba a seguir las sencillas instrucciones que me daba, que no pasaban de elevar o sujetar lo que me pedía. Siempre lo hacíamos bajo la mirada atenta de Carmen, que nos iba indicando cuánto nos habíamos torcido y el escaso tiempo que iba a tardar en derrumbarse.

—Uy, como sigáis así, esto se os viene abajo en cuanto alguien se apoye en el hierro. Pero ¿por qué no lo ponéis recto? Está torcido a este lado.

Mi padre y ella entraban en la misma rutina de bromas, con una única verdad de fondo, Carmen era la experta y la única del mercadillo capaz de montar su puesto sola con rapidez, sin la ayuda de nadie. Su marido solía marcharse a casa una vez descargadas las estructuras y las cajas con las faldas vaporosas. El hombre no destacaba en puntualidad, así que más de una vez la pobre Carmen se había visto con todo el puesto aún montado a las tres de la tarde y sin poder recoger por no tener cajas donde guardar la mercancía, pues se las había llevado su marido por falta de espacio en el puesto. Tras uno de esos despistes del marido, que dejó a Carmen dos horas aguardando a que llegara, mi padre le sugirió que guardara las cajas vacías en nuestra furgoneta, de esta manera podría empezar a recoger aunque él no hubiese regresado.

Aun así, en más de una ocasión nos habíamos marchado y habíamos dejado a Carmen al borde de la carretera, con todas las cajas llenas en el sitio donde aparcaba su furgoneta, y a algunos comerciantes protestando por la ocupación de un sitio valioso, que necesitaban para cargar sus vehículos. Mi padre sufría si esto ocurría, sentía que Carmen no se merecía compartir su vida con alguien que se olvidaba de ir a recogerla y que la trataba con una indiferencia de la que todos éramos testigos.

Mientras nuestra amiga se reía de nuestra poca habilidad en el montaje, yo seguía intentando estirar la tela, pero no la debí de agarrar bien, el viento se la llevó y acabó aterrizando encima de Modou. Todos nos reímos a carcajadas ante la visión de un fantasma de dos metros de altura. A quien no le hizo gracia fue al Inglés, que masculló malhumorado algunas palabras en su idioma natal, pero nadie le prestó atención. Mi padre se apresuró a quitar el toldo de encima de Modou, que también farfulló algo en francés mientras intentaba deshacerse de la tela.

—Niña, tira de ahí antes de que convirtamos esto en la torre de Babel y nadie se entienda con nadie —me indicó señalando la punta del toldo.

La ocurrencia de mi padre me hizo reír y, al intentar tirar de la tela, la risa me aflojó la fuerza. Cuando descubrimos a nuestro vecino, todos sus rizos se le habían descolocado tirando, saltimbanquis, cada uno para un lado distinto.

—Joder, Modou, despeinado pareces más alto aún —le dijo mi padre en un arrebato de sinceridad que acabó con la paciencia del Inglés, que se levantó nervioso de su silla.

Mi padre y el jefe de Modou nunca habían tenido buena relación. Si le saludaba era porque no consentía que nadie le robara lo único que le había dejado mi abuelo en herencia: la educación. No soportaba ver cómo el Inglés trataba a su empleado, al que humillaba con gritos que resonaban en todo el mercadillo. Más de una vez, Modou le había pedido a mi padre que no interviniera, y en alguna ocasión este lo había intentado, pero ante esas injusticias, no podía estarse callado. Le hervía la sangre cuando veía al muchacho agachar la cabeza con los ojos brillantes y el pulso temblando ante el prepotente de su jefe.

John el Inglés no tenía muchos amigos, se pasaba las horas sentado en una silla de playa frente al puesto. Desde allí vigilaba a su empleado mientras observaba de forma libidinosa a las mujeres que hacían la compra. A mi padre esa actitud lo exasperaba, igual que a mí, aunque yo intentaba no echar más leña al fuego.

Obviando la cara de malas pulgas del Inglés para evitar conflictos de buena mañana, colocamos las últimas cañas para colgar en ellas la ropa. Con el viento que hacía no paraban de bailar, lo que dificultaba exponer la mercancía. Mi padre me pasaba las piezas de ropa y yo las iba ubicando, ese era uno de mis momentos favoritos del día en el mercadillo, cuando abría las cremalleras de los guarda trajes y descubría los nuevos diseños que mis hermanos habían creado durante la semana.

Con todo ya casi listo, se me cayó al suelo una prenda en la que mi hermano había volcado todo su buen humor. En colores pasteles llevaba bordada la frase «Si estás feliz, salta conmigo», y me hizo sonreír.

Cada sábado me volvía a impresionar lo que mi familia era capaz de crear con sus propias manos.

—Niña, ¿qué te queda? —me preguntó Carmen, que tenía toda su mercancía colocada desde hacía rato.

—Dos minutos —le contesté mientras colgaba las últimas piezas—, ve sacando el café, que ya voy.

En el momento más entrañable del día, Modou, Carmen y yo nos tomábamos un café juntos. Lo hacíamos justo enfrente de nuestros puestos, resguardados en la puerta de una sucursal bancaria. Desde allí veíamos el ir y venir de la gente y podíamos atender si algún cliente madrugador nos reclamaba. Era el momento más valioso: la tranquilidad de tener todo listo no había sido devorada aún por los clientes que en breve se amontonarían con prisas en nuestros negocios.

Carmen sacaba de una bolsa tres tazas que repartía siempre en el mismo orden, primero le daba la suya a Modou, la más grande, luego a mí me ofrecía la más pequeña y se quedaba ella con la mediana. En un viejo termo traía el café y en otro más moderno, que yo le había regalado en la Navidad anterior, porteaba la leche. Todos los sábados nos quedábamos maravillados con la temperatura del café humeante que volcaba en las tazas. Yo era la única que tomaba el café solo. Era un café espeso, negro y con cuerpo; estaba tan amargo que yo necesitaba cuatro terrones de azúcar para poderlo tomar.

—Hoy no será buen *día por* mí —nos confesó Modou con la mirada fija en su jefe—. El Inglés muy enfadado, yo llegué tarde cinco minutos al puente en la mañana.

—Mala *puñalá* le den a ese cretino —masculló Carmen mirándolo fijamente—. No se merece ni uno de los billetes que gana.

Bebí un sorbo de café mientras intentaba encontrar las palabras que animaran a mi amigo.

—Estará contando el dinero que le vas a hacer ganar y se va a olvidar de ti, no te preocupes. Hoy va a ser uno de los sábados de más venta del año. Hay mucho turista y demasiado viento para ir a la playa —le expliqué a Modou, que me miraba calentándose las manos con la taza.

No solíamos tardar más de diez minutos en tomarnos el café. Diez minutos que disfrutábamos sorbo a sorbo, en los que los tres compartíamos nuestros problemas para sacarlos a flote. Un tiempo escaso que nos sabía a gloria y que solía irritar al jefe de Modou.

Antes de que acabáramos, el Inglés ya lo estaba llamando y él se marchó sin siquiera despedirse, llevándose la taza consigo. Miré a Carmen y ella me devolvió una mirada apesadumbrada.

Era una de esas ocasiones en las que mi amiga y yo nos comunicábamos sin pronunciar palabra. Sabíamos que al mínimo error que nuestro amigo cometiera, todos pasaríamos un mal rato.

Con el olor a café y tostadas crujientes de los bares cercanos que se expandía por todos los rincones del mercadillo, comenzaban a llegar los primeros turistas. Antes de que las calles se llenaran de gente, mi padre se apresuraba para ir también a desayunar. Él prefería hacerlo en el bar de al lado, con algún amigo que se encontrara. No había muchas mesas en el pequeño establecimiento que servía cafés y bocadillos, así que solía compartir su mesa con otros comerciantes. Antes de dejar el puesto, se lavó las manos con el agua de una botella y me pidió un billete de veinte euros; aunque tenía uno de menos valor, no necesité que me explicara por qué me lo había pedido: el cambio era un bien muy preciado a esa hora de la mañana.

Cuando vi que se le acercaba la camarera para tomarle nota, le hice señas desde mi puesto para que le pusiera el café descafeinado. Ella me leyó los labios y me guiñó un ojo en señal de aprobación, en cambio mi padre, que también se había percatado de mi intervención, me hizo una mueca infantil.

Mientras él desayunaba, acudieron bastantes clientes al puesto. Vendí un par de sudaderas a unas chicas inglesas, unas camisetas a un señor mayor y dos de niño a una abuela que estaba buscando el regalo perfecto para sus nietos. A su regreso, le di satisfecha el dinero recaudado y se lo guardó en la cartera, a cambio él me ofreció risueño una *baguette* calentita rellena de pavo y queso, envuelta en papel plateado y partida en dos trozos. Uno era para mí y el otro para Modou. Además del primer café, cada sábado compartíamos nuestro bocadillo.

Para no enfurecer más al jefe, que ese día parecía especialmente irritable, esperé unos minutos a que Modou terminara de ordenar por números las deportivas. Cuando me acerqué con el bocadillo, Modou me regaló una sonrisa y, agradecido, me puso un cartón en el suelo para que no me manchara al sentarme. Masticábamos en silencio, mirando la gente pasar, la mayoría turistas con atuendos extravagantes. No habíamos terminado el desayuno cuando una señora mayor con porte elegante reclamó su atención. Sin demora, dejó el bocadillo en el suelo sobre el papel plateado y se levantó para atenderla; temiendo que tardaría un rato largo en volver a comer, decidí envolverlo por completo.

—Negrito, sácame un ocho de este —le dijo la señora con tono altivo y mirada despectiva mientras levantaba unas deportivas negras con pequeños brillantes.

A un par de metros, mi padre los miraba atento desde su puesto. Yo lo conocía y tenía claro que no se iba a quedar callado. La señora se probó varios modelos y le pidió otro número, añadiendo varios comentarios sobre la torpeza de mi amigo. En esas, Modou se puso nervioso y se equivocó con el número que tenía que darle. La clienta se enfadó desmesuradamente y le volvió a recriminar su falta de agilidad.

—Es que eres torpe. Te he dicho el treinta y nueve, que el que me has dado antes es pequeño. No creo que sea tan difícil.

Con cara de fastidio, mi padre seguía atentamente la conversación. Ajena a él, la señora pagó sus deportivas murmurando entre dientes y se alejó del puesto de Modou pasando por delante del nuestro. Entonces, ni corto ni perezoso, mi padre la paró mostrándole una sudadera que tenía bordada una inicial.

—Blancucha, mira qué jersey tan bonito —le dijo con tono empalagoso.

La señora lo miró incrédula.

—¿Me ha llamado blancucha? —le reclamó molesta.

—Usted es blancucha igual que el chico de al lado es negrito y yo soy morenito. No le estoy faltando al respeto, de igual manera que usted no ha querido faltarle al respeto a mi amigo, ¿verdad?

La señora no supo qué decir, estaba desconcertada. Mirándola fijamente, mi padre comenzó a hablar con palabras en caló y otras de su cosecha que inventó sobre la marcha, carentes de significado.

—Siento que sea tan torpe, señora, y no me entienda. Le ha pasado igual a mi compañero, cuando uno no entiende el idioma, pues ya ve, parecemos torpes. Y no es lo mismo serlo que parecerlo. Que tenga un buen día, vaya usted con Dios.

Con falsa amabilidad, la invitó a irse empujándola suavemente fuera del puesto. Descolocada, la señora caminó sin dejar de mirar a mi padre, probablemente calibrando si había una cámara oculta o le había tocado el loco de la mañana. Carmen, que había observado toda la escena, se rio disimuladamente y guiñó el ojo a mi padre.

Un cliente me ofreció su tarjeta para que le cobrara. Así solíamos funcionar, mi padre vendía tomando la iniciativa, ofreciendo y mostrando la mercancía, y yo me limitaba a informar si me preguntaban, buscar las tallas o cobrar con tarjeta de crédito. Esa era nuestra rutina, diferente de la del resto de los comerciantes, en los que todos los vendedores de un puesto cobraban y atendían por igual.

Como estábamos en una zona costera, nuestro público estaba formado normalmente por turistas que no volverían. Aun así, no faltaban caras conocidas a las que saludar, y con las que charlar un par de minutos. Lidia, la limpiadora que se encargaba de los baños, propiciaba una de las pausas obligatorias de la mañana. Siempre sonriente, pasaba saludando a todos los comerciantes, con los que cruzaba unas palabras. Lo mismo ocurría con Santiago, el dueño del vivero del pueblo. Su puesto estaba al final de la calle, pero él se paseaba vendiendo sus macetas a todos los que sábado tras sábado caíamos en sus redes. Mi pasión por las flores me impulsaba a comprar macetas con cualquier excusa: una planta que no tenía e incluso un color inusual era suficiente reclamo para que la maceta viajara conmigo. Otra parada obligatoria era el puesto de cerámica de Karim y Anas, a los que cariñosamente llamábamos «los chicos de la cerámica». Todos los sábados Karim pasaba por mi puesto riñéndome porque no le había invitado a un café, pese a que lo había hecho en varias ocasiones y él nunca había aceptado, para no perder la oportunidad de seguir bromeando conmigo. En la mañana de los sábados todos nos sentíamos parte de una gran familia, que te abrigaba en invierno y te aliviaba el calor en verano, cuando al sol superábamos los cuarenta grados.

Los turistas no pararon de llegar. A veces tenían que esperar el turno para que los atendiéramos o les cobráramos. Cuando miré el reloj faltaba poco para las dos. Qué diferentes eran las mañanas de verano, con su bullicio y sus ventas, de las de otoño, que empezaría pronto, cuando casi todo el turismo se marchaba y había más personas vendiendo que comprando.

Como le había predicho a Modou mientras tomábamos el café, ese día fue uno de los mejores del verano que estaba a punto de acabar. Los clientes traían las toallas en la mano: el viento les había impedido tomar el sol y habían cambiado de planes en nuestro beneficio. Ni tan siquiera había tenido tiempo de volver a hablar unos minutos con Modou, que no paró de vender zapatos en toda la mañana y no había podido acabarse el bocadillo que había dejado a medias.

—Mara, voy a ir a ver a tu primo y traigo la furgoneta —me dijo mi padre cuando ya faltaba poco para la hora de la recogida.

No me dio tiempo a responderle antes de que se encaminara al puesto de nuestros familiares y debí de quedarme con cara de preocupación, pues Carmen me indicó con la cabeza que lo siguiera mientras ella se colocaba entre su puesto y el nuestro para vigilarlo en mi ausencia. Ambas dudábamos de que mi primo cumpliera con su promesa.

Me divertía seguir a mi padre caminando a cierta distancia para que no me viera, como en las películas. Fue saludando a todos los vendedores, pero solo se paró en el puesto de mi primo. Me acerqué un poco más, esperando algún movimiento sospechoso, pero nada apuntaba que allí hubiera tráfico de aceitunas u otras golosinas. Qué extraño, para mi sorpresa, apenas dio un abrazo rápido a mi primo y continuó caminando. Quizá tenía un plan b y pensaba llenar su alcancía en otro sitio. Curiosa, continué vigilando sus pasos. Antes de dirigirse al aparcamiento, hizo otra parada en el puesto de macetas de Santiago, estuvo charlando con él y señalando las flores. Eso me resultó raro, no podía creer que a mi padre le interesaran las plantas, pero cuando vi que escogía un pequeño rosal blanco, lo calé. Era para mi madre, para pedirle disculpas. Lo pagó y se marchó en dirección a la furgoneta, así que antes de que me descubriera, me volví sonriendo a mi puesto.

Al cabo de un rato, cuando cargábamos las últimas cajas de ropa, oí el ladrido de mi perro. Al vernos, Bosco tiró de la correa que sujetaba el marido de Carmen y salió corriendo hacia mi padre, que estaba primero en su línea de visión. En un segundo el animal saltó y plantó las dos patas delanteras en su pecho con tanta fuerza que mi padre perdió el equilibrio. Por suerte no se cayó al suelo, se apoyó en unas cajas que Modou había amontonado delante de su puesto. Todos nos reíamos de la escena, excepto el Inglés, que nos miraba con cara de mala leche. La risa se me cortó de golpe cuando me acerqué a calmar al perro y tropecé con un bote de plástico roto que había rodado por el suelo y esparcido cientos de minúsculas perlitas de chocolate. Lancé una mirada de reproche a mi padre y, enojada, fui a buscar a Lidia para que me prestara un escobón y un recogedor, antes de que alguien las pisara y se diera un resbalón. Aunque no fui capaz de adivinar dónde tenía el bote escondido, mientras barría el chocolate empecé a hilar el discurso que pensaba soltarle de vuelta a casa.

Viendo el enfado escrito en mi cara, mi padre se puso a desmontar los hierros en silencio, una tarea que siempre hacía él solo. Aproveché este momento para acercarme a Modou y despedirme de él, pero con un leve movimiento de cabeza hacia su jefe me indicó que me mantuviera a distancia. Pensé con tristeza en el día tan difícil que había tenido mi amigo y me dirigí con cierta pena al puesto de Carmen, que también había terminado de recoger y cargaba junto a su marido las cajas que le quedaban.

—Menudo día ha tenido el chiquillo —me comentó Carmen adivinando mis pensamientos.

—Le ha caído una bronca detrás de otra. Se ha pasado toda la mañana gritándole sin parar. Ese hombre tiene una piedra por corazón, no puedo entender por qué lo trata así —añadí con frustración.

—Un día la lío, Mara, Dios sabe que me contengo por él, por respetar sus deseos, pero te juro que me entran ganas de estampar a ese mal *nació* contra el escaparate del banco. Que es muy lento le dice a la criatura, ya me gustaría a mí verlo trabajar con esa presión y con dos ojos clavados hasta en el *sentío*, a ver si él podría moverse la mitad de rápido que Modou. Si es que me hago mala sangre al oírlo.

—Más de una vez esta mañana he tenido que agarrar de la camisa a mi padre, que se iba para el Inglés. Pero al final me da a mí que en vez de sujetarlo voy a ir con él. No se puede soportar tanta crueldad.

—Tenemos que echar paciencia, Mara, y que esto no se nos vaya de las manos.

Nos deseamos una buena semana con un abrazo afectuoso y Bosco se despidió del marido de Carmen de forma muy ruidosa. En ese momento, me dio la sensación de que en el rato que habían pasado juntos lo había mimado demasiado y el estómago del perro sufriría las consecuencias. Con disimulo, me volví a acercar al puesto del Inglés, me despedí de Modou rozando su espalda con mi mano al pasar y pidiéndole en voz baja que me escribiera cuando llegara a casa. En sus grandes ojos negros vi el agradecimiento. Apretó los labios conteniendo una sonrisa que estaba a punto de regalarme cuando se dio cuenta de que su jefe estaba a un metro de él; bajó entonces la mirada y sus labios ocultaron rápidamente todo atisbo de cariño.

Me subí en la furgoneta con el corazón encogido, sin quitarle ojo al Inglés. Deseaba que la vida le pusiera delante la oportunidad de aprender que la esclavitud se abolió hace mucho tiempo, algo que yo no me cansaba de explicar en mis clases de Historia. Soñaba con que llegara el día en que nuestro puesto fuera tan grande que Modou trabajara para nosotros y no tuviera que bajar la mirada ante nada ni ante nadie.

Regresamos a casa sin hablar, sin incomodarnos. Decidí guardarme los reproches para otro momento y compartir la serenidad que daba disfrutar del silencio.

—Te veo mañana. He comprado un marisco para la paella que te vas a chupar los dedos. No llegues a mesa puesta, que tu madre te echa de menos. Y llévate ya a tu casa a este chucho, que ocupa mucho sitio en mi sofá. Ya mañana recogerás sus cosas —añadió mientras empujaba a Bosco de forma cariñosa para que se bajara del coche.

Me despedí con el mismo beso con el que habíamos comenzado la jornada. Un beso fugaz que mi padre se llevó fundido en el cansancio del día.

3

Pasar el domingo con mi familia me había sentado bien, siempre me tranquilizaba sentarme a comer con los míos. Sus voces ruidosas y sus risas me cambiaban el ánimo, pero cuando amaneció el lunes y se acercó la hora de enfrentarme a las clases, volví a sentir un intenso miedo a lo desconocido.

Respiré profundamente para intentar calmar los nervios. No había nadie a las puertas del instituto cuando llegué. Me sentí pequeña ante el enorme edificio que se llenaría de vida en unas horas. El primer día siempre me resultaba difícil. Enfrentarme a compañeros nuevos, a espacios distintos y alumnos que no conocía convertía mi mapa emocional en una montaña rusa. Estaba asustada. Lo nuevo me ilusionaba y me producía inseguridad a partes iguales.

Plantada delante de las escaleras, sentía ganas de llorar, de salir corriendo y refugiarme en un lugar seguro. Sin embargo, conseguí tragarme mis miedos y subir los escalones despacio, dejando que el aire fresco de la mañana se llevara mi zozobra. Intenté que mi interior no se me dibujara en la cara, para ello tuve que tomarme mi tiempo y concentrarme. Observé el largo pasillo, me insuflé fuerzas y caminé un poco más calmada.

Con un «buenos días» que sonó más enérgico de lo que me habría gustado, irrumpí en la sala de profesores, donde solo había tres hombres. Respondieron al saludo añadiendo unas agradables sonrisas e inmediatamente me sentí un poco más cómoda. Se presentaron como el equipo directivo. El director, el jefe de estudios y el secretario. Estaban esperándome para recibirme, los demás compañeros se incorporarían más tarde. El más alto de los tres, el director, me rogó que me sentara y comenzó a hablar deprisa. Como se me había notificado en el correo, y sin demasiados preámbulos, me advirtió de que mi tutoría era un curso muy complicado, pero no debía asustarme.

Si sus palabras intentaban ser tranquilizadoras, tuvieron el efecto contrario. Un aviso tan categórico lo único que consiguió fue ponerme de bruces ante una realidad que era lo último que deseaba. Una clase complicada en septiembre sería un reto para todo el curso.

Tomé la lista de alumnos entre mis manos, mientras el jefe de estudios me seguía contando que entre mis futuros alumnos los había de diez nacionalidades distintas y cuatro religiones diferentes. Lo seguí escuchando atenta al tiempo que echaba un vistazo a sus nombres y apellidos. Me moví incómoda cuando añadió «y además tenemos niñas de etnia gitana». Entonces se paró en seco y me miró fijamente, se había dado cuenta de que yo también lo era, pero no dijo nada al respecto. No tuve claro si se calló para que lo que había dicho no sonara aún peor. Me mordí la lengua para no decirle que podía sumar al batiburrillo una profesora gitana, pero no hacía falta, mi identidad estaba más que patente, no era necesario darle más protagonismo del que ya tenía. Por unos instantes se instaló una tensión, la conversación no fluía con naturalidad, a pesar de su esfuerzo por resaltar los valores y virtudes de un centro tan diverso.

Los tres intervenían en la conversación, aportando datos de problemas de convivencia, estadísticas de partes de incidencia y nombrando algunos alumnos especialmente conflictivos, mientras yo permanecía callada. Cada nuevo comentario sonaba más desmoralizador. Alumnos que no querían trabajar, con un alto índice de desmotivación, adolescentes que no tenían respeto por los demás, graves problemas de disciplina que imposibilitaban crear un clima adecuado en clase. El secretario terminó concluyendo que era un curso terrible. Tras poner las cartas sobre la mesa, sentí cómo se desvanecía la tensión que mis nuevos compañeros tenían antes de ofrecerme un análisis de la dura realidad.

—La tutora anterior se dio de baja por depresión a los dos meses. Ocupó su puesto un chico joven, sin ningún tipo de experiencia, que tuvo algunos problemas legales —aclaró el jefe de estudios, que sintió la necesidad de ser totalmente sincero.

Me intrigó cuáles podían ser esos asuntos legales y mi cabeza comenzó a barajar un abanico de posibilidades, ninguna agradable. Estaba segura de que en el claustro pronto encontraría alguna compañera que me contaría los detalles.

No me quedó otro remedio que ir procesando la información y encajando las piezas: era la nueva y me habían dado la tutoría más complicada. Al menos sabía que tenía un equipo directivo muy sincero que me había dejado claro con qué me iba a encontrar. En el fondo no me extrañó. Desde que había aprobado las oposiciones había vivido situaciones similares muchas veces, los últimos en llegar teníamos los peores horarios o las clases más complicadas. Pero nunca había sido tutora de un curso con una carta de presentación tan desalentadora.

Cuando terminó la reunión eran las diez de la mañana pasadas y comenzaba a llegar el resto de los profesores. Todavía faltaba una hora para que se presentaran los alumnos. Como era el primer día, solo pasarían media mañana en el centro, al día siguiente ya tendríamos el horario normal, completando mi horario con los demás cursos. Además de la tutoría daría clases a otros cuatro grupos, todos de cuarto de secundaria. Me sentí abrumada. El miedo se apoderó de mi inseguridad y comenzó a lanzarla por los aires. Mientras saludaba a mis nuevos compañeros, sentía una sensación extraña en mi interior, una congoja daba vueltas en mi cabeza pero no adquiría una forma concreta. Por primera vez en mi vida me planteé por qué no me había quedado trabajando en la etapa de infantil, con lo feliz que era entre los más pequeños y por qué se me había ocurrido estudiar una licenciatura y empeñarme en dar clases de Historia en un instituto.

Estaba plantada en medio de la sala de profesores cuando una señora se acercó para presentarse; formaba parte de mi equipo docente, así que trabajaríamos juntas. Al darme la bienvenida noté que me miraba de arriba abajo, deteniéndose en mis ojos, como si algo no le cuadrara. Aunque no dijo palabra al respecto, pude leer en su rostro lo que estaba pensando: cómo una chica tan morena, tan gitana, podía tener unos ojos tan claros. El verde esmeralda de mis ojos siempre descuadraba a los que me miraban por primera vez. Estuve a punto de decirle que había tenido la suerte de heredarlos de mi abuela materna, al igual que el amor por las plantas, un lunar sobre el labio superior y un terrible genio que tengo que mantener a raya por el bien del resto de la humanidad, pero me callé, con el protagonismo por ser la «nueva» ya tenía suficiente. Para no parecer antipática, tuvimos una breve y cordial conversación, y, con disimulo, me senté en una de las sillas más alejadas. Desde ese rincón, observé al resto de las compañeras que entraban y salían de la sala. Me sorprendió la elegancia con que vestían, adornadas con complementos perfectamente combinados con la ropa: grandes collares, pañuelos o chalecos que yo nunca me pondría para ir cómoda a trabajar. Mis vaqueros gastados y mi liviana blusa verde eran, sin duda, la única ropa de mercadillo de todo el claustro.

La blusa me la había traído Carmen un sábado muy ilusionada, la había visto en uno de sus distribuidores, se acordó de mí y, argumentando que era del mismo color de mis ojos, me la había regalado. Aquel día me sentí muy afortunada por el detalle que mi amiga había tenido conmigo y me pareció una prenda adecuada para el primer día, y en ese momento, sentada en el claustro, rodeada de ropa de marca, sabía que desentonaba entre las demás, pero no me importó lo más mínimo.

Comencé a sentir un desasosiego que me resultaba familiar. Siempre me ocurría cuando tenía que enfrentarme a algo nuevo y difícil. Ojalá la ropa fuera lo único que me hiciera sentir diferente. Mi cabeza no dejaba de pensar a un ritmo acelerado. Con tantos problemas de disciplina que me había explicado el equipo directivo, seguramente nada de lo que llevaba preparado me iba a servir. Los minutos corrían y los alumnos llegarían de un momento a otro. Entonces se me ocurrió una idea y le pregunté a una de las profesoras más jóvenes por la fotocopiadora. Estaba nerviosa, pensando en que quizá aquello no funcionaría, pero tenía que intentarlo. Si la clase era tan complicada como me habían contado, necesitaba encontrar cuanto antes el punto máximo de respeto para después ir bajando hasta llegar a la confianza. Y el primer día era clave.

Cuando dieron las once, respiré hondo y me dirigí a la clase. Marusella, la orientadora, que era quien me había ayudado con las fotocopias, me había indicado dónde estaba mi aula, sin embargo, con los nervios, me había olvidado de preguntarle por el baño. Miré la hora en el teléfono y calculé que no me iba a dar tiempo a ir, pero, por suerte, en medio de aquel laberinto de pasillos, vi una señal que indicaba los servicios y aceleré el paso. En el baño había un espejo grande, en el que podía verme casi el cuerpo entero. Mi aspecto era serio y mi cara reflejaba temor. Si entraba así en clase la batalla estaría perdida de antemano. Me eché un poco de agua en la nuca y me esforcé por reflejar una tranquilidad que no tenía.

Con el semblante serio pero intentando mostrar amabilidad, esperé a que entraran todos los alumnos antes de hacerlo yo y cerrar la puerta tras de mí con decisión. Comenzaba la primera clase de mi nueva etapa.

Me asombró lo grande que era el aula. Mi mesa estaba delante de una pizarra que ocupaba casi la pared entera. Un pequeño mueble al fondo era, además de las sillas y las mesas de los alumnos, el único mobiliario que había. Me llegó un olor a desinfectante, a perfume barato y a tiza.

Los chicos, distribuidos en unos cuantos corrillos, continuaban hablando y riendo mientras me miraban.

—Siéntense, por favor —pedí con voz autoritaria.

No me obedecieron a la primera, tuve que insistir varias veces. Tres chicos que estaban sentados al final de la clase se resistieron. Me acerqué a ellos despacio, en silencio, con una mirada penetrante que los disuadió y se repartieron por las últimas mesas.

La primera fila se había quedado casi vacía, solo había dos chicas sentadas en ella. El resto de los pupitres de atrás estaban ocupados.

—¡Veo que los más aplicados de la clase, los que se sientan en la primera fila no han venido hoy! —exclamé sarcástica.

—Pues verás cuando mañana vengan y se den cuenta de que no quedan sitios atrás —me contestó una voz a la que no logré ponerle cara.

Un gran grupo comenzó a reír la gracia.

—Me llamo Tamara Flores aunque todos me llaman Mara y este curso voy a ser su tutora. Además de su profesora de Historia y Cultura Clásica, de modo que tendrán que soportarme más horas de las que les gustaría. Voy a hacerles algunas preguntas para conocerles un poco mejor. Imagino que entre ustedes se conocen bastante bien, la mayoría llevan casi toda la secundaria juntos.

—Algunas se conocen a muchos —contestó maliciosamente una alumna mirando a una chica de ojos grandes que iba maquillada de forma muy llamativa.

—A veces creemos que conocemos a los que nos rodean, y no tenemos ni idea de quiénes son —añadí acercándome a la chica que había contestado, y aunque abrió la boca para hablar, no le di tiempo a réplica—. Les voy a repartir una hoja, no quiero que la volteen hasta que se lo diga. No tienen que poner el nombre, tan solo contestar a las preguntas. Y no, no es un examen.

Repartí en silencio los folios colocándolos boca abajo y aproveché para observar sus caras de cerca para empezar a conocerlos. Una de las chicas que estaba sentada en primera fila me sonrió con timidez. La reconocí enseguida. Tenía los mismos ojos negros y la misma sonrisa que su padre. Estaba segura de que era Saray, la hija mayor de Manuel. La última vez que la había visto era una niña pequeña, pero su cara no había cambiado nada. Ella era una de aquellas «niñas de etnia gitana» que con poca fortuna había nombrado el jefe de estudios. Por la forma de mirarme Saray, intuí que me estaba suplicando que no revelara nuestro parentesco. Le devolví la sonrisa, podía estar tranquila, no tenía ninguna intención de comunicar a la clase que éramos primas en tercer grado, algo que para nosotras tenía su importancia pero que no iba a romper el equilibrio del resto del universo.

—Bien, ahora pueden darle la vuelta al papel.

Los alumnos empezaron a leer. Rápidamente se dieron cuenta de que les había dado un parte de incidencia y comenzaron a mirarse los unos a los otros, intrigados.

—Oh, lo siento. Disculpen, me equivoqué de papel. Como me dijeron que este era un curso muy complicado imaginé que tendría que poner muchísimos partes el primer día y les di la fotocopia equivocada —dije con fingida consternación.

Con mi supuesto error conseguí lo deseado y los alumnos comenzaron a murmurar. Solo alcancé a escuchar un «Esta de qué va» y otro «Madre mía, esta tía es capaz de poner cuarenta partes en un día», y en cuanto comencé a hablar se hizo el silencio más absoluto.

—Escúchenme con atención. Que esto vaya bien depende de ustedes. Si quieren una tirana que expulse a todo aquel que moleste en clase, tan solo tienen que decírmelo, pero si quieren una clase relajada, en la que todos podamos hablar y conversar, también dependerá de ustedes. Y les adelanto que no tengo paciencia para aguantar a graciosos ni a impertinentes, que suelen ponerme nerviosa.

Tras mi discurso oí murmurar a uno de los alumnos del fondo un «Yo le haría algo que la dejaría muy pero que muy relajadita» acompañado con gestos groseros que hizo estallar en risas a toda la clase.

Sin pensármelo dos veces me acerqué a él con cara de pocos amigos e intenté que mi mirada fuera lo más gélida posible.

—¿Puede decirme su nombre, por favor? —le pregunté con voz cortante.

—¿Quién, yo? Si yo no he hecho nada —contestó aguantando la risa.

—Su nombre —repetí con un tono tan seco que hasta a mí me inquietó—. Aunque si no quiere dármelo no me importa ir a la clase de al lado a por el director para que sea él mismo quien me lo diga.

Me dio su nombre con desgana y rellené mi primer parte de incidencia en voz alta.

—Estoy segura de que el señor González se lo pensará dos veces antes de emitir alguna frase que contenga una mínima señal de falta de respeto.

—Te estás pasando, yo no te he faltado al respeto, no sé de qué vas —me increpó en un tono alto levantándose con brusquedad y tirando al suelo la silla, que resonó con un golpe seco.

Lo había enfadado. En la lucha de poder que se estaba produciendo tenía que ser la ganadora, si quería sentar unas bases y marcar el nivel que no iba a permitir que pasaran.

—Esta es la forma más rápida de conseguir el segundo del día —le dije mientras buscaba de nuevo el bolígrafo para rellenar otro papel—. Y si quiere seguir demostrando lo que no hay que hacer, puede ganarse el tercero y batir el récord con la expulsión más rápida de la historia. Aunque no se lo recomiendo, eso nos privaría de nuestra mutua compañía y sería una lástima, porque creo que nuestra relación podría terminar siendo muy interesante.

Me crucé de brazos y le lancé una mirada fría y calculadora, después me dirigí al resto de la clase.

—Y si nadie más quiere otro parte de incidencia, y yo encuentro los papeles de la actividad, comenzaremos.

Esta vez sí repartí los folios correctos. Contenían una vieja dinámica para la formación de grupos que siempre me había funcionado muy bien en todas las tutorías que había tenido en años anteriores. Consistía en una lista de veinte preguntas que ayudaban a valorar el nivel de conocimiento y complicidad de un grupo. Tenían que buscar entre sus compañeros a personas que tuvieran los mismos hobbies que ellos, que compartieran algún actor favorito o que tocaran el mismo instrumento musical. La dinámica tenía dos partes bien diferenciadas, una se realizaba de forma individual y la otra en gran grupo.

—Quiero que lean el texto y busquen en su memoria. Por ejemplo, les leo el primer ítem, dice: «Busca a alguien que tenga el mismo número de primos que tú». ¿Qué tienen que hacer? Hagan memoria y coloquen en el hueco punteado el nombre del compañero o compañera que recuerdan que tiene el mismo número de primos que ustedes. Solo hay que poner un nombre por ítem. Y si no recuerdan a nadie, no ponen nada y pasan al siguiente. En el segundo pone «Busca a alguien cuyo cuento infantil favorito de la infancia sea el mismo que el tuyo», como ven es muy sencillo, si mi cuento favorito es *Peter Pan*, tengo que colocar el nombre del compañero o compañera que también disfrutó en su infancia de *Peter Pan* como yo. Repito, no hay que preguntar, ahora solo hay que recordar.

Al principio se extendió un murmullo que se fue acallando poco a poco, sin que yo tuviera que intervenir. Entendieron las instrucciones a la primera y se pusieron a trabajar, pero pronto se relajaron y la carga lúdica los animó a no parar de hablar. Se preguntaban unos a otros, de modo que continuamente tenía que llamar al silencio. Terminaron más rápido de lo que esperaba.

Entonces comencé a preguntar uno a uno en cuántas respuestas habían puesto el nombre de un compañero. Nadie había pasado de cuatro nombres en los veinte ítems, síntoma de que no se conocían.

—¿Alguien quiere hacer alguna reflexión al respecto? —pregunté un poco más relajada.

—Que llevo cuatro años, una *pechá* de horas aquí metía con ellos y no tengo ni idea de sus vidas —contestó una voz de la última fila.

Los dejé pensar unos segundos.

—Ahora quiero que retiren las mesas y las sillas al fondo de la clase, y que se desplacen por el espacio caminando entre sus compañeros y se pregunten entre ustedes, para encontrar al menos a una persona distinta que puedan poner en cada ítem. Tienen diez minutos.

Me arrepentí inmediatamente de no haber insistido más en el silencio. El ruido que provocaron al arrastrar las sillas unido a las risas hizo que el caos dominara en el aula por unos momentos. Aunque intenté que bajaran el tono, fue imposible, la cosa se estaba desmadrando. Cogí el borrador y pegué un golpe en la pizarra.

—Por favor, no hagan que me arrepienta. Son alumnos de cuarto de secundaria, no de primero de primaria.

El tono de voz bajó por unos instantes, pero subió en los minutos siguientes. Cuando se acercaba el límite de tiempo se pusieron nerviosos porque no habían terminado y comenzaron a suplicar que necesitaban más, a la par que alzaban cada vez más la voz. Les concedí otros diez minutos sabiendo que serían suficientes. El griterío era tal que me preocupaba que alguno de mis compañeros se personara en el aula. Los alumnos se alborotaban con facilidad, siguiendo a cualquiera que se animara a comenzar a llamar la atención.

—No podemos perder cinco minutos cada vez que quiero llamar al silencio. No me obliguen a hacerles lo mismo que les hacía a mis alumnos cuando estaba en infantil —les reclamé enfadada

—¿Qué les hacías? —preguntaron varias voces a la vez.

—Les levantaba la mano para indicarles que tenían que callarse y rápidamente guardaban silencio. La primera vez les di un caramelo, lo aprendieron y en los tres años siguientes continuamos con la misma consigna.

—Debiste traernos caramelos a nosotros también, seguro que habría funcionado —afirmó una chica con un marcado acento italiano.

—¿Probamos? —pregunté desafiante.

Levanté la mano y todos callaron. A algunos les costó la vida aguantarse la risa.

Inmediatamente saqué de mi bolso la bolsa de caramelos de la cabalgata del año anterior. Mi familia se esfuerza tanto en la víspera de Reyes que consiguen kilos y kilos de caramelos que luego nadie se come. Niños y adultos pelean por cada golosina y se agachan para alcanzar todos los rincones donde exista la posibilidad de que haya caído alguna. Todas las que recogen las echan en la misma bolsa, que se convierte en el mayor de los tesoros. Un honor que solo dura un día, hasta que queda arrumbada en el olvido. Mis nuevos alumnos aplaudieron. Yo estaba repartiendo caramelos cuando el director llamó a la puerta.

—¿Todo bien, Mara? —me preguntó.

—Perfecto —contesté, amable, perdiendo sin querer el tono seco que me había obligado a mantener ante los alumnos—. Gracias por preguntar.

Aun sin comprender la escena que acababa de ver, el director se marchó, si bien antes de hacerlo regañó a una alumna por algo que no alcancé a adivinar. Tras su marcha, la clase comenzó a murmurar y levantar el tono de voz de nuevo.

Alcé la mano y como por arte de magia todos callaron. Nos reímos y seguimos con el reparto de caramelos, que ya casi estaba llegando a su fin antes de la interrupción. Dejé sin premio a dos chicos del fondo que mantenían una animada conversación. Protestaron, pero hasta que no entendieron la dinámica y callaron no les lancé sus caramelos.

Con la clase alborotada y expectante, les pedí que volvieran a mirar sus papeles, habían conseguido rellenar todas las casillas con nombres distintos.

—Estoy segura de que ahora se conocen un poco mejor. ¿Alguien ha descubierto algo nuevo?

Comenzaron a hablar todos a la vez y el caos me desesperó. Debí de hacer un mohín gracioso con la cara sin darme cuenta porque se echaron a reír.

—No soy capaz de contar los primos que tengo —dijo la chica que estaba al lado de Saray—, pero he puesto el nombre de Saray, ella tampoco ha sido capaz de hacerlo.

—Yo he descubierto que no me acuerdo de ningún cuento infantil que me gustara —dijo un chico rubio con ojos azules—, pero al ganador de los partes del día le pasa lo mismo que a mí.

Todos volvieron a reír. Deseando que el director no volviera a entrar por sorpresa, intenté poner orden en la jaula de grillos. Hablaban a gritos, no respetaban el turno de palabra y las voces se interponían unas sobre las otras. Finalmente decidí parar la actividad antes de que la clase se me fuera de las manos.

—Ahora voy a volver a pedirles algo. Pero esta vez, por mi salud mental vamos a realizar una actividad en la que no será necesario hablar. Quiero que, sin decir una sola palabra, se ordenen en una fila. El primero será el más joven de la clase, y el último, el mayor. Pero no podrán hablar para comunicarse. Y estoy segura de que en la clase habrá dos personas que cumplan años el mismo día, así que los que cumplan años el mismo día pueden colocarse uno al lado del otro en la fila.

Al principio les costó comunicarse por gestos y se les escapó alguna palabra, pero luego poco a poco fueron perdiendo la vergüenza. La chica del maquillaje perfecto se encargó de comprobar si todo estaba correcto preguntando por señas uno a uno la fecha de nacimiento, cuando la fila estaba terminada.

—Has fallado, no hay nadie que cumpla el mismo día —dijo con tono de reproche.

—¿Alguien cumple el veintiuno de febrero? —pregunté elevando la voz para que se me escuchara.

—Yo —contestó mientras levantaba la mano una chica rubia que se llamaba Tansy.

—Pues ya sabemos quiénes cumplen años el mismo día, ella y yo. También sabemos que podemos trabajar en equipo en silencio porque tenemos habilidades para ello.

La hora casi se había acabado, en algún momento sonaría el timbre y, aunque no quería que se me notara, estaba tan agotada que me costó reconducir la clase en los últimos minutos y llevarlos de nuevo a una escucha activa.

—Bien, esto ha sido todo por hoy, mañana más. Espero que a partir de aquí podamos tutearnos, y sobre todo que no me lleguen quejas de los profesores que les dan las otras asignaturas. Recordad que mi horario de tutoría son los lunes de tres y media a cinco, y que podéis venir a verme cuando queráis.

El ruido final de sillas y mesas arrastrándose absorbió el último hilo de energía que me quedaba. Salieron del aula en tropel. Estaba recogiendo mis cosas cuando me di cuenta de que Saray no se había marchado y me estaba mirando desde su asiento sin atreverse a acercarse.

—Me alegro mucho de que estés en mi clase, prima —le dije sonriendo mientras me colgaba el bolso—. No sabes lo que me alegra saber que tengo a alguien de mi equipo en el otro bando.

—No son tan terribles, ya verás, además lo has hecho muy bien. Cuando mi padre me dijo que venías a trabajar al pueblo no imaginé que lo harías en mi instituto. Pensé que irías al chiringuito de la familia. Te he reconocido nada más verte —me sonrió afable— por una foto tuya que tiene mi padre. Creo que nos vimos alguna vez, pero yo era muy pequeña.

—Si tuviera que ganarme la vida de camarera, con el equilibrio que tengo con la bandeja, la llevaba clara —bromeé mientras salíamos.

—¿Vas para casa? —me preguntó insegura.

—Sí, dame un segundo, que paso por la sala de profesores a recoger una cosa y nos vamos juntas.

La dejé en la puerta y entré en busca de la llave de la taquilla. Un par de compañeros se interesaron por mi primer día y les contesté de forma escueta pero amable. Podría haber sido peor, les resumí sin dar muchos detalles.

Al salir no vi a Saray donde la había dejado, me estaba esperando en la calle, pero al acercarme a ella se adelantó un poco. Imaginé que no quería que nos vieran salir juntas. La seguí a unos pasos de distancia y cuando el desvío que llevaba a la aldea nos quitó de la vista de los alumnos, me puse a su altura.

—Perdona que no te haya esperado en la puerta de la sala de profesores. No es que me avergüence de ti, sino que no te interesa que nos vean demasiado juntas —se justificó.

—No te preocupes —le contesté, sincera—, lo entiendo. Por cierto quería darte las gracias por limpiar la casa. Hiciste un gran trabajo.

—Gracias, estoy acostumbrada a limpiar, no me cuesta nada. Es que tenía mucha mierda, no te la íbamos a dar así.

Se arrepintió enseguida de su sinceridad. Me reí a carcajadas y ella se contagió.

—No le digas a mi abuela lo de la mierda, que me haría comer callos dos veces seguidas.

—Dos veces seguidas, qué sufrimiento —bromeé—. Puedes invitar a mi padre para esos menesteres, él se lo come todo de una sentada y no tienes que angustiarte por lo que quedará pendiente para el día siguiente.

Saray era casi tan alta como yo. Además de la misma figura, compartíamos el pelo largo, casi nos rozaba la cintura.

Ella pareció adivinar mis pensamientos.

—No podemos negar que somos familia, nuestro color de piel es exactamente igual —me dijo mientras ponía su brazo junto al mío—, aunque tu pelo es más oscuro y tus ojos más bonitos.

—Tenemos la misma maldición en la cabeza —le respondí—. Seguro que sufrimos la misma tortura al desenredarlo.

Y déjame decirte que tus ojos son más bonitos, los míos son unos chivatos, no puedo esconder nada, no he echado aún una lágrima y ya se ha enterado todo el mundo de que he llorado.

Las dos sonreímos con complicidad, y sin darnos cuenta, llegamos a casa.

—Me alegro de que seas mi tutora —me dijo despidiéndose con la mano y cruzando a la otra acera.

Mientras buscaba las llaves en el bolso para abrir la puerta de la casa, me sonó el móvil.

—¿Cómo te ha ido, hija? —preguntó sin siquiera saludarme.

—Fatal, papá, me ha tocado la peor clase del instituto. Dos horas, solo dos horas, y estoy agotada. Encima se me ha olvidado pasar lista, estaba tan nerviosa que no he recordado lo primero que debía hacer. Y los he sobornado con caramelos, no puedo ser peor profesora. No sé si voy a aguantar toda la semana, el sábado lo mismo necesito descansar —bromeé sabiendo que con aquella frase estaba provocándolo.

—Cómete un plato de patatas fritas con huevos y un par de lonchas de jamón, y el sábado estarás como una rosa. Además te llevas una silla y te sientas con el Inglés, pero por lo menos cobras los que paguen con tarjeta, que yo con esos aparatos no me entiendo.

—Tranquilo, no te dejaré solo, tengo que atarte en corto —le solté pensando en las chocolatinas del sábado anterior—. Pásame a mamá, que quiero hablar con ella, anda.

Después de hablar con mis padres, el insoportable calor de septiembre me mandó directa a la ducha. Mientras el agua caía sobre mis hombros, iba dando vueltas a cómo había ido mi primer día en el instituto. No estaba contenta. No me había sentido cómoda ni relajada en clase. Más allá de los avisos del equipo directivo, en esas dos horas ya había intuido que entre las cuatro paredes del aula había diferencias culturales que tendría que gestionar para crear en ella un clima adecuado.

Ya había conocido al grupo: sabía que era muy alborotado y que tenían dificultades para mantener la atención, sabía también que, para poder controlarlos con más facilidad, tenía que comprimir en actividades atractivas el arduo temario de Historia. Si los alumnos se aburrían, las cosas se complicarían aún más.

Bosco me lamió la nariz para sacarme de mis pensamientos y mis preocupaciones, me exigía atención y me recordaba que también con él tenía obligaciones que cumplir. Todavía no se había recuperado del todo del atracón de chucherías que disfrutó en la casa de Carmen, pero ya parecía tener más energía.

Salimos a pasear y recorrimos la interminable calle de la aldea. Disfruté de los encuentros con los vecinos, que al verme me abrazaban y me preguntaban sobre mi familia, a la que hacía tiempo que no veían. Bosco también los saludaba como si los conociera de toda la vida. Poco a poco, como si algo me empujara hacia ese lugar, llegamos a la que había sido la casa de mis padres, donde me había criado hasta que nos mudamos.

Era una de las viviendas más grandes de la zona. Situada en la mitad de la aldea no muy lejos de la casa de mi bisabuela, seguía exactamente igual que siempre. Solté a Bosco, que la rodeó olisqueándola. Estaba persiguiéndolo cuando me topé con el cartel de «Se vende» en el suelo. Se habría caído con el viento.

El miedo que había sentido esa mañana ante mi nueva clase se parecía mucho al que había experimentado cuando abandonamos aquel hogar. Lo nuevo, lo desconocido, me desequilibraba, me sacaba de mi zona de confort, me provocaba una incertidumbre que solía tardar en asimilar. No dejaba de ser extraño que hubiera llegado a aquel lugar tan simbólico después de un día tan intenso como el que había tenido.

Tras recorrer un par de kilómetros, regresamos a casa cansados. Bosco se metió en su cama y yo en la mía. Intenté leer un rato, pero no fui capaz de concentrarme y a los pocos minutos de apagar la luz me quedé dormida.

El agotamiento me llevó a un sueño inquieto que transformó en pesadillas todos mis miedos. Suerte que Bosco me protegía con su tierna mirada perruna clavada en mí cuando en mitad de la noche me desperté asustada. Se bajó de mi cama y volví a dormirme con la certeza de que nada podía pasarme si él estaba a mis pies. Bosco me proporcionaba la bendita sensación de no estar nunca sola.

4

Desde que mi memoria alcanza a recordar, los despistes han sido frecuentes en mi vida. Los disculpo con mi excesiva capacidad de concentración, que me aísla de la realidad hasta tal punto que no puedo recordar qué he hecho cinco minutos antes. Mi memoria se bloquea y se funde en blanco, y no encuentro en ella ningún recuerdo que evocar, lo que me ha llevado a tener descuidos de todos los tamaños posibles.

Por esa razón, aquella mañana me había tirado quince minutos buscando el teléfono y, al darme cuenta de que lo había buscado en todos los rincones de la casa, me rendí. Cuando fui a calmar la sed que me había producido el trajín, lo encontré en la nevera, el único sitio de toda la casa donde no había mirado. Quizá quería mantener una conversación con el jamón serrano. Con lo nerviosa que estaba, debí meterlo junto a la mantequilla y el zumo de frutas. Enfadada conmigo misma, lo cogí y comprobé si mi despiste me costaría caro. Por fortuna, funcionaba mucho mejor que mi memoria.

Pese a ese percance, salía de casa una hora antes de que empezara mi horario en el instituto, aunque de buena gana habría preferido aprovechar el tiempo que había dedicado a buscarlo para preparar las clases.

La calle estaba desierta, no había ni un alma. Todavía olía a la tierra mojada por el rocío de la noche. En los cincuenta primeros metros me arrepentí de no haber cogido el coche. Estaba atenta a no cruzarme con una serpiente o algún bicho con el que mi hermana, amante de los animales, pasaría un rato agradable, pero que si daba conmigo no disfrutaríamos de la misma suerte ninguno de los dos.

El camino se me hizo largo y tedioso, aunque fui con paso acelerado y llegué en pocos minutos. La limpiadora me abrió la puerta del instituto, los buenos días que masculló no sonaron muy amables. Pude ver en su cara lo poco que le había agradado la interrupción. Seguramente estaría limpiando en el ala norte y el paseo le había hecho perder un tiempo preciado. Por miedo a empeorar la situación y acabar con su paciencia, no me paré a ofrecerle explicaciones, además necesitaba aprovechar el tiempo al máximo antes de que comenzaran a llegar los alumnos.

Los martes tenía clase con cuarto A, mi tutoría, a última hora de la mañana. Aquel horario era el peor de todos los posibles. Los alumnos estarían cansados y el nivel de atención rozaría el mínimo. Aunque tenía preparada la misma actividad para los cuatro cursos a los que impartía la asignatura de Historia, no la podía a llevar a cabo de la misma manera. Necesitaba algo más lúdico para captar la atención de un curso tan complicado.

Quería que mi asignatura se disfrutara de una manera diferente, que no tuviera una estructura convencional. No quería enseñar una historia encorsetada dentro de unos periodos que olvidarían en cuanto hicieran el examen. La historia debía aportar al presente, enseñar los errores del pasado de forma veraz, exponer las diferentes formas en las que se resolvieron los conflictos en otros tiempos y, sobre todo, desarrollar un espíritu crítico en el alumno.

Cuando entré en el aula tuve la sensación de que era totalmente distinta del día anterior. Qué diferente se veía sin los alumnos y sin el desorden que sus pertenencias creaban. No podía entretenerme mucho, así que me apresuré a sacar de mi enorme bolso los papeles que había pensado esconder por la clase. Pegué uno con cinta adhesiva debajo de una mesa cercana a la pizarra. Hice lo mismo con los demás, pegándolos en distintas partes del aula, cuidando de que no se vieran a simple vista.

Me quedaban unos diez minutos antes de que sonara el timbre y decidí pasarlos sentada en lo que se suponía era mi mesa. No me había fijado en ella. Era una pieza de mobiliario clásico, de color marrón, con arañazos de todos los tamaños, y la silla que la acompañaba, una reliquia a la que, volviéndola a tapizar, posiblemente cada año, no se le permitía envejecer.

No sabía cuándo me sentiría cómoda entre esas cuatro paredes. Había pasado otras veces por eso, y siempre llegaba el día en que al cruzar la puerta me sentía en casa. En ese momento lo único que era capaz de sentir era un pellizco en el estómago, un sentimiento angustioso que no me dejaba respirar con normalidad, una inseguridad pegajosa que me impedía ser yo misma.

El día clareaba tragándose demasiado rápido mis últimos minutos libres. Poco a poco la luz fue entrando por los grandes ventanales y el blanco de las paredes comenzó a iluminarse y a cobrar protagonismo. Pensé que tenía que acordarme de pedir la llave de los cajones para no tener que cargar con las cosas básicas de escritorio, me lo anoté en la agenda, segura de que si no lo hacía, no conseguiría la llave hasta final del curso.

Las dos primeras clases se desarrollaron con normalidad. Los alumnos tuvieron un comportamiento ejemplar y me asombró lo participativos que se mostraron. Estaba de buen humor cuando entré en la sala de profesores a tomar el segundo café de la mañana. Mis dos compañeras de equipo, que estaban sentadas charlando, me regalaron unas sonrisas forzadas. Una de ellas me indicó dónde estaba el café y la otra me animó a que me sentara a su lado.

Calculé mal la distancia al apoyar en la silla el bolso y este se me cayó al suelo; estaba medio abierto y algunas cosas de su interior rodaron por la sala. Recogí enseguida los clínex, el porta lentillas y la crema de manos. Cuando me levanté, mis compañeras me observaban tan detenidamente que no fui capaz de articular palabra. Una me miraba las uñas, que llevaba cortas y sin pintar, mientras que la otra observaba atentamente mis rizos hasta el punto de que empecé a plantearme si esperaba encontrar algún ser vivo entre ellos. Sentí ganas de acercar la cabeza para que mirara mejor, pero me contuve. Aún no me conocían y no quise tentar a la suerte, un comentario desafortunado podría ser la semilla para que germinara un conflicto sin fin.

Ensimismadas, intentaron establecer la típica conversación de principio de curso, pero no llegó a nacer del todo, probablemente porque estaban más atentas a analizar mi vestimenta y mis rasgos que a mis palabras. Por suerte teníamos que marcharnos a nuestras respectivas clases, así que no me quedé mucho rato con ellas.

Lo que debería haber sido una pausa para coger fuerzas me había dejado un extraño sabor de boca. Esas mujeres se comportaron de un modo tan singular en mi presencia que no fui capaz de encontrar las palabras para hilar una conversación fluida. Como en otras ocasiones, me había sentido examinada. No me halagaba esa curiosidad que yo suscitaba; todo lo contrario, me sentía como un animal de laboratorio al que estudiaban para sacar conclusiones. Dado que no era la primera vez que me ocurría, ni sería la última, engrosé un pensamiento optimista e intenté convencerme a mí misma de que en cuanto me conocieran un poco su trato sería diferente, como había sucedido en los otros institutos donde había trabajado.

Aun así, me sentí muy incómoda cuando, al salir de la sala de profesores, noté que ambas se quedaban mirando mi bolso. Caminé sonriendo, pensando en el momento en el que le contaría a Carmen que el bolso de tela que el año anterior le había comprado a Awa, nuestra vecina, había sido la sensación del día en el instituto.

La siguiente clase me volvió a cargar de energía positiva. Los alumnos se mostraron muy participativos y disfrutaron de la actividad. Algunos me expresaron con entusiasmo que se les había pasado la clase muy rápido, un comentario que yo apreciaba especialmente. Eso me animó a enfrentarme a la última de la mañana con fuerzas renovadas. Los alumnos que más difícil me lo pondrían, los de mi tutoría.

Cuando entré en clase los estudiantes estaban hablando en un tono muy alto, casi a gritos. No les afectó para nada mi presencia, actuaban como si no me hubiesen visto llegar: distribuidos en pequeños grupos, reían y se golpeaban unos a otros. Me llamaba mucho la atención esa forma de relacionarse en la que el contacto físico agresivo era continuo, se pegaban en la nuca y en los brazos. Parecía que esto les hacía muchísima gracia, ya que cada golpe se acompañaba de una retahíla de carcajadas. Muchos de ellos emitían para comunicarse pequeños gruñidos que los demás sabían interpretar, pero que a mí me dejaban atónita. Los observé atentamente, no sabía por dónde empezar para controlar aquel caos.

Entonces me fijé en Saray, que estaba sentada con su amiga, a la que oí que llamaba Coral. Busqué su mirada de complicidad, pero ambas parecían concentradas en leer algo. Me llamó la atención que hasta físicamente estaban separadas del resto de la clase. Sus mesas estaban situadas una junto a la otra, pero aisladas de las demás. Sentado un poco más atrás había un chico completamente solo concentrado en garabatear en su cuaderno. Me acerqué con discreción y vi un dibujo precioso, realizado con la tinta de un bolígrafo azul. Algunos alumnos bromeaban con él, pero parecía que eso no le importaba. Unas hileras más atrás se encontraba el grupo más numeroso, formado por tres chicas y tres chicos. Me paseé cerca de ellos pero ni se inmutaron.

—Por favor, si sois tan amables de sentaros y atender —les rogué con amabilidad.

Nadie hizo nada, todo el mundo siguió hablando. Me puse tensa al percatarme de mi escasa autoridad. Tenía que conseguir que se callaran, que se sentaran y que atendieran. Tres cosas que en ese momento parecían muy difíciles de alcanzar.

Cerré entonces la puerta de la clase. Lo hice de forma brusca, pegando un fuerte portazo. Algunos levantaron la cabeza y comenzaron a sentarse. El grupo más numeroso de detrás se resistía, estaba claro que no pretendían hacer caso ni de mis llamadas de atención ni de mis reclamaciones. Volví a acercarme a los cinco que aún seguían sin sentarse en su sitio.

—¡Entiendo que no tenéis muchas ganas de estar aquí! —exclamé con tono seco—, pero ya que habéis venido, intentad que sea al menos para pasarlo bien y no para engrosar mi fama de profesora borde a la que le encanta rellenar partes de incidencia.

—¿Te vas a pasar el curso amenazándonos con los partes? —me increpó una alumna que parecía mayor que el resto—. Es muy aburrido.

—No tanto como rogar silencio y que no te escuchen —le contesté rápidamente—. Eso sí que es aburrido. Y ahora si sois tan amables de colaborar, comencemos la clase.

Desafiantes, se resistieron unos segundos más, pero acabaron sentándose con desgana. Respiré aliviada, aunque ellos por fortuna no se percataron.

—Hoy vamos a comenzar hablando de la historia, y lo vamos a hacer analizando una doble vertiente: lo que un personaje aporta a la historia y lo que la historia ha dejado impregnado en ese personaje. Para comenzar os lanzo una pregunta: ¿puede la historia contener algo más que hechos probados?

Un silencio absoluto se apoderó por primera vez de la clase. Nadie contestó.

—La historia es el pasado del mundo —continué mientras deambulaba por toda la clase—, el conjunto de hechos y acontecimientos de la humanidad. Está llena de vidas, de pequeñas historias que van confluyendo unas dentro de otras. Y eso es lo que vamos a ver en esta asignatura. Vamos a investigar, indagar en esas vidas, analizando lo que podemos aprender de ellas.

»Y para que no pongáis esas caras mustias, os anuncio que la actividad de hoy es todo menos aburrida. Hablaremos de los apodos. Aunque no lo creáis, no es una moda de nuestro tiempo, los apodos han sido algo común en otras épocas. Comenzaremos descubriendo qué se esconde detrás de algunos personajes históricos que se quedaron atrapados en un apodo, y veremos los apodos más llamativos de la historia.

Me paré un segundo. Había olvidado de nuevo pasar lista, pensé, contrariada, y valoré que no era el momento. No podía interrumpir ese instante en que tenía a los alumnos atentos, era mejor posponerlo, aunque temía que se me volvería a olvidar.

—¿Tienes algún apodo? —me preguntó un chico sentado al final de la clase.

—Sí, os lo desvelaré al final, cuando esté tan agradecida por vuestra colaboración que me sienta generosa.

Los alumnos estaban expectantes. No sabían qué es lo que íbamos a hacer, pero intuían que no sería una clase normal y que podría resultarles divertida.

—He escondido por la clase personajes históricos que tuvieron un apodo. En silencio, tendréis que encontrarlos e investigar sobre sus vidas. Después nos reuniremos en grupos de cuatro y decidiremos cuál es el mejor apodo de todos los que nos han tocado en suerte. Por último expondremos la biografía del elegido al resto de la clase y votaremos de forma individual al poseedor del mejor apodo de la historia entre todos los aspirantes.

Tras mi explicación, observé atenta cómo los alumnos se agrupaban. Todos parecían haberse acoplado, menos Coral y Saray, que no habían conseguido que nadie las acogiera. Pese a sus intentos de acercarse a los compañeros, no habían recibido más que muecas de desprecio que habían encendido mis alarmas. El chico que dibujaba con bolígrafo también estaba solo, no parecía tener ninguna intención de integrarse en ningún grupo.

—Por favor —insistí—, recordad que ahora el trabajo es individual, tenéis que encontrar al personaje e investigar su vida.

No me dio tiempo a rogar silencio, ni a insistir más en que hubiera un clima adecuado, los alumnos empezaron a correr por la clase y buscar entre los objetos personales de los demás. A punto estuve de desesperarme, pero poco a poco fueron encontrando los papeles escondidos y la curiosidad por saber quiénes eran los dueños de esos apodos los fue sentando.

Cuando todos los alumnos habían tenido tiempo suficiente para indagar la vida de su personaje, pasamos a la segunda parte de la actividad. Tuve que intervenir para unir al chico que estaba solo con Coral y Saray. Ellas continuaban solas y apartadas, pero acogieron con agrado a su compañero. Las dos le sonrieron y acercaron sus sillas a la de él.

Mientras trabajaban yo los observaba en la distancia. No llevaban ni cinco minutos en la tarea cuando una chica se levantó de golpe tirando la silla hacia atrás. Tras vociferar varios insultos a sus compañeros, se sentó en un rincón apartada del resto. Me levanté y fui hacia ella para averiguar qué había ocurrido. No podía quedarme como mera espectadora, si lo hacía estaba dando un mensaje de tolerancia de los comportamientos violentos.

Me impresionó su forma desordenada de contar los hechos, su narración llena de argumentos sin peso, lo único que hacía era insultar a sus compañeros. Este incidente me mostró el grado de comunicación verbal de mis alumnos, su escasas habilidades para expresar sus sentimientos y su forma primitiva de relacionarse. No fui capaz de entender qué había ocurrido, y eso me preocupaba. Le pedí que se incorporara al grupo de Coral y Saray y me acerqué a su anterior grupo para escuchar la otra versión. No obtuve ninguna información, solo insultos y descalificaciones.

Mientras volvía a mi asiento, observé que algunos grupos no llegaban a ponerse de acuerdo para escoger el representante, así que los animé a que lo hicieran por sorteo.

Algo le ocurrió a González, ya que se levantó de su silla y salió de la clase muy alterado. Me di cuenta de la necesidad que tenía de llamar la atención. Llevaba toda la clase interrumpiendo, no dejaba que los compañeros hablaran, salpicaba de bromas de mal gusto toda la clase, y yo no conseguía adivinar a quién iban destinadas, aunque intuía que eran para Isaac, el chico que dibujaba con el bolígrafo. Varias veces se dirigió a mí llamándome «Profesora gitana» bajando el volumen en la segunda palabra. Su trato era agresivo, me temía que no solo con sus compañeros. Algunos de sus comentarios se los dirigía a sí mismo, resaltando con ellos su torpeza o su forma inadecuada de actuar. Lo envolvía todo en una broma, pero el mensaje estaba ahí. Se autocensuraba y se trataba con dureza. Estaba segura de que detrás de ese comportamiento había una historia que debía conocer. Este sería el punto de partida para cambiar las conductas que tanto distorsionaban la clase.

—El grupo número uno —dije señalando al más cercano—, ¿tiene ya su ganador?

—Sí —respondió una alumna con tono decidido—. Nuestro ganador es Felipe el Hermoso.

Escribí el nombre en la pizarra.

—¿El grupo número dos? —pregunté señalando al que estaba junto al anterior.

—Nuestra ganadora es Juana la Loca —contestó una chica rubia imitando la voz de un concurso.

—El número tres, por favor.

—Nuestro ganador es Ricardo Corazón de León.

—Muy bien, vamos a por el cuatro —añadí señalando al grupo donde estaba Saray.

—Nuestro ganador es Calígula —contestó Coral con timidez.

—Tenemos ya personajes interesantes —comenté—. En el grupo número cinco, ¿quién ha sido el escogido?

—Nos ha tocado en suerte Iván el Terrible —contestó un chico golpeando en la cabeza a un compañero que se llamaba Iván.

—El nuestro es mejor —interrumpió una chica del grupo número seis—. Tenemos a Pepe Botella. Nos hemos puesto de acuerdo rápido.

La clase entera se echó a reír.

Alejandro Magno, Che Guevara, el Tempranillo y Vlad El Empalador fueron quienes cerraron el conjunto de nombres. Entonces los animé a que un portavoz de cada grupo fuera exponiendo brevemente la vida de cada personaje. No me podía creer que la actividad fluyera con tanta agilidad y todos estuvieran tan implicados. Escuchaban sin apenas interrumpir, atentos a las historias que, contadas de boca de los chicos, perdían su celebridad y adquirían cierta chabacanería. Al terminar de repasar la vida de aquellas figuras históricas, los alumnos anotaron en un papel su apodo favorito.

—Ya tenemos al ganador —anuncié en voz alta después de hacer el recuento de votos—. Nombramos a Pepe Botella el poseedor del mejor apodo de la historia. Quién le iba a decir a José Bonaparte, que pasó su vida dedicado a la política, a la abogacía y a la diplomacia, y que consiguió nada más y nada menos que ser rey de España durante algunos años, que sería nombrado en esta clase como uno de los portadores de los mejores apodos de la historia.

Todos estallaron en aplausos y disfrutaron con el ruido que generaron. Una vez más me vi obligada a calmar su entusiasmo para que me escucharan y hacer una reflexión final antes de que ellos se desmadraran y yo volviera a perder el control de la clase.

—Todos los personajes que hemos visto hoy se quedaron atrapados en unos apodos, pero ellos eran mucho más que eso. Con esta actividad he querido mostraros que la historia no es solo un conjunto de acciones que pasaron unas detrás de otras sin más. Está llena de personajes y sus vidas pueden traernos enseñanzas a la nuestra, además de hacernos reflexionar sobre la importancia de la sociedad en la que vivimos. Cada uno de estos personajes vivió en una sociedad diferente que resaltó algo de ellos.

»Vuelvo a la pregunta del principio para que la penséis para la próxima clase: ¿Cuando estudiamos historia estamos estudiando hechos o estamos estudiando también opiniones? Y ahora podemos dar por terminada la clase.

Una alumna levantó la mano.

—¿Cuál es tu apodo? —me preguntó risueña.

—En Churriana, donde he vivido desde la adolescencia, todo el mundo me conoce como «Mara la Maestra». Fui maestra antes que profesora, trabajé en educación infantil algunos años. Cuando alguien hace referencia a mí, lo hace como la maestra. Espero que seáis tan curiosos en mi asignatura y que vuestras preguntas hagan las clases más dinámicas. Nos vemos mañana.

Algunos alumnos se despidieron de mí con un «Adiós, maestra» cargado de humor que acepté con agrado, pero salí del aula cabizbaja, con la sensación de que la clase no había funcionado como me habría gustado. Tenía una profunda preocupación que me desconcertaba. Demasiados alumnos que llamaban la atención, un nivel de expresión deficitario y una violencia explícita a la hora de relacionarse eran signos de un panorama poco alentador.

Aquel mediodía, las hojas de los árboles que el fuerte viento había arrancado de cuajo formaban una alfombra verdosa que cubría la calle. Brillaban con el sol, un espectáculo que hipnotizaba a los viandantes que cruzábamos la calle atentos al ruido de nuestras pisadas.

Regresé a casa sola, cargando un peso que no tenía por la mañana. Sabía que detrás de algunos alumnos había problemas serios, su comportamiento no era fruto de la casualidad. Caminaba despacio, intentando encontrar las respuestas. Encendí mi teléfono y me extrañó una llamada perdida de un número largo que no conocía. También tenía un mensaje de mi padre que no había visto y que me hizo sonreír: a primera hora de la mañana me había escrito recordándome que pasara lista. Le llamé.

—Hola, papá, no te lo vas a creer, se me ha vuelto a olvidar —le dije sin esperar a escuchar su voz.

—Tampoco pasará nada, tienes muchos días por delante para pasar lista. ¿Cómo te ha ido hoy?

—No sé qué decirte. Me siento muy alejada de esta generación de adolescentes que se habla a gritos y dispone de un amplio abanico de berridos.

—Tienes que tener paciencia, te harás con ellos. Siempre has conseguido todo lo que has querido en la vida, y esto no va a ser menos.

—No lo tengo tan claro, pero seguiré intentándolo. Gracias por los ánimos.

—Mañana me lo agradeces en persona. ¿Puedes traerme la cosa redonda que da vueltas?

—¿Mañana? ¿Tengo que verte mañana? —pregunté extrañada.

—Mara, mañana es miércoles, y es el cumpleaños de mi hermana, tu tía. Lo vamos a celebrar aquí, te lo dije el sábado.

—Lo había olvidado por completo. ¿Puedes darme más pistas para adivinar qué es la cosa redonda que da vueltas? Te puedo llevar desde una rueda de bicicleta hasta la noria sacapuntas que tengo en mi escritorio.

—Niña, eso de madera que pones en la mesa y da vueltas para que todo el mundo coma.

—La tabla giratoria de quesos.

—Eso. Tráelo, anda, que me hace falta —me rogó.

—¿Para qué quieres una tabla giratoria?

—La voy a utilizar para hacer gimnasia, que estoy echando barriguita y no sé de qué, la verdad, si solo hago dieta. Le voy a poner una madera en medio, para apoyar los pies, que sobresalga un poco, y listo.

—Pues no acabo de verlo claro...

—Es que he visto un aparato de esos para afinar la cintura en la tele —me contó ilusionado— y vale una pasta. Con tu tabla de quesos hago una igual y me queda *niquelá*. Le pongo una tablilla encima para que me quepan bien los pies y listo.

En ese momento dudé si la tabla de quesos debería de entrar a formar parte de las cosas olvidadas esa semana, junto al móvil en el frigorífico, pasar lista y la fiesta de cumpleaños de mi tía.

—Estoy muy despistada últimamente, se me olvida todo. Luego te llamo, si me acuerdo.

Guardé el teléfono en el bolso con una sonrisa, las ocurrencias de mi padre me habían cambiado el humor, pero me duró poco. Cuando quise echar mano a las llaves de casa en el bolso, no estaban. Desesperada, saqué todo lo que este contenía volcándolo en el escalón de la entrada. Ni rastro. Tampoco las tenía en ningún bolsillo. Al apoyarme en la puerta para recoger las cosas que había tirado, se abrió de par en par, no la había cerrado con llave. Me había dejado la puerta abierta y a saber dónde se me habrían caído las llaves. Entonces me vino un flash del momento en que el bolso se me volcó en la sala de profesores.

Enojada conmigo misma entré en la casa hablando entre dientes. Todo estaba en silencio, demasiado en silencio.

No oía a Bosco y este no había salido a recibirme. Lo llamé asustada. Mi perro no estaba en casa.

Entonces me di cuenta de que el salón estaba desordenado. La funda del sofá completamente sacada, la manta que había dejado perfectamente doblada estaba arrugada en el suelo y un jarrón estaba tirado en la cocina, roto en mil pequeños pedazos. No entendía qué había ocurrido. Bosco no era un cachorro que rompiera cosas cuando se quedaba solo.

Me puse muy nerviosa. ¿Qué había pasado? ¿Dónde estaba Bosco? Mi perro no conocía la zona. Me angustiaba pensar que hubiese podido salir de la aldea y cruzar la carretera del pueblo por donde pasaban muchos coches. ¿Y si lo atropellaban? ¿Y si no lo volvía a ver? Sentí que la boca se me secaba y el corazón se me aceleraba.

Quise salir corriendo a la calle a buscarlo, pero en la misma puerta me sobresaltó la figura de un policía que estaba a punto de llamar al timbre. Las piernas me volvieron a temblar. En ese momento recordé la llamada perdida de un número largo y desconocido. Era suya. Tuve la certeza de que no me iban a dar buenas noticias.

5

Al atardecer, la mayoría de los vecinos de la aldea sacaban sus sillas y sus ganas de conversar a la calle. El fresco se disfrutaba más en compañía de algún amigo, desgranando con interés el chisme del día, que corría entre las familias con una rapidez asombrosa. Las casas que bordeaban la calle estaban separadas entre sí con la distancia justa para disfrutar de intimidad y de la certeza de contar con alguien cercano a quien acudir en caso de emergencia. Podías contar con todos, tanto para compartir un rato de risas a costa de algún vecino como en los momentos difíciles, cuando todos acudían a prestar la ayuda necesaria.

Yo me alojaba en la casa más pequeña de toda la aldea. No tenía terreno que la rodeara ni un jardín trasero donde organizar barbacoas los domingos. Se construyó porque había necesidad de aumentar el espacio de la casa familiar, situada justo enfrente. Mi bisabuela, que ya tenía tres hijos, se plantó una mañana de verano con los brazos en jarra y obligó a mi bisabuelo a inventar un espacio extra. Con el argumento de que no iba a permitir que sus hijos vivieran como sardinas en lata y un mal genio al que todos temían, presionó al pobre hombre para que creara dos habitaciones más. De dónde las sacara, no le importaba, ella tenía tareas más importantes de las que ocuparse.

La casa donde vivían estaba casi incrustada en la ladera de la montaña, detalle que disuadió a mi bisabuelo del intento de ampliar el espacio alrededor de la casa principal. No le quedó otra que buscar la alternativa enfrente, en el pequeño establo donde convivían la mula y el cerdo en la época de matanza. Habría entre las dos casas una separación de unos cuantos metros, los que medía la carretera principal, pero el pobre hombre no tenía otra posibilidad de ampliar su hogar.

Dos habitaciones y un pequeño habitáculo con un agujero en el suelo, para utilizar de inodoro, fueron las dependencias que alegraron la vida a mi bisabuela, quien con los nuevos dominios se sintió la mujer más afortunada del mundo.

La casa fue creciendo, le comió terreno a la carretera, se le añadió un baño completo y una gran cocina, envidiada por todas las mujeres de la aldea. Con el tiempo esa casa acabó por herencia en manos de Manuel, que la cuidaba con esmero, la ponía al servicio de la familia y la cedía a los invitados de fuera de la ciudad cuando un evento familiar los reunía en la aldea, aunque él ni siquiera asistiese.

La casa de la Yaya, como todos llamábamos a la bisabuela, siempre había estado decorada con macetas de barro colgadas de unos círculos negros de hierro forjado que desafiaban el paso del tiempo con una pulcritud perenne.

Y ahí estaba yo, frente a la fachada, regando las flores cuando llegó Manuel. Vestía un traje chaqueta de color crema que resaltaba el tono oscuro de su piel. Se notaba cansado, pero en su cara traía una amplia sonrisa que no esperaba.

—Qué bien que te veo, muchacha, ¿se te ha pasado ya el mal rato? —me preguntó con sorna.

—No te creas, todavía no me he repuesto, pero a ti te quería ver, tenemos que ajustar cuentas —le contesté con una sonrisa pícara y los brazos en jarra.

—Verás, ahora tendré yo la culpa de que no sepas *achangar* a tu perro —añadió riendo.

—¿Perdona? Mi perro estaba dentro de mi casa tranquilito. El tuyo ha venido y lo ha provocado. Ha abierto la puerta y ha desarmado el salón, y, para rematarlo, se lo ha llevado de parranda por el pueblo. Casi me da algo cuando la policía me ha contado lo del accidente. Han leído el chip de Bosco y me han llamado, pero no me han localizado.

—No te preocupes, vengo ahora mismo de allí. Los chicos iban a cien por hora, cuando debían ir a treinta en ese tramo, así que no han sido nuestros perros los que han provocado el accidente, han sido ellos, que al ir como las balas han perdido el control del coche. La velocidad ha sido la culpable de que, al querer esquivarlos, se estamparan contra la farola. Son dos *chaveas* del pueblo que no hacen más que meterse en problemas, así que no tienes que preocuparte. Los dos están bien, y aunque el coche está algo *perjudicao*, se puede arreglar. Y eso de que ha sido mi perro es muy cuestionable, el viento y que no cerraras con llave creo que ha formado parte del plan. Si mi perro ve la puerta abierta y otro perro con el que jugar, es imparable. No lo puedes culpar de eso. Y te lo repito, no te preocupes, solo ha sido un susto, no ha llegado la sangre al río.

—Sí que me preocupo, Manuel. Por dejarme la puerta abierta podía haber muerto uno de esos chavales. Menos mal que se ha quedado todo en un susto; si hubiese llegado a pasar algo grave, no me lo habría perdonado.

—Si te quedas más tranquila, vengo una tarde y te arreglo la cerradura para que tires de ella y se cierre, porque ahora, aunque parece cerrada, no lo está. Y eso a los de ciudad puede confundiros.

—Sería perfecto, gracias, «los de ciudad» te lo agradecemos. Mañana por la tarde no estaré, tengo reunión y tutorías en el instituto. Y, por cierto, una de las tutorías es con tu hija.

—¿Qué ha hecho ya? —preguntó preocupado.

—Nada, es algo rutinario, quiero hacer una con cada alumno para conocerlos un poco mejor. He querido empezar por Saray porque es la única que sabía que no se iba a negar.

—Me llego otra tarde entonces, y nos tomamos un café, que necesito hablar contigo de otro asunto.

—¿De qué? —pregunté extrañada.

—No tiene importancia, es la *pedía* de la nieta de la Redonda y viene familia de fuera, siempre se quedan en esta casa a dormir, quería saber si puedo contar contigo para alojar a un par de primos de Jerez.

—Claro, me puedo quedar en la casa de mis padres esos días, si quieres, para que tengáis más espacio.

—No, eso no es necesario, tú y tu familia estáis invitados, y sería engorroso para ti ir y venir.

—¿Ah, sí? No tenía ni idea. Mi padre no me ha dicho nada.

—No lo habrá llamado el marido de la Redonda todavía, tú sabes cómo funciona esta familia, si pueden avisar de un día para otro, mejor que mejor. A mí me lo dijeron con tiempo para ir convenciéndome. Llevo mucho tiempo de duelo y la familia quiere que eso empiece a cambiar ya.

—Estoy totalmente de acuerdo con la Redonda. Creo que deberías ir, por ti y por tus niñas, que se están perdiendo muchas fiestas.

La Redonda pertenecía a la familia de mi padre, era una de las mujeres más bonitas que he visto nunca. Cuando nació tenía la cara muy pequeña y redonda, casi formaba un círculo perfecto. Su apodo se le adhirió en los primeros días de vida y lo había llevado siempre consigo. Mi padre y ella disfrutaban de una relación entrañable. Se criaron juntos, correteando por el barro, comiendo tortas de harina y recogiendo leña para hacer las fogatas donde se asaban los espetos de pescado. Siempre que hablaba de ella, mi padre destilaba una ternura que hacía evidente el cariño que le tenía. Si una de sus nietas iba a formalizar el compromiso, tenía claro que mi familia participaría de la celebración. Tampoco me extrañaba que nos avisaran en el último momento, esta era una costumbre de la aldea que se extendía a todos sus miembros y que a mí me ponía especialmente nerviosa, al no poder preparar los eventos con antelación.

—Intento pasarme pasado mañana y ya me cuentas de Saray, que me tiene contento. Y no pienses que voy a tomarme un café de esos que haces con esa máquina del infierno que escucho desde mi casa, pudiendo tomar un buen café de puchero —añadió mientras señalaba mi cafetera.

Por un momento nos quedamos mirándonos fijamente. Intenté adivinar si estaba buscando en mis ojos la niña con la que compartió mucho más que secretos. Fueron unos instantes eternos en los que nuestras miradas hablaron por nosotros. No supe qué decir y el silencio se volvió espeso, cuajado de la cercanía que nos envolvió siempre. Sonreí y Manuel miró fijamente mis labios, sin que pudiera interpretar ninguna emoción.

El coche de la Redonda nos interrumpió y, sin mediar palabra, Manuel se marchó a su casa.

Caminé de regreso a casa sonriendo al recordar los cafés de puchero que todas las tardes tomaban los mayores en la aldea. Preparar de otro modo el café era romper con las costumbres establecidas y podía pagarse con el destierro de todas las meriendas. Lo llamábamos café de puchero por su elaboración, que consistía en añadir grandes cucharadas de café molido al agua hirviendo. Se retiraba del fuego y sin dejarlo reposar se filtraba con un viejo colador que no había tenido otra función en la vida.

Tras el encuentro con Manuel, me senté en el sofá con un cuenco de fruta fresca troceada y mi viejo portátil. Me costaba luchar contra el cansancio, que se empeñaba en cerrarme los ojos. Al día siguiente tenía la primera reunión de equipo docente y no quería presentarme sin llevar las propuestas preparadas.

Hacía apenas unas horas había recibido un correo en el que el jefe de estudios me resumía los puntos de la reunión. Eran solo tres; el más importante consistía ponernos de acuerdo en una serie de actividades comunes. En el primer trimestre no eran demasiadas, no me las había detallado en el correo, pero calculaba que el Día de la No Violencia, el Día de la Constitución y las actividades de Navidad seguro que estarían presentes. Yo quería llevar algunas propuestas, sobre todo para el día en contra de la violencia contra la mujer. Mientras saboreaba la fruta, me planteé qué podía aportar desde mis asignaturas. En un primer momento pensé en buscar testimonios de la historia que demostraran que el maltrato había estado presente siempre, pero cambié de idea en el momento en que recopilar esos datos me comenzó a aburrir. Si me resultaba soporífero a mí, sin duda también a los alumnos les ocurriría lo mismo. Necesitaba algo más atractivo, más actual.

En la radio sonaba una canción que me iluminó. Era una canción moderna y su letra no tenía desperdicio, trataba a las mujeres como objetos. Pensé que estaría bien analizar esas letras, encontrar en ellas frases con violencia machista y estudiar su correlación con la violencia hacia la mujer. O ir más allá y buscar frases en las que se refleje el maltrato directo. Podríamos cambiar esas letras y crear canciones diferentes, con mensajes totalmente distintos. La idea iba creciendo en mi cabeza, tomando forma. Cuando terminé de comerme la fruta tenía atados todos los argumentos para presentarla ante mis compañeras.

Aún me faltaba preparar las dos tutorías, así que las intenté liquidar rápido con un par de notas breves en mi cuaderno, para dar por concluido un día largo y lleno de emociones. Nunca olvidaré la cara que puso Bosco al verme, mientras esperaba en el coche de la policía. Que una de mis mejores amigas fuera veterinaria y que me aconsejara cambiar la dirección del chip al mudarme, por si el perro se despistaba los primeros días, fue uno de esos regalos con los que me obsequió el universo. Gracias a su consejo y a la amabilidad del policía, Bosco regresó a casa. Después de causar el accidente, los dos perros salieron corriendo por las calles del pueblo, hasta que un padre y su hijo, que daban un paseo, se dieron cuenta de que estaban perdidos y los llevaron a la comisaría. Bosco, acostumbrado a jugar con mis sobrinas, se dejó tocar por el niño y el padre pudo atraparlo. Cuando el policía les pasó el lector del chip comprobaron que vivían uno enfrente del otro e imaginaron que se habían animado mutuamente a salir a la aventura.

El perro me miraba desde el sofá, con la conciencia de que algo no había hecho bien. Y yo no pude más que abrazarlo pensando en qué habría pasado si un coche lo hubiera atropellado.

El cansancio del día nos metió en la cama a los dos antes de la hora acostumbrada. No había echado aún las sábanas cuando caí dormida. Ni siquiera me di cuenta de cuándo Bosco se subió conmigo, imagino que quería mimarme debido el sentimiento de culpa por haberse escapado. El despertador nos sorprendió a los dos abrazados en la madrugada. Yo destapada y Bosco con la sábana y la colcha enredadas entre las patas.

Puse una cápsula en la máquina del infierno, como la llamaba Manuel. Hacía un café oloroso, con una espuma intensa que despertaba todos mis sentidos al mismo tiempo. Mis mañanas no funcionaban de la misma manera sin el impulso que les daba la taza de café. Tomármelo en el porche era, sin duda, el mejor momento del día. Lo disfrutaba despacio, sorbo a sorbo, apreciando el silencio, el trino de los pájaros, los primeros rayos de sol, que caían sobre los balancines de mimbre. Todas esas vivencias me cambiaban el humor y conseguían que me enfrentara con energía a la nueva jornada.

Como el día anterior lo había echado de menos, decidí llevarme el coche al trabajo. Solo tenía una hora y media libre entre el fin de las clases y el comienzo de las tutorías, así que comí un menú en el bar frente al instituto.

Saray me estaba esperando en la puerta de la clase cuando regresé. Por su forma de frotarse los dedos deduje que estaba nerviosa. La había citado en nuestra aula, ya que el instituto no contaba con despachos para todos los profesionales que trabajábamos en él. La invité a pasar y puse una silla junto a la mía.

—Es la primera vez que me citan a tutoría en todos los años que llevo en este instituto —me confesó—. Espero no haber hecho algo que te haya molestado.

—No te preocupes, es una cita rutinaria, quiero conocerte, saber de vosotros. Eso me hará más fácil la tarea. Y he querido empezar por ti, pensé que eso daría confianza a tus compis y, además, contigo me siento más cómoda.

—Ah, vale —dijo aliviada—. Pregunta lo que quieras.

—En un principio me gustaría saber qué planes de futuro tienes. Qué has pensado hacer cuando termines cuarto. Sé que Marusella, la orientadora, se ha entrevistado con vosotros en los primeros días del curso.

—Sí, nos hizo unos test y eso. Pero, vaya, no creo que eso sirva de mucho. Yo no voy a seguir estudiando, creo. Mi padre quiere que le ayude en casa y, si quiero, los veranos puedo trabajar en el chiringuito de sus primos. Bueno, de vuestros primos —rectificó dándose cuenta de que también eran miembros de mi familia.

Su mirada se posó demasiadas veces en el suelo mientras hablaba. Presentí que no me estaba contando toda la verdad, no tenía claro ninguno de los argumentos que me acababa de dar.

—No te he preguntado lo que quiere tu padre. Te he preguntado lo que quieres tú. Tu padre tomó su decisión cuando le tocó a él. Ahora es tu momento, la elección es tuya.

—Bueno, no es tan fácil. Tengo que ayudarle, mi abuela está muy harta de las niñas, tiene muchos achaques, la pobre, y mis hermanas pequeñas son muy cansinas. Además, tampoco es que quiera estudiar nada, no se me dan bien los estudios.

—Has llegado a cuarto de secundaria sin repetir un solo curso, tampoco es que se te dé tan mal —añadí sin entender por qué se infravaloraba.

—Pero no he sacado buenas notas nunca, no me gusta mucho estudiar.

—¿Cómo te llevas con tus compañeros? —pregunté cambiando de tema.

—Hay mucho gracioso en la clase, Mara. Y en verdad gracia no tienen ninguna. Son unos *liosos* y las niñas de la clase son muy enteradas, todo el rato *roneando* con uno y con otro. Yo paso de todos ellos, no me junto con nadie. Con la Coral y porque somos amigas desde chicas. La Coral es nieta de la Redonda, de su hija mayor.

—Ah, no lo sabía. ¿Es una hermana suya la que se va a pedir?

—No, es una prima. La que se pide es de un hijo de la Redonda. Y la Coral es de la hija —me aclaró al ver mi confusión—. Ellos viven con la Redonda.

—Yo es que me pierdo en esta familia que no tiene fin.

—Por eso dicen que los gitanos somos todos primos, si es que siempre estamos emparentados por algún *lao*. A ver si mi padre me deja ir, que todavía no me lo creo. Cambiando de tema, me gustó mucho tu clase de ayer —me confesó con timidez—. No te aburres y vas aprendiendo cosas.

—Menos mal, pensé que os aburriría como las de Lengua y Literatura.

—No hay nada más aburrido que la Barca dando clases.

Inmediatamente se dio cuenta de que había pronunciado el apodo que le habían puesto a mi compañera de Lengua.

—Tienes que explicarme eso —le rogué aguantando la risa.

—Es que no te sé decir de dónde sale el mote. Cuando llegué ya la llamaban así y nadie supo explicarme el porqué.

En ese momento, Coral asomó la cabeza por la puerta. Se había adelantado casi veinte minutos.

Su melena morena, ondulada, le llegaba por debajo de la cintura. Tenía los ojos negros, enmarcados por un maquillaje que se los almendraba y parecían más grandes de lo que ya eran. Coral y Saray vestían con estilos diferentes. Mientras que Saray usaba vestidos largos y sueltos, Coral llevaba faldas rectas, estrechas, por debajo de la rodilla. Las combinaba con blusas clásicas de colores brillantes. No habría adivinado la edad de ninguna de las dos. Si bien Coral, por su aspecto sumaba unos cuantos años a su edad cronológica, Saray era todo lo contrario, parecía mucho más niña de lo que en realidad era.

Tímida, me pidió permiso para entrar y se sentó al lado de Saray, a la que rogué que permaneciera con nosotras. Era una charla informal, y en ese momento se me ocurrió que estando las dos juntas sería mucho más fácil. Entonces descubrí que Coral tenía las cosas mucho más claras que Saray. Su objetivo en la vida no era otro que casarse con su novio, con el que estaba a punto de pedirse y formar una familia. Intenté indagar un poco más, pero no pude obtener mucha más información. Esa decisión no me era ajena, lo había visto muchas veces en mi vida. Niñas que tenían trazado el objetivo de sus vidas desde muy pequeñas, con el simple argumento de que así había sido de generación en generación. Adolescentes que esperaban ansiosas el momento de su pedida como uno de los más importantes de su vida. Yo no lo compartía, defendía que la mujer tenía derecho a formarse, a ser independiente y no tenía que estar predestinada a ser madre y esposa como única meta.

Pero estaba allí para conocerlas, para saber de sus vidas, no para juzgarlas. Me tragué las opiniones que nadie me había pedido y la escuché con atención. Al contrario que Saray, Coral era extravertida, hablaba sin parar sobre sí misma. Me gustó su manera de relacionarse, cercana y educada. Le pregunté también por sus compañeros y por su relación con ellos.

—Son unos *ruinosos* —me contestó sin dudar—, se creen que son mayores e independientes y en lo único que piensan es en beber y fumar. No hay nadie en la clase que merezca la pena. Nadie con quien tú digas, oye, me gustaría salir una noche de juerga con él.

—Me he dado cuenta de que no tenéis muchos amigos en clase.

Las dos se miraron con complicidad. Estuvieron un rato pensando antes de responder.

—Es que tampoco hay nadie con quien yo tendría una amistad —respondió Saray—. Las niñas siempre están con uno y con otro, y se meten con nosotras constantemente. Nos cansamos de que nos llamaran «las vírgenes» y pasamos de ellos, así conseguimos que nos dejen en paz.

Había encontrado el motivo por el que las dos amigas no se relacionaban con las demás. Estaba claro que no se sentían respetadas en su cultura y seguramente había mucho más que no habían verbalizado, quizá por falta de confianza. Estuvimos hablando un rato más sobre trivialidades, me hubiera encantado alargar la conversación toda la tarde, pero tuve que darla por finalizada antes de lo que me habría gustado. Una de mis compañeras me vino a buscar para la reunión de equipo docente.

Cuando llegué a la sala de profesores me senté expectante en una silla que me habían reservado, tal vez una metáfora de que todos los sitios estaban asignados. No entendía muy bien la distribución de los distintos equipos, o departamentos, como los llamaban ellos. En el mío solo éramos tres personas, las dos tutoras de cuarto y yo —el otro tutor de cuarto era el jefe de estudios y no participaría en él—. Me daba la sensación de que habían formado pequeños grupos para hacer más fácil el trabajo y evitar conflictos.

Las dos compañeras de mi departamento parecían tener mucha prisa por terminar lo que no había siquiera empezado. La mayor de las dos, que se llamaba Blanca, me pidió mis apellidos para escribirlos en el acta de la reunión, mientras la otra, Milagros, no dejaba de apremiarla. El objetivo de la reunión era aprobar el acta anterior y diseñar las actividades complementarias; según Milagros, eso se podía apañar en diez minutos, así le daría tiempo a ir a la clase de yoga. Las dos seguían mirándome con el mismo interés que me incomodó el primer día, pero en ese momento se encontraban de frente con mi mirada, que ya había adquirido cierta seguridad. Las observaba y me preguntaba el tiempo que les quedaría para jubilarse y calculé que a ninguna de las dos les faltaban muchos años.

Fui la primera en hablar.

—Tengo algunas ideas para el día de la no violencia contra la mujer; he pensado...

—No te preocupes —me cortó Blanca—. Todos los años hacemos un mural con un lema en la hora de tutoría y luego lo exponemos en los pasillos.

—Bueno, quizá podríamos hacer algo diferente este año —añadí con tono cordial.

—No hace falta, si al final esas cosas no sirven para nada, son una pérdida de tiempo —expuso Milagros dejándome con la boca abierta.

—No estoy de acuerdo con vosotras, creo que...

—Los jóvenes creéis muchas cosas —me volvió a cortar Milagros—, pero la realidad es otra. No podemos salvar el mundo, seguro que lo aprenderás con el tiempo.

Estaba tan asombrada que no supe reaccionar.

—Para el Día de la Constitución hacemos lo que hemos hablado —puntualizó Blanca.

Las miré a las dos de forma alternativa pidiéndoles explicaciones con la mirada. Yo no había participado en esa conversación y no iba a permitir que se me excluyera.

—Yo no he hablado de nada. ¿Podéis contarme qué es lo que vamos a hacer? —pregunté sin disimular mi enfado.

—Ay, perdona, lo hablamos el otro día en el desayuno, hemos pensado en hacer un mural en cada clase...

—Que luego expondremos en los pasillos, ¿no? —corté con rabia—. Me imagino que como en años anteriores. ¿Con un lema, o vais a tener el detalle de poner algunos artículos?

Ninguna de las dos esperaba mi reacción.

—Señoras, hay que innovar. ¿No ha llegado aquí la innovación educativa? ¡Pues han tenido suerte, que he venido yo para traerla! —exclamé con prepotencia—. Voy a diseñar una actividad para el Día de la No Violencia, para los cuatro cursos a los que doy Historia. Consistirá en analizar las letras de las canciones con contenido machista. Podéis reflejarlo en el acta o poner lo que queráis.

—Pero es que tenemos que ponernos de acuerdo —titubeó Milagros—. Son actividades comunes.

—Pues entonces tenemos un problema, porque yo no voy a apoyar actividades vacías que se hagan por inercia, sin ningún objetivo educativo. Creo que estas actividades no sirven si se siguen diseñando como en el año de la pera. Ahora estamos en otra era, y hay que adaptarse para que las cosas funcionen.

—Bueno, lo votamos y aceptamos lo que decida la mayoría —concluyó Blanca con seguridad.

—Perfecto, pero que conste en acta mi propuesta y mi negativa a realizar las actividades que no tengan unos objetivos claros, unos contenidos definidos y unos criterios de evaluación establecidos.

—No sé yo si eso se puede hacer —dudó Blanca—, tendría que consultarlo con el jefe de estudios.

Aunque quiso sonar amenazante, sus palabras no surtieron el efecto que ella deseaba.

—Creo que es lo mejor —confirmé—. Estoy segura de que sabrá darnos las pautas para resolver esto.

Seguimos discutiendo un buen rato más, pero no llegamos a ningún acuerdo. Tampoco encontramos una remota posibilidad de acercamiento.

—Veo que no nos vamos a poner de acuerdo y estamos perdiendo el tiempo. Así que, si me disculpáis, tengo un evento muy importante.

Me levanté muy digna y sin esperar respuesta salí de la sala tan rápido como pude. Arranqué el coche y fui dejando por el camino mi mal humor. Los kilómetros que me separaban de la casa de mis padres fueron calmando mis nervios y evaporando la mala leche que mis compañeras me habían provocado. Necesitaba ver a mi familia, abrazar a mis hermanos y a mis sobrinas, y dejarme mimar por mi padre y mi madre.

Me di cuenta de que estaba hambrienta cuando me quedaba poco para llegar. Seguro que no faltaría ninguno de mis platos favoritos. A esas horas mi madre ya habría dispuesto grandes bandejas con queso y jamón serrano presidiendo la mesa, y también dos fuentes de langostinos. Y luego, cuando todos estuviéramos sentados, comenzaría a colocar manjares, hasta que no quedara ni un solo hueco en la mesa.

Era la penúltima en llegar y todos me disculparon, sabían que estaba trabajando. En primer lugar saludé a mi tía y la felicité de forma efusiva. Pese a ser la hermana de mi padre, solo nos llevábamos ocho años, lo que había propiciado que, después de entrar yo en la pubertad, nos hiciéramos buenas amigas. Luego abracé con calma, tomándome mi tiempo, a todos los miembros de mi familia. Me di cuenta de cuánto los echaba de menos. No era la primera vez que vivía a unos cuantos kilómetros de distancia, pero siempre me ocurría lo mismo, cuando me reencontraba con ellos el sentimiento de pertenencia me llenaba de añoranza.

Comimos entre bromas y chismes, entre risas y chistes, y antes de partir la tarta le dimos los regalos a la cumpleañera. Mis sobrinas le habían pintado un cuadro en colores pasteles, que ella colocaría en un sitio bien visible de su casa, y mis hermanos le habían comprado una televisión nueva para el salón. Le ofrecieron el regalo en nombre de los adultos, junto con una tarjeta que habíamos firmado todos los miembros de la familia. La tía recibió el regalo impresionada por tanta generosidad, estaba muy sorprendida, porque apenas el día anterior le había contado apenada a mi hermana que se le había roto la tele. Mi hermana, que ya tenía otro regalo preparado, lo había ido a cambiar y organizó una colecta entre todos los primos para comprar lo que nuestra tía necesitaba. Todos compartían la alegría por el momento de celebración, excepto yo, así que no tardaron en bromear a costa de mi mala cara.

Mi hermana pequeña me miraba atenta, de pie, apoyada en la puerta del salón que daba a su dormitorio.

—Ahora me cuentas qué te tiene con esa cara de *avinagrá*. No estarás así por Manuel —me preguntó.

—Qué va, Manuel se ha portado estupendamente. Son muchas cosas, Susi, mi clase es un caos y mis compañeras han venido de la prehistoria para quedarse —confesé—. Mi vida se ha llenado de problemas en pocos días.

—Los problemas están en el trabajo y el trabajo no es toda tu vida. Espero que en tu vida haya mucho más que trabajo. Estoy preocupada por ti, no sé si volver a la aldea ha sido buena idea.

—Sabes que sí, pero estoy lejos de vosotros, de las niñas, de mis amigos. Y eso, que no acabo de adaptarme en el trabajo.

—Acabas de llegar, eres la nueva. Date tiempo, al final las señoras prehistóricas te adorarán, como todo el mundo.

—No lo tengo yo tan claro, andamos a años luz en cuanto a educación se refiere. La cosa no pinta bien. Son dos mujeres mayores a punto de jubilarse que de lo único que tienen ganas es de perderme de vista —admití apenada.

—Mara, las cosas nunca pintan bien al principio. Nunca te han puesto fácil los comienzos, eso es un continuo en tu vida, pero siempre llegas a buen puerto, solo tienes que ser paciente.

En ese momento mi madre nos hizo un gesto con la mano para que apagáramos la luz y mi padre entró en el salón con una enorme tarta cubierta de velas encendidas. Estaba segura de que había más velas que años cumplidos, algo que mi padre solía hacer para provocarnos.

Mi hermano partió la tarta en trozos pequeños que fue dándonos a cada uno. Cuando hubo servido a todos agarró un trozo enorme que mi madre le retiró inmediatamente de las manos. Estuvieron un rato corriendo por la casa, uno detrás del otro, hasta que mi padre intervino y se apoderó del trozo grande metiendo su cuchara.

A las diez llegó mi cuñado acompañado de su guitarra. Mis padres retiraron la mesa con la excusa de que las niñas pudieran bailar, pero todos sabíamos que al final no serían las únicas.

Mi hermano me cantó una de mis canciones favoritas. En momentos como esos todas mis emociones afloraban y no podía evitar que mis ojos se humedecieran. Mirar a mi hermano mientras cantaba me llenaba de paz y provocaba en mí un manojo de sensaciones bonitas. Me acariciaba con su voz y por mucho que lo escuchara no dejaba de sorprenderme. Mis sobrinas sacaron a bailar a la cumpleañera, que no se hizo de rogar mucho. Yo podía pasar horas viendo a mi familia disfrutar, cantando y bailando sin parar. El tiempo corría deprisa con la risa de mi gente de fondo, con su alegría y su forma de disfrutar de la vida.

En esos momentos echábamos mucho de menos que mi familia no viviera en la aldea. Allí el ruido y la música nunca eran una molestia para los vecinos. Como mucho podía ser un reclamo para que quienes la oían en la lejanía se unieran a la fiesta. Pero en aquella casa adosada, a las once dejábamos de hacer ruido, por respeto a Amalia, la señora mayor que vivía al lado. Si no fuera por ella, el jaleo se hubiera alargado hasta la madrugada.

Cuando terminamos de bailar me senté en la terraza y estuve disfrutando de la noche y su frescor, de aquella paz que me tranquilizaba. Uno de los gatos de mi hermana se había sentado en mi regazo y yo lo acariciaba apaciblemente.

—¿Qué anda por esa cabecita mía? —me preguntó mi padre acercando una silla a mi lado.

—Tengo tantas cosas en la cabeza que algunas se salieron y ya andan por mi cara, por lo que veo. Todos me decís lo mismo, se me debe de notar mucho.

—¿Solo te preocupan los muchachos o hay algo más?

—Hay algo más. Mis compañeras y yo no nos vamos a llevar bien.

—No puedo creer que afirmes eso, cuando apenas acabas de conocerlas —rechistó pasándome el brazo por los hombros.

—Es que son un bloque y no voy a poder vencerlas. Me siento muy impotente cuando rechazan lo que planteo, y ellas dos siempre están de acuerdo en todo. Es imposible que pueda conseguir nada si siempre votan unidas en mi contra. Y eso me desespera, no sabes cuánto.

—Eres profesora de Historia, sabes de sobra que la mejor estrategia para vencer al enemigo es acercarse a él lo máximo posible, conocerlo y atacar sus puntos débiles.

—Nunca debiste animarme a que estudiara una licenciatura, era muy feliz con mi diplomatura y los niños pequeños. Los problemas de los niños chicos eran pequeños, los de los niños grandes son enormes.

—Mi niña, yo no te animé a nada, tu memoria está distorsionada. La única vez que me atreví a intervenir en tu vida dejaste de hablarme durante mucho tiempo, no he olvidado esa enseñanza. Por cierto, ¿me has traído la tabla de quesos?

—Sí, está en el maletero del coche. Voy a sacarla y a despedirme de ella, ya sé que no la volveré a ver más, y también de todos vosotros, me voy marchando, es muy tarde y me queda un largo camino.

—La próxima vez que nos veamos tendré la cinturita de una avispa —bromeó para cambiar mi humor.

—Papá, te veo este viernes, no te va a dar tiempo ni aunque duermas encima de la tabla. Y gracias por decirme lo de la pedida tan rápido. Si no me lo llega a contar Manuel, os presentáis allí sin avisarme. Y no te pases con la gimnasia, que luego tienes agujetas y me toca a mí montar el puesto.

—Siempre puedes pedirle ayuda a la superabuela.

—Pienso decirle a Carmen que la has llamado así —amenacé señalándole con el dedo índice.

—No te atreverás. Si lo haces, no volverás a comer lomo en manteca en toda tu vida.

—La madre de Manuel lo hace riquísimo, creo que está más bueno que el tuyo.

Me miró con cara de incredulidad, hasta que se dio cuenta de que la receta era la misma, la vieja receta de la Yaya.

—Yo le tengo cogido el punto al vinagre. Y eso no está apuntado en ninguna libreta, listilla. Anda, dale un achuchón a tu padre. Y dame la tabla, no se te olvide.

Me marché pese a las terribles ganas que tenía de quedarme, de acurrucarme en mi antigua cama, junto a mi hermana pequeña.

Tras el largo viaje en coche, me sorprendió que al llegar a casa Bosco no saliera a recibirme. Lo llamé por si estaba dormido, pero no hubo respuesta. Inquieta, lo busqué por toda la casa y no lo encontré. Había abierto la puerta con la llave al entrar, así que esta vez la había cerrado antes de irme. No había ninguna posibilidad de que se hubiese escapado de nuevo, pero... ¿dónde estaba?

Al entrar en la cocina comprendí lo que había ocurrido.

6

Aquel viernes me desperté sin que sonara mi despertador. El ruido del viento golpeando todo lo que encontraba a su paso me despertó una hora antes de lo previsto. Pensé que el día sería largo y que necesitaría mucha energía para afrontar una jornada que terminaría más tarde de la hora acostumbrada e intenté quedarme dormida de nuevo. No lo conseguí. El vendaval me había pillado desprevenida; en la parte trasera de la casa tenía demasiadas cosas que el viento golpeaba a su antojo y se oía un tintineo continuo de intensidad variada.

Bosco me miraba con atención, girándose en cada vuelta que yo daba en la cama. Decidí levantarme y aprovechar esa hora que el día me había regalado para organizarme. Cuando salí, vi a Manuel marcharse a trabajar en su coche. También para él sería un día importante. Después de seis años de duelo, durante los cuales dejó de asistir a cualquier evento festivo, volvería a compartir con los suyos una celebración, la pedida de la nieta de la Redonda.

Me producía un nerviosismo extraño tropezarme con él. No tenía claro cuándo comenzó a suceder, pensaba que al volver a encontrarnos empezaríamos de cero, que el pasado no afloraría. Pronto me di cuenta de que lo único que recibía de él era una mirada intensa que rara vez se acompañaba de alguna palabra amable. Esas miradas me desconcertaban, no sabía cómo gestionarlas y me bloqueaban. Intentaba recordar si había habido algún momento incómodo que nos alejara y hubiera creado una brecha entre los dos, pero no sabía ubicarlo. Un gesto con la mano era lo único que yo solía aportar a nuestros encuentros en la calle. Si nos encontrábamos frente a frente, la cosa no mejoraba, no éramos capaces de establecer una conversación cordial, con la naturalidad esperada. Me marché al instituto dándole vueltas a esa idea en la cabeza.

La mañana fue horrible. González volvió a boicotear mi clase añadiendo al temario bromas pesadas que los demás recibían con risas escandalosas y forzadas que me hacían perder los nervios. Empezaba a conocer a mis alumnos y me daba cuenta de que había cuatro líderes que se escondían con sutileza. No tenían ningún tipo de protagonismo y, sin embargo, arrasaban con todas las actividades que yo preparaba con esmero. Con sus comentarios a media voz, que nunca llegaban a mis oídos, provocaban en los demás reacciones absurdas, desmesuradas y cómicas. Llegué a casa tan agotada que sentí que no tenía fuerzas para sobrevivir al resto del día.

Cuando fui a prepararme el segundo café de la jornada, vi de nuevo la nota que Manuel me había dejado en la mesa del salón hacía un par de noches, en el cumpleaños de mi tía, cuando se había llevado a Bosco a su casa y yo creía que se había perdido otra vez por el pueblo. Me resultó tan tierna que no pude tirarla a la basura y acabó pegada en la puerta de mi nevera. Su hija pequeña era la autora.

En un folio había realizado un dibujo muy gracioso, unos pictogramas que me explicaban dónde estaba Bosco y por qué se lo habían llevado con ellos. En la ilustración Bosco tenía unas cuantas manchas negras de más, lo rodeaba un montón de lágrimas y se encontraba sentado junto a un hospital tachado con una enorme cruz. Con una flecha había señalado un camino que llevaba a su casa. Fue su forma de decirme que, aquella noche, Bosco no dejaba de llorar por el miedo que le daba estar solo y que se lo habían llevado a casa para que no sufriera, se pusiera enfermo y tuvieran que llevarlo al veterinario. El sentimiento de culpabilidad que sentí en un primer momento por haber dejado a mi perro tantas horas en un lugar nuevo para él se difuminó en mi memoria; tan solo quedó la nota, sujeta con un par de imanes, en la parte superior del frigorífico.

Estaba regodeándome en mi cansancio cuando el timbre de la puerta me anunció que mi familia no me lo iba a poner fácil para poder descansar durante la hora que faltaba para que empezase la fiesta.

La forma que tenía mi familia de improvisar los eventos era algo que me exasperaba; a mis padres y hermanos, en cambio, no parecía importarles. Si les invitaban a una fiesta prevista para dos días después, ellos tenían tiempo suficiente para comprarse algo nuevo y disfrutar de esa reunión con agrado. En cambio yo me echaba a temblar pensando que no me daría tiempo a encontrar un vestido y unos zapatos que combinaran, y maldecía el aviso tardío. Seguramente yo lo vivía así porque no estaba al tanto de los rumores y cotilleos de la familia. Los que sí lo estaban tenían ya en mente el evento desde el momento en que se gestaba.

Siempre había sido así, pero yo no acababa de acostumbrarme. Me sentía fuera de juego: en una hora se iba a celebrar la pedida de Yumara, la nieta de la Redonda, y si no me lo llega a contar Manuel me hubiese pillado de sorpresa. Para él era un momento importante. Se reencontraría con los suyos, después de mucho tiempo, incluida mi familia, que asistiría al completo. Y yo sabía que para Saray era algo especial, pues había compartido conmigo su ilusión por volver a ir a una fiesta.

El apalabramiento, la pedida de mano, se llevaría a cabo dos casas más abajo, en la misma aldea, y la fiesta se celebraría en una de las casetas de la feria, a varios kilómetros de distancia. Era costumbre que la familia del novio siempre fuera a la casa de la novia a hablar con los suyos y que luego las dos familias se desplazaran a algún lugar a celebrarlo.

Coral y Saray no habían ido a clase por la mañana, enseguida tuve claro que la pedida era el motivo de la falta de asistencia, al estar las dos invitadas. Ambas colaboraban en los preparativos, aunque de manera distinta. Mientras Saray llevaba toda la mañana cocinando con su abuela, friendo grandes trozos de lomo adobado, hirviendo langostinos frescos y presentando el embutido en grandes bandejas, Coral ayudaba a los novios con los preparativos, encargándose de montar sus camas, de recoger los regalos para el intercambio y de decorar con globos y letras brillantes el lugar de la celebración. Las dos disfrutaban de su participación.

Sin embargo, para mí, las pedidas eran algo más que una tradición festiva, me producían un cúmulo de contradicciones que removían y hacían tambalear mis propios valores. La verdad es que no podía disfrutar de la fiesta ni relajarme del todo. Me cuestionaba si la edad de los protagonistas era la adecuada, si esa fiesta cambiaría sus vidas y si no perderían demasiado rápido la inocencia que veía en sus ojos. A esas dudas tenía que sumarle que su alegría siempre se me contagiaba y los actos de respeto hacia los mayores me llenaban de un orgullo que acababa emocionándome. Todo eso se centrifugaba dentro de mí, creando una confusión que me costaba analizar con claridad.

La Redonda vino a mi casa cuando se enteró de que mi familia había llegado. Mi padre y ella llevaban tiempo sin verse y se saludaron con un efusivo abrazo. Nos invitó a que fuéramos a ver la cama de la niña y, aunque yo me resistí, mi hermana y mi cuñado me obligaron a ir tirándome cada uno de un brazo. Me puse el vestido que tenía preparado y los zapatos a juego, y por el camino mi hermana me dio unos pequeños pendientes y tuvo que ayudarme a ponérmelos. No tardamos más de un par de minutos en llegar. Los hombres estaban en la puerta de la casa charlando y brindando por los novios, mientras que las mujeres pasábamos dentro, a la habitación de la niña, a quien Coral acababa de maquillar.

Era frecuente que la novia expusiera su atuendo en la cama antes de la fiesta. Se grababa en vídeo y se sacaban fotografías desde todos los ángulos posibles. En mi familia la estampa se compartía con las demás mujeres, que entrábamos despacio en la habitación para admirar el vestido y los accesorios que iba a lucir la protagonista.

La decoración de la cama de Yumara era preciosa. Dos cojines blancos adornados con plumas de diferentes tonos de rosa servían de apoyo a los dos pares de zapatos, ambos con tacones extremadamente altos. A su lado, unos pequeños expositores de terciopelo blanco presentaban los pendientes, las diademas y los collares, todo conjuntado con los dos vestidos que luciría en la ceremonia. Unas peladillas blancas y rosas dibujaban corazones de distintos tamaños, y rosas naturales bordeaban la cama, expuestas en línea recta y adornadas con pétalos del mismo tono pálido esparcidos por la superficie que quedaba libre. La composición era sencilla y elegante. En una esquina, dos maniquíes lucían los dos vestidos de la novia. Uno para la casa, para el momento del *pedío*, y otro para la fiesta. El cambio de vestido también era una costumbre que mi familia seguía fielmente. Uno era completamente plateado, de gasa semitransparente, con un corpiño adornado con miles de piedrecitas brillantes. El escote tenía forma de corazón y una minifalda gris perla, de tela ligera, se dejaba ver bajo la gasa de la sobrefalda. El otro vestido era blanco, asimétrico, con una sola manga, cubierto de lentejuelas también blancas que se agrupaban en círculos formando pequeñas flores. La falda tenía una apertura en la parte izquierda, tan pronunciada que dudé si no le llegaría a la cintura.

La novia estaba preciosa envuelta en una bata blanca de seda. Su pelo moreno, largo hasta la cintura, con ligeras ondulaciones en las puntas. Me sorprendió el maquillaje. A pesar de ser muy llamativo, estaba realizado con la perfección digna de una profesional. Coral entró en la habitación donde me encontraba.

—¡Qué guapa estás, maestra! —gritó nerviosa.

—Tú sí que estás preciosa. Me encanta el maquillaje que le has hecho a la novia. Es perfecto.

—Gracias, tiene que estar muy guapa, ella es la protagonista, aunque yo estoy *atacá*. No quiero ni pensar cómo estaré cuando me toque a mí.

—Tú estarás preciosa como siempre.

Alguien la llamó y, tras disculparse, se marchó.

Aunque me encantaba ver la cama de la novia, sentía cierto pudor al estar tan expuesta la intimidad de alguien. Esa forma de presentar a los demás hasta las prendas íntimas que la protagonista luciría en el evento. No acababa de entender esa necesidad de lucir absolutamente todo, hasta la marca del perfume que usaría, pero lo respetaba, y tenía que reconocer que disfrutaba del ambiente, aunque en muchas ocasiones me sentía ajena a la escena, a una distancia a la que no era capaz de poner palabras.

Salimos de la habitación cuando iban a vestir a la novia, para que entraran las más allegadas. Sus hermanas la ayudaron a ponerse el primer vestido, el plateado, y su madre le colocó la diadema. El proceso era lento, pues cada vez que se le colocaba una prenda, la novia besaba a su ayudante y se le tomaba una fotografía. La música fue, sin duda, otra de las protagonistas de la tarde. Las amigas de la novia cantaban y tocaban las palmas a pocos metros, mientras veían cómo iba arreglándose.

La Redonda se acercó a nosotras, que habíamos aprovechado para jugar con las niñas pequeñas en la calle.

—¿Habéis visto qué guapa está mi nieta? —nos preguntó emocionada—. Tiene una cara tan bonita que con cualquier cosa que se ponga está preciosa.

—Tiene a quien salir,—intervino mi madre—. Su abuela es la gitana más guapa de toda la aldea.

—Anda, calla, eso es solo desde que os marchasteis vosotras —bromeó la Redonda—. Ahora ha vuelto tu hija y no tiene competencia. Por cierto, Mara, hay muchos mozos guapos en la fiesta, a ver si le echas el ojo a alguno.

—Estaré atenta —le respondí guiñándole un ojo.

Fuimos a buscar a mi padre y a mi hermano, que estaban charlando con unos amigos de la infancia.

A mí esperar no se me daba bien, no era algo que me agradara. Respiré hondo y me relajé, intentando disfrutar del momento. El ritual era largo. En ese instante en la casa del novio estaría ocurriendo lo mismo, sus hermanos le ayudarían a vestirse y bailaría con cada uno de ellos cuando terminaran.

Las familias estábamos citadas a las seis de la tarde, hora en que se llevaría a cabo el apalabramiento. Como la casa era pequeña y los invitados se contaban por decenas, decidieron realizarlo fuera, en el porche de la entrada. El padre de la niña y el abuelo, con todos los hombres de la familia en primera fila, visiblemente nerviosos, esperaban a que llegara la otra familia.

Las mujeres entraban y salían de la casa, para ver a la novia y cuidar de los niños pequeños. La madre de la novia estaba muy nerviosa, intentando supervisarlo todo, para que no se le olvidara ningún detalle, y de vez en cuando mandaba llamar a las primas de la novia para que sacaran más bebidas o trajeran más bandejas con aperitivos.

Mi madre me miró fijamente con cierta preocupación.

—Mara, ¿estás bien? —me preguntó apartándose para que nadie nos oyera.

—Sí, estoy bien, es tan solo la sensación de que no encajo, de que no sé muy bien qué hago aquí, la misma de siempre, mamá, no es nada nuevo.

—Lo único que estás haciendo aquí es pasar tiempo con tu familia, disfrutar de su compañía y respetar unas tradiciones. Deberías dejar de pensar por un rato. Tu cuñado y tu hermano van a cantar y a ti te encanta escucharlos. Disfruta, Mara, no le des tantas vueltas a la cabeza.

La abracé y le di un beso en la mejilla. Si algo me quedaba claro es que mi familia podía leer en mi cara cada uno de mis estados de ánimo, yo era totalmente transparente para ellos.

Intenté seguir el consejo de mi madre, mientras observaba cómo el abuelo y el padre de la novia se reían. Estaban contentos en el que, sin duda, sería uno de los días más especiales de su vida.

La familia del novio llegó puntual. Primero llegó una comitiva con el novio, su padre y su abuelo. Y a pocos metros les seguían el resto de la familia.

—Buenas tardes —saludó el padre del novio—. En primer lugar quiero agradecer a toda mi familia que está aquí, por haber venido en este día tan especial para nosotros. Y quiero recordar a los que no están, como es el caso de mi *mama*, que nos dejó hace poco. —Se paró unos segundos, visiblemente emocionado—. Cuando mi hijo me dijo que le gustaba una mocita, me puse contento, pero aún más contento me puse cuando me enteré de que la mocita era la hija de mi primo Juan. Y aquí nos presentamos en tu casa, con mucho respeto, para pedirte la mano de tu hija, como gitanos de bien que somos. Y venimos con orgullo a tu casa, que sabemos que también es una casa respetable, porque mi hijo quiere a tu hija y queremos pedírtela.

En ese momento mi padre me cogió de la mano y la apretó fuerte. Sabía que esas palabras me removían por dentro, que me causaban indignación que, si salía fuera, no lo haría de una forma amable. Estaba a punto de saltar y gritarles a todos que la niña no era propiedad de nadie para que pudiera ser otorgada, pero me tragué las palabras y sentí un nudo en el estómago. No quería estropear la fiesta y que mi padre se sintiera avergonzado. Además estaban allí Coral y Saray, tampoco quería que ellas se sintieran incómodas al defender yo mi postura. Frases como esas eran las que me hacían entrar en contradicción, las que me hacían dudar de si en verdad tenía la sensación de pertenencia que todos los que estaban a mi alrededor compartían. Miré a Coral y pude ver la emoción en sus ojos. Ella sentía que ese era uno de los momentos más bonitos en la vida de una mujer. Saray, en cambio, era una mera espectadora, no tenía ninguna intención de protagonizar algo como lo que estaba viviendo.

El padre de la novia dio un paso al frente para contestar al padre del novio. Se tomó unos segundos que condensaron un silencio espeso.

—Bueno, yo quiero decir que también estoy muy feliz de que mi niña haya escogido a un niño bueno, que sé que la va a respetar y cuidar. Pero quiero que sea su abuelo, mi padre, quien diga unas palabras.

El abuelo se puso a la altura de su hijo, orgulloso de haber sido nombrado, de que mostrara públicamente el respeto que la familia le tenía. Era un hombre alto, de unos cincuenta y pocos años, que no podía disimular ni su nerviosismo ni su orgullo.

—Estamos muy contentos de que vengáis a por mi niña la Yumara, que es una princesa, la niña de mis ojos, y que la cuidéis y la respetéis. Aunque nuestro sí ya lo tenéis, es la niña la que tiene la última palabra —añadió el abuelo de la novia—. Llamad a la Yumara que venga.

La niña estaba preparada detrás de la puerta, escuchando lo que se decía. Se frotaba las manos visiblemente nerviosa. No sabía adónde mirar. Se acercó a su padre con timidez, sabiendo que en ese momento todos los ojos estaban puestos en ella.

—Yumara —le dijo su padre—, estos gitanitos han venido por tu mano, eres tú la que tienes que contestarles.

La novia miró a su futuro suegro y luego a su padre.

—Lo que tú me digas, *papa*. Si tú quieres, yo también quiero —comunicó la niña con timidez.

—Pues ya está —confirmó el padre de la novia—. Si tú quieres, queremos todos, que venga ese novio. Y que Dios los bendiga.

Todos aplaudimos. Me sentía incómoda, los novios me parecían unos niños pequeños que estaban jugando a ser adultos. Y yo estaba siendo partícipe de ello.

El novio, que llevaba unos minutos mirando la escena desde un sitio discreto, se acercó con dos ramos de flores enormes. Le dio uno a la novia y el otro a su futura suegra, a la que saludó con dos besos en las mejillas. Mientras saludaba a la madre del novio la novia se dio cuenta de que alguien le había puesto en la mano una bolsa pequeña con el regalo para el intercambio, pero no pudo ver quién lo hizo. Se había relajado un poco, pero aún no había adquirido una actitud natural. El novio buscó con la mirada a su hermana, que tenía el regalo de su prometida. Se los intercambiaron y ambos los abrieron con rapidez. Ella recibió un pequeño colgante con un corazón de oro y una pulsera a juego; él un reloj dorado, con una cadena ancha y una esfera con un cristal grueso.

Algunos amigos comenzaron a cantar y los novios bailaron en el centro del círculo que habíamos formado.

Aunque siempre se realizaba igual en todas las pedidas, el baile de los novios con los diferentes miembros de sus familias era para mí hipnótico. Con una sincronización perfecta, todos los familiares y amigos pasaban el mismo tiempo bailando con los protagonistas, unos cuantos segundos, y luego salían del centro sin tropezarse con los que entraban a bailar con los novios. Esta armonía me resultaba mágica; su fluidez, cargada de una sencillez tan equilibrada, convertía el baile de la pedida en una de las partes más bonitas de la ceremonia.

No dejaba de asombrarme la cantidad de estilos diferentes que lucían los invitados. Algunos llevaban trajes de fiesta, con brillos y pedrerías exageradas; otros, como mi familia, iban vestidos con trajes de ceremonia, elegantes, con algún detalle brillante en el cinturón o en las mangas, y algunos, aunque eran los menos, llevaban ropa más cómoda, de estilo más casual. Todos tenían cabida y todos eran respetados. Nadie entraba a valorar o criticar la indumentaria del otro. Ese respeto, esa forma de integrarse en una fiesta, en la que lo único importante era disfrutar con los demás, era uno de los valores que yo más apreciaba.

Mi padre tocaba las palmas junto a la abuela de la novia y miraba cómo los novios bailaban. Sabía que cuando mi cuñado y mi hermano comenzaran a cantar, ya no los dejarían parar y los notaba impacientes, esperando su momento. No querían hacer de menos a los primos más cercanos de la novia que en ese momento cantaban.

Manuel estaba rodeado de gente, a la que no había visto desde hacía mucho tiempo. Ni siquiera había terminado de saludar a alguien cuando recibía otro abrazo de algún primo que acababa de llegar. Saray se ocupaba de las niñas pequeñas, que comían un helado junto a mis sobrinas. En ese momento sentí que no estaba en el lugar que le correspondía, bailando con la gente joven. Me acerqué a ella, me quedé con las niñas y la invité a que se juntara con las chicas de su edad.

Cuando mi hermano empezó a tocar la caja y mi cuñado la guitarra, todo el mundo centró su atención en ellos. Sus voces unidas eran un verdadero deleite.

Mi madre se quedó con las niñas mientras mi hermana y yo bailamos con los novios, ante la mirada atenta de Manuel, que me estaba haciendo sentir incómoda. La novia no dejaba de sonreírme mientras bailábamos, turnándose con el novio mientras nos dedicaban toda su atención. En ese momento me sentía feliz. Sí, me sentía integrada, era capaz de disfrutar de la alegría de esos chicos que con la música celebraban su compromiso. El resto de los invitados se disponía en un semicírculo en el que salíamos y entrábamos de forma organizada.

En un momento dado, los novios bailaron solos. Ella alzaba los brazos, alternándolos, rozando el aire con ternura, y no dejaba de mirar con emoción al novio, que la acogía sin perder el paso. Giraba sobre sí misma moviendo con gracia sus caderas, pegada a él, sin apenas tocarse, pero acariciándose con la intensidad de sus miradas. Ni por un solo instante perdieron el contacto visual y la magia los envolvía, se sentían solos aun estando rodeados de tanta gente. Sonreían, disfrutaban del momento y de ese amor que, estaba segura, era más grande que nunca. Los invitados acompañamos a los novios respetando su espacio, compartiendo con ellos la música, que no dejaba de sonar.

Yo bailaba y reía con mi hermana, que tenía sin duda el don de moverse con un arte inigualable. Cuando terminé de bailar Manuel se interpuso en mi camino. Estaba muy cerca y al hablarme rozó mi cara.

—Había olvidado lo guapa que estás cuando te vistes con ropa ajustada —me susurró al oído.

—Me siento bien siempre, me vista con lo que me vista, no necesito un vestido ajustado para sentirme guapa. Otra cosa es que seas corto de miras y solo sepas apreciar a las mujeres cuando vestimos así —le contesté altiva, girándome para irme.

Me sentí abrumada. Intentaba calcular si mi respuesta a su comentario había sido dura y desproporcionada, pero lo que sentía en mi interior no dejaba espacio para las valoraciones. Estaba tan nerviosa que necesitaba quedarme a solas para poder serenarme. No acababa de entender por qué me había alterado tanto su comentario.

Manuel no me dejó marchar. Se acercó y me sujetó de un brazo para impedir que me fuera. La distancia entre nosotros se volvió a acortar.

—Hay cosas en esta vida que es mejor no apreciar, porque si las aprecias lo mismo te hacen daño —me dijo con arrogancia mirándome a los ojos con una intensidad que me consternó. Le mantuve la mirada, destilando más desdén del que me hubiera gustado.

Me soltó con un movimiento rápido y me marché, nerviosa, en dirección a mi sobrina pequeña, que jugaba con otros niños en los escalones de la entrada. Notaba una incómoda desazón en mi interior. Intenté calmarme participando en los juegos de los pequeños, pero no lo conseguí. Las palabras de Manuel daban vueltas en mi cabeza, volvía a ella una y otra vez. Estaba confusa, intentaba mentirme a mí misma y encontrar un significado alternativo a unas palabras que, sin duda, tenían un mensaje muy claro. No me encontraba cómoda en ningún lugar y tuve que hacer un esfuerzo para no llorar. Mis sobrinas me invitaron a construir una casa con unas piedras de colores que habían recogido del camino. La niña pequeña de Manuel se acercó y me dijo que tenía los ojos como una gata. Me hizo sonreír. Estaba claro que la hija había heredado la sinceridad de su padre.

A las ocho pararon la música y pidieron a todos los invitados que nos dirigiéramos al sitio donde tendría lugar el convite. Mi hermana repartió a nuestra familia entre mi coche y el suyo, indicando a cada cual en qué vehículo iría. Mi padre había ido con la furgoneta, previendo que la noche se alargara. A la mañana siguiente teníamos mercadillo y no le habría compensado ir a su casa para descansar unas pocas horas. Además, Manuel me había pedido que Saray y sus hermanas se quedaran a dormir en la habitación libre de mi casa, para poder alojar en la suya a los familiares que habían venido de fuera. Mi padre dormiría un par de horas en mi cama, y yo lo haría en el sofá del salón.

Mis sobrinas se fueron en el coche con las hijas pequeñas de Manuel, con las que coincidían en edad. Habían hecho buenas migas en el baile y no querían separarse.

—Madre del amor hermoso, cómo baila la niña mayor de Manuel. Va a bailar ahora en la fiesta, tiene mucho ángel la chiquilla —comentó mi padre mientras conducía mi coche de camino al convite.

—No la he visto, estaba cuidando a las niñas pequeñas, pero todo el mundo lo ha comentado. Creo que le encanta bailar, pero hasta ahora no ha tenido muchas oportunidades de hacerlo delante de la familia, por la situación de Manuel.

Llegamos en unos minutos. La caseta de la feria era más grande de lo que había imaginado. Tuvimos que guardar cola para entrar, éramos cientos de invitados y todos coincidimos en la puerta, los que habíamos estado en la casa y los que se incorporaban ahora, al salir de trabajar.

Las mesas estaban dispuestas en horizontal, formando diez hileras larguísimas separadas entre sí por un espacio pequeño. Al menos cabían unas doscientas personas. En la parte interior, un escenario con micrófonos e instrumentos musicales anunciaban que la fiesta se alargaría hasta la madrugada. Me encantó la distribución del espacio: una mesa ancha, dispuesta en la parte delantera del salón, exponía el *buffet*, cientos de platos fríos y calientes, al que tendríamos acceso todos los invitados. Y a cada lado de la mesa estaban las barras para la bebida, servida por camareros uniformados.

—Si me pierdo, es aquí donde tenéis que venir a buscarme —informó mi padre abriendo los brazos delante de la comida.

—Procura no perderte mucho o te las verás conmigo —le replicó mi madre, que no le quitaba el ojo de encima.

La cantidad de platos dispuestos en la mesa dejaba a todo el que se acercaba con la boca abierta. Cuando mi padre vio los laterales de la mesa, empezó a frotarse las manos de forma cómica.

—Esta es mi zona favorita —anunció señalando las torres de camperos.

Los camperos son unos bocadillos típicos de Málaga, que consisten en un pan circular relleno de lechuga, mayonesa, tomate, jamón cocido y queso, aplastado en una plancha. Para que los invitados pudieran personalizar su bocadillo, a su alrededor habían colocado platos con ingredientes extras para añadir al gusto. Mi padre hizo un recorrido completo por la mesa.

—Ve decidiendo, no te vaya a faltar tiempo —le susurré al oído.

—Esta noche no. Mara, déjame comer lo que quiera, tengo que probarlo todo.

—¡Papá, todo no! —exclamé—, que mañana es sábado y tenemos que trabajar. A ver si te vas a poner malo y tendré que llevarme a mi hermano al mercadillo.

—Tu hermano podría hacer eso por mí, por un día que no descanse no pasa nada —me contestó rascándose la cabeza.

Mis sobrinas habían descubierto la mesa dulce, repleta de pastelitos rosas y blancos, y no podían separarse de ella. Era la más bonita que había visto nunca: diseñada en varias alturas y decorada con flores naturales, con dos grandes candelabros plateados y dos copas altas y brillantes como única decoración, y unas gasas blancas pegadas a la pared, del tamaño de la mesa le proporcionaban el fondo perfecto. Todas las golosinas y los chocolates expuestos estaban dispuestos en un pulcro orden y tenían color blanco o rosado.

Cerca de la mesa vi a Saray; estaba preciosa con el vestido largo malva que había elegido, las distintas capas de tul resaltaban el tono moreno de su piel y se había recogido el pelo en un moño alto salpicado de pequeñas florecillas brillantes.

—Antes no te he dicho lo guapa que estás —le dije con admiración.

—Gracias, maestra, tú también estás muy bonita. Tienes que contarme cómo has conseguido ese rizo tan pequeño y cerrado —me susurró al oído.

—Con dos horas y un acondicionador sin aclarar, un activador de rizos, una crema de peinado y un gel definidor, ha sido muy fácil —me burlé riendo.

—Estamos sentadas cerca, mi padre ha puesto a mi hermana con tu sobrina. Ahora nos vemos, tengo que ayudar en el cambio de vestido de la novia.

En efecto, ambas familias íbamos a compartir la misma mesa. Manuel se había sentado justo enfrente de mis padres, y el único asiento que quedaba libre estaba al lado de mi madre. Mi padre se dio cuenta de mi incomodidad y, con la excusa de alejarme de él y que lo dejara comer tranquilo, me cambió el sitio con mi hermano. Se lo agradecí con una sonrisa cómplice, aunque también intuía que era una ventaja para él no tenerme toda la noche censurando su cena. Así, aunque Manuel y yo estaríamos cerca, al menos nuestras miradas no se encontrarían cada vez que levantáramos la cabeza del plato.

Me sentía mal conmigo misma. Era la primera vez en mucho tiempo que Manuel disfrutaba de una fiesta y nuestro roce en la casa nos había dejado a los dos un mal sabor de boca.

Comimos durante más de dos horas. Mi padre cumplió su promesa de probarlo todo y mi madre no paraba de retirarle platos para que no se los acabara. Manuel y Saray miraban divertidos la escena. Cuando los comensales comenzaron a levantarse, la madre de Manuel se sentó en una silla vacía junto a la mía.

—Me alegro mucho que estés de nuevo en la aldea, Mara.

Parecía sincera. Sus ojos tenían una tristeza palpable, que se acompañaba de unos movimientos lentos y desganados. La había visto hacía muy poco y la encontré muy desmejorada.

—Yo también me alegro de haber vuelto, Manuela, aquí me siento como en casa. Muchas gracias por el lomo, estaba buenísimo. Siento no haberle hecho una visita, pero me dijo Saray que estaba usted pachucha en cama y no he querido molestarla.

—No te preocupes, hija, ven cuando quieras, un domingo de estos te voy a hacer unas migas que te vas a chupar los *deos* —me prometió animada.

—No lo diga muy fuerte o tendré que compartirlas con mi padre —sonreí cogiéndole las manos entre las mías.

—Mi Saray va a bailar ahora, la Yumara se lo ha pedido. Vamos a coger sitio, hija, que con tanta gente no se va a ver nada.

La acompañé hasta el semicírculo de sillas que se había formado delante del escenario. La acomodé en una y me situé detrás, para que ella viera bien a su nieta.

Vi a Saray hablar con mi cuñado, enseguida adiviné que alguien le había propuesto bailar con música en directo y estaban acordando el tema que bailaría. Pocos minutos después, mi hermano y mi cuñado comenzaron a tocar y cantar, y en ese mismo momento se hizo un silencio sepulcral en la sala.

Saray se situó en el centro, con los brazos abiertos, mirando al suelo. No parecía nerviosa, más bien todo lo contrario. En cuanto sonó la letra comenzó a bailar, dejando a los invitados boquiabiertos. Su cuerpo y la música se volvieron un solo ser, su fusión con las notas de la guitarra creaba un arte efímero que no podías dejar de admirar. Con su talento innato conseguía que la distancia entre ella y el público desapareciera, te fundías en el vaivén de su falda, en la expresión de su cara, en el palpitar de su taconeo. Ella era dueña de cada movimiento, del aire que movían sus brazos al girar, del sonido hueco de su repiqueteo. No era una coreografía aprendida, bailaba lo que le inspiraba la música, lo que nacía en su interior. Busqué a su padre con la mirada, Manuel estaba en primera fila, quieto, mirando a su hija sin parpadear. Cuando Saray terminó de bailar le sorprendió la merecida ovación. Ajena a lo que su baile había provocado, se sintió avergonzada y se escondió detrás del escenario.

Los novios volvieron a bailar en el centro y la orquesta comenzó a cantar. Mi hermano y mi cuñado regresaron con nosotros.

Fui a buscar a Saray para felicitarla, pero la cantidad de jóvenes que se arremolinaban detrás del escenario buscando un poco de intimidad me hizo desistir de la idea. Cuando estaba a punto de volver a mi sitio oí que ella me llamaba.

—Mara, espera. ¿Te ha gustado? —me preguntó con timidez.

Intenté buscar las palabras adecuadas para expresar todo lo que me había hecho sentir, pero no fui capaz de encontrarlas. Todas se quedaban pequeñas.

—Creo que es la actuación más bonita que he visto en mi vida, Saray. Tienes un talento para bailar que deja a todos los que te miran boquiabiertos. Ha sido mágico, y no solo lo pienso yo, todos los que te hemos visto bailar pensamos lo mismo. Cualquier cosa que te diga se queda corta. Nunca he visto a nadie bailando como tú lo has hecho hoy, me has tenido todo el rato sin parpadear.

—Gracias. Creía que me iba a dar más vergüenza. Es la primera vez que bailo delante de tanta gente.

Unas primas de su edad la reclamaron entre risas, y yo regresé con mi familia, que bailaba alrededor de los novios y bebía las copas que mi hermano colocaba en fila india. Los vivos colores y las sombrillitas de adorno se amontonaban en nuestra mesa. Debíamos de tener un gen raro que hacía que el sabor del alcohol nos resultara desagradable, difícil de deslizar por nuestras gargantas, pues nadie en mi familia bebía, ni siquiera mi cuñado y mi cuñada, que habían aprendido a disfrutar de la vida sin ningún tipo de estimulante externo que les animara a ello. La alegría era el único ingrediente que necesitábamos para divertirnos.

A las dos de la madrugada mi padre me susurró al oído que debíamos irnos. Miré el reloj y me di cuenta de lo tarde que era. Aún podíamos dormir unas horas antes de ir al mercadillo. Nos marchamos con una desgana compartida, mirando a los demás con envidia porque se quedaban en la fiesta.

—¿Quieres que me vaya yo y te quedas tú? —me preguntó mi hermana—. No me importa ir mañana al mercadillo. A ti te hace más falta una juerga que a mí, que no paro.

Agradecí su generosidad con un beso. Los sábados me tocaba cumplir a mí, Susi lo hacía el resto de la semana, y no me parecía justo que fuera ella la que se marchase.

Cuando fui a despedirme de Saray y de Manuel, este me pidió un minuto para hablar conmigo. Pensé que me iba a pedir que me llevara a Manuela a casa, pero me equivoqué. Se situó demasiado cerca y con un acto reflejo retrocedí un par de pasos. No quería mirarlo a los ojos y que pudiera encontrar mi turbación en ellos. Su cercanía me alteraba más de lo que quería reconocer.

—Solo quería disculparme por la conversación de antes, hablarte así ha estado fuera de lugar.

—La verdad es que nuestra conversación no ha sido lo mejor de la noche. Lo mejor de la noche ha sido el baile de tu hija —afirmé, intentando desviar la atención hacia otro tema.

—En esta familia todos bailan bien, mira tu hermana, no hay nadie ahora mismo en la pista que se mueva como ella.

O tú misma, también bailas flamenco con mucho *sentío*. Es genético —añadió quitándole mérito a su hija.

—No digas tonterías, Saray tiene algo especial y podría dedicarse a ello.

—Mara —me cortó con sequedad—, no le metas pajaritos en la cabeza a la niña. Ya tiene bastante con las horas que pierde estudiando, no necesita más distracciones.

—¿Perder horas estudiando? ¡No se pierden horas estudiando! ¿Eso consideras que hace tu hija? —le pregunté indignada—. No me lo puedo creer.

—No he querido decir eso, pero estudiar no es todo en la vida, y menos bailar. Mi situación no es fácil, Mara, y Saray tiene que ayudarme con las niñas y con mi madre.

—Claro, te entiendo perfectamente, y esas horas que la niña estudia son horas que no dedica a ayudarte —aclaré con ironía.

—No espero que lo comprendas, pero sí que no te entrometas —espetó cabreado.

—Por supuesto, no vaya a ser que estropee tus estupendos planes de futuro para tu hija.

Mi padre me apremió para que nos marcháramos y me fui dejando la conversación en el aire, no sin antes regalarle a Manuel una mirada helada, llena de ira. Eso era lo que tenía en mi interior. No había argumento al que pudiera agarrarme para entender a Manuel y su forma de ver la vida, sus planteamientos, me habían indignado tanto que no podía contener la furia que me hervía dentro. Yo había sido educada con el principio de que una formación, una educación, era la mejor opción en la vida, y no podía entender que fuera de otra manera. Dedicaba mis días a que mis alumnos tuvieran la mejor versión de sí mismos, con una educación que les abriera puertas, y la forma en que Manuel había expuesto lo que pensaba me había herido en lo más profundo, además de producirme angustia por el futuro de Saray, a la que le afectaban los pensamientos tan arcaicos de su padre.

En la calle le lancé las llaves del coche a mi padre al recordar que mis tacones eran demasiado altos para conducir.

—¿Estás bien? —me preguntó en cuanto me senté en el coche.

—No lo sé. No acabo de encajar en esto, ya lo sabes. Me preocupa la corta edad de los novios. A Yumara le faltan dos meses para cumplir dieciséis y ya ha dejado de estudiar. Son demasiado jóvenes —contesté eludiendo contarle toda la verdad.

—El *pedío* es un tiempo para conocerse, para saber si congenian bien. No sería el primer compromiso que se rompe ni el último, y no se morirá nadie por eso —argumentó mi padre.

—Tendría que ser así, pero bien sabes que no lo es. La niña se casará, si no se escapa antes, y se quedará a vivir en la casa del novio, con sus suegros, con un objetivo primordial en la vida: tener hijos.

—Hija, lo mismo es la vida que quieren y eso les hace feliz. Tú la analizas desde tu punto de vista, pero puede que tu vida, con treinta y muchos, y sin marido, sea una condena para ella. Y las dos formas de vivir son respetables.

—No puede ser respetable siendo unos niños, papá, demasiado inmaduros todavía para tomar decisiones.

—Nadie les está obligando a nada. Están escogiendo por ellos mismos, bajo la mirada atenta de sus padres.

—Tú sí me miraste atentamente a los quince años.

Me arrepentí inmediatamente de mis palabras, de nombrar un hecho que nos separó durante mucho tiempo. Un episodio de mi vida del que ninguno de los dos nos sentíamos orgullosos.

—Y todos los días me pregunto si no me equivoqué —confesó.

7

Las escasas tres horas de sueño nos pasó factura al día siguiente, ni el café doble consiguió que pudiera pensar con claridad. Mi padre no dejaba de protestar mientras bostezaba quejándose cada cinco minutos de una contractura cortesía de mi almohada. Me encontraba extraña, acurrucada en el asiento del copiloto, ensimismada, volviendo una y otra vez a la conversación del día anterior con Manuel. Mi cabeza no podía parar de darle vueltas, de diseccionar cada frase, aunque no sabía muy bien qué esperaba encontrar en ellas.

Lo intenté, intenté empatizar, encontrar el modo de entender sus argumentos, pero no lo conseguí. Manuel no le daba ningún valor a la formación, todo lo contrario, la consideraba una pérdida de tiempo. Yo llevaba toda mi vida luchando para que las mujeres gitanas tuviéramos un futuro, y encontrarme con esos razonamientos arcaicos que no nos dejaban avanzar me producía una indignación que me impedía ver nada más. No soportaba que Manuel no valorara la formación de su hija.

Rebufé y mi padre se quedó mirándome. Él también estaba más callado de lo normal. Lo conocía perfectamente y sabía que algo le daba vueltas en la cabeza, y no se atrevía a soltarlo por la boca.

—Puedes decirlo ya, no hace falta que lo sigas rumiando todo el camino —dije con calma, intentando crear un clima adecuado.

—Mis neuronas están dormidas, solo intentaba despertarlas en silencio —me contestó risueño—. Tengo agujetas hasta en las pestañas, no debí bailar tanto.

—¿Y en los carrillos no tienes agujetas? Fue lo que más moviste.

Los dos sonreímos con complicidad, pero conocía a la perfección a mi padre y podía ver en sus ojos la preocupación.

—No, mis carrillos tienen músculos muy entrenados.

—Papá, no tienes que preocuparte por nada. Estoy bien y tener cerca a Manuel no va a afectarme.

Los dos sonreímos, pero en sus ojos encontré la preocupación que había visto la noche anterior, cuando me vio hablando con él. Si había alguien que me conocía, era mi padre.

—Pues con la cara que tenías ayer cuando estabais hablando, amigos no parecíais, precisamente —añadió preocupado.

—No quiere que Saray estudie, quiere que le ayude en casa.

—Pues sus motivos tendrá, no interfieras, hija, o la que saldrá perjudicada serás tú. Él tiene sus razones, y es su hija, no es tu campo ni tu batalla.

—¿Viste cómo bailaba la niña? Tiene un talento que no se puede dejar de lado, hay que fomentarlo.

—Tú no eres nadie para tomar esa decisión.

—Soy su tutora en el instituto, yo creo que sí soy alguien.

—Mara, hija, veo tus buenas intenciones, pero no puedes meterte en eso. Es su vida y su familia, no te corresponde a ti decidir sobre el futuro de esa niña.

—No pretendo tomar decisiones, papá, pero es mi obligación orientar a mis alumnos en el camino para que puedan desarrollar su talento. Y el talento de Saray salta a simple vista.

Llegamos al mercadillo antes de dar por terminada la conversación. Al bajar de la furgoneta, Carmen me saludó con la mano. Justo estaba retirando las cajas que había puesto a fin de reservar el sitio para que aparcáramos la furgoneta. Las apiló rápidamente en la acera cortando el paso de los viandantes.

—Buenos días, Carmen —saludé con ánimo—, traigo a mi señor padre resacoso y sin ganas de trabajar, y encima viene con un malaje que no te quiero contar, dice que mi almohada no se ha portado bien con él esta noche.

—La única resaca que conozco es la que me llevó de la orilla cuando chico, me dejó en pelotas y casi me ahoga. Coge esta caja, anda, alma de cántaro, que tenemos que espabilar —replicó mi padre.

Guiñé un ojo a Carmen y comencé a descargar la mercancía.

—¡Buenos días, Modou, abre paso al rey, que vengo *cargao*! —le gritó mi padre a nuestro vecino que había colocado todas las cajas de zapatos cortando el paso de las escaleras.

Modou le devolvió los buenos días mientras abría un espacio para que pudiera pasar. Justo en ese momento mi padre perdió el equilibrio en los escalones y pegó un resbalón. Casi lo veíamos ya en el suelo cuando volvió a encontrar el equilibrio y se enderezó. Muy digno, continuó bajando las escaleras como si nada hubiese pasado.

—Mara, he estado a punto de derramarme entero —me dijo muerto de la risa.

—Te he visto, no cargues tanto, anda, deja que llevemos las cajas más pesadas entre los dos.

—Niña, qué dices, tu padre es un toro, solo ha sido un resbalón por un plástico.

Sonriendo por las tonterías de mi padre me acerqué a saludar a Modou, que colocaba los zapatos con los números repetidos en la parte trasera del puesto.

—Tengo que colocar rápido o no café. Hoy muchos zapatos nuevos de temporada de invierno también —me susurró para que no lo oyera su jefe.

Coloqué las cañas para poner las perchas. Las noté distintas, de un color diferente.

—Papá, hay que cambiar la cuerda de estas cañas, están muy amarillas, se ven feas. Dile a la Susi que te las cambie y que las pegue con silicona caliente en las puntas, para que no se nos vayan.

—Ya lo sabe, el otro día me dijo que esta semana las cambiaría, se me cayó un líquido y las manché sin querer. Anda, vete a tomarte el café, que Carmen ha terminado. Ya sigo colocando yo.

Le di un beso en la mejilla, pensando que por el color que tenían, el líquido que se le había derramado tal vez fuera el de algún bote escondido de aceitunas. Carmen ya estaba sacando el café y las tazas, así que le indiqué a nuestro vecino que se acercara.

—Hoy te tomas dos, que estás que te caes de sueño —me ordenó Carmen.

—Sí, jefa —le contesté—, he dormido muy poco y la mañana va a ser muy aburrida.

—Ya ves, hija, aquí pasamos de no dar abasto un sábado a estar más sola que la una el siguiente. Y esto es lo que nos queda de ahora en adelante —vaticinó Carmen—. Se nos fueron los turistas.

—Yo estoy cansado también —nos contó Modou, bajando la voz, para que nadie lo oyera—. Yo trabajar en la casa del Inglés toda la semana, él cambiar el baño.

—Modou, te lo estará pagando, ¿no? —pregunté temiendo la respuesta.

—Él me dio comida de *la* desayuno, de *la* mediodía y un bocadillo para mi casa. Y ayer me dio treinta euros por la semana.

—Es para matarlo —dijo Carmen visiblemente alterada—, le voy a decir cuatro cosas yo al tirano ese. Me va a escuchar el *sangraor*, será mal *nacío* el tío. Treinta euros, para matarlo.

—No, Carmen, tú no por favor, o yo ya no trabajar más —añadió Modou muy preocupado—. Tú prometer que no hablar con él.

—Pero si es que no puedo, me comen los demonios con el *jambo* este, un día lo pregono, te juro que lo pregono —replicó Carmen alterada.

—Esa no es la solución, Carmen, pero la tenemos que encontrar, no puedes seguir así. Estás consumiendo tu vida con esa mala persona —expliqué a mi amigo.

—Yo bien, no preocupar por mí. Yo comer y mandar dinero a mi familia. Eso es perfecto para mí —añadió Modou con sinceridad.

—No es perfecto para ti —contesté con calma—, eso es un abuso. Lo perfecto es que te pague todas las horas que trabajas. No que te dé treinta euros por una semana de trabajo.

Entendía cómo se sentía. Lo que yo etiquetaba de abuso era lo único estable en la vida de Modou. Su miedo a perder lo poco que tenía le frenaba para luchar por algo mejor, pero yo no podía evitar que la maestra que llevaba dentro me empujara a enseñarle otra forma, mostrarle que había otra realidad a la que podía aspirar. Contenerme me estaba poniendo de mal humor.

El Inglés debió de intuir que hablábamos de él y nos dedicó una mirada glacial, cargada de prepotencia y hastío. Carmen se la devolvió mascullando maldiciones de varios tipos. Tenía unas ganas tremendas de plantarse delante de él y decirle cuatro cosas bien dichas.

—¡Cualquier día lo arrastro de los tres pelos que le quedan y me quedo tan ancha! —exclamó Carmen.

—Con lo que te quedas será con los tres pelos en la mano —contesté riéndome a carcajadas.

Esas risas acabaron con la paciencia del Inglés, que llamó a Modou para que volviese a trabajar.

—Ahora que estamos solas, alma de cántaro, me vas a decir lo que tu cabeza está barruntando, que no tiene nada que ver con nuestro amigo.

—Mi vida está patas arriba y no tengo ni idea de por dónde cogerla, Carmen.

—Y me imagino que Manuel tiene algo que ver.

—Es uno de los problemas, pero no el único —me sinceré—. ¡Eres muy bruja, no se te escapa una!

—Es que la tristeza que traes en los ojos solo la provoca un hombre, que sabe más el diablo por viejo que por diablo, y la he visto muchas veces en mi vida.

—Tienes razón, Carmen, tengo un cúmulo de problemas que no me deja estar serena, y el más importante es que no consigo hacerme con mi clase. Van pasando los días y me siento igual que al principio. Es que tengo un alumno que desde que comenzó el curso me pone de los nervios. Los únicos partes de incidencia que he puesto en todo el curso han sido para él, no me deja dar la clase con normalidad, sus llamadas de atención me destrozan todo lo que preparo. Estoy muy preocupada. Me agota, me desespera, me hace sentir una impotencia que no sé gestionar. Y luego tengo otro alumno que es un artista, dibuja que no te lo puedes imaginar con un bolígrafo azul, y creo que tiene algo más que una falta de adaptación. Intento averiguar si las bromas que le gastan en clase tienen algo más detrás, siempre están capitaneadas por el mismo alumno, el que me tiene muy cansada.

—Pues si no puedes vencer a tu enemigo, ya sabes, únete a él. Si ese chiquillo está llamando la atención de esa manera, poco será lo que tiene en su casa.

—Lo sé, Carmen, sé que algo hay detrás, pero no alcanzo a engancharme emocionalmente a él y eso me dificulta mucho las cosas. Voy a ayudar a mi padre a colocar la ropa y luego seguimos hablando, hoy la mañana va a estar muy tranquila.

Carmen me regaló una sonrisa llena de complicidad. Sabía escucharme y hacerme hablar con tan solo unas palabras.

Mi padre había sacado casi toda la mercancía. Las sudaderas y camisetas de invierno de la nueva colección lucían preciosas en las perchas.

—¡Qué de cosas bonitas, papá, me encantan!

—Sí, son preciosas, ahora hace falta que venga gente. Voy a desayunar. Hoy te comes el bocadillo sola, que lo sepas, el Inglés le está dando a Modou la del pulpo. Tenéis que ser más prudentes y disimular lo que habláis porque al final metéis al chiquillo en problemas.

Me sentí culpable y miré a mi amigo, que, a unos metros de mí, rebuscaba algo en unas cajas. Me agaché para ponerme a su altura y le guiñé un ojo. La sonrisa de Modou era una de las cosas más bonitas del mercadillo, la expresión de su cara cambiaba cuando sonreía. Los ojos le brillaban y sus gruesos labios dejaban ver sus dientes blancos, perfectamente alineados.

Cuando me puse de pie y me volteé, Carmen estaba detrás de mí colocando la ropa de nuestro puesto. Le sonreí orgullosa del lazo que nos unía, de esa forma de prestarnos ayuda sin que la otra tuviera que pedirla. Esta manera de relacionarnos estaba siempre presente en el mercadillo, pero se intensificaba con los vecinos con los que compartíamos espacio.

—Hija, no te apuras y no nos va a dar tiempo a seguir con nuestra charla y que me cuentes el resto de tus problemas, que me da a mí que no tiene nada que ver con la escuela —me increpó sonriendo.

Colocamos la ropa con rapidez, pero tuvimos que posponer la charla, mi padre nos había traído el desayuno a Modou y a mí. Me apresuré a llevárselo, quería que mi amigo se comiera el pan caliente.

Le hice un gesto a mi vecino, para que viniera a desayunar conmigo, pero me indicó que se lo dejara detrás del mostrador. Me senté en el suelo sola, sobre el cartón que me había preparado para que no me manchara con el suelo húmedo, mientras miraba a mi amigo con tristeza, con una punzada de remordimiento por haber sido la culpable de que el jefe lo hubiera tratado con tanto desdén.

Mi padre hablaba con Carmen y con mi primo, que había venido a saludarlo. Le estaban contando a Carmen todo lo que habían comido la noche anterior. Hasta mí llegaban las risotadas de mi vecina, que se lo pasaba en grande con la descripción que mi padre le estaba haciendo de todo lo que había engullido.

Los escasos clientes madrugadores comenzaban a llegar, pasaban por los puestos mirando y tomando nota para posteriores compras.

El aire húmedo de la mañana comenzaba a desaparecer, evaporado por el sol, que empezaba a brillar con fuerza. Olía a mar, a los primeros cafés de la mañana, al césped que los operarios del ayuntamiento cortaban en la rotonda. Al cabo de un rato, Carmen nos llamó alterada pero sin levantar demasiado la voz.

—Niña, corre, quédate aquí, está ahí la policía. Van a hacer un registro.

Esos eran los momentos más difíciles para mí. No era raro ver pasear a la policía, normalmente solo hacía acto de presencia, pero en algunas ocasiones venía por otros motivos, y esto era algo que yo no conseguía aprender. No era capaz de distinguir ningún matiz entre la policía que paseaba y la que iba a realizar otras gestiones. En cambio, Carmen lo tenía claro al instante y era la que corría la voz para que todos los comerciantes estuvieran alerta.

Los registros se hacían solamente en los puestos que se sospechaba podían vender falsificaciones de marcas famosas. En nuestro mercadillo era uno solo el puesto donde se podían encontrar este tipo de bolsos. Carmen avisó al puesto de Awa y varios vecinos de alrededor hicieron lo propio con los demás, para que estuvieran alerta. Era un acto reflejo, rápido y coordinado por los años de experiencia. Quien tenía mercancía falsificada comenzaba a esconderla, a veces la metía debajo de puestos vecinos que se ofrecían a echarle una mano. Nosotros nunca ayudábamos a guardar nada, ningún gitano se ofrecía a ello. Sabíamos de antemano que ante una mínima sospecha ninguno de nosotros nos libraríamos del registro y, si la mercancía estaba en nuestros puestos, la multa iría a nuestro nombre.

Yo estaba inquieta, esperando que la policía pasara con la mercancía requisada, lo que significaría que todo había terminado. Sin embargo, oíamos jaleo en la parte de atrás, pero no sabíamos lo que estaba ocurriendo. Fue Lidia la que vino a buscarnos angustiada.

—Mara, Paco, corred, venid, se quieren llevar toda la mercancía de Awa.

Cuando llegamos, había dos policías delante del puesto de Awa, una mujer senegalesa que vendía bolsos. La increpaban con malos modos para que les diera todo lo que tenía en la bolsa de debajo de la mesa, mientras amontonaban lo que estaba a la vista para incautárselo. Los comerciantes se agolpaban alrededor del puesto, pero al aparecer mi padre se retiraron para dejarnos pasar. Con su habitual don de palabra les dio los buenos días a los oficiales y se autonombró representante de los comerciantes, título que a más de uno hizo sonreír pero que nadie desmintió.

—Awa —medió mi padre—, estos señores están haciendo su trabajo, enséñales lo que tienes debajo de la mesa.

Awa estaba llorando, muy nerviosa, totalmente paralizada. No podía sacar lo que había debajo de la mesa, si lo hacía estaba perdida. Calculé que en la enorme bolsa habría más de cincuenta bolsos de imitación.

—Vamos, señora, no tenemos todo el día —la increpó el policía con malos modos.

—Está muy nerviosa —intervine para disculpar a Awa y calmar los ánimos—, estoy segura de que pueden hacer el esfuerzo de hablar sin gritar.

—Señora, usted no pinta nada aquí, puede retirarse —me pidió el policía gritándome a mí también.

Los comerciantes estábamos nerviosos y los policías comenzaban a impacientarse al verse rodeados por el gentío.

—Nos llevamos toda la mercancía, la de debajo también —indicó el policía a su compañera.

—No pueden hacer eso —increpé al oficial—. Pueden requisarle lo que sea falsificado y ponerle la sanción pertinente, pero no pueden llevarse toda la mercancía. Tardará siglos en recuperarla. Esta mujer tiene que comer...

No había terminado de hablar cuando mi primo se dirigió de forma violenta a mi padre, que enmudeció por la agresividad de su sobrino.

—¡Menudo representante de mierda que eres, estás viendo

las injusticias y no haces nada —exclamó mi primo—, no tienes vergüenza!

Mi padre se quedó quieto, paralizado por la sorpresa. Su sobrino se abalanzó sobre él, le cogió del pecho y le pegó un puñetazo que mi padre consiguió esquivar a tiempo, pero que le dejó desconcertado. Los chicos del puesto de cerámica, Karim y Anas, corrieron a separarlos, agarrándolos con fuerza de los brazos. En ese momento, la policía empezó a pedir calma, olvidándose de Awa y su mercancía.

Mi padre estaba quieto, no podía asimilar lo que estaba pasando. Si para él la violencia era inaceptable, que viniera de su propia sangre era impensable. Se quedó helado, sin saber reaccionar, ajeno a todo lo que había ocurrido mientras tanto.

Mi primo Jenaro me guiñó un ojo y yo miré de soslayo debajo de la mesa de Awa. Mientras mi primo montaba el espectáculo, alguien le había dado el cambiazo a la bolsa de debajo de la mesa, dejando otra en su lugar. Un movimiento rápido que necesitó de la implicación de varias personas que, con una perfecta sincronización, salvaron las cuentas de la pobre Awa. Cuando se hubieron calmado los ánimos, el policía volvió a requerir a nuestra amiga la entrega de la mercancía. Ella tampoco se había dado cuenta del cambiazo y se aferró a ella agarrándola con fuerza, el policía la apartó y se hizo con la bolsa. Al abrirla y ver la ropa de bebé cosida a mano se quedó perplejo. Seguía empeñado en llevarse toda la mercancía del puesto, pero su compañera intercedió y le convenció para llevarse solo la veintena de bolsos que imitaban los de marcas.

Cuando se marcharon, Awa seguía llorando, veinte bolsos para ella era un golpe importante. La dejamos sola para que se calmara, bajo la atenta mirada de los vecinos. Agarré a mi padre y me lo llevé a nuestro puesto, ya volveríamos más tarde para ver cómo se encontraba. Mi primo Jenaro vino detrás de nosotros y se echó encima de mi padre pasando su brazo por sus hombros.

—Estás mayor pero tienes reflejos —le dijo burlándose de él.

—He estado a punto de partirte la crisma, niño, no me hagas más esas tonterías sin avisarme —le regañó mi padre.

—Aquí el valiente, que no tiene más parientes que sus dientes —recitó mi primo entonando con gracia.

Los tres nos echamos a reír. Carmen nos salió al paso, miró a mi padre de cerca, le cogió con fuerza el mentón y le giró la cabeza a ambos lados.

—Me han dicho que te han *endiñao* bien —dijo Carmen con guasa.

—¿Cómo es posible que llegue el chisme antes que yo? —preguntó mi padre.

Contamos a Carmen con pelos y señales lo que había ocurrido. Aunque lo que hacía Awa no era legal, sabía que detrás de esa venta solo había un intento de supervivencia. Salir adelante y mantener a su familia no era tarea fácil, y ella se aferraba a todos los recursos que tenía a su alcance, aun a riesgo al saltarse la ley. Mi admiración por esa mujer luchadora me proporcionaba una visión distinta de lo que había ocurrido. Veía a Awa como una mujer a la que la vida se lo había puesto difícil y sentía una inmensa ternura hacia ella.

Carmen nos dio el dinero de todo lo que nos había vendido, orgullosa de la cuantía.

—Gracias por cuidarnos el puesto, viendo lo que has vendido nos vamos otra vez, a ver si cuando volvamos me tienes otro montoncito así —bromeó mi padre.

Había vuelto la normalidad. Veía a Modou sacando zapatos sin parar mientras un hilo de sudor le caía por la frente. A veces el Inglés lo castigaba así, dándole una lista de tareas que no lo dejaban descansar ni un momento. Él pareció leerme la mente y se detuvo unos instantes para interrogarme con la mirada, le hice una señal con el pulgar hacia arriba y una amplia sonrisa, para que entendiera que Awa estaba bien.

El resto de la mañana pasó en un suspiro y no fue hasta unos minutos antes de empezar a recoger cuando Carmen y yo nos volvimos a quedar a solas y pudimos retomar nuestra conversación.

—Modou no ha desayunado —me dijo Carmen, apenada—. El Inglés lo ha tenido toda la mañana haciendo inventario de los zapatos de invierno. Los ha contado como tres veces, niña.

—Este hombre multiplica su maldad cuando duerme, va de mal en peor. Tenemos que hacer algo, Carmen, Modou no puede seguir así. Esta semana voy a ver si encuentro alguna asociación que nos ayude con sus papeles. Alguna habrá que pueda orientarnos.

—Puedes ir donde quieras, Mara, pero tiene que ser él quien se deje ayudar. No puedes tomar decisiones por los demás.

—Es la segunda vez en el día que escucho esa misma frase, mi padre me ha dicho lo mismo por el camino. Manuel considera que su hija pierde el tiempo estudiando y que su meta principal en la vida debe ser ayudarle en la casa.

—Ya sabía yo que tu mala cara tenía nombre propio. ¿Y qué esperabas? Es lo que ha *mamao*. Cuando vives en una realidad, no existe otra, hija.

—Tú también eres gitana, has vivido esa misma realidad y abriste los ojos. Tus hijas pudieron estudiar, al igual que mis hermanos y yo.

—A mí me pudo más que no sufrieran lo que yo he *sufrío*. Y fui lo suficientemente lista para darme cuenta de que con lo único que iban a contar para salir de donde yo estaba era que se labraran un futuro por ellas mismas. Pero no te vayas a creer que fue fácil, para nada. Ha sido nadar a contracorriente toda una vida para que mis hijas no corrieran mi misma suerte.

—Pero ahora tienes cuatro hijas con buenos trabajos. Ha merecido la pena.

—Sí que ha merecido la pena, sí, y lo mejor no es eso, Mara, lo mejor es que mis nietas tendrán también una oportunidad en la vida —me dijo con la mirada triste—. No te enfrentes con Manuel, no vas a conseguir nada. Tienes que buscar otra forma, bordeando el camino. De frente tienes todo *perdío*. No ves que el sendero es suyo, y no quiere cambiar ni una sola piedra...

—¿Cómo se hace eso, Carmen?

—Con mucha paciencia, hija, con mucha paciencia. Pico y pala —canturreó mi amiga.

Me encantaba hablar con Carmen. Su experiencia en la vida la había hecho avanzar hasta colocarla en el pedestal que rozaba la sabiduría. Nunca daba un consejo sobre algo que no hubiese reflexionado profundamente. Recogí la ropa pensando en sus palabras, ella sí que era una gran maestra de la vida.

Con las reflexiones que Carmen había suscitado en mí intentaba encontrar la forma de bordear el camino que me llevara a Saray, para que pudiera mostrarle la realidad que las circunstancias de su vida le estaban negando. Pese a que me crispaba tanto la forma de pensar de su padre, lo importante era ella, tenía que trabajar las formas de acercarme a él.

Cuando fue la hora de recoger, mi padre estaba tan cansado que me dejó ayudarle a cargar la mercancía. Ya montados en la furgoneta pensé que no sacaría de nuevo la conversación, que el día había dado ya demasiado de sí, pero me equivocaba.

—Mara, estoy preocupado —me confesó—, no quiero que sufras. Estar tan cerca de Manuel no te va a traer nada bueno.

—No te preocupes, ya no tengo quince años. Sé cuidarme sola y voy a hacerte caso, no me voy a meter donde no me llaman.

—Me alegro de que lo hayas reflexionado, hija. Sé que me estás diciendo la verdad, pero te conozco, y en cuanto tengas otra conversación que te crispe una *mijitilla*, le vas a soltar todo lo que tienes dentro. Manuel no está pasando por su mejor momento, lo de su madre no tiene solución.

—Entonces intentaré evitar esa conversación. Al menos hasta que se me pase lo que tengo dentro —contesté frotándole la barriga.

El resto del camino permanecimos en silencio. Para distraerme miraba el mar, que ese día tenía un color grisáceo diferente, como si también hubiese tenido un día cansado y se hubiese dejado fundir con el color de las nubes que lo cubrían. Pensaba en la vida de Saray, la pérdida de su madre, tan joven, y lo difícil que sería para ella todo de nuevo si le faltaba su abuela. Tendría que convertirse en madre y ama de casa a la vez, aceptando un papel que la absorbería por completo. Yo no quería que renunciara a sus sueños, en ese momento en que estaba a punto de empezar a luchar por ellos, y sobre todo me preocupaba que dejara los estudios.

Justo antes de llegar, me entró un mensaje en el teléfono. Saray necesitaba hablar conmigo.

En ese momento supe que no cumpliría nada de lo que había prometido a mi padre.

8

Cuando algo me preocupa mis pensamientos se colapsan, chocan continuamente con la misma idea y no soy capaz de ver más allá. Si hay algo que da vueltas en mi cabeza, las predicciones lo empañan todo y no dejan hueco a otras posibilidades. Me obsesiono con el problema y giro sobre él haciendo todo tipo de piruetas.

Saray no quería hablar conmigo de lo que yo había imaginado, no tenía nada que ver con la conversación con su padre. Los castillos de arena que había construido en mi cabeza, en los que yo me sentía heroína de la lidia con Manuel, se derrumbaron cuando la llamé. Me contó que necesitaba mi ayuda en un trabajo del instituto. La semana anterior mi querida compañera de Lengua les había encargado una exposición oral por parejas, y Coral y ella habían escogido como tema principal el pueblo gitano. Tenían que exponerlo el 22 de noviembre, día de los gitanos andaluces.

Aunque me hubiera gustado tener otra conversación en primer lugar, pensé que no era una mala oportunidad para acercarme a ellas y ganarme su confianza. Así que las invité a almorzar en casa y después las ayudaría a preparar el trabajo. Como desconocía sus gustos culinarios, aposté por tres platos diferentes: una ensalada, un arroz tres delicias y, por si las moscas, unos filetes de pollo empanados.

Coral se presentó la primera, me sorprendió verla con una fuente de ensaladilla rusa para diez personas, que a duras penas podía cargar. Mira que les había insistido en que no trajeran nada, pero su madre no lo consintió y hasta la regañó por querer presentarse en mi casa con las manos vacías. Saray llegó a los pocos minutos, tampoco había tenido en cuenta mis recomendaciones y había preparado una empanada grande, rellena de atún y pisto de verduras; como su abuela no se encontraba bien, ella misma la había horneado siguiendo sus indicaciones. Quedaba claro que en mi familia lo de no aparecer en casa de alguien con las manos vacías lo llevábamos a rajatabla y lo cierto era que entre las tres habíamos acumulado tanta comida que teníamos suficiente para dar de comer a toda la aldea. No cabían en la mesa tantos platos y decidimos guardar algunos para la cena.

Además de con la empanada, Saray se presentó con dos pequeñas invitadas más, aunque estas ya habían almorzado.

—Lo siento; es que mi padre necesitaba llevar a mi abuela al médico y no puedo dejarlas solas.

Noté en su tono cierto cansancio, pero le podía la responsabilidad y el cariño a sus hermanas. Cuando la miraba me daba cuenta de que era más una madre que una hermana mayor, sobre todo cuando las regañaba, pues lo hacía con la firmeza que utilizan los adultos y les ofrecía una corrección alternativa que les sirviera de modelo. Al analizarlo me percataba de la carga tan pesada que llevaba encima desde hacía mucho tiempo. Saray había perdido su niñez con un cargo que se le impuso y adquirió la responsabilidad adulta antes de lo que le correspondía.

Di un fuerte abrazo, a modo de saludo, a las dos pequeñas y saqué varios cuentos troquelados que tenía guardados para cuando venían mis sobrinas. Así estarían entretenidas mientras nosotras trabajábamos.

Comenzamos a comer charlando de trivialidades, hasta que salió el tema de la pedida de mano de Yumara.

—¿Quién le hizo la mesa dulce? Nunca había visto una tan bonita, mi hermana se casa el año que viene y me encantaría que la tuviera igual —pregunté mientras me servía un nuevo trozo de empanada.

—Fui yo —contestó Coral—, cogí ideas de internet e hice un popurrí con lo que más me gustó.

—Felicitaciones, te quedó espectacular —afirmé—. También hiciste la cama, ¿verdad? La decoración era preciosa, fina y elegante.

—Sí —contestó ella avergonzada—, el fotógrafo me dijo que era la cama más bonita que había visto nunca.

—No me extraña, yo tampoco había visto nunca nada igual. El toque de las rosas enmarcando los bordes me encantó. Vaya con mis dos talentosas alumnas, porque aquí la bailaora, tampoco se quedó corta. Cómo bailas de bien, hija mía.

—Me encanta bailar —añadió Saray—, es lo que más me gusta en la vida. Me paso el día bailando en casa. Tengo a mi abuela loca de la cabeza.

Comimos con rapidez, incapaces de terminarnos todo lo que había en las bandejas. Preparé chocolate caliente para todas, retiramos los platos de la mesa, los dejamos en el fregadero y nos sentamos en el sofá para comenzar con la tarea que nos había reunido. Mientras, Bosco se encargaba de entretener a las dos niñas pequeñas jugando con una pelota.

—Contadme qué es lo que queréis hacer —les pregunté sin dar muchos rodeos.

—Queremos hacer un trabajo sobre la historia del pueblo gitano, pero nos gustaría hacer una exposición diferente, que capte la atención de la clase. No en plan rollo, que lo soltamos todo y nos vamos —explicó Saray.

En ese momento el sonido de un mensaje sonó en el móvil de Coral y se encendió la pantalla en el de Saray, que lo tenía en silencio. Las dos rieron.

—Se pasan mucho, pobrecillo, han hecho un meme con su cara, son lo peor —comentó Saray a Coral—. Mira que no es santo de mi devoción, pero deberían de cortarse un poquito.

—Han hecho un meme con la cara de González y otro cuerpo, algo vergonzoso, como siempre, y se lo han mandado a toda la clase —me aclaró Coral—. Se pasan mucho con él.

—¿Qué González? ¿Raúl, el de vuestro curso? ¿El que no me deja dar clase? —pregunté incrédula.

—Sí, el que se las quiere dar de gracioso. No pienses mal, Mara, que nosotras le intentamos ayudar, pero no se dejó. Cuando lo de la mierda, al final salimos perdiendo nosotras, y el tonto, para rematar la faena, se cagó en nuestros muertos. En los de Saray y en los míos. Y tú sabes que eso para nosotras es lo más ofensivo de este mundo. Desde ese día ya no hemos sacado más la cara por él. No me da la gana que encima salgamos nosotras *apaleás*.

Conocía perfectamente los efectos que tenían esas cinco palabras. Los miembros de nuestra familia que habían fallecido eran sagrados y no había peor agravio para un gitano que ofender a sus ancestros.

—¿Qué es lo de la mierda? —pregunté temiéndome lo peor.

—Ay, Mara, fue un día en el que se pasaron mucho —prosiguió Saray—. Siempre se estaban metiendo con él, y una mañana le metieron una mierda de perro enorme dentro de la mochila antes de entrar a clase. Él no se dio cuenta, se cargó la mochila al hombro y claro, lo que hizo fue aplastarla contra su cuerpo. Imagínate cómo acabaron el desayuno, el ordenador y los libros que llevaba dentro. Cuando la abrió en clase la que se lio fue chica y, para colmo, lo grabaron en vídeo y lo difundieron en la red.

—Cuando vimos a toda la clase riéndose de él, a Saray y a mí nos llevaron los demonios, y dijimos muy clarito que se habían pasado tres pueblos, pero el tontolaba la pagó con nosotras diciendo que él no necesitaba que dos gitanas de mierda le defendieran. No te imaginas cómo se puso, que casi nos pega y todo, y para acabar de rematar la faena se cagó en nuestros muertos. Ninguna de las dos le fuimos a pegar ni nada de eso, aunque se había ganado dos *guantás* bien *das*, pasamos porque sabíamos que lo que estaba era *encorajinao* y lo pagó con nosotras, con las únicas que habíamos dado la cara por él.

—Posiblemente la rabia que tenía dentro salió por donde pudo —aventuré mientras procesaba toda la información.

Me había equivocado totalmente: el verdugo no era más que una víctima. Cómo podía haber sido tan tonta y no haberme dado cuenta antes. Siempre pensé que todas las bromas que flotaban en el aire, y que se disparaban continuamente eran para Isaac, el chico que dibujaba a todas horas, pero me había equivocado, eran para González. Y él las recogía y se las volvía a mandar a Isaac, como una forma de canalizarlas. En ese momento entendí sus llamadas continuas de atención, no eran otra cosa que la búsqueda de la aceptación de los demás. Interpretaba un papel en un intento de encajar en una clase que lo marginaba y lo utilizaba para divertirse.

—Pensé que todos los rumores se referían a Isaac —confesé apenada—, pero ya veo que estaba equivocada.

—Mara —rogó Saray—, esto que te hemos contado no puede salir de aquí. No queremos ser unas chivatas. Isaac es un tío raro, va a su bola, pero nadie se mete con él. Tiene cinco hermanos más, cada uno de un padre distinto, y eso lo protege bien. Nadie le dice nada, es fácil calcular que quien lo haga luego puede tener problemas. Es muy bueno con González, sabe que lo pasa mal y no le tiene en cuenta todas sus tonterías, aunque otro le hubiese partido la cara ya. Yo creo que González lo escoge porque sabe que es el único que no se mete con él.

Las noté incómodas, culpables por delatar a unos compañeros que no merecían su silencio. No era fácil para ellas compartir algo que había permanecido en secreto. Tenían muy claro que yo era su tutora y ellas estaban hablando de compañeros que no habían hecho las cosas nada bien, era normal que sintieran que estaban traicionándolos. Por su forma de contarme la historia, me di cuenta de que lo habían pasado mal, sentían que estaban haciéndole daño a su compañero y que su forma de ayudarle no había funcionado. Yo me alegraba de conocer ahora todos esos entresijos, que me daban mucha luz para analizar los problemas de la clase y no podía dejar de pensar en todos los errores que había cometido en la interpretación de la realidad. Cientos de imágenes que acudían a mi mente cobraban sentido con esta nueva información.

Guardé mis indagaciones para otro momento más oportuno y volví al tema que nos había reunido.

—Vale, volvamos al trabajo, ¿cuánto tiempo tenéis para la exposición?

—Dos horas, pero una de ellas debe ser para una actividad participativa —resaltó Coral.

—¿Y tenéis alguna idea? —pregunté intuyendo la respuesta.

Las dos negaron con la cabeza.

—Vamos a hacer una cosa —propuse—, trabajaremos en dos partes, por un lado vamos a ver lo que vamos a exponer, el contenido, y luego vemos cómo lo hacemos, la forma de exponerlo. Pero antes me gustaría haceros una pregunta: ¿qué queréis conseguir con este trabajo? Tenemos varias opciones, podemos mostrar tan solo la historia del pueblo gitano, que es una historia de siglos de represión y da para mucho, o podemos ir más allá y romper estereotipos.

—¿Y cómo se hace eso? —preguntó Coral.

—Mostrando nuestra realidad, que no es para nada la realidad que vuestros compañeros tienen en la cabeza, y sobre todo mostrando a los demás todo lo bueno que tenemos. Hablando de nuestra cultura.

—Pues yo creo que es mejor así, aportando algo más que la historia —confirmó Coral—, pero nos vas a tener que ayudar, no tenemos ni idea.

—Sabéis mucho más de lo que os imagináis, es vuestra cultura, pero vamos a empezar por el principio. Trazaremos los puntos que tenéis que investigar para luego construir un buen trabajo. Comencemos por el origen del pueblo gitano, suele sorprender que sea la India, podéis investigar un poco cómo y por qué se repartieron por el mundo.

—Somos muy exploradoras —comentó Saray sonriendo—, nos gusta conocer otros lugares.

—No se sabe muy bien el motivo por el cual los gitanos nos marchamos de nuestro lugar de origen. Algunos autores afirman que lo hicimos huyendo de la pobreza, en la India ocupábamos los escalafones más bajos de la sociedad. Otros cuentan que lo hicimos huyendo de los turcos, que en su búsqueda de esclavos, encontraron en los gitanos un pueblo con conocimientos de herrería y calderería, perfecta mano de obra gratis y cualificada. También hay una tercera teoría que apunta que sobre el año 1014 fuimos esclavizados y transportados desde la India hasta la ciudad de Gazni, en lo que ahora es Afganistán.

—Vamos, que nuestros antepasados tuvieron que huir porque fácil, lo que se dice fácil, no se lo pusieron.

—Somos el pueblo más castigado de la historia española. Nunca hemos tenido nada fácil, ningún pueblo en nuestro país, y puede que en el mundo, ha padecido las penurias que nos han hecho pasar a nosotros —apunté a mis alumnas.

—¿Más que los judíos? —preguntó Coral.

—Ellos también han tenido lo suyo, sí, pero me atrevería a decir que nuestro sufrimiento se alargó más en el tiempo.

»Una de las cosas más llamativas es que no existe mucha información sobre nosotros. Y toda la documentación encontrada está escrita por personas ajenas a nuestro pueblo, es decir, que nos han visto siempre desde fuera. Eso nos hace dudar de la autenticidad de la realidad.

»Otra cosa que podéis resaltar es que España es el país del mundo que más disposiciones legales ha publicado para reprimir y extinguir a los gitanos en su historia. Si no recuerdo mal, más de doscientas cincuenta.

—No puede ser —negó Coral—, no me lo creo. Son demasiadas leyes para hacernos la vida imposible. No puedo entender qué hicimos para merecer tanta inquina.

—Pues cuando empecéis a investigar, no vais a dar crédito. El primer documento nos sitúa en España en 1425. Para entrar no tuvimos demasiados problemas, llegamos a la península Ibérica como peregrinos, con acreditación y salvoconducto, y fue en la época de los Reyes Católicos cuando nos robaron la tranquilidad. En un bando en 1499 se nos prohibió que «vagáramos» por la calle, es decir, o pertenecías a un señor o tenías un trabajo estable o te ibas del reino, no había más opciones. Como te pillaran sin oficio ni beneficio, te regalaban cien latigazos, y si lo hacían una segunda vez te cortaban la oreja y te encadenaban durante sesenta días para luego desterrarte, si es que los habías soportado, claro, y si eras un pobre desgraciado con mala suerte en la vida y te pillaban por tercera vez, ibas a parar a la cárcel el resto de tu vida.

—¡Madre mía! —exclamó Saray—, no tenía ni idea de que nos lo hubieran puesto tan difícil. Vaya con los Reyes Católicos, eran un poquito falsos, los señores. Mucho catolicismo, pero el amor al prójimo era toda una farsa. Se ve que practicar, lo que se dice practicar, lo hicieron poquito. Pobre gente la de aquella época, todo lo que tuvieron que sufrir.

—No fue nada fácil, no, desde el siglo XV hasta el XVIII la cosa nos fue regular. Había una corriente de homogeneización cultural que complicó mucho la vida a las minorías. Sobre todo a nosotros, que no aceptamos en ningún momento renunciar a nuestra cultura.

»Si hay un acontecimiento en el que deberíais indagar es la Gran Redada de 1749.

—¿La Gran Redada? —preguntó con voz baja Saray.

—Sí, la Gran Redada. No fue la primera en esa época, en las redadas anteriores había sido normal apresar a gitanos para mandarlos a galeras o a las minas de Almadén. Los cogían, los metían obligados en barcos y se les acababa la opción de vivir libremente. Era una práctica legal y común, pero, sin duda, la Gran Redada fue uno de los episodios más vergonzosos de nuestro país. Estuvo muy bien planeada, no fue algo que surgiera así de un día para otro, y aunque el rey Fernando VI dio su aprobación, mucho tuvieron que ver en ella el obispo de Oviedo, Vázquez Tablada, y el marqués de la Ensenada, dos personajes que tendréis que investigar. La Gran Redada fue una de las operaciones más grandes y crueles de la época.

»A cada ciudad llegó un sobre cerrado con unas instrucciones que tenían que cumplirse el treinta de julio de aquel año. Todos debían aplicar la orden a la misma hora el mismo día. En el interior del sobre estaba descrito el horror más absoluto: había que detener y apresar a todos los gitanos españoles.

»Los historiadores no se ponen de acuerdo en el número, algunos afirman que fueron unos nueve mil, otros dicen que doce mil, los gitanos apresados. Familias enteras separadas para que no pudieran tener más hijos. El fin principal de esta redada era conseguir el exterminio de los gitanos. Para ello los dividieron en dos grupos, los hombres a un lado y las mujeres y los niños a otro. A ellos los mandaron a realizar trabajos forzados, en los arsenales y obras públicas, y a ellas, a casas de misericordias y otros edificios, donde las encerraron. Cuando los niños cumplían los siete años, eran separados de la madre y obligados a trabajar con los hombres.

Al decir la edad de los niños, la hermana mediana de Saray nos interrumpió.

—Con siete años no se puede trabajar, son muy pequeños —dijo la niña.

—¿Ves? —contestó Saray—. En otras épocas había gitanillas trabajando todo el día más chicas que tú, y tú te quejas cuando te pido que pongas la mesa.

Nos reímos de la mueca de burla que la niña le hizo a su hermana. Me di cuenta de que era mejor ponerles una película a las pequeñas en la televisión antes de continuar con la parte más dura de la historia.

—La Gran Redada fue un terrible caos —continué bajando la voz—. No tenían medios para controlar a tantas personas. Confiscaron los bienes de todos los gitanos y los vendieron para sufragar los gastos de los traslados. En aquel momento muchos tenían negocios de artesanía, comercios y casas estables, pero no solo se les arrebató todo, sino que los convirtieron en mano de obra esclavizada. En un principio los custodiaron en castillos y alcazabas, y aquí, en nuestra ciudad, se desalojaron barrios enteros para tenerlos controlados. Los que intentaban huir morían ante los ojos de los demás, que desistían del intento para no acabar de la misma manera. Era usual que llevaran grilletes, porque continuamente intentaban fugarse. Hubo episodios de rebelión de mujeres en los que destrozaron todo lo que tenían a su alcance, ropa, vajillas, camas, pero solo les sirvió para sufrir más humillaciones. Se rompieron toda la ropa y taparon los sumideros con ella, lo que avergonzó a los sacerdotes que cuidaban la casa de Misericordia. También los hombres protagonizaron motines para reclamar su libertad o un salario por su trabajo, quemaron maquinaria en fábricas y agredieron a sus opresores, en una gran mayoría pertenecientes a la Iglesia o al ejército. El pueblo intentó ayudarnos, como ocurrió en Sevilla, donde los vecinos los defendieron.

»No fue una tarea fácil, tardaron meses en apresarlos a todos. El desconcierto creado, la falta de medios para los traslados y la intervención de algunos nobles consiguieron que en octubre un bando mandara liberar a los que pudieran demostrar que eran "gitanos honrados", a quienes se les concedía la libertad y se ordenaba que se les devolvieran sus bienes. Para demostrar tal honradez, había que disponer de un documento de castellanía, un oficio reconocido y un domicilio fijo. Lo de devolver los bienes, en algunos casos, ni por asomo. O bien no se atrevieron a reclamarlos, o bien ya los habían vendido a terceros y fue imposible.

»Los que permanecieron presos, alrededor de unos cuatro mil, vivieron en condiciones extremadamente duras, hasta que Carlos III los indultó y los que habían sobrevivido a las duras condiciones que se les habían impuesto quedaron en libertad. Fueron quince largos años de cautiverio. No quiero ni pensar lo que tuvieron que pasar todas esas familias, no solo por el sufrimiento propio, sobreviviendo en una situación de extrema dureza, sino también por no saber si sus familiares estaban vivos. Padres de familia que habían sido separados de sus hijos y que sabían que estos estarían en ese momento corriendo la misma suerte que ellos. Curioso que primero liberaran a las mujeres y después a los hombres, ellos eran una mano de obra gratuita muy apreciada. Tuvo que ser horrible.

—Mara —me interrumpió Saray—, no puedo creer que esto no se estudie en los libros de historia, que no haya ninguna película o serie sobre esto. Me estoy quedando muerta y siento indignación. Alguien nos tenía que haber contado todo esto en la escuela o en el instituto. Ahora veo que nuestra historia no se ha contado, no se ha tenido en cuenta y han pasado de ella. Si no se cuenta, es como si no hubiera existido. Por otro lado, no me extraña ni un pelo que les avergüence. Es muy penoso todo lo que nuestro pueblo tuvo que pasar.

—Esta me parece una buena reflexión que podéis hacer a vuestros compañeros. Y podéis averiguar si hay algún material gráfico al respecto, pero ya os adelanto que las próximas generaciones sí lo van a estudiar, ahora la cultura y la historia del pueblo gitano tienen un espacio dentro del temario de educación primaria y secundaria. Es muy llamativo que conozcamos la historia de otros países y escondamos la nuestra.

—Espero que se acaben aquí nuestras penurias —dijo Coral, muy seria.

—Tristemente, no —proseguí—, no se acaba aquí el horror para nuestro pueblo. En los siglos XIX y XX surgieron ideas políticas que abogaban por la pureza racial, leyes racistas y supremacistas que nos afectaron de lleno. En la Alemania nazi se nos persiguió, torturó, asesinó, incluso se nos esterilizó y se nos utilizó como conejillos de Indias en laboratorios.

—¿Hacían experimentos con nosotros? —preguntó Coral, muy afectada—. Nuestra clase no se va a creer esto cuando se lo contemos.

—Si les queda alguna duda sobre su veracidad, lo estudiaremos cuando lleguemos a la Segunda Guerra Mundial. El dos de agosto de 1944 sufrimos otro de los golpes más duros de nuestra historia. Hombres, mujeres y niños fueron llevados a la cámara de gas en Auschwitz.

—¡Auschwitz! —exclamó Coral, que conocía de sobra el nombre del campo de exterminio.

—Sí, un total de doscientos ochenta y nueve gitanos murieron en Auschwitz. La fecha prevista para la ejecución fue el dieciséis de mayo, pero se liaron a palos y pedradas, y consiguieron arañar unos cuantos meses más a sus vidas.

—Otra cosa no, pero luchamos hasta el final —afirmó Saray—. Cuanto más nos cuentas, más me asombra que nunca hayamos estudiado esto ni en el colegio ni en el instituto.

—Esta es una de las cuestiones que tenéis que plantear. Como os he dicho, los gitanos no hemos escrito nuestra historia, tristemente es así. Y eso que entre 1850 y 1950 tuvimos cierto protagonismo. Ocupamos un hueco en la sociedad como tratantes de ganado, lo que nos abrió puertas e hizo que adquiriéramos cierta consideración, aportamos el flamenco y con nuestro trabajo como herreros, chalanes y jornaleros del campo fuimos el sostén de la economía rural.

—También me gustaría decir algo bueno, no tanta penuria, que se nos van a echar a llorar —añadió Saray un poco alicaída por el triste relato.

—Por eso os he invitado al principio a que hablarais de nuestra cultura, de las leyes gitanas o de los pilares que rigen nuestra convivencia y de lo que la sociedad podría aprender de nosotros si estuviera dispuesta a escucharnos.

—A mí me gustaría explicarles que la violencia no forma parte de nuestra cultura, que solo se llega a ella cuando nuestras leyes no sirven o no se cumplen —expresó Coral—. Creo que la gente está muy confundida en eso. Siempre que hay una pelea afirman que lo estamos arreglando con nuestras leyes, y no es así, nuestras leyes no permiten la violencia.

—Y que lo más sagrado para nosotros es la familia, y que no podemos entender cómo ellos pueden meter a sus padres en una residencia, cuando un padre es lo más grande y te ha dado la vida —aportó Saray.

—Me parece muy bien. Si habláis del honor y la importancia de cumplir nuestra palabra, de la hospitalidad, de la solidaridad y de la libertad como condición natural ya tenéis casi todos los pilares de la cultura gitana —reflexioné en voz alta—, faltaría tan solo el respeto a los mayores como autoridad y el apoyo incondicional en situaciones de pérdidas o enfermedades —apunté mientras me esforzaba por no olvidar nada.

—Todo esto lo veo muy lioso, Mara, es mucha información para tan poco tiempo. Y tampoco quiero que sea muy aburrido —comentó Coral preocupada.

—Bueno, hagámoslo de una manera diferente y divertida. Dividámoslo en dos partes, por un lado la historia y por otro lado la cultura gitana y sus aportaciones. La segunda parte la podéis exponer de una manera participativa. Vamos a escribir escondidas en una sopa de letras las palabras más importantes: libertad, mayor, solidaridad, honor, familia, apoyo… por ejemplo. A medida que vuestros compañeros las encuentren, vosotras vais explicando lo que significa cada una de ellas. Y para la primera parte, buscaremos una forma diferente de exponerlo.

—Se me ocurre una idea —interrumpió Coral—. Hagámoslo de forma visual, como si fuera una exposición. Podemos poner carteles simulando noticias de periódicos de la época, biografías de personas como si salieran en una revista o incluso cartas de niños que pasaron por situaciones complicadas, le podríamos pedir a Isaac que nos hiciera unos dibujos bonitos.

—Me parece una idea fantástica, manos a la obra, estoy segura de que os quedará genial. Comencemos con la investigación para luego pasar a la acción. No olvidéis que con este trabajo, además de mostrar vuestra historia, estáis abriendo la puerta de vuestra realidad. Es importante para que las cosas cambien.

»Creo (y esto es una opinión personal, no un hecho) que los gitanos perdimos oportunidades en la historia cuando no supimos adaptarnos. La sociedad corre, cambia, evoluciona, y nosotros seguimos estancados, no desarrollamos estrategias para asimilar los cambios.

—Mi padre me dijo que tú no estabas de acuerdo con los pedimentos y que tenías ideas muy revolucionarias —rio Saray.

Por un instante me paré a pensar qué serían para Manuel «ideas revolucionarias», aunque, teniendo en cuenta que consideraba el estudio tiempo perdido, no debía extrañarme que pusiera en mi figura tales comentarios. Aun así, noté que este argumento me molestaba, no llegaba a tener claro el porqué.

—Tu padre es un listillo. No es que no esté de acuerdo en el *pedío*, en lo que no estoy de acuerdo es en la edad de los protagonistas. Y tampoco lo estoy en que la mujer no tenga en nuestra cultura el mismo papel que el hombre, pero de eso hablaremos otro día, ahora vamos a trabajar.

—Mara, yo veo esto mucho trabajo para que nos dé tiempo a exponerlo en noviembre. Si lo queremos hacer bien, necesitamos más tiempo —comentó Coral.

—Sí, investigando se nos van a ir muchas horas —afirmó Saray.

—Podéis hablar con la profesora y que os lo aplace hasta abril, en ese mes es el Día del Pueblo Gitano.

En la radio sonó una canción flamenca y Saray comenzó a tararearla. Coral la animó a bailar, mientras yo retiraba las sillas para dejarle espacio y subía el volumen.

Saray bailó de una manera distinta de la otra vez que la había visto. La concentración de entonces fue sustituida por una alegría que se contagiaba. Su arte se engrandeció, llenó mi salón con su pequeña presencia. Nos sacó a bailar, y Coral y yo, sin dejar de admirarla, bailamos con ella. Cuando terminó la canción la expresión de su cara cambió. Saray era feliz mientras bailaba.

Nos volvimos a sentar para terminar la tarea, pero la tarde se hizo muy corta. Me hubiese encantado encontrar el momento para hablar con Saray, para preguntarle si se había planteado alguna vez tomarse en serio el baile, pero no lo encontré. Se marcharon al anochecer, dejando para otro día la segunda parte del trabajo que no pudimos terminar por falta de tiempo.

Cuando me quedé sola empecé a procesar la información. Me sentí angustiada, culpable por no haber sido capaz de captar la realidad: no me había dado cuenta de que un alumno de mi clase estaba siendo acosado. Ya a solas empecé a encajar todas las piezas, me había equivocado tanto que me costaba asimilarlo. Si analizaba la realidad con los datos nuevos que me habían aportado Saray y Coral, encontraba una explicación para todo. González no estaba intentando llamar mi atención, era la atención de los compañeros lo que quería, su aprobación, dejar de ser el centro de sus burlas y ser alguien normal. Isaac era la diana de González porque era el único que no le devolvía los golpes. Ahora que lo sabía necesitaba seguir indagando, era primordial para empezar a buscar las soluciones.

Aquella tarde con las chicas me había proporcionado mucho más que una información valiosa, me había acercado a ellas y había comenzado a aflorar una complicidad de la que disfrutaba. Sentía una ternura especial hacia esas dos muchachas tan diferentes entre sí.

Mi teléfono sonó, pero las niñas habían estado jugando con él y no lo localicé a tiempo para contestar, así que devolví la llamada de inmediato.

—Dime, papá, no me ha dado tiempo a cogerlo.

—Hija, tengo una mala noticia —anunció mi padre aparentemente muy afectado. Me quedé con la respiración entrecortada—. La tabla de queso ha pasado a mejor vida, se ha roto.

—No creo que la tabla se haya roto sola, creo que la has roto tú y tu cuerpo serrano.

—Pienso pagártela o, en su defecto, comprarte otra. Asumo mi responsabilidad —comunicó ceremonioso.

—Me la regaló tu exyerno para un aniversario. No es algo que necesite de forma urgente para seguir viviendo.

—Lo ves, estaba condenada a romperse. Si a otra mujer le regalan eso para un aniversario se lo rompe al novio en la cabeza. Hace unos años le salvaste la vida a la tabla, pero su destino estaba escrito. ¿Puedes buscarme una igual en internet? Tu hermana y tu hermano se han quedado sin herencia por negarse a ayudarme a comprar otra. Hija, no corras la misma suerte.

—Voy a hacer algo mejor, te voy a comprar el aparato de gimnasia que intentas plagiar. Un momento, ¿mi hermana y mi hermano no han querido comprártela? Qué raro me suena eso, me estás ocultando algo...

—Te lo cuento cuando me la compres.

—Es que si no me lo cuentas, no te la compro.

—Se niegan, dicen, por amor a tu madre. No ha sido nada, solo que he roto un poco su espejo del dormitorio.

Su forma de narrar las cosas era tan divertida que me hacía reír a carcajadas.

—¿Cómo que un poco?

—Pues la tabla giratoria se partió y la tablilla que puse encima para apoyar los pies salió lanzada y aterrizó en el centro del espejo de tu madre. Le he dicho que eso tiene sus ventajas, ahora solo ve bien la cabeza y los pies, y el resto del cuerpo queda difuminado, así no va a notar si engorda. Lo siento mucho, voy a comprarle otro.

Imaginé la cara que ponía en ese momento, metido en su papel de víctima de las circunstancias. Había tenido la suerte de disfrutarla en muchas ocasiones y siempre me hacía reír. Mi padre era un personaje digno de una comedia y aunque nuestra relación había pasado por momentos complicados, nunca había dejado de hacerme reír.

—Papá, tengo que dejarte, llaman a la puerta, deben de ser las niñas que se han dejado algo. Dile a mamá que la quiero, luego te miro lo del aparato de gimnasia.

Corrí a abrir, pensando que ya se habrían marchado por la tardanza.

Me sorprendió ver a Manuel en la puerta de mi casa. Estaba muy serio.

—Sé a lo que vienes —le dije dándole la espalda y metiéndome dentro de la casa— y puedes estar tranquilo. No le he metido pajaritos en la cabeza a tu hija.

—No vengo a eso, Mara. Y puede que no lo sepas, pero contigo nunca estoy tranquilo. Sueles ponerme bastante nervioso con tu presencia —me contestó calmado.

—Pues tú dirás, pero, por favor, sé breve, estoy cansada, ha sido un día muy largo y no tengo ganas de tener una discusión como la del otro día.

—Han vuelto a ingresar a mi madre en el hospital y necesito tu ayuda. Saray se quedará con ella y yo tengo que salir mañana un par de horas a una cena de negocios. Necesito que te quedes con las dos niñas pequeñas hasta que regrese. Puedo pedírselo a la Redonda, pero si se quedan contigo sé que se acostarán temprano, no romperé sus rutinas y cenarán algo con un poco de sustancia. Si no te importa y no te viene mal.

La voz de Manuel fue bajando de intensidad hasta que me pareció que se iba a quebrar. Podía ver la pena reflejada en su rostro, oír su angustia en cada sílaba que pronunciaba.

—Claro —musité consternada—, puedes contar conmigo, mañana y todos los días que me necesites. Mi padre me dijo que la cosa no pintaba bien, ¿no?

Manuel negó con la cabeza. Sentí que se tragaba las lágrimas para no derrumbarse.

—No, no hay solución.

Se marchó murmurando un breve agradecimiento, sin añadir nada más. Yo podía sentir su sufrimiento, esa impotencia que se apodera de uno cuando las circunstancias no le dejan pelear, luchar por los suyos.

—Manuel —lo llamé desde la puerta de mi casa.

Se volvió, corrí hacia él y lo abracé con fuerza. Sentí que

respondía a mi abrazo con ternura, con calidez. Fue un abrazo puro, lleno de un cariño limpio, que acercó en un segundo lo que la vida separó durante años. Me miró con sus ojos acuosos, llenos de dolor. En un gesto de cercanía deslicé mi mano por su espalda y musité palabras de ánimo que se quedaron flotando en el camino que nos separaba.

Se dirigió a su casa con rapidez, no quería que lo viera llorar. Yo sabía lo importante que era su madre para él, ella era el pilar que mantenía su hogar en pie.

Sentí su dolor cercano. En ese momento tuve la necesidad de ir a su casa con él, de volver a abrazarlo, de poner su cabeza en mi hombro mientras derramaba todas las lágrimas necesarias.

No lo hice. Me volví a casa sintiendo que fallaba al niño revoltoso que me contagiaba su alegría en cuanto me miraba a los ojos, al cariño que nos había unido siempre con un hilo invisible. Sentía que debía estar a su lado y en cambio estaba allí plantada, sabiendo que no estaba haciendo lo correcto.

Cerré la puerta de la casa dudando de si era eso lo único que estaba intentando cerrar.

9

Nunca había llegado tarde al trabajo, ni una sola vez en mi vida. Aquella mañana fue la primera.

Amanecí con la certeza de que el día sería largo y tedioso. Siempre que tenía reunión de equipo docente empezaba la jornada con una mezcla de frustración y desasosiego que no desaparecía con el paso de las horas. Con las clases, un claustro y una reunión con mis compañeras por delante, cuando abrí la puerta para marcharme, oí un crujido extraño y me quedé con la mitad de la llave en la mano. No pude salir, me quedé atrapada dentro. Maldije mi costumbre de echarla al acostarme. Llamé apurada a Manuel para que con la copia que tenía en casa intentara abrir desde fuera, pero no pudo. El trozo de llave que se había quedado dentro obstruía la entrada e impedía que la otra llave girara.

Al segundo intento me di cuenta de que la única solución era llamar a un cerrajero. A las siete y media de la mañana no resultó tarea fácil que alguno del pueblo me cogiera el teléfono, pero lo conseguí, y en una hora vendría a rescatarme. Llamé al director para avisarle de mi retraso y llegué dos horas y cuarto tarde. Tiempo que dediqué a acordarme de toda la familia del cerrajero.

Mis nervios permanecieron alterados todo el día, no conseguí encontrar la calma en clase y llegué al claustro con un grado de estrés inapropiado. La orientadora del instituto, Marusella, que resultó ser una mujer encantadora con una inteligencia práctica y un trato fácil, me ofreció su ayuda para resolver el conflicto de clase. Las suyas no fueron unas palabras hueras, me orientó en todo el proceso y me acompañó en los tramos iniciales, bastante complicados.

Marusella dirigió la reunión del claustro con eficacia, expuso los hechos y compartió el protocolo de acoso que se había comenzado a seguir en mi clase. Hubo opiniones de todo tipo, algunos compañeros afirmaban que a esas alturas, las medidas no servirían para nada; otros, en cambio, acercaron sus posturas a la nuestra defendiendo que no podíamos ignorar el problema.

Fue largo y tedioso. Y para colmo, sin descanso entre medias, tuve que enfrentarme a una reunión con mis queridas compañeras.

Las reuniones de equipo me tensaban, era incapaz de encajar con esas dos mujeres que siempre tomaban decisiones fuera del horario laboral. Me puse muy nerviosa, a la defensiva, cuando Blanca, sin venir a cuento, habló de mi falta de interés por integrarme en el grupo. No me levanté y me fui por educación, y por no darle el placer de verme salir vencida.

—Desde el primer día he demostrado mi compromiso y mi buena disposición para trabajar con vosotras, pero mi interés se ve acallado por el reiterado argumento de que «eso es mucho trabajo y no sirve para nada». Está claro que nuestra falta de armonía se debe a que a mí no me asusta echar unas horas extras, y a que yo sí deposito confianza y expectativas en el alumnado.

Lo dije del tirón, sin coger aire, sin amargura ni resentimiento transparentándose en mi voz. Después de soltar ese discurso tenía que permanecer sentada con ellas para decidir las actividades comunes de Navidad. Estaba segura de que su propuesta sería poner un árbol en la entrada y montar el Belén en la clase.

Milagros tenía la misma prisa de siempre y, al ver que yo permanecía atenta y callada, decidió romper el hielo sacando a relucir la cantidad de trabajo que nos supuso la actividad del Día de la No Violencia. Se sabían perdedoras si yo volvía a proponer algo, por tener el apoyo casi incondicional del jefe de estudios, que vio en mí un aire fresco y renovado, y siempre que podía abría las ventanas para que entrara.

No me equivoqué mucho. El árbol de Navidad y el Belén estaban dentro de sus propuestas, a las que sumó decorar los pasillos con guirnaldas brillantes.

—Eso te gustará, a vosotros el brillo os encanta —espetó Milagros con muy poco acierto.

—¿Quiénes somos «nosotros», Milagros? —pregunté con malas pulgas.

—Ay, mira, de verdad, no tengo tiempo para que te hagas ahora la víctima, decidamos las cosas que vamos a hacer y luego ya nos peleamos por lo que queráis, que tú has trabajado poco hoy, pero nosotras estamos muy cansadas —añadió Blanca.

Me callé, bastante molesta por la referencia a mi llegada tarde que estuvo a punto de ser la última impertinencia tolerada del día.

—Además de adornos varios, propongo elaborar un material audiovisual en clase sobre cómo se vive y se celebra la Navidad en distintas partes del mundo. En el aula conviven adolescentes de muchísimas nacionalidades diferentes, podemos agruparlos en una sola película y proyectarla el último día de clase.

—Es que no inventas nada sencillo, Mara, todo tiene un trabajo enorme. Tú estás sola, no tienes a nadie, sales de aquí y puedes dedicarte a montar vídeos. Las demás tenemos una familia, y corregir los exámenes y los trabajos ya nos quita bastante tiempo —añadió Milagros visiblemente enfadada.

—No tiene por qué suponer un trabajo extra —defendí cansada—, basta tan solo con que trabajes por grupos en tu tutoría o en las clases de apoyo. Las dos podéis utilizar las que tenéis.

Un grupo puede buscar la información, otro crear el guion, otro presentarlo ante el público, otro grabarlo y el último puede dedicarse a montarlo.

Durante unos segundos parecieron pensarlo, pero el jefe de estudios nos interrumpió.

—Chicas, me he olvidado de decir en el claustro que hay que presentar las actividades de Navidad mañana, para aprobarlas lo antes posible. Y, por favor, intentad que tengamos algo más que un arbolito y cuatro pastorcillos. Echadle un poco de creatividad.

—Ya las tenemos listas, por supuesto que tenemos algo más que la decoración —añadí con tono burlón—, somos un equipo muy creativo. —Y con esas palabras, di por terminada la reunión.

Llegué a casa cansadísima, fatigada por el esfuerzo de mantener a raya mi carácter delante de mis compañeras. Me resultaba agotador luchar por algo que para mí era lo correcto, y su falta de motivación me impregnaba en un malestar que tardaba horas en desaparecer. Me di una ducha para intentar que el agua se llevara el mal humor y me reconfortara y luego me senté a trabajar sin siquiera cenar, consciente de que no tardaría mucho en acostarme.

En mi lista de asuntos pendientes, preparar la reunión con los padres de González ocupaba el primer renglón, y en el segundo estaban las restantes reuniones, con las cuatro familias de los alumnos que durante todo este tiempo le habían puesto en el centro de las burlas y desdichas. Todas estas reuniones serían complicadas. Decirle a unos padres que sus hijos eran unos insensibles que se habían pasado más de cuatro años haciendo la vida imposible a un compañero y divirtiéndose con ello no era tarea fácil. Tenía que llevar preparadas dos posibles opciones. La primera, en caso de que los padres no creyeran ni una sola de mis palabras y, ni siquiera demostrándolo con las pruebas pertinentes, obtuviera colaboración. Y la otra en que, tras la sorpresa inicial, los padres asumieran los hechos, quizá con un sentimiento de culpa. Tenía que barajar una serie de estrategias que les ayudaran a asumir lo ocurrido y mostrarles las posibles soluciones.

Con la ayuda de Saray y Coral, había recopilado vídeos donde se observaba el acoso de forma clara. Tan solo tuvieron que indicarme dónde buscarlos, todos estaban colgados en la red. Se veía a un grupo de alumnos hostigando a González para que comiera cosas desagradables, gastándole bromas pesadas, en ocasiones incluso con riesgo para su vida. En el que más me impactó, lo habían sentado y atado a un monopatín y lo habían empujado por una carretera de cuesta pronunciada. Por unos escasos centímetros no lo atropelló un coche que no lo vio. Las risas que acompañaban ese momento tan crítico me helaron la sangre. Se oían las voces de los culpables, que se identificaban a la perfección, y en los comentarios vejatorios de los chats quedaban sus nombres registrados. Si preparaba todas las alternativas posibles, me presentaría en las reuniones con la seguridad necesaria para resolver la situación, pese a lo complicada que era.

La complicidad del grupo callando los hechos, la permisividad sin ningún tipo de rebelión, me preocupaba. Estudiaba los comentarios una y otra vez, analizaba y buscaba las respuestas para averiguar qué era lo que había provocado que los chicos taparan ese horror, no tenía claro si era el miedo, la necesidad de aceptación en el grupo o si había algo más. Tenía que indagarlo para, desde ahí, buscar las formas de trabajarlo en clase. La realidad era que el acoso había sido aceptado y aprobado por todos, nadie luchó para que no ocurriera. Eso los convirtió en cómplices pasivos y uno de mis objetivos era ponerlo de manifiesto delante del grupo al completo.

Cuando, la semana anterior, me reuní con González, me costó mucho abordar el tema. Estaba cubierto por tantas corazas que llegar hasta él fue imposible. Intenté explicarle que no estaba solo, que podía contar conmigo, pero él percibió esa ayuda como un problema añadido. Pensaba que en el momento en que sus compañeros supieran de la intervención de los profesores, su vida se complicaría aún más.

—Tú no lo entiendes, esto no servirá para nada, luego querrán vengarse y tú no estarás ahí para ayudarme. Nadie estará ahí para ayudarme —gritó entre lágrimas.

—Yo sí estaré para ayudarte, todos estaremos para ayudarte. No puedes estar sufriendo siempre. No puedes dejar que tu vida dependa del daño que otros quieran hacerte. Vivir con esa presión te está destrozando —dije con calma.

—Te prometo que no te interrumpiré más en clase, que no voy a abrir la boca, pero, por favor, para esto —me rogó, asustado.

—Eso es justo lo que quiero hacer, terminar con esto para siempre. No me importa lo que hagas en mi clase, lo que de verdad me importa es lo que te hacen fuera de ella, y no voy a permitirlo. No voy a permitir que te hagan más daño.

Salió de la clase deprisa negando con la cabeza. Sentía con toda mi alma el dolor que le estaba causando. Reconocía que yo era la causante de una angustia que él en ese momento no era capaz de gestionar.

Todo el tiempo que duró la tutoría, González había permanecido a la defensiva, encerrado en la idea de que no necesitaba a nadie. Intenté crear espacios de silencio para que sintiera que podía hablar, pero no lo hizo. Yo no había conseguido forjar ese lazo, esa complicidad emocional necesaria para que me abriera definitivamente la puerta y pudiera colarme dentro. Me había equivocado por completo.

El timbre de mi casa me sacó de mis recuerdos. Era Saray. Me gustó que no necesitara ninguna excusa para venir a charlar conmigo. Hasta ese momento todos los encuentros habían sido acordados previamente, como si pensara que me molestaría si aparecía sin avisar, justo lo contrario de lo que yo sentía, ya que disfrutaba de su presencia y quería encontrarme a solas con ella para hablar de su futuro.

Caía la noche y sus hermanas se habían dormido temprano. Salimos a la calle y cruzamos a su porche, por si se despertaban y la necesitaban. El cielo estaba despejado, el olor del mar se percibía con más intensidad que de costumbre, transportado por una suave brisa que nos animó a coger alguna prenda de abrigo. Saray estaba triste, quizá también muy cansada, después de la semana que llevaba durmiendo en el hospital.

—No soporto verla sufrir, Mara, me duele mucho —me confesó aguantando las ganas de llorar—. Mi padre cree que no quiero ir al hospital por la noche, pero es que no puedo. Las noches son horribles, paso mucho miedo en aquella sala tan oscura, sentada en una silla. Pero él no quiere quedarse y dejarme sola aquí de noche con las niñas, le da miedo que nos vaya a pasar algo.

—Tienes que entenderlo, sabe de sobra que las cuidas muy bien, pero le da miedo que por la noche entre alguien en la casa y os haga daño. Ese es su miedo, no otro.

—Lo sé, pero es que en el hospital no consigo dormir ni un minuto y estoy agotada. Además, la cosa no mejorará, Mara, van a ser muchas noches más.

Puse mi silla delante de la suya para estar cerca de ella.

—Es que eres muy joven para enfrentarte a ese proceso tan difícil. Ven aquí —le dije abrazándola fuerte—, todo esto pasará, ya lo verás.

El coche de Manuel llegó en ese momento, rompiendo el abrazo y la cercanía que habíamos creado. Él no se bajó del coche y Saray entró en la casa para recoger sus cosas sin decirme nada. Antes de que ella regresara me acerqué a Manuel indecisa, sin saber muy bien qué decirle. No nos habíamos visto mucho en los últimos días, y sabía que él y su familia lo estaban pasando muy mal. Era una situación muy dura la que estaban viviendo.

—Hola —saludé asomándome por la ventanilla que acababa de abrir.

—Hola —me contestó sin añadir nada más ni siquiera mirarme.

—Manuel, creo que Saray lo está pasando mal por las noches en el hospital, yo puedo quedarme a dormir con las pequeñas, si tú quieres pasar las noches con tu madre. La pobre no pega ojo y está agotada. Incluso puedo quedarme yo en el hospital las noches que necesitéis.

—Gracias, ya haces bastante, y te estoy muy agradecido. Voy a llevar a Saray, échales un ojo a las niñas hasta que vuelva, por favor, serán quince minutos —añadió con un tono seco.

Tras un silencio incómodo, Saray se subió al coche y se marcharon. Después de asegurarme de que la puerta estaba abierta por si las niñas me necesitaban, me senté en el porche a esperar a que volviera. Tardó unos quince minutos; al verlo llegar me levanté y me sobrecogió su tristeza. Apenas susurró un par de palabras de agradecimiento sin mirarme a los ojos. Me volví a casa con el alma encogida por su tristeza y mi impotencia por no poderle ayudar.

No me pude concentrar. Estaba cansada, llamé a mi padre antes de quedarme dormida, pero no me lo cogió. Lo intenté con el teléfono fijo de casa y me extrañó que descolgara mi madre. No le agradaba hablar por teléfono, prefería desplazarse los kilómetros que hicieran falta para tener una conversación cara a cara.

—Mara —me contestó nerviosa—, no te quería decir nada para no preocuparte, pero tu padre se ha hecho un corte en un dedo y tu hermana se lo ha llevado al hospital.

—¿Cómo ha sido?

—Pues cómo va a ser, hija, estaba en el patio abriendo una lata de aceitunas a escondidas, lo he sorprendido y del susto se ha rebanado el dedo entero con la tapa.

—¿Se ha hecho mucho daño?

—El corte es profundo, pero lo peor es que se ha mareado al ver la sangre y se ha caído. Se ha dado un golpe que no veas en la cabeza con el macetero de piedra.

—Voy para el hospital, en cuanto sepa algo te llamo —le dije a mi madre.

Cogí el bolso y las llaves del coche, y salí sin perder el tiempo. Aun así tardé treinta minutos en llegar a urgencias. Mi padre estaba dentro, en la enfermería y encontré a mi hermana sentada en la sala de espera.

—¿Cómo te has enterado? —me preguntó extrañada al verme.

—Llamé a la casa y mamá me lo contó. ¿Cómo está?

—Le están echando puntos en el dedo, pero lo que más me preocupa es el golpe en la cabeza. Tiene un chichón que da susto verlo. Ha estado a punto de rompérsela contra el macetero, aunque está visto que tiene la cabeza más dura que una piedra. Lo ha cosido la compañera de la prima Pili, papá la ha reconocido por las fotos de Instagram. ¿Desde cuándo tiene nuestro padre Instagram?

—Papá tiene todas las redes sociales, dice que son patios de vecinos gigantes donde te enteras de todos los cotilleos en minutos. Y es un sitio fantástico para enterarse de lo que hacemos sus hijos, por las fotos que colgamos. —Esbocé una sonrisa—. No gana una para malos ratos con este hombre. No sé qué vamos a hacer con él, sigue comiendo como si fuese a cumplir veinte años en vez de sesenta. Luego se extraña de que las analíticas vayan de mal en peor.

—Y no solo eso, Mara —apuntó mi hermana—, la que va a acabar de los nervios es mamá. Las peleas con él son continuas, no hace más que darle irritaciones. Es peor que un niño chico.

—Pues yo he hablado con él cientos de veces. El domingo lo cogemos por banda y le damos una buena charla los tres. Nos ponemos serios, a ver qué se nos ocurre.

Al cabo de un rato mi padre salió, sentado en una silla de ruedas. Estaba blanco como la pared, con dos enormes chichones en la frente, a pequeña distancia uno del otro.

Mi hermana lo miró incrédula.

—Papá, cuando has venido solo tenías un golpe.

La enfermera que lo acompañaba nos explicó, avergonzada, lo que había ocurrido. Le estaban cosiendo la herida y él, sentado en una silla, le contaba, animado, a la enfermera los mejores escondrijos que tenía para los tarros de aceitunas.

Cuando la chica había ido a colocar las vendas en su sitio, él se había levantado deprisa, se había mareado y al caerse se había dado con el pico de la mesa. La enfermera no sabía cómo disculparse.

Mi hermana no dejaba de mirar la frente de mi padre, con los dos golpes en la cabeza. Comenzó a reír y me contagió. No era ni el momento ni el lugar para tener un ataque de risa, pero no pudimos evitarlo. Me ponía seria unos segundos y mi hermana volvía a reírse a carcajadas arrastrándome con ella. En pocos minutos toda la sala de espera estaba riendo. A mi padre, en cambio, el asunto no le hacía ninguna gracia, y su enfado nos hacía reír aún más. Estuvimos riendo hasta que un celador vino a buscar a mi padre para hacerle un escáner. Al médico no le había gustado nada el segundo mareo y quería descartar que se hubiese hecho daño.

Como solo se podía quedar un acompañante, mi hermana se marchó y yo me quedé en la sala de espera.

—Qué bonito ha estado, Mara. Tu padre con una conmoción cerebral y tu hermana y tú os partís de la risa en medio del hospital —me regañó en cuanto el celador lo volvió a dejar a mi lado.

—Papá, no te has visto, pareces una cabra marjor —defendí volviendo a reírme de nuevo—. No lo hemos podido evitar, pero ahora me voy a poner seria, tu inestabilidad me empieza a preocupar. Cuando no te resbalas, pierdes el equilibrio, te desmayas o te mareas. Tienes que ir a que te miren los oídos.

—Cría hijos para esto. Y tú, ¿qué haces aquí y no en tu casa? Tenías reunión con el aquelarre, ¿cómo te fue?

—Papá, no me preocupes, ¿no te acuerdas de que estábamos juntos cuando te diste el golpe en la cabeza? —mentí burlándome de él.

Mi padre se quedó pensativo, intentando recordar.

—¿No te acuerdas de que acababas de prometer delante de la foto de la abuela que ya no ibas a comer más aceitunas en tu vida? Fuiste a tirar las que tenías abiertas y te cortaste. Ay, papá, yo creo que te has hecho daño de verdad, tienes amnesia, debes decírselo al médico ahora, cuando te den el resultado.

Durante unos instantes se preocupó. A punto estuvo de creer que no lo recordaba.

—Me tomas el pelo, yo nunca le haría a mi madre una promesa que no pudiera cumplir.

—Tenía que intentarlo —contesté en tono burlón.

Hora y media después nos mandaron a casa con la seguridad de que todo estaba perfecto.

—Ahora te queda otro golpe más —le advertí—, el que te va a dar mi madre. No puedes seguir así, tienes que cuidarte. Un día de estos te da una subida de tensión y te vas para el otro barrio.

—Cuando eso pase no quiero que hagas promesas en mi tumba que no puedas cumplir —me pidió muy serio.

—Papá, no voy a hacer ninguna promesa en tu tumba. Estaré llorando y no me saldrán las palabras. No seas mal fario, no hables de eso.

—Pero si has empezado tú, me has matado con una subida de tensión. Por cierto, ayer estuve hablando con el hermano de Manuel, la cosa no pinta bien, parece que no le queda mucho a la pobre.

—Sí, lo sé, Manuel y Saray están muy afectados. Les echo una mano en lo que puedo, no está siendo nada fácil para ellos.

—Ya me lo imagino, hija. Ese proceso no es fácil para nadie. Ni para el que se va ni para el que se queda.

Me bajé del coche con la intención de saludar a mi madre unos minutos y regresar a casa, pero cuando llegué mi hermana y mi madre estaban preparando la cena. Al oler las croquetas de atún me di cuenta de lo hambrienta que estaba y me quedé a cenar con ellos. Perdí la cuenta de todas las que me comí.

Al despedirme mi madre me dio un recipiente repleto de croquetas perfectamente colocadas unas junto a otras, para que me lo llevara a casa.

—Fríeselas mañana a las niñas, que seguro que echan de menos las de su abuela. A Manuel le alegrará volver a comerlas.

Le di las gracias con un beso y me marché. Tuve que hacer verdaderos esfuerzos por no quedarme dormida al volante. La calma de la noche, junto con los nervios del día, eran la combinación más peligrosa.

Cuando llegué a casa, Manuel estaba en su porche, sentado con una copa de vino entre las manos. Indecisa por la aspereza de unas horas antes, dudé si saludarlo con la mano y meterme dentro para irme a la cama o acercarme a él. Escogí la opción que me pareció más adecuada y entré cabizbaja en mi casa, pero una vez dentro me sentí culpable por no haberle ofrecido un poco de conversación, que seguro necesitaba. Las llaves de la nueva cerradura fueron el empujón que necesitaba para ir a su encuentro. Me convencí de que era urgente que Manuel tuviera una copia, por si las extraviaba o las necesitaba alguien de mi familia para entrar si yo no estaba.

Me preparé una infusión y me acerqué a él con la taza.

—¿Aceptas un poco de compañía? —pregunté sentándome a su lado.

—No creo que esperes respuesta, te has sentado ya —contestó esbozando una media sonrisa.

—Al final tuve que cambiar la cerradura, el cerrajero no pudo sacar la llave de su interior sin dañarla —le conté en voz baja para no despertar a las niñas.

Se veía algo más relajado que hacía unas horas y al darle las llaves nuestras manos se rozaron. Las yemas de mis dedos tropezaron con las suyas, fue un contacto suave e íntimo al que mi cuerpo reaccionó estremeciéndose de pies a cabeza. Estaba segura de que Manuel había sentido lo mismo.

—Tener el uno la llave del otro siempre nos trajo problemas —susurró sin mirarme.

Permanecí unos segundos callada, recordando el episodio al que se refería, y lo miré de soslayo. Pese a los años que habían pasado seguía siendo guapo, tremendamente guapo. Tenía ese punto canalla que con sutileza se perdía en la dulzura de sus ojos negros.

—¿De dónde vienes tan tarde? —me interrogó, tenso—. No sabía que tenías novio.

Volvió otra vez a obsequiarme con el tipo de comentarios fuera de lugar que me hacían saltar. Me enojaban e indignaban a partes iguales.

—Claro, es que una mujer no puede estar sola en la calle hasta altas horas si no es en compañía de un hombre que la proteja —argumenté con dureza—. Las solteras no podemos salir a la calle de noche, si no nos acompaña un macho alfa. Tu visión de la vida es un poco peculiar. No, no estaba con mi novio, estaba con mi padre. Se ha cortado un dedo y lo hemos llevado al hospital.

—¿Y está bien? —preguntó, preocupado.

—Sí, la cosa se ha complicado un poco porque se ha caído dos veces, cuando ha visto la sangre y cuando han terminado de coserlo. Por lo visto, se ha mareado al levantarse.

Manuel soltó una carcajada.

—Tu padre siempre ha sido un valiente —se burló sin ánimo de ofender.

—Y tú, ¿cómo estás? —me atreví a preguntar.

Bebió un sorbo de su copa y se quedó mirando el horizonte.

—No pensaba que la vida me volvería a poner delante esta dura enfermedad.

—Imagino que no es fácil para ti ver a tu madre así, y te debe de recordar momentos dolorosos que viviste con la enfermedad de tu mujer.

—Mi vida está llena de recuerdos dolorosos. —Le dio un sorbo al vino y lo dijo—: El día que te marchaste es uno de ellos. Si al menos me hubieses avisado, habría podido despedirme.

Me sorprendieron sus palabras, no me esperaba que en ese momento mentara esa etapa de nuestra vida.

—Yo nunca decidí irme de aquí, fue mi padre quien tomó la decisión.

Se volvió hacia mí despacio, mirándome a los ojos fijamente. Mantuvo su mirada y me rozó la mejilla con sus dedos, se detuvo en mi pequeña cicatriz, sonriendo quizá al recordar a la niña que le contó entre lágrimas el incidente que lo había causado. En ese momento tendría que haber musitado una excusa y haberme marchado, pero no lo hice. El cansancio, las emociones acumuladas y la falta de decisión me paralizaron. Me quedé ahí, dejando que me mirara. Quería soltarme, quería sentir todo lo que su cercanía me provocaba. Se acercó un poco más, despacio, quizá para medir mi respuesta, para retroceder antes de recibir un rechazo. Me quedé quieta.

Cuando se acercó por completo, sentí que el corazón se me iba a salir por la boca. Lentamente rozó sus labios con los míos, casi sin tocarlos. El cúmulo de sensaciones que me aturdían me hizo temblar. Al sentir una corriente que me recorrió todo el cuerpo, le correspondí. Me besó despacio, con dulzura, y cuando sus dedos entraron en mi pelo, acercándome a él con suavidad, me estremecí. No quería que el beso acabara, quería pegarme a él y sentirlo lo más cerca posible. El beso comenzó siendo suave, y poco a poco fue quebrándose para dar paso a una intensidad creciente, hasta que nuestras respiraciones se entrecortaron.

Me separé despacio, asombrada de que algo tan pequeño me hubiese hecho sentir tantas cosas. Lo miré a los ojos y encontré las respuestas que necesitaba.

En ese momento supe que tenía que irme, tenía que volver a mi casa. Una angustia llenó unos huecos en mi interior que no sabía que existieran. Antes de irme sus ojos se volvieron a reencontrar con los míos y se dijeron lo que durante casi veinte años habían estado callando.

10

A pocos días para las vacaciones de Navidad decidí qué les regalaría a mis alumnos. Quería pensar un detalle, algo que entregarles el último día de clase. Lo había hecho desde que empecé a dar clase en infantil y se había convertido en una costumbre para mí.

Primero pensé en regalarles una taza con una frase motivadora, pero no me acabó de convencer la idea. Barajé la posibilidad de que mis hermanos me bordaran algo, pero no quería cargarlos con más trabajo. Finalmente opté por algo que no fuera material y, después de pensarlo mucho, una experiencia gastronómica me pareció la mejor opción. Se me ocurrió que desayunáramos con productos típicos de todos los países o regiones de origen de los estudiantes, así haríamos un recorrido por sus culturas maternas.

Los alumnos que tenían nacionalidades distintas de la española nos contaron cómo se celebraba la Navidad en sus diferentes países. Me asombró la forma en que respetaban el turno de palabra y se prestaban atención unos a otros. Comimos *panettoni* italianos, figuras de chocolate suecas, galletas de jengibre danesas, *pudding* inglés y distintos dulces con almendras y miel, que representaban a los países musulmanes, que no celebraban la Navidad.

El clima era relajado y todos disfrutamos de él. Vi a Saray y Coral hablando con los demás compañeros, relacionándose con ellos con naturalidad, y me di cuenta de que la escena me resultaba extraña por lo inusual. Normalmente solo se relacionaban entre ellas dos, en lo que parecía una soledad escogida. Lo cierto era que los demás compañeros nunca las buscaban, empezaban una conversación o les solicitaban ayuda, y ellas por miedo a que se burlaran de su cultura, como me habían manifestado al principio del curso, preferían no mantener ningún tipo de relación con ellos.

Al marcharse obsequié a los alumnos con unas bolsitas de tortas gitanas. Mi hermana me había ayudado a amasarlas y hornearlas en casa. Fue ella quien tuvo la idea de añadir un pequeño cartoncito con la receta que atamos con un lazo al cerrar el paquete.

Me despedí de ellos con la sensación de que habíamos empezado a crear algún tipo de vínculo, las vacaciones de Navidad me darían un respiro y tiempo para pensar cómo seguir desarrollando esta relación que comenzaba a nacer.

Necesitaba esas dos semanas para desconectar y descansar. También quería pasar más tiempo con mi familia, sobre todo con mis sobrinas, a las que echaba mucho de menos, y después de la comida con mis compañeros, en la que me sentí mejor de lo que esperaba, me prometí a mí misma que no volvería a tocar los apuntes de mis clases durante los días de descanso.

No hice nada especial hasta el día de Nochebuena. Normalmente cenábamos en casa de mis padres, pero ese año decidimos cambiar de escenario. Fue mi madre quien me sugirió la idea. Mi padre echaba mucho de menos las Nochebuenas en la aldea. La decena de casas que la formaban estaban unidas por lazos de sangre o de amistad, y desde bien entrada la mañana se festejaba yendo de una casa a la otra, visitando y participando en la alegría que suponía reunir a toda la familia, ya que en ese día tan señalado todos regresaban al hogar.

Así que el 24 me levanté temprano. Había quedado con Coral y Saray para enseñarles a hacer las tortas gitanas, las que le había dado a probar les habían gustado más que las que se hacían en sus casas, y quisieron aprender a hacerlas. Coral llegó puntual, a las diez de la mañana y también lo hizo la disculpa de Saray: una de sus hermanas estaba con fiebre y no podía dejarla sola con la abuela, a la que habían dado el alta el día anterior, para que pasara las fiestas con los suyos, pero no salía de la cama. En cuanto llegara su padre se uniría a nosotras. Aquella mañana Coral estaba radiante, tenía un brillo especial en su mirada y yo intuía que detrás de su sonrisa se escondía un secreto que la hacía feliz.

En cuanto comenzamos a preparar la masa, le pedí que le añadiera un vaso de azúcar, pero se equivocó y volcó el paquete entero. Enseguida noté que quería decirme algo.

—Niña, que nos van a salir tortas al caramelo —le dije sin ánimo de regañarla.

—¡Madre mía, la que he liado! Era la harina la que se echaba sin medir, ¿no?

—Sí, era la harina, pero no hace falta que eches todo el paquete. Con que pongas la que admita la masa es suficiente.

—A mí, eso de «la harina que admita» me pone muy nerviosa, siempre la lío.

—Anda, deja la harina y dime qué te pasa. —La cogí y la senté en el sofá.

—Mara, me voy a pedir —me soltó de sopetón.

—¿Cuándo? —pregunté nerviosa.

—Ya, estamos esperando que Fali tenga unos días para que pueda venir.

—Coral, ¿no crees que es un poco precipitado? Apenas os conocéis.

—Llevamos cuatro meses hablando, no es que sea muy rápido.

—Pero solo os habéis visto dos veces en ese tiempo. Y nunca a solas.

—¿Cómo quieres que nos veamos a solas? Mi padre me mataría si me veo con él y no estoy pedida.

—Coral, no seas exagerada, no te mataría, me preocupa que seáis casi dos desconocidos. No se conoce a las personas hablando por mensajes —argumenté con seguridad.

—Para eso es el *pedío*, para conocerse —añadió muy seria.

—Eres muy buena estudiante y quiero que termines el curso. He visto demasiadas veces a niñas que se piden y abandonan los estudios.

Me estaba precipitando. Tenía que plantear los argumentos de otra manera o no alcanzaría mi objetivo. Si Coral me percibía como alguien que estaba en contra de sus planes, perdería la oportunidad de acercarme más a ella y conseguir que finalizara sus estudios.

—Mara, no voy a seguir estudiando. Yo quiero ser madre joven y cuidar de mi familia. Es lo que siempre he soñado. El título no me va a servir para nada. El Fali es un niño muy trabajador y responsable, y estoy segura de que todo saldrá bien. Es que yo sé que es el mío, y sé que lo nuestro va a ser para siempre.

Sonreí, aunque por dentro tenía toda la angustia que me cabía en el cuerpo. Necesitaba ser prudente y acercarme a ella con cautela, pero sentía que estaba a punto de convertirme en su enemiga, todo lo contrario de lo que pretendía.

—¿Qué te gustaba comer cuando eras pequeña? —pregunté con un aparente cambio de tema.

—Me encantaban los purés. Mi madre decía que si algo no estaba pasado no me lo comía.

—Y estoy segura de que ahora no sientes lo mismo ante un plato de puré. Puede que te siga gustando, pero has probado cosas diferentes y tus gustos han evolucionado. Pues con el amor pasa igual, con la edad los gustos cambian, evolucionan, y nada te garantiza que lo que escojas a los quince años te siga encantando a los treinta.

—Mi madre lleva desde los doce con mi padre y no ha querido cambiar.

Respiré hondo. Todo el mundo sabía que el padre de Coral

tenía un hijo con otra mujer, mucho más joven que su esposa, con la que había tenido una relación extramatrimonial que se rompió cuando la madre de Coral se enfrentó a la amante de su marido. Vi que lo desconocía, que para ella la relación de sus padres era un ejemplo a seguir.

—Tenemos que avanzar, y tú puedes ser madre joven, pero también puedes ser independiente y autónoma. No tiene por qué ser incompatible una cosa con la otra.

—Es que yo no lo veo como tú, Mara. Yo no quiero ser independiente, yo quiero tener a mi *marío* y hacer las cosas con él. Si tengo que ir al cine, iré con él; si tengo que ir a comprar, él me llevará.

—Me parece muy bien. Lo que yo quiero es que decidas por ti misma el supermercado al que quieras ir, o que una vez lo decida él y otra lo decidas tú, pero que no sea él por ser el hombre el que tome todas las decisiones, porque a lo mejor tus productos favoritos están en el supermercado que a él no le gusta, y por no tener tu independencia, tu poder de decisión, te quedas sin comer en toda tu vida los productos de ese súper. Nadie se merece ese sacrificio.

Coral se quedó callada unos instantes, procesando la información. Quizá yo había sido demasiado vehemente.

—Quería hablar contigo para que me ayudes. Quiero hacer una *pedía* distinta y tú eres muy creativa, pero después de todo lo que me estás diciendo no sé si es buena idea.

—Claro que te ayudo, cuenta conmigo para lo que necesites. Solo quiero que no te dejes llevar y no dejes de ser tú misma. Las mujeres gitanas tenemos en nuestras manos el cambio, y cambiar no significa que no hagas tu pedida, y tu pañuelo, si quieres. El cambio está en que tenemos que dejar de ser la mitad de algo para ser nosotras mismas. Formarnos y prepararnos con estudios para tener herramientas con que defender nuestros derechos.

—Aunque me pida, voy a intentar seguir yendo a clase.

—¿Intentar, Coral? ¿Solo intentar? —pregunté exasperada.

—Es que el Fali es muy celoso y no le va a gustar la idea de que vaya a clase con más niños, cuando seamos novios formales.

—¿Lo ves?, a eso me refería. Ser novia de alguien no es lo mismo que ser propiedad privada de ese alguien. Y no evolucionamos respecto a eso.

—Yo lo voy a intentar —me prometió mientras amasaba las tortas.

—Y yo voy a estar aquí para que no olvides tu promesa, además de para ayudarte. Estoy segura de que será una fiesta que nadie olvidará.

La abracé sintiendo que abrazaba a una niña pequeña, una niña perdida que tenía un camino demasiado estrecho por delante.

El olor que desprendía el horno llegó hasta la casa de Saray, que vino con las dos pequeñas de la mano para que le diéramos algunas tortas para desayunar. Se llevaron una docena y Saray me pidió que no hiciera más masa hasta que ella volviera; la niña se encontraba mejor y su padre ya había llegado.

Pensé que tardaría más, pero Saray regresó en cuanto les dio un vaso de leche. Me habría encantado disfrutar de un rato las tres juntas, pero Coral se despidió pronto y se llevó una fuente llena de tortas. Tenía que ayudar a su abuela y a su madre a preparar la cena de Nochebuena.

Tras su marcha me quedé preocupada pensando que la vida de mi alumna dependía de la decisión que estaba a punto de tomar. Sabía que si se pedía a esas alturas del curso lo más probable es que no terminara la etapa escolar. En cambio, si la posponía, tendría la oportunidad de obtener una titulación que más pronto que tarde le sería útil. Coral era una chica inteligente, a la que lo único que le faltaba era motivación. Y yo me sentía muy impotente por no poder ofrecérsela.

Ajena a las preocupaciones que daban vueltas en mi cabeza, mi nueva ayudante se puso el delantal y, sin esperar mis indicaciones, comenzó a forrar las bandejas con papel de horno. Saray metió el vaso de agua en el microondas para templarla y disolver después la levadura con facilidad.

—Ten cuidado no se vaya a calentar demasiado y se nos fastidie la levadura, las tortas nos quedarían muy planas —le dije mientras pesaba el cuarto de azúcar.

—Mi padre se estaría riendo de tus tortas toda la vida —añadió Saray—. Creo que ya están. ¿Le echo los cincuenta gramos de levadura enteros?

—Sí, y cuando esté disuelta échale el vaso y medio de aceite, está ya medido en esa jarra, solo tienes que derramarlo —le indiqué a mi ayudante.

—¿Dónde están las nueces y las almendras?

—En el primer mueble, Coral las ha debido de poner ahí.

Se notaba que no era la primera vez que Saray hacía la masa, la movía con decisión, doblándola sobre sí misma para que no se le pegara a las manos. De pronto sentí la necesidad de saber si ella pensaba lo mismo que Coral.

—Tápala con ese paño y métela en el horno, vamos a dejarla reposar un buen rato.

Nos fuimos al porche y nos sentamos a comer en los nuevos balancines de mimbre que había colgado del techo. Quería saber qué pensaba sobre la relación de su amiga y si ella deseaba lo mismo. En conversaciones anteriores intuí que las dos querían cosas diferentes, pero no habíamos hablado de ello abiertamente.

—Coral me ha comentado lo de su pedida, parece que va a ser muy pronto —dije para empezar la conversación.

—No tengo claro que vaya a ser tan pronto, el Fali está trabajando fuera y mi padre me ha dicho que le ha *cumplío* el contrato y esta misma semana se lo han renovado por tres meses más. Si no puede venir, no se pueden pedir, él solo descansa los domingos. Tienes tres meses para convencerla de que no deje los estudios —añadió riendo.

—Es justo lo que voy a hacer. Igual que voy a convencerte a ti para que sigas estudiando —contesté risueña por la sorpresa de que hubiese adivinado mis pensamientos.

—Yo no quiero estudiar, Mara. Y tampoco me quiero pedir. Yo seré como tú, me quedaré mocita vieja.

Empujé el balancín, donde nos acabábamos de sentar, en señal de protesta.

—La mocita vieja no te va a dar ni una torta más —reí mientras retiraba la bandeja de las tortas—. ¿Qué te gustaría hacer en la vida, Saray? —pregunté de forma directa.

—Tú lo sabes —confesó bajando la mirada.

—Quiero que tú me lo digas.

—Quiero bailar, Mara, quiero bailar todos los días de mi vida. Quiero subirme a un escenario, en un teatro, en un tablao. Quiero pasar mi vida bailando, zapateando, recibiendo aplausos del público.

—Pues si ese es tu sueño, tendrás que luchar por él. Talento te sobra.

—Mi padre nunca me dejará.

—Tu padre querrá que tú seas feliz y tarde o temprano tendrá que aceptar que tu felicidad está entre unas palmas y un taconeo.

—No lo va a entender, te lo digo yo. Él quiere que me enamore de un gitano bueno, que me respete y con el que tenga muchos hijos. Y yo no quiero eso, yo no quiero tener una pedida, no quiero tener una boda y no quiero coronar a nadie con mi pañuelo.

Me di cuenta de que estaba llorando. Llevaba demasiado tiempo con todo eso guardado en su interior y verbalizarlo había sido difícil para ella. La abracé con fuerza, en silencio. Conocía a su padre y era consciente de lo complicado que lo iba a tener, pero estaba allí para ayudarla. No la iba a dejar sola. Le sujeté la cara y la miré a los ojos, que tenían el mismo negro profundo que los de su padre.

—¿Recuerdas las gitanas de la Gran Redada? Nunca se rindieron. Lucharon hasta el final, con todas sus fuerzas. Y no lo tenían nada fácil. Se enfrentaban a sus opresores sin más armas que ellas mismas. Incluso se quedaron desnudas para ofenderlos. Lucharon con todo lo que tenían, aunque a veces era solo su propio cuerpo. Esa fuerza corre por nuestras venas, y no nos vamos a rendir. No te puedo prometer que lo consigamos fácilmente, pero vamos a luchar por tu sueño hasta que no nos queden fuerzas. Y para tener la fuerza que necesitamos vamos a comernos otro par de tortas cada una.

Las tortas sabían a anís y naranja, y su textura era tan suave que comerse solamente una era imposible.

Los pájaros, atraídos por el olor, comenzaron a picotear, valientes, las migas que caían al suelo. Entré por un par de tortas más e invitamos a nuestros improvisados amigos a desayunar con nosotras desmenuzándolas para que les fuera más fácil atrapar los trozos.

Saray era una de las niñas más bonitas que había visto nunca. Tenía una belleza natural que comenzaba en sus ojos y te obligaba a mirar sus gruesos labios. Cuando sonreía su tez morena se aniñaba, restándole años a su frágil apariencia. Disfrutó viendo a los pájaros devorar los trozos que les habíamos regalado, tan solo dejó de mirarlos cuando se dio cuenta de lo tarde que era. Entonces me ayudó a recoger los cacharros y se despidió con la promesa de venir a vernos por la noche, para saludar a mi familia.

Cuando se marchaba, con la bandeja en las manos, se volteó. Se detuvo unos segundos, dudando de si debía hablar o seguir su camino.

—No sabes cómo me gustaría tener una madre como tú —me dijo, dejando en mi cuerpo más emoción de la que podía gestionar.

Cuando llegaron mis padres, un buen rato después, yo seguía llorando. Me sequé las lágrimas y mentí diciendo que acababa de ver una película. Mi padre no me creyó, pero se guardó el interrogatorio para después, ya que en ese mismo momento aparecieron mi hermano y las dos niñas, que llevaban unas gafas muy divertidas con mensajes navideños. Mi hermana llegó media hora después, cargada con bolsas de comida para abastecer a un cuartel.

Mi padre y mi hermano fueron a saludar a sus primos y

vecinos. Mientras, mi madre comenzó a preparar el potaje gitano con la tranquilidad que necesitan los guisos que se cocinan a fuego lento, y mi Susi y yo comenzamos a sellar en las grandes sartenes los solomillos que luego se cocerían en nata y pimienta. Cuando mi madre fue a preparar la salsa de almendras para la sopa de marisco vio que no tenía ajos suficientes.

—Anda, ve y pregunta en casa de la Manuela si nos pueden prestar unos cuantos dientes de ajo.

Me sorprendió que me abriera Manuel, no había visto su coche aparcado en la puerta.

—Ajos —balbuceé nerviosa—, necesito ajos.

Él me miró detenidamente. Yo llevaba días evitándolo, desde la noche en que nos encontramos en su porche.

—¡Saray! —gritó—. Tu maestra pregunta si tienes ajos.

Me acerqué un poco a su oído para que pudiera escuchar lo que iba a decirle.

—Tenemos, Manuel, se dice tenemos. Lo que hay en tu cocina no es algo ajeno a ti, aunque no la hayas pisado en tu vida. Puedes ir tú mismo a buscarlos, no me importa esperarte una hora hasta que los encuentres.

—Te has levantado muy graciosilla hoy —contraatacó en voz baja—. Lo mismo si tengo que buscar yo los ajos cenáis en Nochevieja.

Saray salió con una ristra de ajos y me los ofreció contenta.

—¿No me vas a invitar a tomar algo después? Tengo entendido que vienen todos tus tíos y primos a cenar —preguntó Manuel con tono conciliador.

—Vaya, las noticias vuelan en esta aldea, y ya sabes lo que dicen, para ir a casa de la familia no se necesita invitación. Mi casa estará llena de gente y uno más, no se notará.

Dos pequeñas cabezas interrumpieron la conversación al asomarse detrás de mí. Mis sobrinas querían jugar con las niñas de Manuel. Saray las invitó a pasar y les ofreció un zumo de frutas. Las dejé ahí, me marché con los ajos y me llevé también la mirada neutra, imposible de interpretar, con la que Manuel me despidió. Después de verlo, no pude volver a concentrarme en mi tarea. Eché dos veces sal a los langostinos y doblé la cantidad de nata que necesitaba para hacer la *mousse* de turrón.

Mi hermana, que me conocía metida en un saco, me cogió del brazo y me sacó de la cocina.

—Mara, ¿está muy mal la madre de Manuel? —preguntó pensando que era eso lo que me había afectado.

—No, Susi, sigue igual.

—¿Qué te pasa, niña? —me preguntó con cariño—. No me digas que es… Mara, no puede ser. Dime que no es lo que estoy pensando.

—Si quieres te digo que no es lo que estás pensando, pero estoy segura de que has acertado de lleno —susurré para que mi madre no nos oyera.

—Coge el abrigo, que vamos a dar una vuelta ahora mismo.

—No podemos dejar a mamá sola, tiene que preparar comida para cuarenta personas.

Mi hermana le dijo a mi madre que íbamos a la tienda a comprar gelatina para el postre y volvíamos enseguida.

—Ya me estás contando qué es lo que ha pasado —me ordenó mi hermana.

Le hablé de nuestros desencuentros, nuestros acercamientos y lo del beso de la otra noche. De cómo me temblaban las piernas cada vez que estábamos solos y se acercaba más de la cuenta, de cómo evitaba estos encuentros para poder dormir por las noches. Le conté con detalle todo lo que la cercanía de Manuel me provocaba.

—Mara, no quiero que te hagas daño. Pertenecéis a dos mundos totalmente distintos. Tú no podrías vivir en su mundo y él no podría vivir en el tuyo. Un boquerón y un jilguero se pueden amar, pero ¡no tienen un medio donde vivir juntos!

—¿Crees que no lo sé? Lo sé mejor que nadie. Es un machista egocéntrico que divide el mundo entre hombres y mujeres, y les atribuye un ritmo diferente a cada uno de ellos. No quiere darle una oportunidad a su hija y que siga estudiando porque considera que las mujeres tienen que cuidar de su casa y su marido; para él, estudiar es una pérdida de tiempo. Claro que lo sé, por eso he estado evitándolo y voy a continuar haciéndolo, pero es muy difícil cuando lo tengo a cuatro metros de distancia y forma parte de mi misma familia. Representa todo lo que detesto, todo contra lo que he luchado en mi vida. Mi cabeza lo sabe, lo razono cada día antes de acostarme. Todos estos argumentos que te estoy dando me los sé de memoria, de tanto repetírmelos a mí misma.

—Deberías irte de aquí y alquilar un apartamento en el pueblo.

—¿Crees que no lo he intentado? Esta casa fue la última opción, después de buscar en el pueblo y los alrededores. Los alquileres vacacionales no han dejado nada libre, todo está ocupado, y lo poco que hay está a precios que no puedo permitirme.

—Mara, prométeme que no estarás sola en esto. Prométeme que hablarás conmigo cuando necesites hacerlo. No voy a juzgarte. Pase lo que pase, quiero que cuentes conmigo.

Abracé a mi hermana con todas mis fuerzas. Era una de las mejores personas que había conocido en mi vida, y tenía la suerte de tenerla atada a mí para el resto de mis días.

—Casi me vuelvo loca por no poder contárselo a nadie. Susi, no puedes imaginarte lo bien que besa. Pero no te preocupes, fue algo puntual, estaba cansada, me pilló baja de ánimos y no pensé bien lo que hacía. Fue un mal momento. No pienso hacer nada que complique las cosas, y no voy a dar pie a que él se acerque más a mí, es como ir directa a un muro para golpearme.

—Encima, no puede estar más bueno, hija, lo tienes complicado por todas partes.

—Bueno, eso puede ser una ventaja, está muy cotizado y alguna se lo puede llevar de calle —añadí con amargura.

—Pues sería una buena solución. Anda, vamos con mamá, que no es tonta y ahora nos va a hacer un interrogatorio que vas a ver. Toma, la gelatina que hemos comprado. No me mires así, la he cogido antes de irnos, si la hemos comprado tendremos que llevarla.

Regresamos a la cocina, yo un poco más ligera por el peso que había compartido y mi hermana con una preocupación que se esforzaba por disimular.

Mi padre y mi hermano aparecieron a la hora de almorzar muertos de la risa. Mi hermano con las dos rodillas llenas de barro.

—Pero ¿dónde te has metido, chiquillo? —preguntó mi madre cuando vio los pantalones manchados.

Tardaron un buen rato en dejar de reírse y poder contar que uno de los caballos de la Redonda había empujado a mi hermano, que había perdido el equilibrio y se había hincado de rodillas en un charco. Mi padre afirmaba que era un castigo divino por lo que se había reído con sus caídas de unos días atrás. El equilibrio de mi familia era algo que me empezaba a preocupar.

—Voy a llamar a mi mujer para que me traiga unos pantalones limpios, lo mismo ya ha salido de trabajar y viene de camino —comentó mirando el reloj.

—Tengo unos pantalones tuyos aquí, unos vaqueros que me prestaste un día que las niñas me mancharon los míos de chocolate —confesé sabiendo lo que vendría después.

—Presté, dice, serás caradura, si de eso hace por lo menos un año. Rápida que has sido en devolvérmelos, hermanita.

—Tampoco es que me los hayas pedido, hermanito. Anda, quítate eso que huele a caballo que apesta.

Mi padre y él volvieron a reírse. Corrió a cambiarse a mi cuarto en cuanto escuchó el ruido del coche de su mujer, que venía a almorzar con nosotros.

—Mara, ve a por las niñas, que vamos a comer —me pidió mi madre.

—Ya voy yo, mamá, así saludo a Manuel y a su madre —se apresuró a contestar mi hermana. Le agradecí con la mirada su intervención y me alegré profundamente de habérselo contado.

Comimos todos sentados en la misma mesa, riendo y compartiendo anécdotas de la que parecía la última afición de mi familia: caerse.

Después de almorzar, a la hora del café, comenzaron a llegar mis tíos y primos. Con tablones de madera y borriquetas, mi hermano y mis primos empezaron a armar las improvisadas mesas. El salón era espacioso, una vez despejado el sofá y los muebles, pero no lo suficiente para albergar a tantas personas. Siempre teníamos el mismo problema: la familia era numerosa y el espacio pequeño. La experiencia de reunirnos en torno a una comida nos hizo aguzar el ingenio. La mesa, que nacía en el salón, siguió creciendo hasta ocupar el espacio de la cocina, el pasillo y mi dormitorio, donde se colocaron los niños. Durante toda mi infancia había sido así en Nochebuena, seguíamos un viejo ritual mejorado con las aportaciones de las nuevas generaciones, que siempre teníamos sugerencias para sacar más provecho del espacio quitando muebles o añadiendo sillas más pequeñas y modernas.

Situarse en la mesa no era tarea fácil. Había lugares en los que, si te sentabas, ya no podías levantarte en toda la cena. Mi madre fue la última en tomar asiento, no lo hizo hasta que hubo calentado el último plato. Mis tías y mis primas habían traído distintos entrantes, turrones y mantecados para picar en la madrugada. Aunque la fiesta comenzaba con una reunión para el almuerzo, al que asistía la familia más cercana, generalmente padres e hijos, el resto de la familia se reunía para la cena, llegaban al anochecer y nunca se marchaban antes de que hubiese clareado el día.

Cuando todo el mundo tuvo su sitio y todas las piernas tenían espacio suficiente para moverse, mi padre pidió un aplauso para la cocinera jefa, mi madre, que lo recibió ceremoniosa, sacudiendo la cabeza arriba y abajo, como una exagerada actriz de teatro.

En menos de media hora habíamos devorado lo que habíamos tardado horas en cocinar. Mi hermano fue el primero en coger la pandereta, justo después del postre. Los niños, encantados con ese ritual, se arremolinaron a su alrededor y comenzaron a cantar villancicos y pedir el aguinaldo, que tenían que soltar sobre la pandereta todos los cabeza de familia. Los pequeños se divertían contando a gritos los billetes o monedas que todos iban soltando, y les animaban a que dieran un poco más. Lo que recaudaban en la pandereta se dividía en partes iguales entre todos los sobrinos, sin importar la edad que tuviéramos, ni si estábamos casados o solteros. Mi hermano recibía su parte y sus hijas las suya. Los mayores que ya trabajábamos, solíamos hacer algo simbólico con el dinero recibido: mi hermana y yo se lo regalábamos a mi madre para compensarla por sus horas en la cocina, mi hermano lo repartía entre sus hijas y lo mismo que mis primos.

No era fácil sacarle a mi padre el aguinaldo. Siempre lo dejaban para el último, por ser el que más dificultades presentaba, pues hacía pasar a los niños por diferentes pruebas antes de darles el dinero. Ese año tuvieron que conseguir cinco calcetines apestosos, dos gafas viejas y cinco zapatos sucios. Los niños se reían a carcajadas mientras le quitaban a mi padre los calcetines; una de mis sobrinas consiguió los zapatos sucios aguzando el ingenio. Para empezar nos los quitó a mi hermana y a mí, y los llenó de las sobras de la comida; otros pequeños siguieron su ejemplo y todos acabamos con los zapatos inutilizables.

Cuando el ritual del aguinaldo terminaba, repartíamos los regalos del amigo invisible. Desde hacía unos años habíamos pactado que cada uno tenía que comprar dos regalos, uno serio y formal, y otro para hacer reír a los demás. Cada vez que a lo largo del año mi hermana y yo nos tropezamos en algún bazar con algo ridículo o divertido, lo comprábamos y lo guardábamos hasta las siguientes Navidades. Ese año habíamos comprado un regalo especial para nuestro padre y estábamos deseando que lo abriera.

—¡No me puedo creer lo que me habéis comprado! —exclamó él mientras se colocaba el casco de obra que había sacado de la caja—. Me queda que ni pintado, es de mi talla.

Tardamos más de tres horas en abrir los regalos, uno a uno, y enseñarlos a los demás. Al finalizar brindamos con cava y pedimos el mismo deseo de siempre: que en la siguiente Nochebuena tuviéramos salud para volver a disfrutar de los nuestros. Luego recordábamos que en nuestra infancia, ese era el momento en el que mi padre miraba de forma cómica la salsa del pavo de la tía Margot y nos costaba aguantar la risa.

Mi cuñado, que había cenado con su familia, y que nos acompañaba desde el postre, sacó la guitarra y comenzamos a cantar los villancicos. Lo más curioso es que nos pasábamos horas cantando el mismo villancico, «Los peces en el río», con todos los ritmos imaginables, lo convertíamos en salsa, en una bachata y en un fandango. Los pobres peces acababan hartos de tanto beber. Si por unos instantes se hacía el silencio, alguien lo interrumpía diciendo que sabía un villancico nuevo, que siempre acababa siendo, una vez más, el mismo. En ese momento mi padre entró en acción invitando a todos los asistentes a cantar los peces en el río con un polvorón en la boca. Qué divertido me pareció, hasta que caí en la cuenta de que se estaba celebrando en mi casa y me tocaría a mí limpiarlo todo.

Amaneció y nosotros seguíamos cantando y bailando. Nos retiramos bien entrada la mañana, cuando el humeante café nos había espabilado lo justo para conducir a los distintos destinos. El momento de la despedida llegaba tras haber apurado los últimos trozos de turrón, en las bandejas solo quedaban las solitarias peladillas. Estaba segura de que las fábricas que las producían se mantenían gracias a nosotros. A pesar de que nunca vi a ningún miembro de mi familia comerse más de una, estaban siempre presentes en todas las celebraciones.

Mis padres fueron los últimos en marcharse. Cuando los

acompañé a su coche vi a Manuel sentado en su porche, solo, con una taza de café en la mano. Lo miré unos segundos y me metí dentro.

No había empezado a desvestirme cuando llamaron a la puerta.

11

Trabajar en el mercadillo los sábados por la mañana no era una carga que viviera con desidia. Acompañaba a mi padre desde niña, cuando mi presencia allí era más un estorbo que una ayuda. Ya por aquel entonces me encantaba perderme entre los puestos vecinos, curiosear en sus mercancías, charlar con los comerciantes, que me regalaban trocitos de las emocionantes anécdotas de la semana. Me trataban con ternura y permitían que me pasara horas escondida debajo de los gruesos paños de sus gastadas mesas plegables, mientras veía a la gente pasar e imaginaba las historias de sus vidas.

Siempre me había gustado el ambiente que se respiraba en las calles del mercadillo, el olor a especias y miel que desprendía el puesto de mi tío, el sabor de los caramelos de leche y piñones, que nunca conseguía acabarme, el ruido del gentío cuando comenzaba el trasiego rutinario. Y, lo más importante, me permitía pasar tiempo con mi padre, un tiempo valioso, aislados de nuestra escandalosa familia, confrontando nuestras diferentes maneras de pensar. Eso no se podía negar, veíamos el mundo de un modo muy distinto, pero, a mí, sumergirme en el suyo me enriquecía muchísimo. Hasta en la conversación más banal hallaba un contenido que atesoraba con un afecto infinito.

Mi padre no lo había tenido fácil. Mi abuelo, un humilde estibador del puerto, trabajó toda su vida catorce horas al día para sacar adelante a su familia. Eran tiempos duros y aunque mi abuelo insistió a mi padre para que siguiera estudiando, él decidió ayudar en la economía familiar en cuanto tuvo capacidad para hacerlo. A los catorce años abandonó los estudios, empujado por la necesidad de salir de las estrecheces, por los apuros de no llegar a fin de mes, por la mirada perdida de su madre cuando la cuenta de la tienda había superado la cifra a la que podía hacer frente. Los dejó, a pesar de ser uno de los alumnos más aventajados de su clase. En saco roto cayeron los intentos de sus maestros de convencerlo de lo contrario, conscientes de la pérdida de un talento para las letras y una inteligencia práctica para las matemáticas que su abandono suponía. Lo hizo ofuscado por una pena inmensa y con la convicción de que hacía lo que debía.

Comenzó entonces a merodear con sus tíos por los baratillos, nombre que en aquella época tenían los mercadillos ambulantes. Ya con esa edad se movía entre sus calles como pez en el agua, y era el primero en ofrecerse a cargar y descargar la mercancía para sus familiares y amigos, que le daban una pequeña propina, tras verlo sudar por el esfuerzo.

Por aquel entonces los mercadillos eran escasos, y la mayor parte de la mercancía que se vendía eran objetos de segunda mano o utensilios de cocina a estrenar, a precios que no tenían competencia posible. Él solía observar a los comerciantes, siempre atento para ayudarles en todo lo que le demandaban. Traía los cafés del bar de la esquina o recorría un kilómetro para ir por los bocadillos más grandes al mejor precio para los comerciantes que no contaban con ayudantes para turnarse. Guardaba las propinas que le daban en una pequeña lata oxidada y el sábado se las ofrecía a mi abuela con orgullo. Se quedaba una pequeña parte para él y el momento de gastar ese dinero era el más feliz de la semana. La tarde del sábado se acercaba al viejo obrador del pueblo, ya por el camino disfrutaba del olor a crema de mantequilla, a chocolate con leche y hojaldre recién hecho que se esparcía por las calles contiguas.

Con el dinero en su bolsillo y la alegría visible en la cara, entraba decidido en la pastelería, daba las buenas tardes y exponía las monedas sobre el mostrador para que el hijo del dueño le diera todas las tortas locas que alcanzaba a pagar con ellas.

Las tortas locas eran un dulce típico de Málaga, formado por dos círculos de hojaldre relleno de crema pastelera y cubierto por un glaseado naranja que imitaba una crema de yema de huevo. En el centro, un poco de sirope de fresa simulaba una cereza. El dulce lo inventó Tejeros, un antiguo obrador de la capital que consiguió que los pobres pudieran acceder a algo más que a pastas secas, galletas y tortas de aceite. De ese intercambio comercial entre el hijo del pastelero y él nació una amistad que se consolidó con los años, y se nutrió de la pasión de mi familia por esos pasteles y de la simpatía que mi padre despertaba en aquel aprendiz de pastelero. Mi padre llegaba a casa orgulloso, sonriendo, sin ser consciente de que los brazos se le habían quedado medio dormidos por el peso de los dulces. Los colocaba en el centro de la mesa, los partía por la mitad con cuidado, para que la crema no se vertiera por los lados al apretar y comenzaba a vocear a sus hermanos, que, veloces, se acercaban a comer un trozo.

La salita se llenaba de niños, de risas y de caras llenas de azúcar, de enfados por no haber cogido el trozo más grande aquella tarde. Mi padre, el mayor de sus hermanos, a menudo se quedaba sin probarlos, mirando cómo lo demás devoraban los codiciados pastelitos. Con anterioridad había apartado un trozo para su madre, se lo guardaba hasta la noche, cuando todos estaban acostados y ella no podía rechazarlo en favor del primero que se lo pidiera.

El sueldo de mi padre fue creciendo gracias a su sentido del humor. Se levantaba temprano para llegar el primero, pasaba de puesto en puesto adulando a las mujeres y ofreciendo su ayuda a los hombres, que encontraban en ese chaval una gracia que les cambiaba el humor. Los comerciantes le hacían pequeños regalos que él agradecía con simpáticas ceremonias. A veces llegaba a casa cargado de plátanos y tomates maduros a los que apenas les quedaban unas horas de vida, de cachivaches oxidados que ofrecía a su madre como si fueran un tesoro o de un abrigo remendado que algún comerciante quería perder de vista y que él, con cuatro cortes, convertía en una manta más para tapar a sus hermanos en las húmedas noches de invierno.

A los quince años tomó la decisión de tener un puesto en propiedad. Solo chocó con dos inconvenientes: no tenía ni mercancía ni un lugar asignado en el que venderla. Lo de la mercancía fue complicado. Su escaso poder adquisitivo impedía que pudiera invertir, así que decidió trabajar por las noches en uno de los chiringuitos de la playa, para ahorrar algún dinero. Decidió comenzar de espetero en las barcas que los dueños acercaron a sus restaurantes con acierto, llenándolas de arena hasta el filo de sus viejas maderas y convirtiéndolas en improvisados y exitosos asaderos de pescado.

No fue fácil que alguien le diera una oportunidad para empezar a trabajar. Era un chico gitano, con la piel tan oscura como el tizón y andares desgarbados. Vestía con una limpieza impecable, pero con la ropa gastada por el uso. Se pasó noches enteras paseando entre los chiringuitos, preguntando en uno y en otro, aguantando burlas y chanzas de personas que se creían superiores a él por tener un tono de piel más claro. Sin embargo, no desistió de su empeño, a pesar de que cada insulto y cada burla le mermaban el ánimo y lo avergonzaban en lo más profundo de su alma. Por fin su suerte cambió una noche en que se ganó la simpatía de uno de los dueños, que le ofreció una oportunidad cuando se vio sorprendido por la inesperada huida de su espetero, quien, cansado de tantas horas de pie, se había ido a trabajar a una fábrica.

Así, durante meses, mi padre se dedicó a atravesar con destreza las sardinas con una caña y a ponerlas a asar en las brasas que, con paciencia, había preparado previamente sobre la fina arena de la playa. Este plato, conocido con el nombre de espeto, era uno de los más demandados desde el atardecer hasta bien entrada la madrugada, cuando los turistas se acercaban a la orilla a calmar el apetito, atraídos por ese olor tan particular. Él realizaba con esmero ese trabajo, no perdía de vista las sardinas y conseguía sacarlas del fuego en el punto exacto, cuando la piel plateada comenzaba a crujir y su carne aún estaba jugosa. A las tantas de la madrugada regresaba a casa oliendo a candela y pescado, agarrando con fuerza las sobras de la noche envueltas en un robusto papel marrón, para repartirlas recalentadas al día siguiente entre sus hermanos.

No era su sueño oler a carbón y pescado asado toda la vida. Se pasaba horas pensando en cómo conseguir un producto barato para llevar a los mercadillos y fue su abuela quien, una mañana de agosto y sin querer, le dio la idea que acabó siendo la solución para encontrar un producto que vender. Iba cargada con una sandía enorme, maldiciendo su peso y su coste, sin dejar de mirarla atentamente. Cuando la troceó en pequeños triángulos, con la destreza que da repartir lo poco que había entre los muchos que eran, mi padre se fijó en que había llenado dos bandejas enteras. Si conseguía varias sandías y varios melones, podría vender fruta fresca a los extranjeros que cada vez se acercaban en mayor número al mercadillo, utilizaría las cañas que usaba en los espetos para atravesar su cáscara y ofrecérselas a modo de golosina.

Con la ayuda de sus hermanos construyó un carrito de madera, poco profundo pero con la suficiente superficie para cumplir con su cometido. Mi abuela le regaló un viejo hule y dos bandejas grandes para poner la fruta y evitar que se posara sobre la vieja madera del carro. Compró dos grandes sandías con su sueldo de espetero, le pidió a su abuela que le enseñara a partirlas, rogó al pescadero que le diera un poco de hielo y se fue al mercadillo a venderlas. Con sus dos primeras sandías ganó lo suficiente para comprar cuatro. La fruta, que se mantenía fresca gracias al hielo con el que la rodeaba, fue un gran reclamo no solo para los extranjeros, como supuso en un principio, también para los lugareños, que con sus bajos ingresos no alcanzaban para comprar una pieza de fruta entera y un trocito, a un precio asequible, calmaba el deseo de sus pequeños.

Fue guardando la mitad de las ganancias en el interior de una lata de galletas que compró para el cumpleaños de su hermana pequeña, y la otra mitad se la daba a su madre, que le agradecía cada aportación con un beso en la frente.

Pronto quiso ampliar el negocio acudiendo a otros mercadillos que comenzaban a instalarse en los pueblos cercanos, pero la tarea no era fácil, tenía que caminar cuatro horas con el carrito cargado y apenas unas horas de sueño en el cuerpo. Por suerte, la alegría de haberlo vendido todo le aligeraba la vuelta, pese a que el sol apretaba y endurecía el camino. Más alegre que unas castañuelas, se duchaba al llegar a casa y salía corriendo con el tiempo justo para llegar al chiringuito.

Un año tardó en ahorrar lo suficiente para cambiar de negocio. Cuando calculó que tenía lo necesario, cogió un autobús y se presentó en la puerta de una fábrica textil de la ciudad. Al cabo de dos horas salió con diez vestidos que consiguió al mismo precio que si hubiese comprado mil. Siempre bromeaba que se los vendieron para no escucharlo dos horas más. Eran vestidos sencillos, de colores neutros y talla única. Hizo una última parada en una de las mercerías más caras de la ciudad, compró hilo de bordar de todos los colores y agujas de diferentes tamaños. Con la firmeza que da tener una buena idea en mente, reunió a sus hermanas, les enseñó la ropa nueva y les contó su idea. Ellas le ayudaron encantadas e, ilusionadas, comenzaron a dibujar sobre pequeñas cuartillas blancas esbozos de bordados simples.

En dos días tuvieron los vestidos listos. Seguían siendo vestidos sencillos, con pequeños bordados perfectos, que le daban una exclusividad que el pobre nunca podía alcanzar, modestas prendas que por poco dinero otorgaban el privilegio de ser el centro de atención en la misa de los domingos o en la verbena del barrio.

Poco a poco mi padre fue buscando otros enclaves, gracias a los consejos de algunos comerciantes, que probaban suerte en diferentes lugares. No paró hasta que encontró un baratillo para cada día de la semana. Cuando vendió los diez vestidos compró veinte y no paró hasta llegar a tener el puesto a rebosar. Dejó entonces los espetos y se dedicó de lleno al arte de la venta. Se sacó el carnet de conducir en cuanto cumplió los dieciocho y compró una vieja furgoneta, más muerta que viva, a uno de sus primos.

A pesar de estar contento con su trabajo, miraba con envidia sana a los amigos que habían conseguido tener estudios. No habría querido hacer otra cosa en la vida que saber más. Un día, por pura casualidad, se topó con un libro de historia y se dio cuenta de que había una forma autónoma de aprender. A partir de ese día todos los ratos libres que tenía en el puesto entre cliente y cliente se los pasaba leyendo. Primero se leyó todos los libros de la biblioteca del pueblo y luego empezó a ahorrar para comprar los suyos propios. Cada vez que terminaba de leer un libro sentía que daba un paso adelante en la vida, su cultura crecía y su orgullo con ella.

En los largos caminos de un pueblo a otro empezó a reflexionar sobre lo leído, dándole la vuelta a cada argumento para ponerlo delante de la vida con una actitud positiva y crítica. No dejó de trabajar ni un solo día, se llevaba la fiebre o la pena anudada en la cintura, se la tragaba escondiéndola tras la buena cara y la sonrisa que ofrecía a todo el que se acercaba a ver su mercancía.

El negocio de mi padre nos había permitido vivir siempre en un continuo aprecio por las cosas que teníamos y la ilusión por que llegaran las fechas especiales para tener algún extra. También nos había ofrecido a los tres la oportunidad de estudiar y, aunque mis dos hermanos trabajaban con mi padre, los dos tenían estudios universitarios. Mi padre se había encargado de que nuestras metas en la vida caminaran de la mano de una buena formación y cada uno escogió su profesión con libertad.

Mi hermano estudió informática y compaginaba el mercadillo con trabajos de diseño gráfico para una empresa que soñaba con tenerlo fijo en su plantilla, con un horario de oficina. Mi hermana estudió diseño y moda, y daba clases en un instituto de formación profesional dos días a la semana. Tenía un don natural frente a todo lo que tuviera una pantalla y podía competir con mi hermano en cualquiera de sus disciplinas. Si alguien de la familia tenía algún problema informático, ella era la primera opción. Mucho tenía que ver con ello su paciencia y su creatividad a la hora de enfrentarse a los problemas y plantear las soluciones.

Mi padre estaba muy orgulloso de sus hijos y de su aportación a la familia. Los dos ayudaban en el negocio familiar trabajando tres mañanas a la semana cada uno en los mercadillos que se organizaban en las distintas localidades de la costa del Sol. Los domingos mi padre descansaba, y ellos dos compartían el trayecto más largo. Iban a Estepona, el pueblo más alejado de nuestro lugar de residencia.

Mis hermanos recibían ingresos por sus trabajos en el mercadillo, siempre justos, que mi padre se encargaba de repartir. Yo, en cambio, hacía mucho tiempo que había renunciado a mi parte económica. Mi trabajo no me permitía ayudar más que un día a la semana, y sabía de primera mano que a mi madre ese dinero le venía mucho mejor que a mí, que tenía un sueldo estable que me permitía vivir con comodidad.

La mayoría de las cuotas por el alquiler del espacio en los mercadillos se abonaban a primero de mes, pero varios de ellos no ofrecían esa posibilidad y el abono era anual, por lo que algunos meses se acumulaban grandes pagos a los que había que hacer frente. Mi padre solía pedirme el dinero prestado, si no alcanzaba con el que tenía, y luego, cuando en verano los ingresos subían con el aumento del turismo, me lo devolvía. Yo no quería aceptar la devolución y eso generaba largas discusiones que acababan con la amenaza de que nunca me pediría nada más.

La vida en el mercadillo era dura, y el clima, nuestro peor enemigo. Si llovía, no había público al que vender; el viento del invierno te agrietaba la cara, te secaba las manos y te dejaba los huesos quebrados por la humedad; en los meses de verano, cuando a primera hora de la mañana ya se pasaba de los cuarenta grados, era insoportable estar debajo de un toldo que aumentaba varios grados la temperatura. Llevabas a cuestas tu negocio. Frecuentemente las telas de los toldos se resquebrajaban, los hierros se oxidaban por la humedad del mar y las patas de las mesas se vencían por el peso que soportaban. El mes que había que reponer alguna de estas cosas, las ganancias no llegaban para mucho más, pero las estrecheces de mi padre no tenían su origen en la climatología ni en la mala gestión de la mercancía. Sus escasos ahorros se veían siempre menguados por algún hermano que necesitaba ayuda para pagar la hipoteca, o algún sobrino que tenía que hacer frente a algún apuro de última hora. Todo el mundo contaba con él y la mayoría de las veces el dinero no regresaba. No por la dejadez de quien lo había recibido, sino porque su vida no ofrecía muchas oportunidades de generar algo más de lo que se necesitaba para el día a día. No había ningún reproche en algo que se ofrendaba con la certeza de que no iba a ser devuelto, y mi padre no soportaba que ningún miembro de su familia pasara necesidad. Su corazón tendía la mano, su cabeza ya dedicaría después tiempo para encontrar la solución a sus problemas, si el dinero no le alcanzaba a él.

Yo era esa seguridad económica que le daba manga ancha para poder ayudar a los demás. Él disfrutaba apoyando a los suyos, y a mí me encantaba verlo disfrutar sin tener que trepar cuesta arriba. Sin embargo, en los últimos meses estaba seriamente preocupada. Las cosas no iban bien en el mercadillo de los sábados, uno de los principales ingresos de mi familia. El invierno se había presentado apacible, con buen tiempo, pero unos carteristas nos lo estaban poniendo difícil. Supimos de ellos varias semanas atrás, cuando una señora fue a sacar su monedero para pagar una de las faldas de Carmen y no lo encontró. Se marchó dudando de si lo había perdido o se lo habían robado, pero al final del día varios comerciantes habían vivido lo mismo con distintos clientes, y eso nos puso sobre aviso. El percance se volvió a repetir las semanas posteriores, pronto se corrió la voz por el pueblo y la noticia salió en varios foros de viaje, lo que alejó a la clientela.

Ese asunto nos traía a todos de cabeza. Los comerciantes veíamos impotentes cómo el público era cada vez más escaso. Habíamos solicitado más presencia policial, con el fin de persuadir a los delincuentes, pero no se nos escuchó. A eso tenía que unirle la preocupación por lo que me había pedido mi padre.

—¿Me has traído lo que te pedí? —me preguntó en cuanto me subí a la furgoneta.

—Sí, aquí lo tienes, no sé para qué quieres un cheque, papá, me tienes muy preocupada. Que me dijeras que lo pidiera en la cuenta donde tengo menos dinero me ha preocupado aún más.

—No tienes que preocuparte por nada, al final de la mañana lo entenderás todo, ten un poco de paciencia. Pero te adelanto desde ya que no quiero hacer ningún desfalco ni pagar nada con un cheque falso.

Sus palabras no me tranquilizaron en absoluto y por el camino no quiso darme más explicaciones a pesar de mi insistencia. Sabía que me ocultaba algo y estaba preocupada. Lo único que conseguí averiguar era que mi padre estaba dispuesto a acabar con esa situación que tanto nos angustiaba y que había convocado una reunión con los comerciantes a primera hora de la mañana en la cafetería, para buscar una solución.

Mientras se reunían, yo me quedé colocando mi ropa y la de Carmen, y desde la distancia veía cómo mi padre daba explicaciones y todos escuchaban atentos. Cuando todo el mundo se rio a carcajadas me temí lo peor. Era mi padre quien parecía llevar la iniciativa. Las cosas no mejoraron cuando Carmen, que regresó a su puesto tras la reunión, me miró muerta de la risa.

—¿Me vas a contar qué es lo que está tramando mi padre o te vas a quedar ahí riéndote toda la mañana?

—Es que no se puede contar, Mara —me dijo intentando recuperar la compostura—. Tu padre está completamente loco, y no me he podido reír más con el plan que ha ideado para coger a los carteristas. Lo peor es que sé que va a funcionar.

—Miedo me da, Carmen, lo que haya inventado este hombre. Y me preocupa que se enfrente a ellos.

—No te preocupes, que lleva comitiva. Le van a acompañar cinco súbditos, lo que no sé es cómo se le ha ocurrido. Será mejor que te lo cuente él, que yo no tengo palabras.

Fui a buscar a mi padre, que estaba en un círculo con mi primo Jenaro y algunos amigos más. Hablaban con Lidia, que tenía la escoba en la mano. Me volví a medio camino, antes de llegar al lugar donde estaban. Temía que lo que mi padre preparaba no me gustaría y prefería resolverlo en privado.

El trasiego de comerciantes era continuo. Corrían de un lado para otro y todos sonreían al pasar por mi lado. En ese instante me di cuenta de que yo era la única que no conocía lo que iba a ocurrir.

—Carmen, cuéntame lo que está inventando mi padre, que me estoy poniendo de los nervios —rogué a mi amiga.

—Si es que no sé ni por dónde empezar. A tu padre se le ha metido entre ceja y ceja que va a pillar a esos carteristas y ya sabes cómo es, nadie le va a convencer de lo contrario.

—Pero ¿dónde está? No lo veo, lo he perdido de vista hace un rato.

—Ha ido a hablar con el *pestañí* que corta la calle para que no pasen los coches.

—Madre mía, si esto empieza con mi padre hablando con la policía mal vamos.

—No, niña, no te preocupes, que no es peligroso. Solo ha ido a pedirles ayuda. Les ha dicho que hoy todos los comerciantes íbamos a estar muy atentos y que habíamos puesto vigilancia para atrapar a los ladrones, pero que necesitamos que vengan rápido cuando los localicemos.

—Ay, madre mía, esto será muy peligroso, Carmen, a ver si van armados, sacan una navaja o algo y hay una tragedia —contesté inquieta.

—No, no te preocupes que está todo bien atado. A ver, tu padre y Lidia se harán pasar por unos *guiris*, llevarán una cartera y un monedero lleno de billetes. Irán comprando en todos los puestos, cargaditos de bolsas. Tu primo Jenaro, Santiago y los muchachos de la cerámica los seguirán de cerca —me aclaró Carmen—, no estará solo, y todos los puestos están avisados, en un momento dado los acorralaremos entre todos, hasta que venga la policía.

—Madre de Dios, que no es peligroso dices, todo esto es una locura. No se le puede ocurrir nada normal a este hombre —añadí molesta.

Tuve que taparme la boca cuando vi aparecer a mi padre, ni con esas pude aguantar la risa. No alcancé a adivinar en qué momento se había vestido de esa manera. Llevaba unos vaqueros rotos de mi hermano y una camiseta de un equipo de baloncesto que, por la talla, calculé que podía ser de una de mis sobrinas. En la cabeza, unos cabellos rubios sobresalían de una gorra de marca. A su lado, Lidia vestía también de forma estrafalaria. Cuando le miré los pies rompí a carcajadas. Llevaba unos calcetines de corazones con unas chanclas de la playa. Esa indumentaria, que en ellos resultaba tan ridícula, era muy usual entre los extranjeros que nos visitaban. Mi padre pasó de largo, muy metido en su papel. Lidia le seguía cogida de su mano, mirando todos los productos de los puestos con interés, como si fuera la primera vez en su vida que los viera. Decidí hacerles una foto para inmortalizar un momento que posiblemente nos haría sonreír en un futuro.

Si alguna vez había dudado de si mi padre era una persona cuerda, en ese instante tuve la certeza de que no lo era, aunque sabía perfectamente lo que estaba haciendo. Había analizado a las víctimas de las semanas anteriores, parejas haciendo turismo que iban cargadas de bolsas y que al acudir al mercadillo llevaban dinero en efectivo, y se había metido en su papel.

A la hora los volví a ver. Compraron una falda en el puesto de Carmen, que fingió no conocerlos. Mi padre hablaba en un idioma desconocido que Lidia parecía entender a la perfección.

Cuando llegaron a mi puesto les sonreí. Mi primo Jenaro, que los seguía a cierta distancia, me guiñó un ojo. Al darme cuenta de que mi padre se estaba divirtiendo de lo lindo, cambié mi actitud, no tenía claro que consiguieran dar con los carteristas, pero estaba segura de que disfrutaría contando esa historia a todo el que quisiera escucharla. Así que empecé a relajarme un poco.

Lidia escogió una sudadera con un pequeño elefante bordado. Mi padre me dio un billete para que cobrara, pero me pidió que me quedara con la vuelta. Nada más tocarlo me di cuenta de que era falso, su tacto era más suave y el papel más delgado.

Al observar cómo se marchaban al puesto de Modou, me percaté de algo que me llamó la atención. Una chica joven, muy guapa, intentaba acaparar la atención de mi vecino con una sonrisa que no me pareció nada natural. Capté entonces un movimiento tenso de mi primo Jenaro, que indicó a sus compañeros que se situaran cerca de mi padre. La chica comenzó a hablar con Modou y le pidió un número de un modelo. En ese instante, una pareja joven se colocó demasiado cerca de Lidia y de mi padre, pese a que había suficiente mostrador para guardar una distancia mucho más amplia. Lidia se puso el bolso hacia atrás, para probarse un zapato con más comodidad y en ese momento la chica, que había pagado a Modou con un billete de veinte euros, comenzó a decirle que le había dado uno de cincuenta y que el cambio era erróneo. Toda la atención se centró en la chica, que comenzó a alterarse, y mi padre, que se había dado cuenta de que no era más que una distracción, sintió que alguien metía la mano en su cartera. No se inmutó y se dejó robar. Al igual que Lidia, que también vio que la mujer metía la mano en su bolso con un movimiento rápido.

Los tenían, los habían identificado. Eran muy ágiles, pero no contaban con que tantos ojos al acecho observaran sus pasos. Mi primo Jenaro agarró de un brazo al hombre y Lidia hizo lo mismo con la mujer. Santiago, Anas y Karim salieron detrás de la chica joven, que se escabulló entre los clientes al ver que sus compinches habían sido descubiertos.

Mi padre llamó por teléfono al policía. Los ladrones intentaron huir, pero se vieron sorprendidos por una docena de comerciantes que los rodearon. Al subir la calle la policía se tropezó con la chica, que corría huyendo de mis compañeros. Cuando creía que la mañana no podía sorprenderme más, Awa me contó que otra comerciante lo había grabado todo en vídeo.

—Si es que tu padre es un viejo cascarrabias, pero cuando se le mete algo entre ceja y ceja, no hay quien lo pare —me comentó Carmen mientras recogíamos.

—Lo que me preocupa es que a los dos días están en la calle otra vez, Carmen, sobre todo cuando la policía se dé cuenta de que han robado una cartera llena de billetes falsos.

—Qué va, hija mía, este padre tuyo no da puntada sin hilo. Tanto en el monedero como en la cartera había un cheque al portador por valor de mil euros. Y en la cartera de tu padre un cordón de oro que pesa una tonelada.

No podía creer lo que me contaba Carmen. Entendí en ese momento para qué quería mi padre los cheques. Y al no estar seguro de que eso fuera suficiente, había metido además un cordón de oro que se encontró en la orilla de la playa hacía más de veinte años. No quiso venderlo nunca, sabedor de que seguramente imaginarían que lo había robado si lo llevaba a una tienda de compra y venta de oro.

Dos horas después, la comitiva justiciera regresó de la comisaría. Aunque todos habíamos desmontado ya, nadie se había marchado. Mi padre, con una sonrisa de oreja a oreja, nos aseguró que no volveríamos a ver a esos indeseables, tenían muy claro que todos conocíamos sus rostros y no los olvidaríamos nunca. Y también habían aprendido otra cosa más importante: la unión de los comerciantes del mercadillo era invencible. Eso nos hacía más fuertes frente al enemigo.

De regreso a casa percibí que mi padre estaba agotado. El brillo por el triunfo conseguido se había borrado de sus ojos, se lo había tragado el cansancio dejando como prueba unas pronunciadas ojeras.

—Debiste contármelo —le regañé.

—No me lo hubieses permitido, no me hubieras dado los cheques y nada habría salido bien.

—¿Cómo se te ha ocurrido hacer eso? No puedo creer que tú solo hayas montado semejante dispositivo —reconocí.

—Tus hermanos me han ayudado un poco. Tuve que contárselo, el dinero del Monopoly no daba el pego y tuvieron que fabricar algo más apropiado —me contestó sincero.

—¿Y mi hermana?

—Tu hermana me ayudó con el atuendo, la peluca es de los carnavales. No te creas, no fue fácil dejarla en casa, quería venir a toda costa. Pero si nos hubiera acompañado tú habrías sospechado y nos lo habrías estropeado todo.

—Papá…, dime la verdad. ¿Soy adoptada?

—¡No!, posiblemente te cambiaran en la cuna. Antes ocurría a menudo.

—Siempre me has dicho que soy clavada a tu abuela. Tengo su lunar y su pelo.

—Eso fue un punto a tu favor para que no te devolviera.

—He pasado mucho miedo por ti —le confesé.

—Por eso no te lo he dicho antes, sabía que estarías dándole vueltas a la cabeza y te preocuparías demasiado. Ya tienes bastante con lo que tienes.

—Ya —reflexioné pensativa—, no me quito de la cabeza la tutoría con esos padres. No sé cómo voy a enfocarlo, papá, no es fácil asimilar que un hijo tuyo tiene un comportamiento tan cruel hacia un compañero. Que los padres no hayan tenido tiempo de venir a resolver algo tan urgente, que hayan presentado mil excusas y que todavía estemos así a estas alturas es algo que me desespera.

—Tú lo has dicho, no es fácil aceptar que tu hijo es peor que el mismo demonio, hija, tiene que ser muy doloroso. Las excusas son la forma de no afrontar el problema. En el momento en que lo afronten, el camino será complicado. En el fondo los padres sabemos cómo sois los hijos, pero a veces nos cuesta reconocerlo.

—Al menos la familia del chico acosado ya tiene conciencia de ello y está buscando soluciones. Menos mal que hemos podido avanzar por esa parte.

—¿Qué solución han buscado? No debe de ser fácil abordar en el seno de una familia un problema de esa índole.

—No, no lo es, Marusella la orientadora del instituto nos está ayudando mucho. Tiene unos amigos especialistas en el tema y los padres están recibiendo asesoramiento. Primero comenzó a trabajar con los padres y ahora está trabajando con el alumno. Me consta que están haciendo un buen trabajo, los padres me informan de los avances. Yo quiero empezar cuanto antes con las tutorías de grupo, pero tengo que ponerlo en conocimiento de todos los padres, y no está siendo tarea fácil. No te puedes imaginar lo duro que me resulta que a estas alturas de la vida escolar de estos alumnos el objetivo que me he marcado sea que aprendan a empatizar. No saben ponerse en el lugar del otro.

—A mí no me parece nada extraño, hija, es un reflejo fiel de la sociedad en que vivimos. Las pantallitas están haciendo más daño de lo que podemos imaginar, el tiempo de ocio es solitario y sin ningún tipo de procesamiento, la cabeza no se utiliza y los sentimientos quedan en un segundo plano. Antes todo era distinto, te pasabas el día tirado en la calle pateando una pelota y cuando nos daba por alguien, que nos daba, el sufrimiento de la persona se quedaba en la calle a las nueve, ya que cuando llegabas a casa tenías otro escenario completamente distinto. Tú tuviste tu primer teléfono móvil a los dieciocho años, ahora los niños no han nacido aún y ya tienen una línea y fibra óptica. Los acosados ven multiplicado su acoso en tiempo y espacio. La víctima no tiene paz mental y los acosadores no salen del círculo vicioso en el que viven martirizando a los demás. Y en medio de todo esto estás tú, intentando poner un poco de orden.

—Sin conseguir absolutamente nada —contesté apenada.

—Apenas has puesto los cimientos y ya quieres ver la catedral terminada. El mundo no funciona así.

—No me gusta cómo funciona el mundo.

—Afortunadamente hay paellas los domingos que lo mejoran. No llegues tarde, y descansa —dijo mi padre a modo de despedida.

Cuando me bajé de la furgoneta vi que Saray venía hacia mí. Al acercarse me di cuenta de que tenía los ojos enrojecidos. Inmediatamente pensé en su abuela, pero me equivoqué. Coral estaba en la puerta de mi casa con cara de preocupación. Si estaban esperando era porque necesitaban mi ayuda.

12

Las dos entraron en mi casa hablando a la vez. Yo no conseguía entenderlas, lo hacían a tal velocidad que sus voces se solapaban y sus palabras se enredaban.

—Vamos a tranquilizarnos, os preparo unas tilas y nos sentamos en el sofá —les dije intentando encontrar un poco de calma.

Ninguna de las dos podían dejar de hablar ni de mirar el teléfono.

—Mara, no te vas a creer la que se ha liado. Nosotras no hemos hecho nada —comenzó a contar Saray—. La semana pasada estuvimos preparando el trabajo del pueblo gitano que nos tocaba exponer, conseguimos que nos cambiaran para abril y quedamos en mi casa con Isaac, que nos iba a echar una mano con las ilustraciones. Estuvimos muy bien toda la tarde, nos ayudó mucho y los dibujos quedaron geniales, pero tuvo la gracia de hacer una selfi donde se nos veía a nosotras de espaldas en mi cocina, preparando la merienda, para que nos entiendas, se veía su cabeza en medio de nuestros culos. No nos dimos cuenta de que nos la sacaba. La subió a las redes sociales, con un *sticker* en el que había un muñeco babeando en medio de las dos, dando a entender que se había liado con nosotras. Yo no sé cómo ha sido, pero el rumor ha ido creciendo y creciendo, y ahora todos van diciendo por ahí que el otro día nos acostamos las dos con Isaac. Como esto es un pueblo, mi padre se ha enterado y no te quiero contar la que me ha montado, que casi me echa de casa, me ha dicho que la culpa de estar en boca de todos es mía, que ya soy mayor para saber cómo es el mundo.

—Y el Fali me ha dejado, Mara, me ha dejado. ¡Que se lo ha creído! Su primo lo ha llamado y se lo ha contado todo y ahora no me coge el teléfono. Me ha dicho de todo, Mara, por mensajes —añadió Coral llorando.

Estaba mucho más nerviosa que Saray, que comenzaba a recuperar el ritmo normal de su respiración.

—Vamos a calmarnos un poco —añadí mientras me tomaba el tiempo necesario para encontrar una solución al lío que ellas estaban viendo como la tragedia más grande del mundo—. Saray, de tu padre me encargo yo, ya hablaré con él, no te preocupes. Coral, ya verás como todo se arregla, los rumores se extienden rápido pero su vida es muy corta y caen por su propio peso. ¿Qué dice Isaac al respecto? No puedo creer que una simple foto la haya liado tanto.

—¡Él tiene la culpa de todo! —gritó Coral alterada—. El otro *jambo* le preguntó el viernes en la clase si se había tirado a una o a las dos, y él se echó a reír. Se rio, Mara, delante de todos, dando a entender que se había acostado con las dos. Casi le saco los ojos, cuando llegó la Barca, la de Lengua, lo tenía agarrado por los pelos. Y encima me puso el parte a mí, claro.

—Ayer, a última hora, tuve clase con vosotros y no me dijisteis nada. Tirarle de los pelos no es la mejor manera de demostrar que miente —reñí a Coral.

—Sé que no, Mara, pero es que no lo pude evitar, me hirvió la sangre. Ese niñato no se ha dado cuenta de que somos gitanas ¡y de que no se puede bromear con eso! —exclamó indignada—. No te dijimos nada por no liarla en clase de nuevo.

—No se deben levantar falsedades sobre nadie, Coral, ni sobre gitanas ni sobre castellanas —añadí rotunda.

—Pero para nosotras es peor, Mara, es una ofensa muy grande y el imbécil no es capaz de entenderlo. Y por lo que veo, no es el único, tú tampoco —me rebatió Coral muy enfadada.

—Claro que te entiendo, cómo no te voy a entender. Pero que lo arrastraras de los pelos no tiene justificación ninguna. No se soluciona nada de esa manera, todo lo contrario. Al hacerlo das a entender que estás molesta porque te ha delatado.

—¿En serio? —preguntó Saray—. ¿No podemos ni siquiera defendernos sin parecer culpables? Ahora todo el pueblo está pensando que somos unas guarras que nos acostamos con el mismo tío a la vez y si nos defendemos es peor. Ay, Mara, no sé cómo vamos a salir de esta, pero ya te digo yo que mi padre me mata, antes me ha dicho que me olvide de volver al instituto.

—Ahora voy a hablar con él, no te preocupes, ya verás cómo cambiará de opinión —dije convincente.

—Quizá también puedas hablar con el Fali. A ver si así me cree —suplicó Coral mirando el móvil que avisaba de un nuevo mensaje.

—Hablaré con quien haga falta, y voy a hablar con toda la clase también. Confiad en mí, que todo se arreglará. A ver si os creéis tan importantes que sois las únicas que habéis sido víctimas de un rumor —dije con ironía, intentando quitar hierro al asunto—. También yo fui víctima de uno en la adolescencia, que me llevó directamente a comisaría. Y, miradme, aquí estoy, no acabó conmigo.

—¿A comisaría? —preguntó Saray.

—Coge el paquete de rosquillos y vámonos fuera, al solecito, que os cuento la historia.

Aunque sabía que era algo sin importancia y que tenía fácil solución, entendía lo que estaban sintiendo. Cogí una silla de la cocina y nos sentamos las tres en el porche. No había comido nada desde el desayuno y eran casi las cuatro de la tarde, mis tripas rugían. Me comí un par de rosquillos con rapidez.

—Todo empezó con un malentendido. Mi padre le había vendido un vestido a una señora del pueblo, no le quedaba bien y me había pedido que se lo llevara a la esquina del instituto para cambiarlo por otra talla. No podía esperar al siguiente día de mercadillo, lo necesitaba para un evento ese mismo día por la noche. La señora, por lo visto, no era trigo limpio, pero yo no tenía ni idea. Le di el que mi padre me había dejado preparado en una bolsa y la señora me devolvió el que le quedaba pequeño. Volví a mi casa y me olvidé del asunto.

»A los dos días nos enteramos de que la mujer había sido detenida por tráfico de drogas. Algún vecino me vio en el intercambio y comenzó a correr la voz de que yo trapicheaba con ella. El rumor creció tanto que en unos días mi familia se convirtió en el clan más poderoso de la droga en la costa del Sol. Esos rumores salieron en la investigación que estaba llevando a cabo la policía, algún confidente lo dejó caer. Investigaron, vieron que éramos gitanos, que teníamos un coche bueno aparcado en la entrada y su imaginación hizo el resto. Un día llamaron a la puerta y abrió mi padre. Nos enseñaron una orden de registro y me pidieron que les acompañara a comisaría. Cuando salí de mi casa con tres policías y mi padre, yo por entonces tenía vuestra edad más o menos, pasamos de ser los más poderosos de la costa del Sol a los más poderosos a nivel internacional en cuestión de horas. Estuvieron un buen rato registrando la casa, incluso uno de los perros policía se enamoró de mi hermana y no había manera de sacarlo de allí. No os podéis imaginar lo mal que lo pasé. Aunque la policía fue amable conmigo y se dio cuenta, un poco tarde, de que todo había sido un malentendido, pasamos unos días muy duros.

—¿Y cómo se supo la verdad? ¿Qué hiciste para acallar el rumor? —preguntó Coral, más calmada.

—Yo no hice nada. Mi padre sí, cada vez que se encontraba con un corrillo que se nos quedaban mirando les contaba sin disimulo que lo único que había hecho yo era cambiar un vestido. Una vecina le dijo a la cara que «si el río sonaba era porque agua llevaba» y mi padre le deseó amablemente que se ahogaran, ella y sus cotilleos, en esa agua. El tiempo puso las cosas en su lugar. Los rumores aparecen y corren como la pólvora, pero también se evaporan con mucha facilidad, cuando no hay nada que los mantenga. Lo que ahora os parece terrible no lo será en unos días y se habrá olvidado en unas semanas.

—Ojalá —musitó Coral—. Y ojalá se arreglen también las cosas con el Fali, que yo me muero.

—Se arreglarán, ya verás. Tenemos que aprender a vivir sin que nos importe tanto lo que pensarán de nosotras. Si Pepita Durán hubiese pensado en el qué dirán, no habría bailado flamenco en el siglo XIX por media Europa —conté mirando a Saray.

—¿Quién es Pepita Durán? —preguntaron las dos al unísono.

—Una bailaora de flamenco de origen gitano que nació en Málaga, en el barrio del Perchel, y se marchó a Madrid a probar suerte. Allí conoció a un bailarín famoso con el que formó pareja artística y posteriormente se casaron. Su matrimonio duró un suspiro y medio, el viaje de novios y poco más, ella cogió carretera y manta y lo dejó *plantao*. Le importó un pimiento lo que dijera la gente. Bailó en Rusia, en Francia, en Inglaterra, en los mejores teatros de Europa. Se enamoró, a los veintidós años, de un noble y tuvo un montón de hijos. Todos ilegítimos, imaginaos el panorama, estaba casada con otro y en esa época eso estaba muy mal visto.

»Pepita vivió sin importarle lo que la gente pensara de ella, se dedicó a bailar y a ser feliz. Pensó en su persona, en lo que quería y los sueños que tenía que cumplir, y eso la hizo vivir una vida llena de triunfos. Su cara llegó a salir hasta en las cajas de cerillas. Y tú tienes que hacer lo mismo, tu vida es tuya, y tienes que vivirla como te parezca, como tú creas que es la mejor manera, sin importar lo que la gente piense.

—Pero es que a mí lo que piensa mi padre sí me importa, Mara. ¿Hablarás pronto con él? —preguntó Saray.

—Voy a ir en un rato. Me doy una ducha, como algo y con la excusa de que tengo que pagarle el alquiler me acerco a tu casa. Todo va a salir bien, no te preocupes.

Se marcharon algo más calmadas, con algunas dudas y demasiadas esperanzas puestas en mí. Las iba a ayudar en todo lo que pudiera, tenía claro cómo resolver la situación en el aula: realizaría la dinámica del rumor, era efectiva y rápida, pero no tenía tan claro cómo resolver la situación con Manuel.

Algo que tenía muy poca importancia se podía magnificar por la visión que le daba la adolescencia. Si los adultos salpicábamos esa visión con nuestra censura y nuestros prejuicios, el mundo se podría hundir a los pies de Saray. No sería fácil hacerle entender eso a Manuel.

Todavía recordaba lo que había sentido en Nochebuena, cuando todo el mundo se había marchado y llamaron a la puerta. Después de verlo sentado en el porche pensé que era él, pero me equivoqué. Era mi padre que había olvidado las sobras de la cena y había vuelto para recuperarlas. Lo que sentí en aquel momento me preocupó, mi decepción fue desmesurada, cuando debía estar aliviada. Desde ese día rehuí a Manuel sin cuidar las apariencias, sin preocuparme de que mi forma de escapar fuera visible ante sus ojos. En las últimas semanas no me había importado lo más mínimo que se percatara de que lo estaba evitando, casi que me parecía conveniente para que se alejara de mí. Así que presentarme ahora en su casa y abordar el tema de su hija no era nada fácil para mí.

Mientras me duchaba intentaba encontrar una estrategia que me ayudara a comenzar la conversación, que creara un clima agradable. Si desde el principio me presentaba sin filtro, y exponía lo que pensaba de él y de su actitud, la conversación no duraría ni un minuto. Después de mucho pensar, decidí que lo mejor era avisarle para dejarle clara cuál era mi intención. Le mandé un mensaje en el que le decía que en quince minutos le visitaría para pagarle el alquiler.

Al salir de mi casa y cerrar la puerta lo vi sentado en el porche. Sentí una punzada en el estómago cuando me di cuenta de que no estaba solo, estaba con una mujer joven, tomando una copa de vino. La chica era preciosa, pelo rubio, ondulado en las puntas, que le caía sobre los hombros, llevaba un pantalón blanco ceñido y un top turquesa atado al cuello que dejaba ver sus perfectas curvas. Manuel la tenía enfrente, y los dos reían con complicidad. Intenté volverme antes de que me viera, pero fue en vano. La corta distancia que había entre las dos casas unida al ruido que hacía mi puerta al cerrarse convirtió los segundos que me quedé parada mirándolos en cruciales y no pude huir.

Me llamó para que me animara a cruzar la calle.

—No te preocupes —le dije fingiendo un tono calmado—, estás ocupado, nos vemos en otro momento.

—No, ven, tómate una copa con nosotros —me dijo, demasiado afable.

—No, estoy cansada, he tenido un día duro en el mercadillo. Mañana hablamos, te busco a la hora del desayuno.

Manuel miró a la chica, luego me miró a mí y sonrió.

—Mejor búscame por la tarde, no creo que me levante muy temprano —me contestó mirando a la chica con complicidad.

Asentí con la cabeza y me marché. Cerré la puerta y por unos instantes me quedé pegada a ella. No era capaz de ordenar mis pensamientos, el corazón quería salirse del pecho y yo no sabía ponerle nombre a lo que en ese momento sentía en mi interior, pero fuera lo que fuese me producía unas horribles ganas de llorar. No sé cuánto tiempo pasé inmóvil. Los pensamientos corrían en mi cabeza removiendo sentimientos que no recordaba que existieran, no me gustaba cómo me sentía. Lloré durante un largo rato, lloré sintiendo pena por mí misma, por no ser capaz de controlar mis sentimientos. Por la angustia que me provocaba darme cuenta de la realidad. En cuanto me calmé llamé a mi hermana.

—Hola, hermanita —me dijo nada más descolgar—, estoy preparada para una bronca de las que hacen historia.

—Tú sabías lo que tu padre estaba inventando y no me avisaste. Eres peor que él.

—No me culpes, ya sabes cuál es el nivel de persuasión de tu progenitor, es imposible llevarle la contraria.

—Podía haber pasado algo grave. Imagínate que llegan a ir armados, o que fueran más y papá hubiera salido herido —reclamé enfadada—. No era un juego, Susi, era peligroso.

—Sabía que no estaba solo, vino aquí la comitiva, tenías que haberlos visto.

—Por muy bien que lo llevaran preparado no debiste dejarme al margen de todo.

—Lo intenté, pero no me dejaron —me contó riendo.

—He tenido más emociones hoy. Cuando he llegado a casa, Coral y Saray me esperaban llorando. Corre un rumor por ahí que las deja a la altura de una babucha. Las pobres están muy afectadas.

—¿Qué se han inventado esta vez? —preguntó mi hermana.

—Que las dos se han acostado con el mismo chico. El mismo día y a la misma hora mientras hacían un trabajo del instituto. Y Manuel se lo ha tomado muy mal, le ha dicho a su hija que ya no pisará más el instituto. He ido a hablar con él, pero…

—No me digas. Mara, no estás en situación de resolver nada con Manuel, puedes conseguir el efecto contrario —me cortó mi hermana.

—Y cómo le explico eso a Saray, no puedo. Pero vaya, ese no ha sido el problema, el problema es que cuando he ido a hablar con él estaba con una rubia imponente en el porche. Y no sabes cómo la miraba. No te puedes imaginar cómo me siento…

—Hermanita, a veces se te olvida que eres humana, y los humanos sentimos celos. ¿Qué pensabas, que lo ibas a ver con una chica y te iba a dar igual? Ha removido todo en tu interior, sería anormal que no sintieras nada.

—Necesito dejar de sentir esta contradicción que me está volviendo loca. Sé que nunca voy a tener nada con él, que lo nuestro es imposible. Y sé que soy yo la que ha tomado esa decisión, pero ahora lo veo con otra chica y siento una pena inmensa. Tengo un cero en coherencia, no voy a conseguir salir de este círculo en el que doy vueltas sin parar. No quiero un futuro con Manuel, no quiero tener una relación con él, no soporto su forma de ver la vida, de enfrentarse a los problemas y de apoyar en creencias falsas los roles que tiene en cajones encorsetados. No quiero un hombre como él en mi vida. Siendo todo eso tan claro, ¿por qué me siento tan mal?

—La cabeza y el corazón juegan en ligas diferentes, hermanita. Que racionalices que no tienes futuro con él no quita que te haga sentir cosas. Pero pasará, ya verás, date tiempo. Y si la historia con esta chica sale bien, será lo mejor que te pueda ocurrir, al menos podrás asumirlo y pasar página.

—Susi, llevo demasiados años pasando páginas. Necesito cerrar los libros enteros.

—Hoy no vas a cerrar nada. Ahora descansa, que has tenido un día lleno de emociones. Mañana verás las cosas de otra manera, podemos escaparnos a dar un paseo después de comer y seguimos charlando, si quieres. Intentaremos recoger temprano el puesto y llegar pronto.

—Me vendrá bien ese paseo. Te quiero, nos vemos mañana —me despedí un poco más relajada.

Para cenar me preparé una ensalada a la que fui añadiendo ingredientes durante un buen rato. Al finalizar parecía cualquier cosa menos la comida sana que pretendía ser. Curiosamente había perdido el apetito en el camino que había desde mi casa hasta la de Manuel.

Me acosté temprano, como todos los sábados, donde el madrugón de la mañana no me permitía disfrutar de la noche, pero me costó conciliar el sueño. Justo cuando me estaba quedando dormida recibí un mensaje de Saray. Había hablado con su padre, aprovechando su buen humor y la situación se había suavizado un poco, ya no era necesario que hablara con él.

Me sentí aliviada. Al menos no tendría que verlo, le daría el sobre del alquiler a Saray en cuanto viera que el coche no estaba en la puerta. Eso haría las cosas más fáciles.

El hecho de que tuviera un problema menos no hizo que me levantara con fuerzas para compartir la jornada con mi familia, que podía ser cualquier cosa menos una comida tranquila. Pero la perspectiva de pasar el día sola, frente a Manuel, hizo que me vistiera y saliera de casa.

Mis padres vivían en un barrio a las afueras de la ciudad y cada domingo mis hermanos y yo rompíamos su tranquilidad, reuniéndonos en torno a una paella.

A mi llegada sabía dónde buscar a mi padre, siempre estaba preparando la leña, troceando ramas a fin de que tuvieran el tamaño necesario para que pudieran entrar en la vieja barbacoa de piedra. Esta tarea, que le llevaba horas, convertía su arroz en un plato único. Él se encargaba de hacer la paella de principio a fin y mi madre, mientras tanto, me mimaba como a una niña pequeña. Solía ponerme delante todos los aperitivos que me gustaban y aprovechaba para contarme cómo había ido la semana. Me apuntaba en un papel recetas que yo leería una y otra vez, y que estaban tan bien explicadas que el éxito estaba asegurado. Cada semana me preparaba una bolsa con fruta fresca del mercado, recipientes de plástico congelados que contenían la comida que había podido salvar del apetito de mi padre y algún pastel casero que había horneado la noche anterior. Con solo mirarme podía adivinar si me ocurría algo. Pero no me preguntaba nada, indagaba a través de mi padre y mi hermana, y se aseguraba de que todo iba bien. Aquel domingo la sorprendí varias veces mirándome fijamente mientras jugaba con mis sobrinas.

Las niñas solían llegar a mediodía, acompañadas de su madre. Casi siempre realizábamos alguna pequeña manualidad que se interrumpía antes de poder terminarla con la llegada de mis hermanos y pasaba a engrosar el cajón de las cosas olvidadas.

Mi hermano siempre hacía ruido al llegar, para que las niñas corrieran a recibirlo. Para provocar su enfado, ellas corrían a los brazos de mi hermana, que estaba junto a él. Su dramática desesperación por el desplante hacía reír a las niñas a carcajadas.

Los domingos en familia eran insustituibles. No imaginaba una vida en la que la semana no culminara en esos platos rebosantes de arroz con marisco, de ese pescado frito que crujía cuando te lo metías en la boca y que conseguía calmar el apetito hasta que llegaran mis hermanos del mercadillo, bien pasada la hora del almuerzo. Tanto mi madre como mi padre cocinaban en mi casa, y ambos lo hacían con tan alto nivel que no podías decidir cuál era el mejor. A veces discutían largo rato por la autoría de la mejor tortilla de patatas, mientras sus hijos los mirábamos divertidos.

Mi padre disfrutaba de los domingos, rodeado de sus seres queridos que alabábamos sin parar sus dotes de chef. Mi madre lo miraba siempre orgullosa, cuidando de todos los detalles en la sombra, sin cobrar protagonismo alguno.

En la sobremesa, mi hermana me invitó a dar un paseo. Sabía que debía de estar agotada y dudé mucho de aceptar la invitación, pero ella insistió en que la acompañara a estirar las piernas.

El camino que bordeaba la urbanización comenzaba a estar salpicado de pequeñas flores, margaritas silvestres de un amarillo intenso, vinagretas que se bamboleaban con la suave brisa. Salimos de la urbanización en dirección a un descampado que nos separaba de la civilización. Era un sitio tranquilo donde algunas personas paseaban en libertad a sus mascotas.

—¿Te encuentras mejor hoy? —me preguntó mi hermana.

—Al menos ya se me ha pasado el mal rato de la aventura de tu padre. Y no tener que enfrentarme con Manuel me ha tranquilizado. Saray habló con él, aprovechando que estaba de buen humor y las cosas se calmaron.

—Mucho mejor entonces. No tienes que tenerlo cerca, por ahora...

—Tú lo has dicho, por ahora. Tarde o temprano tengo que hablar con él sobre Saray. Lo que he de evitar es sentir lo que siento, echando mano de todos los argumentos a los que puedo agarrarme. El único problema es que necesito dialogar con él de forma asertiva y romper las barreras que impiden que su hija pueda cumplir su sueño, hacerle entender que Saray tiene derecho a luchar por lo que quiera llegar a ser. A pesar de todo, creo que soy la única persona que puede ayudar a esa niña, aunque soy consciente de que mi relación con Manuel no va a ayudar mucho.

—¿Crees que es factible? ¿Crees que Manuel lo aceptará? Pienso que no eres la persona más adecuada para tratar ese tema. Él te ve como todo lo que no quiere para su hija, una mujer independiente, soltera después de los treinta y autónoma. No eres precisamente lo que él consideraría un ejemplo para Saray.

—Lo sé, en cada conversación me lo deja muy claro. Pero hay cosas que tiene que aceptar, no le va a quedar otra: o está a su lado o Saray irá a por su sueño y lo dejará a él. No he visto a nadie que ame el baile como ella, se pasa el día bailando y cuando no lo está haciendo ve tutoriales para aprender. Es su pasión, y créeme si te digo que voy a luchar para que consiga dedicarse a lo que ama. Cuando habla de bailar se le ilumina la cara, los ojos le brillan y es feliz. Solo hablando de ello ya es feliz. Escucho sus zapateos desde mi casa; en cuanto el coche de Manuel sale por la puerta ella pone la música y comienza a bailar.

—Sé que esa niña tiene mucho talento. Y sé que vas a hacer todo lo posible por ayudarla. Sobre lo que tengo dudas es cómo lo vas a hacer. No están las cosas como para que puedas dialogar mucho con Manuel.

—Pues no va a ser fácil, no, pero no voy a dejar de apoyarla a causa de mi complicada relación con su padre. Y estoy segura de que también él, tarde o temprano, lo verá claro. Manuel puede ser la persona más testaruda de este mundo, pero el amor por sus hijas es innegable.

Continuamos el paseo sin prisas, hablando con la serenidad que da no tener que llegar a ninguna meta, disfrutando del aire puro, de los últimos rayos de sol que se escondían entre las nubes y de las conversaciones cómplices con mi hermana.

Regresamos a casa cansadas, pero con un estado de ánimo calmado. Mi hermana sabía escuchar y cada aportación suya me llevaba a una reflexión profunda. No me marché hasta el anochecer, después de devorar los rosquillos de miel que mi madre nos preparó para merendar. Me despedí cargada de bolsas y con la extraña sensación de que en el momento en que salía de esas cuatro paredes dejaba de estar protegida ante el mundo.

En cuanto llegué a casa y saqué las cosas de las bolsas, me puse a preparar la clase que daría solución al problema de Saray y Coral. Necesitaba un golpe de efecto que demostrara cómo funcionaban los rumores y que hiciera desaparecer los conflictos que estos habían causado. Aunque realmente era un rumor sin importancia, comprendía lo que significaba para ellas, y el hecho de que desapareciera me daría pie a tratar de un tema importante, que posiblemente sería necesario retomar más de una vez a lo largo del curso.

El día amaneció nublado, con una luz grisácea que no invitaba a dar un salto de la cama. Aunque me había levantado temprano, llegué con el tiempo justo a la clase que tenía a primera hora. Mis rizos habían tomado vida propia con la humedad y tardé un buen rato en domarlos.

Al entrar en el aula una alumna se tropezó con una silla y cayó al suelo. El batacazo fue tan grande que se hizo el silencio más absoluto. La estudiante necesitó atención médica, por una brecha que se abrió en la barbilla. Este incidente ayudó a que el clima de la clase fuera calmado, diferente al del resto de los días. Todos nos quedamos preocupados por la chica, que se marchó al centro de salud acompañada por el director.

Pedí ocho voluntarios para la actividad. Les dije que permanecieran en el pasillo para que no pudieran oírnos, mientras yo daba las instrucciones al resto del grupo. Les expliqué que íbamos a hacer una actividad diferente, yo leería un texto al primer voluntario y él contaría lo que recordara de mi narración al segundo cuando entrara en el aula, este haría lo mismo con el tercero y seguiríamos hasta llegar al final. Se trataba de hacer una cadena de narraciones.

Leí el texto con rapidez al primer participante que, con un mohín gracioso, parecía querer retener todos los datos en su cabeza y, a medida que fueron entrando, los alumnos fueron narrando el texto de unos a otros. Al finalizar volví a leer la primera versión. Quedaron sorprendidos de lo distorsionada que había quedado la información con las aportaciones de los ocho participantes.

—Lo que habéis vivido —expliqué de forma pausada— muestra cómo funcionan los rumores. Alguien da una información y esta va pasando de persona en persona, cada una de las cuales va contando su propia interpretación sobre la información recibida. Como veis, la historia ha cambiado tanto con solo ocho personas que es difícil reconocerla. Imaginaos qué ocurre cuando pasa por un pueblo entero. El argumento sufre una transformación dentro de cada persona que la cuenta. Escuchamos una historia, la interpretamos y luego la narramos. Normalmente dejamos nuestra opinión implícita, sin darnos cuenta, en esa interpretación. Y lo peor de esto es que a veces hacemos daño a personas que se ven involucradas en rumores sin ningún fundamento.

»¿Alguien quiere decir algo?

Isaac levantó la mano. Sabía que había montado la actividad por lo que había provocado su silencio, por no haber aclarado la situación. Lo que consideró una broma en un primer momento, había herido los sentimientos de dos de sus compañeras.

—Me gustaría decir algo. El otro día estuve con Coral en casa de Saray para hacerles unos dibujos para un trabajo. Y sin su permiso publiqué una foto que ha..., bueno que ha creado muchos rumores. Y yo he metido la gamba hasta al fondo porque no he dicho que todo era mentira, y el rumor ha ido creciendo y creciendo. Lo único que me comí en la casa de Saray fue un paquete de galletas de chocolate y un bocadillo de jamón.

La clase estalló en risas. Saray y Coral seguían tensas. Les pregunté si querían añadir algo pero las dos consideraron que con eso era suficiente.

Continuamos la clase y algunos alumnos y alumnas que habían sido víctimas de un rumor, y lo habían pasado mal, hablaron de sus experiencias. También yo conté la mía. Fue uno de los pocos momentos del curso en que todos los alumnos me escucharon con atención.

Al salir del instituto llamé a mi padre.

—No te lo vas a creer —le conté emocionada—, hoy me he acordado de pasar lista.

13

El mes de enero se presentó tan templado que estuvimos tentados de guardar los abrigos y los jerséis más gruesos. Casi siempre era en febrero, que llegaba con días de sol y playa, cuando dábamos por terminado el invierno, pero ese año se había adelantado cogiéndonos a todos por sorpresa. En Málaga, la ropa de verano no se descartaba del todo durante el invierno, ya que cabía la posibilidad de usarla en días como ese, en el que el sol volvía a brillar con todo su esplendor y nos confundía sobre la estación del año en la que estábamos.

Mi casa de la aldea estaba cerca de la playa, esta era la ventaja de vivir en una ciudad donde la montaña te abrazaba para dejarte, con un pequeño empujón, a orillas del mar.

Después de un paseo de veinte minutos, mis pies descalzos podían tocar la arena, que ya comenzaba a estar tibia. Me encantaba llegar a casa al terminar la jornada laboral, comer algo rápido y preparar la mochila para pasar un rato en la playa. El portátil, una botella de agua y una toalla, eran las tres únicas cosas que llevaba conmigo; el protector solar me lo aplicaba antes de salir, ya que mi piel morena no necesitaba en ese mes del año continuas aplicaciones para no quemarse.

Esa tarde el mar estaba en calma y su serenidad era contagiosa. Las olas llegaban perezosas a la orilla, acariciando los pies de los niños que jugaban en ella. No había mucha gente, apenas un par de familias y un matrimonio mayor, quizá extranjero, tendidos en viejas tumbonas leyendo un libro. La playa en invierno era un paraíso del que me encantaba disfrutar.

Me senté sobre la toalla a preparar las propuestas para el Día de la Paz que quería presentar en la siguiente reunión. Varias ideas intentaban tomar forma en mi cabeza, y la que más peso iba cobrando consistía en realizar un libro entre todos los alumnos. Me parecía que celebrar el Día de la Paz con la creación de un libro propio, con reflexiones de los chicos sobre los conflictos bélicos, podía ser una buena idea. Pensé en trabajar en clase los efectos de las guerras en la población civil.

Lo ideal era plantear algo en común para todos los cursos y eso trataba de hilar. Si le daba tantas vueltas era porque podía sentir el rechazo de mis compañeras antes de presentarlo. Me producía una profunda pena su desgana, pensar que tenía que hablar de mi propuesta como de algo que no supusiera un trabajo extra para ellas, de lo contrario la tumbarían de inmediato.

Me bastó con un par de horas para tener las ideas un poco más claras; aun así, ya anochecía cuando volví a la aldea con un leve rubor en las mejillas por el sol. Saray estaba jugando con las niñas en el porche y me saludó con tristeza.

—Hola, Mara. Mi padre ha llevado a mi abuela al hospital, se ha puesto muy malita. No podía respirar bien.

—Vaya, cuánto lo siento. ¿Quieres que te lleve con él y me quedo yo con las niñas? He terminado de preparar las clases y tengo tiempo.

—¿No te importa?, así mi padre no estará solo. Voy a prepararles algo de cenar y nos vamos.

—No prepares nada, a la vuelta me las llevo a comer una pizza, así salen un rato y se distraen.

—Gracias, Mara, pero no te dejes convencer, que estoy segura de que negociarán la pizza y querrán cambiarla por una hamburguesa —añadió Saray sonriendo.

Cinco minutos más tarde, mientras subía las sillas de las pequeñas a mi coche, una cabecita se asomó tras la puerta abierta.

—Mejor tomamos una hamburguesa —susurró la pequeña—, pero en secreto, que a mi padre no le gustan.

La cogí con una sonrisa en los labios y les puse el cinturón, a ella y a su hermana. Leo, el perro de Manuel, también se metió en el coche y nos costó un buen rato conseguir que entrara en la casa. En cuanto lo logramos nos marchamos al nuevo hospital de Benalmádena, que estaba a apenas cinco minutos de la aldea en coche. Dejé a Saray en la puerta y me dispuse a comprar unas hamburguesas en una cadena de comida rápida. Al menos por un rato las pequeñas olvidarían la falta de su abuela.

Después de comer decidí que era más cómodo llevar a las niñas a su casa y que se acostaran en su cama, para no romper su rutina. Yo estuve leyendo un rato, en compañía de Bosco y de su inseparable amigo Leo, e intercambié mensajes con Saray, que no me ofreció ninguna novedad sobre la salud de su abuela.

Cansada por el ajetreo del día, me tumbé en el sofá. Una fotografía de Manuel con su mujer mirándome de frente adornaba la mesa central, mostrando un pasado que aún estaba latente entre aquellas cuatro paredes. La tomé en mis manos y la miré de cerca. Los dos sonreían, y en los ojos de la mujer había un brillo que resaltaba su belleza. Manuel le echaba el brazo por encima, arropándola con cariño. Sentí una punzada en el estómago, una sensación extraña, miré a mi alrededor pensando que aquellas paredes habían sido testigo de la vida de Manuel, de su felicidad y su posterior sufrimiento. Había sido muy duro para él enfrentarse a la pérdida de su mujer, con tres niñas tan pequeñas. Sabía por familiares de su calvario, de lo difícil que fue para él reponerse de todo lo vivido. Me quedé dormida en el sofá, sumida en mis pensamientos, hasta que a las seis de la mañana me despertó Manuel con un mensaje. Necesitaba que dejara a las niñas en la casa de la Redonda y que fuera a recoger a Saray para que pudiera ducharse e ir al instituto. Su madre estaba muy grave y los médicos hacían lo posible para que no sufriera en los últimos momentos de su vida.

Llevé a las niñas y me di una ducha rápida. Cuando recogí a Saray sus ojos estaban enrojecidos por el llanto y la falta de sueño. Le pedí que se quedara en casa descansando, pero ella se negó, prefería estar en el instituto a estar pensando sola en su casa.

La mañana fue larga y tediosa. Los alumnos de todos los cursos estaban más nerviosos de lo habitual, quizá por el revuelo que ese enero cálido, casi primaveral, provocaba en sus hormonas. Me costó centrarlos y también a mí me resultó difícil seguir el hilo de mi propio discurso en la clase. Mi cabeza estaba en otro sitio.

Aproveché la hora del almuerzo para acercarme al hospital, sabía que no estaría bien en ningún otro lugar. Tenía que apoyar a Manuel en esos momentos, con independencia de cuál fuera nuestra relación personal. Era un miembro de mi familia que necesitaba el abrigo de todos los que le queríamos, yo había sido educada en esa máxima y no podía olvidarlo. Actuar de otra manera me hubiese producido un conflicto conmigo misma con el que no estaba dispuesta a lidiar.

Lo encontré en el pasillo, de pie, mirando el suelo. A su alrededor estaba toda su familia, con los pañuelos de papel comprimidos en sus puños cerrados. Se sorprendió al verme.

—¿Les ha pasado algo a las niñas? —preguntó nervioso.

—No, solo he venido a verte, y a obligarte a comer algo, que estoy segura de que no pruebas un bocado desde ayer.

Varios de sus hermanos me animaron a que me lo llevara a la cafetería, pero Manuel fue reticente, no quería separarse de la puerta de la habitación de su madre. La relación con sus hermanos era muy buena, pero se negaba a delegar el cuidado de su madre en ellos. Lo asumía con responsabilidad, por ser con él con quien convivía.

Su tía lo miró, le empujó hacia mi dirección para obligarlo a ponerse en camino. Obediente, Manuel se acercó a mí y anduvo a mi lado sin decir una palabra. Al pararnos en el descansillo del ascensor me miró a los ojos, los suyos estaban llenos de lágrimas.

Abandoné la idea de bajar a la cafetería y le cogí la mano para llevarlo a unos asientos flotantes que, anclados a la pared, parecían cualquier cosa menos cómodos. Nos sentamos uno al lado del otro, rotamos despacio nuestros cuerpos para estar de frente y sin decir nada lo abracé. Puse una mano en su espalda y hundí la otra en su pelo, un acto íntimo con el que intentaba acercarme más a su corazón que a su cuerpo.

Manuel lloró en silencio abrazándome con fuerza. Yo sentía toda su pena, todo su dolor, y comencé a llorar con él, también en silencio, como si esas caricias tan inocentes, tan cercanas, pudieran calmar su pena. No sé cuánto tiempo estuvimos llorando los dos. Saqué un par de pañuelos de papel y nos secamos las lágrimas. Manuel me dio un beso en la mejilla, un beso ralentizado por la necesidad de sentirnos cerca, de notar nuestra piel rozándose por unos segundos. Sabía que quería decirme muchas cosas, pero el nudo en su garganta, provocado por la desolación, no les permitía el paso a las palabras.

—Gracias —me susurró al oído, con mucho esfuerzo, mientras me volvía a abrazar—, no sabes la falta que me haces, Mara. Gracias por venir, por estar a mi lado, gracias por todo lo que haces por mí y por mi familia.

Apoyó su cabeza en mi hombro, mientras que yo, sentada de frente, lo acariciaba como si fuera un niño pequeño. No dejaba de llorar en un silencio lastimoso, sacando de dentro todo el dolor acumulado, que posiblemente había estado conteniendo durante muchos meses. En ese momento éramos aquellos niños pequeños que se consolaban cuando una herida marcaba la rodilla del otro, que buscaban su complicidad cuando el castigo de nuestros padres nos parecía la injusticia más desmesurada de este mundo. Dos niños que se necesitaban porque eran amigos inseparables.

Uno de sus hermanos vino en busca de Manuel, el médico

quería hablar con ellos. Se levantó de un salto y nos despedimos apresuradamente; a mí también se me había hecho tarde para la reunión en el instituto. Además, tenía un mensaje del director, necesitaba verme antes de empezar la reunión del equipo docente.

Bajé las escaleras corriendo y en menos de quince minutos estaba sentada en su despacho. Él estaba cruzado de brazos, la posición que adoptaba cuando iba a reñir a un alumno.

—Mara, hemos recibido quejas de varias compañeras porque ayer sacaste al pasillo a un grupo de alumnos y les fue imposible dar clase. Dicen que el ruido que arman tus alumnos es insoportable.

Me quedé tan perpleja que por unos instantes no supe qué decir. Respiré hondo y busqué la respuesta más adecuada, con tranquilidad, sin apresurarme.

—Ayer hice una actividad que requería que varios alumnos salieran de clase unos minutos y que entraran de uno en uno. Pero en todo momento los controlé y les pedí silencio. No creo que interrumpieran ninguna clase.

—Soy el director y mi papel es mediar en los conflictos entre los docentes.

—¿Conflictos? ¿Por unos minutos que unos alumnos estuvieron fuera de la clase? No puedo creerlo —afirmé molesta.

—Solo estoy intentando comunicarte la opinión de algunas compañeras. Supongo que la culpa no es solo tuya, pero te invito a que tratemos de encontrar una solución sin complicar más las cosas.

—Yo no dificulto las cosas. Llego a todas las reuniones con la mejor intención, llevo todo mi trabajo preparado, hago propuestas fundamentadas para todas las actividades comunes, pero tengo un bloque de cemento armado enfrente que no me deja moverme ni un solo centímetro de lo establecido, de lo establecido por ellas, claro, como si fuera algo perenne en el tiempo.

—Pues si hasta ahora no te ha funcionado lo que estás haciendo, quizá deberías ser un poco más flexible.

—¿Puedes explicarme cómo puedo volverme más flexible? Si la solución es aceptar sin condiciones las propuestas aburridas y carentes de argumentos, repetidas año tras año, que proponen mis compañeras, te puedo adelantar que no soy capaz de ser flexible en eso.

—Has conseguido hacer muchas cosas en muy poco tiempo. Estoy seguro de que si te acercas un poco más a ellas y escuchas atentamente sus propuestas, llegaréis a puntos en común.

Me estaba empezando a poner nerviosa y eso no era bueno para mí, así que decidí terminar la reunión antes de soltar cualquier cosa que empeorara la situación.

—Me queda clara la queja así como mi implicación. Espero que mis compañeras tengan también claro que mi forma de trabajar tiene una base pedagógica y que me acojo a mi libertad de cátedra. Y espero, asimismo, que tu entrevista con ellas sea tan fructífera y clarificadora como esta.

Me marché bastante enfadada. Me costaba digerir las palabras del director, pese a que, si me había llamado era porque mis compañeras lo habían presionado, pero él no tenía argumentos para defenderlas. Eso era lo único que me había quedado claro. Lo que yo debía hacer en ese momento era manifestarles a ellas que el director me había dado un toque de atención y misión cumplida. Estarían contentas y el director habría cumplido con lo que consideraba su trabajo. El que yo consideraba que había desempeñado de forma pésima.

Llamé a mi hermana para serenarme un poco y no enfrentarme con mis compañeras con tal concentración de mala leche en mi cuerpo, pero no me lo cogió. Llamé a mi padre, y tampoco. Eso me preocupó un poco y llamé a casa.

—Hola, mamá, estoy llamando a la niña y a papá y ninguno de los dos me ha cogido el teléfono.

—Sí, hija, es que tu padre está hablando con tu hermana, está hecha un mar de lágrimas. Ha ido con las niñas a comer al centro comercial y cuando estaba en una tienda ha tenido un problema, ha sonado una alarma cuando salían y la han llevado a un cuarto para registrarla con las niñas. No te puedes imaginar la que se ha liado, que querían retenerla con las niñas porque eran ellas las que hacían sonar la alarma al pasar. El chaquetón de la chica, que era nuevo y no le habían desactivado el chisme era lo que sonaba. Han tenido que llamar a la policía de cómo se ha puesto tu hermana —me contó mi madre nerviosa.

—Tengo una reunión ahora mismo, en cuanto termine me paso a verla —contesté.

Mi hermana era una persona dulce y educada, pero cuando perdía los nervios podía llegar a perder las formas también. Y si se trataba de mis sobrinas, no dudaba de que las habría perdido por completo. Lo que me agobiaba de la reunión pasó a un segundo plano. Mi hermana me había ayudado sin querer a poner las cosas en su sitio.

Me senté con mis compañeras, con una fingida amabilidad. Blanca comenzó leyendo el acta anterior y comunicándonos que teníamos que decidir las actividades del Día de la Paz, para el que ya íbamos muy tarde.

—He pensado que podemos hacer un concurso de relatos sobre los efectos bélicos en la población civil, seleccionar diez ganadores y maquetarlos en un libro electrónico —anuncié sabiendo lo que vendría después.

—¿Y crees que alguien se va a presentar al concurso?, ¡qué ilusa eres! A estos jóvenes no les interesa nada escribir —me contestó Milagros.

—Podemos plantearlo como un ejercicio de clase de Lengua o incluso como una actividad a desarrollar en la tutoría —contesté a punto de perder el tono amable.

—O también podemos hacer una paloma de la Paz y llenarla de frases bonitas. Cada clase puede hacer la suya en la tutoría —añadió Blanca.

—¿No lo hicisteis ya el año pasado? —pregunté creyendo conocer la respuesta.

—No, el año pasado hicimos un símbolo de la paz y cada alumno puso dentro una frase —contestó, orgullosa, Blanca.

—Creo que las dos ideas pueden complementarse, podemos hacer el libro de relatos y el mural con la paloma —añadí conciliadora.

—Es que yo lo del concurso de relatos no lo veo. Estos chicos no tienen ningún interés y vamos a trabajar para nada. Quizá consigamos que dos o tres alumnos se lo tomen en serio, pero no más —replicó Milagros.

—No sabemos si entre ellos hay un gran escritor. Vamos a regalarles su primera oportunidad de descubrirlo —insistí.

—Ya que las tres, por primera vez estamos de acuerdo en lo de la paloma, vamos a aceptar este proyecto, pero no te preocupes, que constará en acta tu propuesta —concluyó Blanca.

No tenía fuerzas para discutir. Estaba preocupada por Manuel y por mi hermana. Así que claudiqué, ya haría yo la actividad por mi cuenta en todos los cursos en los que daba clases. Así que me levanté rápido y me monté en el coche. Antes de ir a casa de mis padres paré en el hospital, quería echar un vistazo a Manuel y saber cómo se encontraba.

No estaba en la habitación y uno de sus hermanos me dijo que había ido a la cafetería a tomar algo. Habían unido varias mesas y estaba rodeado por un grupo de personas. A su lado se sentaba la chica del otro día, centré tanto mi atención en ella y en Manuel que no me di cuenta de que mis padres también formaban parte del grupo. Me sorprendió verlos allí, no me habían avisado de que iban a hacer esta visita al hospital. Se levantaron al verme y me alcanzaron antes de que yo llegara a la altura de la mesa.

—Hola, qué sorpresa, no esperaba veros aquí —saludé a mis padres con un beso a cada uno.

—Hemos venido a despedirnos de Manuela —explicó mi padre, tu hermano está a punto de llegar.

—¿Cómo la habéis encontrado?

—Estaba consciente y nos ha reconocido, me ha preguntado por ti. Hemos dejado a tu hermana en tu casa, te hemos llamado y te hemos dejado un mensaje en el móvil —añadió mi madre.

—Entonces voy a subir un instante para despedirme de ella y luego iré para casa para hablar con Susi, nos vemos allí más tarde.

Al salir de la cafetería, Manuel me interceptó.

—¿Ya te vas? —me preguntó contrariado—. Sé que te va a extrañar, pero mi madre me ha dicho que quería hablar conmigo.

—Me lo acaba de decir la mía y ahora mismo iba a subir.

Apretó mi mano, la tenía cogida entre las suyas. En su rostro se notaba que estaba derrotado, sin fuerzas. El dolor lo estaba desgarrando, y en su intento por mantener el tipo estaba perdiendo la conexión consigo mismo. Se veía extraño, forzado, falto de su forma segura de actuar ante los demás.

No tenía ni idea de qué era lo que Manuela quería hablar conmigo. Subí las escaleras, que se me hicieron eternas, y entré en la habitación despacio para no sobresaltarla. Su aspecto me impactó. Había perdido peso y su cara había envejecido mucho en unos días; las continuas muecas de dolor acentuaban sus arrugas. Abrió los ojos y no pareció conocerme, aun así me acerqué poniéndome casi de rodillas a la altura de la almohada.

—Manuela, soy Mara —susurré—, veo que está muy bien acompañada, fuera tiene un ejército cuidándola.

—Mara, hija, me alegro de que hayas venido —habló con apenas un hilo de voz—, necesito pedirte algo. Me iré en poco tiempo y necesito que hagas algo por mí. Mi Saray te adora, nunca he visto a nadie que admire a otra persona con tanta fuerza. Ella no tiene madre que la guíe, que responda a sus preguntas, nadie que en esta vida tan difícil le dé la ayuda que va a necesitar. Yo solo tuve hijos varones y no tengo ninguna hija a la que pueda encomendarla, y mi Manuel es muy bueno, pero más bruto que un *arao*. Por eso le he dicho a mi Manuel que no te cobre nada por el alquiler de la casa, para que vivas ahí siempre y no te vayas.

»Me voy a reunir con mi marido y créeme que voy a ajustar cuentas con él. No actuó bien. Mi Manuel hubiera sido tan feliz si las cosas hubiesen sido de otra manera.

Intuí que me quería decir algo más, pero su voz se quebró y la enfermera que en ese momento entró me pidió que me marchara, tenían que pincharle la medicación.

Le di un beso en la mejilla y le dije que siempre cuidaría de Saray, porque, además de que ella me lo había pedido, yo quería mucho a la niña. Se quedó tranquila, respirando de una forma pausada.

Bajé las escaleras secándome las lágrimas que no pude contener. No me despedí de Manuel, que estaba charlando con sus compañeros de trabajo, pero sí de mis padres, que estaban rodeados de sus primos.

Salí del hospital con una tristeza que se me había pegado a la piel e impregnaba todos mis pensamientos. Llegué a mi casa unos minutos después intentando mejorar el ánimo para que mi hermana no me lo notara.

Al abrir la puerta un olor a galletas de mantequillas recién horneadas me golpeó en la cara. Susi estaba en la cocina guardándolas en una vieja lata. Cuando me vio con los ojos enrojecidos se acercó para abrazarme.

—Vaya día que hemos tenido las dos. Vamos a dar un paseo, Mara, que nos lo hemos ganado, pero antes vamos a llevarle estas galletas a las niñas y a devolverles la llave que me han prestado para entrar.

Saray estaba en el salón dando la cena a sus hermanas, que no querían comer. Mi hermana cogió a la mayor y yo a la más pequeña, y les dimos la tortilla de atún que les había preparado su hermana.

En menos de cinco minutos las dos niñas habían cenado.

—Menos mal que habéis venido —dijo Saray, agradecida—,

no me quedaba ya paciencia con ellas. Voy a llevarlas a la cama, ¿me esperáis aquí?

—No, tenemos que irnos, me paso más tarde para ver cómo estás.

Susi y yo salimos a dar un paseo y, al llegar a la altura de nuestra vieja casa, no pudimos vencer la tentación de mirar por la ventana. Desde la primera se veía lo que había sido nuestra habitación, y desde la siguiente se divisaba un trozo de la cocina. Las dos nos sacudimos la misma nostalgia para poder continuar con el paseo.

—Cuéntame qué ha pasado —le pedí echándole el brazo por el hombro.

—He ido con las niñas al centro comercial a comer. Llevaba toda la mañana trabajando y se me ha hecho tarde, así que no me he podido arreglar mucho, me he hecho un moño y me he puesto una chaqueta de chándal. Ese ha sido mi error, no puedo ir por el centro comercial con las niñas pequeñas y esas pintas.

—Oye, para el carro, puedes ir al centro comercial con las pintas que quieras. Ibas limpia y olías a perfume caro, estoy segura. Tienes todo el derecho del mundo a ir en chándal o con el traje de flamenca, si te da la gana. Eso no es motivo para nada —contesté contrariada.

—Las dos sabemos que la teoría es muy bonita, pero en la realidad, yendo así, lo único que consigue una gitana es que todos los cuerpos de seguridad la sigan. Es la verdad, Mara, nos guste o no. Tú eres diferente, tienes la suerte de que tus ojos verdes evitan los prejuicios. Pero conmigo no hay duda, lo llevo escrito en la cara. Y ya con las niñas no te quiero ni contar, la certeza aumenta. Total, que les he dado el día a las pobres chiquillas.

—Y dale, que tú no has hecho nada, no eres culpable —la volví a interrumpir.

—¿Me vas a dejar que te lo cuente? —rogó mi hermana.

—Sí, pero sin sentimiento de culpa, no te permito ni uno más.

—Hemos entrado en una tienda de ropa y, al salir, ha pitado el cacharro de las alarmas. Llevábamos en la mano una bolsa cada una, con una camiseta que nos habíamos comprado antes. El de seguridad ha venido corriendo, ha pasado las bolsas solas y no han pitado. Entonces nos ha pedido que lo acompañáramos. Y yo, por no discutir, he hecho lo que me pedía. Qué vergüenza he pasado, Mara, todo el mundo mirando. Dentro de la tienda me han pedido que me quitara el chaquetón, y yo, por lo mismo, por evitar discutir, me lo he quitado, pero cuando lo han pasado y no pitaba el de seguridad ha sugerido con malos modos que le quitara el chaquetón a la niña. Y por ahí sí que no he querido pasar. Estaba acusando a una menor de edad de llevar algo robado, me he puesto como una loca, he llamado a la policía y el resto ya te lo puedes imaginar. El espectáculo que he dado ha sido lamentable, las dos niñas lloraban por el mal rato y yo intentaba consolarlas a la vez que seguía discutiendo.

Ha sido la policía, una chica joven, la que me ha dicho que el chaquetón de la pequeña podía ser el causante de que la alarma sonara, que era de la misma tienda y que seguramente no le habían quitado la alarma. Se lo he quitado, lo ha pasado y, efectivamente, no la habían desactivado. He puesto una hoja de reclamaciones y una denuncia. Lo que más coraje me ha dado es que a la chica que había salido delante de mí también le había pitado, pero ella no era gitana y no la han hecho volver a entrar.

La policía conocía al guardia de seguridad de la tienda y me ha dado la impresión de que no le tenía mucha simpatía, ya que lo ha tratado con mucha dureza. Cuando salía me ha dicho el de seguridad, casi susurrándome al oído, que no volviera más y la he vuelto a liar. Oír a las niñas llorar y no poder consolarlas por estar peleándome con él me ha dolido mucho.

—Es una situación que nadie debe vivir, pero por desgracia sigue sucediendo. La prima Ana me contó la semana pasada que ella y la tita Ani pasaron dos horas en el supermercado paseando al chico de seguridad, que no dejaba de seguirlas. Tienes que hablar con las niñas, aclararles lo que ha pasado y contarles que estás bien —le aconsejé—. Si lo dejas ahí, la cosa no se va a resolver y no se van a volver a sentir cómodas en el centro comercial.

—Sí, ya lo he pensado, mañana trabajo, pero se lo voy a cambiar a tu hermano, iré a recogerlas al colegio y hablaré con ellas. Puedo pasarme por ti y me echas una mano.

—Claro, pero yo salgo a las tres. Cuando lleguemos será muy tarde, avisa para que les pongan en el desayuno algo contundente y no se mueran de hambre. Tenemos que estar pendientes también de la evolución de la madre de Manuel.

—¿Qué tal estaba? Papá me ha dicho que ya no le queda mucho. Pobrecillas, las niñas, perdieron a su madre y ahora van a vivirlo de nuevo con su abuela, que ha sido al fin y al cabo una madre para ellas. No quiero ni pensar cómo debe de estar Saray, que es mayor y se da cuenta de todo.

—Pues Manuel se ha derrumbado hoy en mis brazos. Se ha pegado una *pechá* de llorar que no te imaginas. Cansado de guardar las apariencias delante de todo el mundo, no ha podido más. Ahora me voy a quedar en casa de Saray para charlar un poco con ella, tampoco para una adolescente tiene que ser fácil todo esto. La madre de Manuel me ha pedido que la cuide, dice que me admira mucho y que se ha quedado sin una figura femenina que la ayude en la vida. También me ha dicho algo muy raro, que se iba a reunir con su marido y que iba a ajustar cuentas con él, y ha añadido que Manuel habría sido feliz si todo hubiese sido de otra manera.

—Tampoco es tan extraño el comentario, ella siempre te ha tenido aprecio y desde que erais niños decía que serías la novia perfecta para su Manuel.

—Sí, lo recuerdo, pero no sé, me ha dado la sensación de que me quería decir algo más. En ese momento ha llegado la enfermera y ya me he tenido que marchar. Me da mucha pena la pobre, es una mujer aún joven, no ha cumplido los sesenta.

Regresamos a casa justo en el mismo momento en que llegaban mis padres. Esperé junto a ellos a que mi hermana recogiera sus cosas. Salió con la caja de galletas y mi padre adivinó lo que contenía.

—Soy afortunado de tener una familia tan bonita que utiliza la cocina como terapia.

Mi madre agarró con fuerza la caja de galletas y se la arrebató.

—Tienes suerte de tener una familia que no te va a dejar probarlas, porque te quieren, y saben que estás a dieta —le contestó mi madre.

Se marcharon riendo dejándome con la única sonrisa del día. No tenía ganas de cenar nada, así que fui directamente a casa de Manuel. Saray estaba en el porche, regando las macetas. Cuando me vio llegar, la expresión de su cara cambió, aunque se la notaba agotada, triste y angustiada.

—¿Tienes rosetas? —pregunté sabiendo que en casa de Manuel nunca podían faltar—. Vamos a hacer unas pocas y nos la comemos aquí al fresco.

Pocos minutos después estábamos las dos comiendo palomitas de maíz sentadas en las viejas butacas de su abuela. Guardé silencio a la espera de que Saray sacara el tema de conversación, que expresara con libertad sus sentimientos. Me conmovía la angustia que veía en sus ojos; estaba a punto de pasar otro momento duro en su vida y sentía que era demasiado joven para haber sufrido tanto. Recordé la promesa que le había hecho a su abuela y lo poco que me costaría cumplirla.

—Mara, ¿será esta noche? —me preguntó con voz temblorosa.

—No lo sé, lo único que sé es que, aunque se vaya, ella siempre estará contigo. Notarás su presencia y su recuerdo te acompañará hagas lo que hagas.

—No sé cómo se lo voy a decir a mis hermanas. Para ellas es una madre, me voy a morir de la pena.

—No tienes que decírselo tú, puede hacerlo tu padre, incluso yo puedo ayudar a explicárselo. Los niños viven la muerte de una manera distinta a los adultos, la asumen de un modo sorprendente. Y tienen la suerte de tenerte a ti para ayudarlas a superarlo.

Rompió a llorar abrazada a mí. Nos sentamos en el sofá y nos acurrucamos la una al lado de la otra. Se quedó dormida antes de tener tiempo de escoger una serie. Yo no quise dejarla sola.

A las dos horas recibí un mensaje de Manuel. Saray se desveló, me miró y no hizo falta hablar. Rompió a llorar sin consuelo.

Su abuela había fallecido.

14

Cuando Saray se calmó nos cambiamos de ropa y nos pusimos prendas oscuras. Llamé a mi casa para darle la noticia a mi familia. Llegarían en pocos minutos, trayendo de nuevo a mi hermana, que se quedaría cuidando a las hijas pequeñas de Manuel y yo acompañaría a Saray.

La familia tomó la decisión de velarla en el cementerio de Benalmádena. El velatorio de la mujer de Manuel fue en su casa y no querían repetir la experiencia. Supuse que con esta decisión Manuel quería proteger a sus hijas pequeñas.

En nuestra familia era costumbre velar a los muertos en el hogar, aunque los velatorios no eran en esos momentos tan largos como antaño, que podían durar tres días. Cuando tuve edad para entenderlo, mi padre me explicó con qué fuerza golpeaba la muerte a las familias gitanas. Cuando se moría un padre o una madre caía un pilar de esa casa y los cimientos se tambaleaban por el dolor. Ocurría lo mismo cuando faltaba cualquier miembro de la familia.

El respeto a los que ya no están con nosotros es uno de nuestros valores, de nuestra forma de vivir. Convivimos con ese dolor, exaltando a la persona con un recuerdo que nunca cae en el olvido. Yo lo había visto de cerca, mi abuela vivió con luto gran parte de su vida, desde el día que su hermana murió, siendo ella muy joven. En la época de mi bisabuela, las cosas eran mucho más estrictas y la muerte de una persona condicionaba la vida del resto de la familia. Recuerdo a mi Yaya sentada en una silla de enea en el porche, con todos los adolescentes alrededor, expectantes ante las historias del pasado que nos narraba con paciencia, escogiendo con cuidado las palabras que nos mostrarían nuestro legado.

«Ni en la vajilla buena podíamos comer cuando estábamos de luto —nos contaba mientras la mirábamos embelesados—, ni bañarnos con jabón, que por aquel entonces era todo un lujo. Los hombres no se afeitaban y las radios se mantenían apagadas. Un pequeño altar ocupaba un lugar privilegiado del salón, con una vela siempre encendida. Cuando un hombre entraba en la casa se descubría la cabeza en señal de respeto a los muertos. Mi bisabuela incluso comía en el suelo en señal de dolor. Ahora las cosas son diferentes, aunque las tumbas de los gitanos siguen siendo las más bonitas, adornadas con regalitos y flores frescas. Es lo único que nos queda, ir a visitarlos allí, decirles cuánto les echamos de menos. Hablar con ellos con nuestro corazón en la mano. Nadie, ningún gitano, es capaz de tocar una flor de una tumba. Si no tenemos dinero para comprarlas, las cogemos del campo, pero nunca se nos ocurriría tocar las de otro difunto».

Nos encantaban las historias que nos contaba mi bisabuela. Era la mayor transmisora de conocimiento que teníamos en nuestras vidas. Sus cuentos de niños atrapados en un saco, de mendigos que se convertían en caballeros con el esfuerzo como único compañero, o las historias de niñas gitanas que no volvían al ir solas al río, nos dejaban enseñanzas que se grababan en nuestras pequeñas cabezas sin darnos cuenta.

Recordaba con detalle cómo me había sentido tras su muerte. Esa sensación de dolor que me unía a mi padre, al que veía con la cabeza entre las piernas, totalmente destrozado. Por eso empatizaba tanto con Saray, conocía de primera mano el dolor de perder a una abuela, y sabía que ese dolor crecía cuando veías a tu padre sufrir.

En el coche, Saray rompió a llorar de nuevo mientras hablaba en voz alta con su abuela y le preguntaba por qué la había dejado tan sola. Guardé silencio respetando su necesidad de expresar la ira que tenía dentro. Nada de lo que dijera o hiciera podría calmarla. Lo único que en ese momento podía hacer era estar allí, y yo sabía por experiencia lo necesario que era llorar en momentos como esos. Se me partía el alma al ser partícipe de esa conversación tan dura, pues la soledad de Saray solo se encontraría con el silencio más absoluto.

Antes de entrar me paré en la puerta del hospital, para que se serenara un poco.

—¿Desaparecerá algún día este dolor que siento? —me preguntó mientras se tocaba el pecho.

—Sí, cada día, poco a poco se irá haciendo más pequeño, hasta que un día, ese dolor se convertirá en un bonito recuerdo que te llenará de ternura. No te voy a engañar, nunca deja de doler del todo, siempre queda una pequeña punzada cuando pasa algo bueno, o algo malo, que te gustaría compartir con ella. Eso sí, su recuerdo te hará sentir cosas extraordinarias, y el pensar que no se han ido ayuda mucho. Yo me imagino a mi abuela a mi lado, diciéndome que estire bien la masa cuando hago tortas, o regañándome por querer abrir el horno antes de tiempo. A veces la siento con tanta intensidad que no me cabe duda de que está cerca. La fe también ayuda. Si eres creyente, pensar que la volverás a ver algún día te dará fuerzas para seguir adelante. Es muy duro, Saray, pero tienes mucha gente que te quiere y eso te hará el camino más fácil. Tienes que apoyarte en ellos e ir dando pequeños pasitos.

—No tengo a nadie, Mara —me confesó llorando—. Primero me dejó mi madre y ahora ella. La vida me quita las personas que más quiero. Cuando mi madre murió yo era muy chica y no recuerdo tanto dolor. No es justo. Si me va a hacer sufrir todavía más, no quiero vivir esta vida tan injusta. Si le pasa algo a mi padre o a alguna de mis hermanas, yo...

—No pienses eso, anda, ven aquí —le dije abrazándola—.

No les va a pasar nada ni a tu padre ni a tus hermanas. Respira hondo y vamos, que tu padre te necesita ahora más que nunca.

—¿Te quedarás conmigo, Mara? —me preguntó asustada.

—Me quedaré contigo hasta que mañana empiece a trabajar, y en cuanto termine volveré a tu lado. Ahora coge el abrigo, que aquí hace bastante frío.

El cementerio estaba lleno de gente. Se oían los llantos de dolor de los hijos y los nietos de la fallecida. Cuando Manuel vio a Saray fue hacia ella a paso apresurado. La arropó entre sus brazos y dejó que la niña apoyara la cabeza en su pecho. La imagen me conmovió tanto que mi cuerpo tembló como una hoja. El padre mantuvo a su hija entre sus brazos, acariciándole el pelo mientras lloraba, como si fuera una niña pequeña. Su mirada se encontró con la mía, me había quedado parada frente a ellos, a varios metros de distancia porque no quería intervenir en la escena. Parpadeó con lentitud y supe que me estaba dando las gracias sin palabras. Cogió la cara de la niña entre sus manos y ella lo miró fijamente, luego le dio un beso en la mejilla. Podía ver el dolor de Manuel fundirse con el de su hija y no pude contener mis lágrimas.

Saray fue a abrazar a sus tíos y yo me acerqué a Manuel para darle el pésame. Nunca he sabido muy bien qué decir en estas circunstancias, qué palabras son las más adecuadas. Un manido «Te acompaño en el sentimiento» forzado por la costumbre me parecía vacío, poco apropiado. Me cogió de la mano y nos alejamos unos metros, apartándonos de la vista de todos para tener un poco de intimidad.

—Lo siento mucho, Manuel —dije con timidez—. No puedo imaginarme el dolor que sientes.

—Es mucho más llevadero si tú estás cerca, Mara. Muchas gracias por ocuparte de las niñas, no quiero que estén aquí. Con Saray cometí el error de que viviera de cerca el funeral de su madre, y no voy a volver a hacerlo.

—No te preocupes por ellas, yo me ocuparé de que estén atendidas hasta que pase todo. Mi hermana me ayudará.

—«Ningún gitano solo en la enfermedad y en la muerte» —repitió con una sonrisa—, como decía nuestra bisabuela una y otra vez.

—«Para grabárnoslo en la cabeza y en el corazón», añadía mientras nos tiraba del pelo con cariño. No te vamos a dejar solo, mira a tu alrededor, tienes a más de cien personas arropándote, y todavía no ha llegado todo el mundo. Aun así, sé que es muy duro.

—No puedes imaginar cuánto. Es una angustia que se instala aquí dentro —me dijo señalando el pecho— y no se va. Mi madre era todo para mí, me ayudaba con las niñas y llevaba la casa, me guiaba en todas las decisiones. No sé cómo podré vivir sin ella.

—Claro que podrás con todo. Tienes a Saray, que es toda una mujer y te va a ayudar mucho, ya verás. Además, ya no son tan pequeñas —añadí en un intento de consolarlo—. Y me tienes a mí. Tu madre me hizo prometer que no me iría y que os ayudaría, también me dijo que por eso te había pedido que no me cobraras el alquiler. No es necesario…

—No voy a discutir de dinero ahora, Mara, y sabes que las promesas que se hacen a una madre son sagradas, así que no hay negociación posible. Te agradezco mucho que me ayudes, y no solo eso, tenerte cerca me hace mucho bien. Eres la persona que en este momento más me apetece tener a mi vera.

Cuando Manuel terminó de decir esta frase, sentí en mi interior una sensación a la que no era capaz de poner nombre, solo quería sentirla, disfrutar de ella. Me gustó en la misma medida que me asustó, por lo que esas palabras llevaban consigo, por lo que significaban. Me dejaron muy claro lo importante que yo era para él, me destacaban en el mundo de Manuel, entre el resto de las personas que lo rodeaban.

Intenté encontrar palabras que expresaran lo que sentía, pero no lo conseguí, se quedaron atascadas en mi garganta. Lo único que pude hacer fue mirarlo, mirarlo a los ojos, hablarle con mi mirada, que no tenía filtros y le estaba dejando claro que yo sentía lo mismo. Lo miré con una franqueza que no era capaz de expresar con palabras, estar cerca de él en ese momento era también importante para mí.

Volví a sentir a esos dos niños pequeños que se escondían dentro del armario y se hacían confidencias secretas, selladas por un pacto de silencio eterno. Sentí al chiquillo que me protegía de todas nuestras travesuras, que se autoinculpaba para que yo quedara libre de castigo, a ese amigo incondicional que me prometía que estaría siempre en mi camino para darme la mano en los tramos más complicados, a ese niño revoltoso que me invitaba a participar en todas sus aventuras de las que yo disfrutaba con la complicidad más absoluta.

Mi padre me miraba a escasos metros, fijamente. Yo sabía lo que estaba pensando y también lo que vendría después. Le pedí a Manuel que nos acercáramos a saludarlo y, al caminar tan cerca, por unos instantes nuestras manos se rozaron. Me la cogió un segundo, quizá dos, y luego me la soltó con suavidad. Ese breve roce me hizo estremecer. Me convencí a mí misma de que no era momento de analizar nada, de pensar en nada. Manuel estaba mal, y cuando uno está emocionalmente herido, las confesiones y los actos no pueden ser interpretados con neutralidad. Yo era un miembro de su familia, y me habían educado para proteger a los míos, para atender a sus necesidades en los malos momentos.

Alguien llamó a Manuel a gritos para avisarle de que se llevaban a su madre al cementerio, y yo decidí dejar mi coche en el hospital e ir con mis padres. Aparcar en el cementerio era complicado y mi familia era tan numerosa que complicaría aún más la falta de espacio. Mi hermano había llegado ya. No faltaba nadie, excepto mi hermana.

Los asistentes no habían ido a cumplir, a ofrecer unos minutos de presencia y marcharse a casa con la conciencia tranquila. Habían ido a acompañar a la familia de Manuel en el dolor, a que sintiera el calor que da la presencia de los que te quieren, a abrigar el dolor que no se podía calmar, pero que con apoyo de los tuyos era más soportable.

Los velatorios eran momentos de encuentro, en los que toda la familia se reunía, en los que compartías con los demás las anécdotas que la persona que se marchó había dejado en tu vida.

—Vas a tener que ayudar a esas niñas, Mara, la falta de su madre para superar la pérdida de su abuela se lo va a poner más difícil —me dijo mi madre en el camino.

—Papá, cuando me despedí de Manuela me dijo algo que me llamó mucho la atención, que pronto podría ajustar cuentas con su marido, y también que Manuel habría sido muy feliz si las cosas hubiesen sido de otra manera, y no comprendí del todo su significado.

—¿Por qué? —preguntó mi padre.

—No lo sé, me dio la sensación de que quería decirme algo, pero que no se atrevió. Tampoco estaba ya para muchos trotes, la mujer. Sí que le dijo a Manuel que no me cobrara el alquiler, así me quedaría a ayudarles.

—Manuel nunca quiso cobrarte un alquiler, eso lo sabes desde el principio, fuiste tú la que insististe en pagar y colaborar en los gastos de la casa, lo mismo se refería a eso. A Manuela tampoco le parecía bien cobrar dinero por una casa que en cierta medida es de toda la familia.

—Ya lo sé —aclaré una vez más—, pero si pagaba por ella la iba a sentir como mía, si no lo hacía, siempre sería una eterna invitada, y no me hubiera sentido del todo cómoda en ella.

—Te entiendo, hija, pero ahora no te quedará más remedio que aceptar el cambio. Si Manuela se lo ha hecho prometer a su hijo en su lecho de muerte, no va a querer cobrar nada.

—Seguro que encontrarás algo simbólico en qué gastar ese dinero —añadió mi madre—. Puedes comprar ropa para las niñas, o puedes llevarlas a comer o al cine, lo van a necesitar.

Como había vaticinado, fue muy difícil aparcar el coche. El gentío rodeaba la sala donde se encontraba Manuela, personas que habían ido a despedirse de ella. Había sido una mujer muy querida en el pueblo. Su corazón noble y su saber estar, siempre callada y atenta a las necesidades de los demás, llenó su vida de amigos que querían estar presentes en su marcha.

Cuando llegamos, Manuel estaba detrás del cristal que separaba la sala del cuerpo de su madre. Vi que ponía algo dentro del féretro, para nosotros era usual enterrar a las personas queridas con objetos que habían acompañado al difunto toda su vida. Alguien contó que a Manuela la enterrarían con su abanico, una pieza única que Manuel le trajo de su viaje de novios. Estaba pintado a mano y en las tardes de verano no dejaba de agitarlo para aliviar el calor. También le acompañaría un pequeño niño Jesús que tuvo en su mesita de noche toda la vida. Lo heredó de su madre, que a su vez lo recibió de la suya como regalo de bodas. Además, no paraban de llegar ramos de flores, la mayoría rosas rojas, sus favoritas.

La noche fue larga, interrumpida por el ofrecimiento continuo de termos de café y tazas de puchero caliente, que las mujeres de la familia habían preparado para la ocasión. Manuel no paraba de moverse de un lado a otro recibiendo las condolencias de los primos que continuamente llegaban de otras provincias y de los amigos del trabajo que se acercaban a darle el pésame.

Sus hijos pasaron tiempo con Manuela, a solas, entregando las «promesas» a su madre. Mi familia tenía la costumbre de regalar al difunto una promesa que debían decidir todos sus hijos juntos. Por lo general prometían a la madre o al padre fallecido que la familia permanecería unida pasara lo que pasase. Esa promesa era lo que daba fuerzas para resolver los conflictos que posteriormente surgirían en la familia, sería el punto de unión que no dejaría que ninguno de sus miembros vagara solo en su camino. Después, uno a uno se irían acercando y le harían una promesa individual, que cumplirían cada día de su vida, un acto sagrado que no romperían por nada del mundo.

Cuando murió mi abuela mi padre le prometió que cuidaría de todos sus hermanos, que sería un padre para ellos, que ninguno de sus hermanos se vería solo en la vida.

Andaba yo en esos recuerdos cuando apareció la amiga de Manuel con unas gafas oscuras y un vestido negro ceñido y muy escotado, más propio para asistir a una discoteca que a un velatorio. Comenzaba a amanecer y yo estaba a punto de irme para darme una ducha antes de empezar a trabajar. Mi padre se había marchado hacía rato con mi hermano, para cargar la furgoneta e ir al mercadillo, y mi madre hablaba con mis tías, que murmuraban sobre la chica que acababa de llegar diciendo que era una compañera de trabajo de Manuel con la que se rumoreaba que tenía algo.

No quise irme sin despedirme, pero tampoco quería acercarme a los dos, parecía que compartían cierta intimidad. Me acerqué entonces a Saray y le dije que me iba. Me pidió que la llevara conmigo, quería darse una ducha y arreglar a sus hermanas para ir al colegio. Aunque confiaba en mi hermana y sabía que estaban en buenas manos, prefería que amanecieran con ella en casa. Luego se volvería con la Redonda, para estar allí el resto de la mañana, hasta la hora del entierro, que se celebraría a las seis de la tarde.

Uno de mis primos nos acercó al hospital, donde recogí mi coche, y en cuanto comencé a conducir Saray se quedó dormida. A llegar la desperté con una suave caricia en la mejilla. Me pareció una niña pequeña, frágil, obligada a enfrentarse a una vida adulta dolorosa. La acompañé hasta la puerta de su casa y luego me dirigí a la mía. Me di una ducha y me dispuse a enfrentarme a un día largo y difícil, sin haber dormido un solo minuto.

A las cuatro de la tarde tenía una reunión con la última familia cuyo hijo estaba implicado en el caso de acoso. Llevaban meses atrasando una tutoría que no querían afrontar. El director amenazó con realizarla en el trabajo del padre si no asistían, una amenaza poco ortodoxa que obtuvo resultados. Hasta ese momento habíamos recibido todas las excusas posibles, y yo no las tenía todas conmigo de que asistieran.

Tan solo tenía una hora para comer. Había diseñado la tutoría con extremada cautela, con la ayuda de la orientadora del centro, y en última estancia había expuesto al equipo directivo todos los puntos a tratar. El director insistió en estar presente, pero preferí hacerlo sola. Si la cosa no funcionaba, siempre habría tiempo de volverlos a citar desde la dirección.

Los padres llegaron puntuales. La madre estaba algo nerviosa, se frotaba las manos sin parar y un fino hilo de sudor le resbalaba por la frente abriendo un pequeño surco en su perfecto maquillaje. Los dos iban vestidos con trajes chaqueta de corte clásico, de marcas conocidas y caros. Les invité a sentarse e hice una pequeña introducción sobre por qué los habíamos llamado. Les expliqué que en clase se había presentado un problema serio: un grupo de alumnos, cuatro en concreto, llevaban tiempo acosando de forma brutal a uno de sus compañeros, y luego les puse los vídeos en la pantalla de la clase. La madre se tapó los ojos al ver las imágenes del monopatín, cuando el coche estuvo a punto de atropellar a González.

—¡Qué horror! —exclamó—. ¿Quién puede hacer algo tan cruel?

—El que ató al chico al monopatín fue su hijo —expuse de forma clara—, por eso les he hecho venir.

No tenía previsto ser tan directa, pero no supe inventar los rodeos necesarios para presentar la información de una forma más dulcificada. Volví a poner el vídeo y esta vez subí el volumen para que pudieran escuchar la voz de su hijo, fácilmente identificable, riéndose de la víctima. Después les leí con lentitud el chat, que si cabía era aún más cruel que el acto en sí, en él bromeaban sobre lo que habría pasado con los restos del chico si lo hubiesen atropellado, lo describían con un cinismo que me removía por dentro cada vez que lo leía, aunque ya conocía el contenido.

La madre se llevó la mano al estómago y reprimió las ganas de vomitar. El padre, en cambio, justificó a su hijo.

—No hay que darle mayor importancia, son cosas de chicos, todos hemos gastado bromas que se nos han ido de las manos —respondió el padre.

—Discúlpeme —intervine rápidamente—, yo nunca he gastado una broma en la que corriera peligro la vida de nadie, y esta no es la única. Aquí puede ver todas las atrocidades a la que ha sido sometido este chico, y su hijo ha formado parte de ese acoso desde el principio.

Les mostré fotografías, chats y vídeos difíciles de digerir.

—No puede ser verdad —me cortó la madre mientras examinaba la documentación que tenía delante—. Es que no me puedo creer que mi hijo sea capaz de hacerle algo así a un compañero. Mira el monstruo que hemos criado, tú tienes la culpa, lo has consentido en todo. Nuestro hijo no tiene sentimientos.

—Vamos a tranquilizarnos —intervine conciliadora—, lo importante no es buscar culpables, sino soluciones. Y el hecho de que estén aquí, que se preocupen por su hijo y quieran colaborar para que este acoso cese es un gran paso.

El padre seguía buscando en su cabeza argumentos que disculparan a su hijo, podía ver la angustia en su cara por no encontrarlos.

—Si es que *las junteras* que tienen no me gustan un pelo. Se lo llevo diciendo desde hace mucho tiempo, se deja influenciar y luego pasa lo que pasa, son jóvenes… —añadió en un último intento de justificar a su hijo—. Y no me mires así, tú eres la culpable, has criado a un blandengue que se deja manipular.

En ese punto tenía dos opciones, dejarle claro a ese hombre que el incitador de todo era su hijo, o parar la cosa ahí y que lo descubrieran por ellos mismo. No me cabía duda de que en cuanto salieran de allí iban a investigar su teléfono y encontrarían información suficiente para llegar por ellos mismos a esa conclusión. Avanzaría más si me centraba en las soluciones.

—¿Qué hacemos ahora? —preguntó la madre preocupada—. Tenemos que buscar una solución para este niño, no podemos dejar que siga por ese camino.

—La orientadora del instituto ya tiene un plan de trabajo que les va a comentar. Es importante que sigan sus pautas y cuando les indique el momento adecuado tienen que dejarle claro que estarán informados de la posible venganza hacia el compañero, que no tolerarán ni una actitud de acoso más. Eso es lo que ahora mismo más nos preocupa.

—Siento mucho que todo esto haya pasado —expresó la madre—, no hago más que pensar en los padres de ese pobre chico y cómo se habrán sentido cuando han visto cómo han tratado a su hijo. Ha tenido que ser horrible.

—No empieces a dramatizar —cortó el padre de forma brusca—. Tampoco ha habido ninguna tragedia y el chico está perfecto, todos hemos gastado bromas de mal gusto cuando éramos jóvenes.

—Cómo puede ver, mi marido no ve nada malo en todas las salvajadas que ha hecho mi hijo. Aquí tiene uno de los motivos por los que el chico es como es, nunca ha tenido una norma ni un límite. Ha hecho en cada momento lo que le ha dado la gana, y su querido padre se lo ha justificado todo constantemente.

Corté la conversación antes de que la discusión entre ambos fuera a más. Aunque sabía que en cuanto salieran por la puerta la cosa iría a mayores. Los emplacé a la semana siguiente, cuando ya hubiesen hablado con la orientadora, para comenzar junto a ella un trabajo común y los acompañé al despacho de Marusella, que los estaba esperando.

No podía decir que estuviera satisfecha de la entrevista. Pero el cansancio no me dejaba analizar los detalles. Seguro que después de dormir unas horas, sería capaz de extraer información valiosa de ella.

Aunque ya me había tomado tres cafés, me tomé el cuarto y me fui directamente al cementerio, donde ya había comenzado el entierro. En el momento en que me subí al coche, me alegré de haberlo hecho, pese a que me habría quedado dormida hasta de pie. Llegué justo cuando se la llevaban.

Al comienzo de la ceremonia, Manuel me encontró con la mirada y me pidió que me acercara, me dio la mano en silencio y por unos instantes me desconcertó, luego cogió la de Saray y la unió a la mía. Fue su forma de decirme que Saray me necesitaba. Me situé detrás de ella, la agarré por la cintura y la apreté contra mí. Ver cómo metían a su abuela en la pared, dentro de un ataúd, fue demasiado para ella, las piernas le temblaron y perdió el equilibrio. Yo intenté sujetarla para que no cayera al suelo. Mi padre, que se había ubicado a mi lado sin que yo me diera cuenta, intervino con rapidez y me ayudó a sostenerla. Entre los dos nos la llevamos de allí, no era necesario que sufriera más con aquella visión.

Saray no paraba de llorar, lo hacía sin lágrimas, con un quejido seco que brotaba de lo más profundo de su dolor. Yo sentía una impotencia tan grande por no poder ayudarla, por no poder calmarla, que mi angustia me paralizó unos segundos, no sabía muy bien qué hacer. Mi padre me sugirió que la llevara a casa, que le evitara el momento de tener que despedirse de todos.

Ya en el coche, se calmó un poco. La llevé a casa, la metí en la cama y la arropé con todo el cariño que era capaz de dar.

—No te vayas hasta que me haya dormido, Mara —me pidió cogiéndome la mano.

Estuve unos minutos allí con ella, acariciándole el pelo, hasta que se quedó dormida. Mi hermana se marchó con mis padres y yo me quedé por si sus hermanas me necesitaban. Me tumbé en el sofá, junto a Leo, que me lamió la nariz como muestra de cariño. A las dos horas llegó Manuel. Me extrañó que viniera solo, sin ningún familiar que siguiera acompañándolo en el duelo. Más tarde me enteré que él lo había pedido expresamente, quería estar con sus hijas, habían sido demasiados días de hospital, demasiadas noches sin dormir, y la familia respetó su deseo. A mí me costó hacerlo, quería estar con él, consolarlo y que compartiera conmigo su pena. Lo veía tan abatido, tan cansado y apenado que tenía un nudo en la garganta que no me permitía hablar. Me hubiese gustado ayudarle con las niñas, prepararles la cena, acostarlas con mimo, pero no lo hice. Respeté esa parcela de intimidad que necesitaba.

Ya en mi casa, no me acosté enseguida para estar pendiente, por si podía hacer algo por ellos. Manuel entraba y salía de su casa nervioso. Varias veces nuestras miradas se encontraron, desde nuestros porches, tan solo unos segundos, los que tardaba él en esconderme sus lágrimas bajando la cabeza o metiéndose en su casa.

Estaba en la cama cuando me llamó mi hermana.

—¿Estás dormida? —me preguntó.

—Si estaba durmiendo ya no lo estoy, estoy hablando contigo —respondí sonriendo.

—Necesito tu ayuda. Hay un drama familiar y no soy capaz de resolverlo. Habla con mamá.

Percibí que mi hermana le pasaba el teléfono a mi madre.

—No sé por qué te ha llamado, no me vas a convencer, nadie puede hacerlo.

—¿De qué tengo que convencerte, mamá? —pregunté haciendo un esfuerzo por no continuar durmiendo.

—De que saque a tu padre del baño. Hoy va a dormir en la bañera, por mi madre que hoy duerme en la bañera.

Al darme cuenta de que la cosa no pintaba bien, me incorporé y me senté en la cama.

—Pon el manos libres, mamá —rogué—. ¿Alguien puede explicarme qué está pasando?

—Tu padre se ha quedado encerrado en el baño y ahí se va a quedar toda la noche —me explicó mi madre—. Se ha metido para ducharse y al salir se ha quedado con la manivela del tirador en la mano. No lo voy a sacar y no voy a consentir que nadie lo saque.

—Pero, mamá, ¿no puedes abrir la puerta por el otro lado? Tan solo necesitas un destornillador y se abre, mira que os dije que eso iba a pasar tarde o temprano, teníais que haber cambiado el tirador hace mucho tiempo.

—Ahí es donde comienza el problema —contó mi hermana—. Mamá ha ido a buscar un destornillador y te voy a mandar una foto de lo que ha encontrado en la caja de herramientas de papá.

Podía imaginarme lo que había encontrado. Me mandó una foto donde se veían tres tabletas de chocolate de diferentes sabores, una bolsa de galletas de nata y un bote de aceitunas aliñadas.

—¡Papá, ¿me escuchas?! —grité.

—¡Sí! —contestó mi padre gritando desde el otro lado de la puerta del baño—. Hija, tienes que ayudarme a salir de aquí, tu madre es capaz de dejarme encerrado en el baño toda la noche, y no he cenado.

—¿Quieres que esto cambie? —me preguntó mi madre—. Escoge entre un padre tieso dentro de dos meses por una subida de azúcar o una subida de tensión, o que le dé un escarmiento de verdad y se le quiten las ganas de comer nada de lo que el médico le ha prohibido en un mes por lo menos.

—Papá, coge las toallas de baño y ponlas de almohada, y quítate el albornoz, que estará húmedo y te va a dar dolor de huesos —le dije resignada mientras aguantaba la risa.

Conocía a mi madre lo suficiente para saber que mi padre esa noche dormiría en la bañera. Suerte que la noche anterior él tampoco había pegado ojo y cualquier lugar era bueno para recuperar el sueño perdido.

15

«No puedo más, Mara, voy a suspenderlas todas». El mensaje desesperado de Saray me llegó de madrugada, pero no dudé en contestarle. «Siempre hay una solución. Duerme tranquila y mañana a la hora del café hablamos. Encontraremos la forma. Un beso».

Entendía su agobio, su desesperación. Estaba sola para todo, y dos niñas pequeñas necesitan mucha atención. Me acosté y me levanté con el mismo pensamiento, tenía que hacer algo para que Saray no tirara la toalla.

Los días comenzaban a ser más largos y el calor, en las horas centrales, era sofocante. No había entretiempo, de los jerséis de lana pasábamos a la ropa de manga corta de un día para otro, con apenas el aviso de algunos días veraniegos que se colaban en pleno invierno. Solo usábamos las rebecas y las prendas finas de manga larga en las madrugadas y los atardeceres, cuando nos sentábamos en las terrazas a tomar las tapas que cerraban el día mejorando, al menos, su sabor.

Ese calor a destiempo, que llegaba como antesala de la primavera cercana, afectaba a las clases, que se hacían más pesadas. Los alumnos se cansaban antes y cualquier actividad un poco más complicada de lo normal se vivía como una dura condena.

Yo intentaba preparar clases livianas, para que los chavales no se agobiaran demasiado. La revisión para mejorar mis clases sumado al encargo del jefe de estudios no me dejaban ni un solo rato de ocio, y no había podido pasar mucho tiempo ayudando a Saray.

Semanas atrás el jefe de estudios vino a verme a mi clase y me pidió ayuda para organizar una semana cultural, y esa ayuda se convirtió en el diseño completo de las actividades. Querían algo llamativo, con un objetivo que me cautivó desde el primer momento.

Sabía por qué me lo había pedido a mí. La actividad del Día de la Paz había sido un éxito, hasta tal punto que tuvo resonancia a nivel provincial y hasta salió en las noticias locales.

La idea partió del incidente de mi hermana en el centro comercial. Le pedí que escribiera una carta narrando con todo lujo de detalles cómo se había sentido. Hice fotocopias del escrito y le di una a cada alumno. Les pedí que de forma anónima le contestaran, que le hablaran como si tuvieran a esa chica delante. El Día de la Paz y la No Violencia era un momento propicio para trabajar sobre el racismo, mucho más cercano a su realidad que mi primera idea, los conflictos bélicos.

No imaginé en ningún momento cuál sería la reacción de los alumnos. Cuando tuve todas las cartas las escaneé, las imprimí, hice copias y las encuaderné en un pequeño libro. El jefe de estudios me pidió que creara un post para mostrar la actividad en las redes sociales y mi hermano hizo un diseño espectacular. Muchos alumnos siguieron el ejemplo y cogieron un trozo de la carta de mi hermana y de la suya, y las colgaron en sus redes sociales. Algunas eran tan creativas que se hicieron virales.

Colgamos el libro completo para que el resto de los alumnos del instituto lo pudieran tener y nos sorprendió la cantidad de descargas que hubo desde todos los rincones del mundo.

—Estarás contenta —me dijo Blanca una mañana—. Has salido en todos los periódicos, solo espero que la fama no se te suba a la cabeza y tengamos víctimas de racismo hasta en la sopa.

No me molesté en contestarle.

El equipo directivo se reunió una tarde para exponerme la idea con detalle. Quería realizar una semana cultural abierta al pueblo, en la que hubiera actividades participativas para los colegios de primaria de la zona. Querían que los alumnos, desde pequeños, se familiarizaran con nuestro centro, que este formara parte de su entorno, evitar que fuera un lugar que no visitarían hasta que fueran mayores. Preparé una feria de muestras, con diferentes estands. En cada uno de ellos, los alumnos visitantes realizarían una actividad distinta, que estaría dirigida por nuestros alumnos.

La semana cultural salió aprobada por una mayoría casi absoluta del claustro. Marusella coordinó a los alumnos y a los profesores, les dio unas órdenes claras y sencillas que consiguieron que todo saliera a la perfección. El resultado fue espectacular. El gimnasio estaba precioso, parecía el escenario de un cuento de hadas. Para nuestra sorpresa, los padres y las madres se implicaron y nos ayudaron con la decoración y el contenido de los talleres.

Hice todo lo posible para que Saray participara. Desde que su abuela murió, hacía ya unas semanas, no había asistido con regularidad a clase. Solo podía acudir después de llevar a sus hermanas al colegio y tenía que salir antes, para recogerlas y darles la comida. Tenía el encargo perfecto para ella: dirigiría el taller de coreografía. Al profesor de Educación Física le pareció una buena idea y me dio su apoyo desde el principio. Prepararía un baile sencillo, con unos pasos fáciles de seguir, para que los niños de todas las edades lo repitieran con ella.

Saray disfrutó mucho de la experiencia. Sabía tratar a los niños pequeños, tenía el entrenamiento necesario. Se divirtió mucho creando el baile, estaba en su salsa siguiendo la coreografía con los más pequeños. Sabía cómo enseñar los distintos movimientos, cómo ayudar a los niños con menos ritmo a bailar con seguridad. Los participantes se lo pasaban en grande y ella tenía un brillo en los ojos que hacía mucho que no le veía.

Cuando finalizó la semana estábamos todos agotados. Pero la evaluación de los alumnos y de los profesores fue tan positiva que nos animó a dar continuidad a esa iniciativa en los años venideros.

Yo había dedicado tanto tiempo al proyecto en las últimas semanas que no había podido ocuparme de nada más, de modo que, en cuanto terminé de recogerlo todo cité a Saray y a Coral en mi casa. Las dos estaban a punto de tirar la toalla.

Saray no se veía con fuerzas para seguir con todo: la casa, las niñas y los deberes del instituto, sin contar con la cantidad de clases que se perdía al hacerse cargo de las rutinas de sus hermanas pequeñas. Y Coral no se encontraba cómoda en el instituto, sin su amiga, se perdía en las clases y no tenía motivación ninguna, a pesar de que sus notas iban mejorando. Lo único que tenía en la cabeza era su *pedía* y todos los preparativos que esta conllevaba.

Me sentí desolada, no quería que ninguna de las dos abandonara. Quedaban pocos meses para terminar el curso, y tener la titulación les ayudaría a optar por un futuro mejor. Estaba convencida de eso, pero parecía ser la única. Estuvimos charlando largo rato, las escuché atentamente cuando las dos me contaron cómo se sentían, y encontré tanta desolación y cansancio en Saray que me costó elaborar un discurso calmado que le ayudara a encontrar soluciones.

—Mírame a los ojos y dime si quieres abandonar —le dije a Saray—. Si es lo que quieres, lo aceptaré. Si quieres seguir estudiando, lucharemos hasta que lo consigamos.

—Claro que quiero, pero no puedo —contestó ella con angustia.

—Voy a contaros una historia —les dije intentando animarlas— que tuvo lugar hace mucho mucho tiempo.

»Rosa Cortés y su marido estaban felizmente casados en Vélez Rubio. Una noche tomaban el fresco con sus vecinos, en lo que parecía que iba a ser una noche más, era el treinta de julio. Con veintitrés años y un futuro por delante, vieron cómo todo se desmoronaba a su alrededor en un solo instante: llegó la orden de la Gran Redada y los detuvieron. Aquella fue la última noche que ella vería vivo a su marido. Sin previo aviso los destinaron a dos partes de España diferentes. A Rosa se la llevaron para Almería y, tras dar muchas vueltas, acabó en la casa de la Misericordia de Zaragoza. Imaginad cuál era el estado de aquel sitio que cuando las presas lo vieron se negaron a entrar.

»Rosa estaba cautiva, no podía vivir la vida que le pertenecía. Podía haber aceptado su destino, pero no lo hizo. Sabía que su marido había muerto, no quiso amoldarse a las inhumanas condiciones de vida que le tocaron en suerte y no se rindió, decidió que escaparía. Aun sin armas y sin posibilidades de hacerlo, no se sometió a su destino, sino que luchó por cambiarlo, y lo hizo con lo único que pudo conseguir: un clavo. Una cosa insignificante y pequeña que podía pasar desapercibida para los demás, ella la convirtió en una salida.

»No tenían forma de huir, estaban vigiladas y custodiadas por gruesos muros, imposible abrir una brecha en ellos con las manos, así que arrancó un clavo de las vigas de madera y, con ese clavo, por las noches, fue haciendo un agujero en la pared, que humedecía con agua para que fuera más fácil romperla. Rosa y sus compañeras hicieron un agujero por el que huyeron más de cincuenta mujeres.

»Rosa Cortés no se rindió. Siguió luchando siempre. En su cabeza no cabía otra posibilidad que no fuera alcanzar su meta, no estaba dispuesta a aceptar lo que la vida le ponía por delante.

»Tampoco nosotras vamos a rendirnos ahora, que lo tenemos todo. Tenemos esa rabia, esa capacidad de lucha, esa entrega por conseguir lo que queremos en la vida. Tan solo tenemos que sacarla, usarla para labrar nuestro destino.

—¿Qué fue de ella cuando consiguió escapar? —preguntó Coral.

—Las apresaron a todas poco después y no existen muchos datos que nos ayuden a reconstruir su historia.

—Estoy segura de que no se rindió —concluyó Saray—, sino que siguió luchando hasta el último aliento.

—Puede que ahora mismo lo veas todo muy complicado, pero has luchado mucho para tener este título, y te queda muy poco, os queda muy poco. No podéis abandonar ahora, vamos a buscar una solución. Necesitamos que alguien nos eche una mano con las niñas, tan solo una hora por la mañana y una hora a mediodía. Luego a las tres ya estamos todas libres y nos podemos turnar. Yo entro más tarde los lunes, así que solo necesitamos a alguien de martes a viernes.

—Mi padre los viernes empieza a trabajar más tarde, así que solo sería martes, miércoles y jueves —añadió Saray.

—¿Quién tenemos cerca que vaya al mismo colegio que tus hermanas?

—La Redonda tiene a las nietas en el mismo colegio, y mis primas María y Yesenia también, pero ellas viven en el pueblo —respondió Saray.

—Bueno, ya hay dos alternativas. Primero hablaremos con tu padre —decidí—, de nada serviría pedir ayuda si no logramos convencerlo. Creo que tengo una idea, pero necesito contar con alguien. Se me ha ocurrido que puede ser Marusella, la orientadora, quien lo cite y le diga todo lo bueno que hay en ti y lo poco que te queda para conseguir tu título. Tengo muy buena relación con ella y estoy segura de que nos ayudará. Otra opción es el aula matinal y el comedor del colegio. Eso nos permitiría un margen de horario más amplio, y puedes llevarlas y recogerlas tú con comodidad.

—Lo he intentado —aclaró Saray—, fui a preguntar pero no hay plazas, a estas alturas de curso es muy complicado.

Seguimos debatiendo un rato las distintas alternativas que podíamos barajar. Saray se marchó algo más animada, con la esperanza de volver a tener una vida un poco más normalizada, y yo me quedé sumida en mis pensamientos, buscando soluciones que le hicieran el día a día un poco más fácil. Empezaría por encontrar a alguien que les ayudara con la casa, alguien que fuera un par de veces a la semana y limpiara a fondo, para que Saray se viera liberada de esa carga los fines de semana. Si Manuel no lo aceptaba porque no quería que nadie extraño entrara en su casa, lo haría yo misma, limpiar no era algo que me disgustara y no se me daba mal.

Apenas había oído la voz de Coral en todo el rato, como si su cabeza estuviera en otro sitio. Imaginé que había tenido una pelea con su novio.

Tras ese breve descanso, le puse la correa a Bosco para dar un paseo. Caminé despacio intentando buscar soluciones a los problemas que tenía delante. Coral me preocupaba en la misma medida que Saray. Me sentía muy frustrada por no poder orientar a una buena estudiante para que siguiera, ella podría dedicarse a lo que quisiera, tenía facilidad para asimilar los conceptos, su memoria era espectacular y su razonamiento práctico le ayudaba a encontrar las soluciones de forma efectiva. Y todo ese talento se iba a desperdiciar, se quedaría en la seguridad de un hogar que ella percibía como la felicidad más absoluta. Quizá la alcanzara, pero siempre dependería económicamente de su pareja, y la vida da muchas vueltas y ella era muy joven. Además, el hecho de que Saray no expresara ninguna simpatía hacia el novio de su amiga me llamaba la atención. En varias ocasiones me había dejado claro que no le agradaba el novio que su amiga había escogido, pero nunca me dijo por qué. Quise ser discreta y no indagué en el tema, esperando que ella me lo contara cuando quisiera.

Sin darme cuenta recorrimos toda la aldea, y justo cuando entraba en casa sonó mi móvil.

—Hola, hija, necesito ver el fútbol y no me funciona la aplicación para entrar, se ha roto —se lamentó mi padre.

—Eso no se rompe solo, le habrás dado a algo y habrás cerrado la sesión.

—No he tocado nada, quizá las niñas —se justificó—, ya sabes que están todo el día con mi ordenador.

—No te puedo ayudar si no me das más pistas de lo que te pasa. ¿No te sale el inicio de sesión?

—Sí, me pone «inicia sesión», pero meto la clave y la contraseña y me dice que no son válidas.

—Papá, la contraseña y la clave deberían ser la misma cosa. Mete la primera en mayúsculas.

—Meto la primera en mayúsculas, espera pero ¿«la primera en mayúscula» es la contraseña o es el nombre de usuario?

—Papá, la contraseña y el usuario están escritos en un papelito pegado en la parte de atrás de tu portátil. Cuando vayas a escribir la contraseña pulsa las mayúsculas, la primera letra va en mayúsculas.

—Ah, me estás liando. La primera en mayúsculas no es nada, ni contraseña ni nada. Hija, para ser maestra te explicas un poco regular.

—No me explico regular es que tengo un alumno con sus capacidades oxidadas —le dije riéndome.

—No hay manera, voy a ir a tu casa a verlo, y así me paso para hablar con Juan, el marido de la Redonda, que tienen un lío que no veas. Te lo cuenta tu madre, que yo voy para allá, no quiero perderme la primera parte del partido. En quince minutos estoy ahí.

—Mejor en veinte, no corras tanto.

Oí que mi padre llamaba a voces a mi madre y le pasaba el teléfono.

—Mara, me han dicho que hay problemas ahí, y son problemas serios, vamos, que se han peleado a lo grande. Tú no te metas, que te conozco.

—Mamá, vivo en la aldea y no me he enterado de nada, ¿quién se ha peleado?

—Por lo visto ha sido un hijo de la Redonda con los vecinos de detrás, los de las casas solitarias.

—¿El tío de Coral? La niña no me ha dicho nada y eso que acaba de estar aquí, aunque si te digo la verdad la he notado un poco rara.

—No te puedo contar lo que ha pasado, no me he enterado bien, pero no tardaré mucho en encontrar a alguien que me lo cuente. Tú, veas lo que veas, no te metas en líos, que nos conocemos.

—Mamá, cualquiera que te escuche pensaría que soy una follonera de cuidado.

—Bueno, una follonera precisamente no eres, pero una justiciera sí, y eso es aún peor. Te he comprado unos mangos que están buenísimos y tu padre ha salido tan corriendo que no me ha dado tiempo a dárselos.

—Ponles mi nombre y nadie los tocará —dije bromeando—. Tiene que ser grave el asunto, si papá viene para acá.

—No, tu padre lo ha cogido como excusa, pero con quien quiere hablar es contigo.

—¿Ocurre algo? —pregunté preocupada.

—No, nada, dice que te nota como ausente, eso es todo. Se preocupa por ti, no lo vas a cambiar a estas alturas, no quiere meterse en tu vida, pero sí asegurarse de que estás bien.

—Estoy bien, mamá, no estoy ausente, solo que la semana cultural me ha tenido muy ocupada, no me pasa nada. Y el domingo no fui a comer porque quedé con mis amigas, era el único día que coincidíamos todas, se lo expliqué a Susi. Descansa, te veo este domingo.

Mi padre llegó treinta minutos después, con una bolsa de pipas y una cerveza sin alcohol, y se sentó a ver el partido. Mientras cocinaba le fui contando el problema que tenía Saray con las niñas y la cantidad de horas que les dedicaba.

—¿El colegio de las niñas es el que está frente a la fuente? —preguntó mi padre.

—Sí, en el que estudiamos nosotros. En la semana cultural vinieron algunos de sus maestros, pero no había ninguno de los que nos daba clases, pregunté por ellos y se habían jubilado todos.

—El director de ese colegio es el hijo de Perico el del Arroyo, con el que ibas al bibliobús a coger los libros —me contó mi padre.

—No puede ser…, si me dijeron que era un tal Peter Smith.

—Pues ese mismo, Pedro Salido Smith, aunque siempre lo conocimos por Perico, no me extraña nada que use el apellido de la madre. Es más, apostaría que se lo cambió cuando el padre se largó con la hermana de la madre dejándolos con una mano atrás y otra delante.

—¿Se fue con la hermana de la madre? ¿Con su propia cuñada? —pregunté asombrada.

—Digo, tú no te acuerdas, eras muy pequeña, pero fue la comidilla del pueblo durante muchos meses.

—Me acuerdo de él perfectamente, mantuvimos el contacto hasta que fuimos a distintos institutos.

—Pues te lo digo porque es muy buen chaval, con un fondo muy noble. Estoy seguro de que si le cuentas el caso personalmente, buscará una solución.

Me acerqué a mi padre, lo cogí por detrás, le di un achuchón y un beso en la frente.

—Es que no sé qué haría sin ti.

—Reírte menos, seguro.

—Eso por supuesto. Anda, siéntate que nos vamos a comer el pollo. Y para compensarte por la ayuda te voy a dar una aceituna.

—Tienes la mitad de mi sangre, pero esa maldad que manejas no la has heredado de mí. No serás capaz de darme una sola aceituna.

—Anda, toma, son sin sal, puedes comerte cinco, pero no más.

Devoramos el pollo con la patata asada sin mediar palabra, hasta que decidí abordar el tema sin rodeos.

—¿De qué quieres hablar, papá? Tiene que ser importante para que hayas venido a verme un día entre semana.

—Vamos a tomar el fresco en esas sillas flotantes tan ridículas que has comprado y charlamos un rato —decretó mi padre—. Prepara dos cócteles de esos rojos tan buenos que haces.

Preparé dos San Francisco con pulpa de mango congelada, zumo de frutas y granadina. La noche estaba serena, no había nubes ni viento. El silencio era tan absoluto que parecía imposible que hubiera familias viviendo a escasos metros. Bosco se sentó en el regazo de mi padre, que protestó pero no tuvo corazón para quitárselo de encima.

—Estoy preocupado por ti, llevas semanas muy rara, ausente. No llamas a tus hermanos ni a tu madre como siempre y me preocupa que te ocurra algo. Que vivas enfrente de Manuel me inquieta, vi como os mirabais en el entierro de su madre.

—Acababa de morir su madre, no creo que nadie pudiera mirarlo sin compasión y sentimiento —intenté aclarar.

—Mara, no voy a meterme en tu vida ni voy a decirte lo que tienes que hacer, solo quiero que pienses con la cabeza, y no con el corazón. Sabes que tu forma de vida y la de Manuel no tienen ningún punto de unión: tú eres feminista, luchadora e independiente; él es machista, retrógrado y no tiene capacidad para empatizar, pero los dos tenéis un pasado lleno de cariño que os puede confundir y los dos estáis solteros y vivís cerca. Me preocupa que des un paso que te pueda hacer daño, porque una vez entres, salir no va a ser fácil, y tu relación con sus hijas, que en estos momentos son tu familia y te necesitan, te va a condicionar.

—¿Cuándo he usado el corazón más que la cabeza? —pregunté extrañada.

—Toda la vida, hija, si no has hecho otra cosa. ¿O te parece que encadenarte a la reja de una ventana, para evitar un desahucio y luego tirar la llave del candado fue una decisión muy meditada? Te recuerdo que la policía tuvo que cortarla con una radial. Y como ese tengo ejemplos para aburrir. Mara, que te he sacado hasta de un contenedor de basura, siendo una mocosa, en el que te habías metido para buscar un juguete que la madre de tu amiga había tirado a la basura; a punto estuviste de que te recogieran los basureros y te triturara el camión. Sé que en el pasado pude tomar alguna decisión desacertada, pero...

—Si te refieres a que un día me hiciste cenar lentejas frías, estoy de acuerdo contigo, fue muy desacertado.

—No quisiste comértelas para almorzar y te dejé muy claro qué era lo que ibas a comer cuando tuvieras hambre.

—Pero al menos me las podrías haber calentado.

—Claro, pero no hubieses aprendido que se come lo que hay en la mesa sin negociación, y que no comerlo a la hora adecuada tiene sus consecuencias. Mira, no lo has olvidado.

—No tienes que preocuparte, de verdad, sé muy bien cómo es Manuel, lo sufro en todas las decisiones que afectan a su hija. Y también soy consciente de lo que supondría para esas niñas un acercamiento frustrado, no merecen sufrir más.

—Pase lo que pase, decidas lo que decidas, yo te voy a apoyar. Incluso si decides embarcarte en una relación imposible. Pero tenía que decírtelo, reflexionarlo contigo. Te veo muy ausente últimamente, y esto me preocupa.

—Lo sé y te lo agradezco. No eres el único que se preocupa por mí, mi hermana también lo hace. Y si he estado ausente, ha sido por la semana cultural, me ha tenido trabajando mucho. Ya sabes que es mi primer año y quiero hacer las cosas bien. Me ha llevado mucho más tiempo del que imaginé.

—Me alegra que solo sea el trabajo lo que te tiene ausente. Tu hermana es la única amiga que nunca te va a fallar, y además te adora.

—Bueno, puede que me eche un novio buenorro y decida quitármelo, nunca se sabe —bromeé mientras me balanceaba.

Quince minutos después de una charla intensa, pasó el coche de Juan, el marido de la Redonda, con quien mi padre quería hablar. Lo que este no se imaginaba es que esa noche no regresaría a casa a dormir.

16

Me quedé dormida en el sofá hasta la una de la madrugada que me despertó mi teléfono.

—Mara, no te quería despertar, pero tu padre no ha llegado, no me coge el móvil y estoy preocupada —dijo mi madre en voz baja.

Miré la habitación buscando alguna pista sobre el paradero de mi padre.

—Se ha dejado el teléfono en mi casa y está en silencio —salí corriendo para ver si el coche estaba en la puerta— y no te angusties, el coche está aquí. No ha venido de casa de la Redonda. Seguro que se han puesto a hablar y han perdido la noción del tiempo. No te preocupes, te mando un mensaje cuando coja el coche.

—Menos mal, estaba preocupada por la carretera, sabiendo que está ahí ya me quedo tranquila.

—Es muy tarde, ¿por qué no le dices a la Susi que vaya mañana al mercadillo con mi hermano? Papá puede quedarse a dormir aquí. No me hace mucha gracia que se vaya de madrugada. Voy a acercarme a casa de la Redonda y se lo digo, así estará más relajado él también.

—Sí, será mejor, a mí tampoco me gusta la idea de que vuelva tan tarde, y mañana tu hermana no tiene clases. Voy a despertarla y se lo digo. Ten cuidado, hija, llévate a Bosco, que es muy tarde y eso está muy oscuro de noche —me rogó mi madre.

—Sí, no te preocupes, me lo llevo.

Tres minutos después, salí alumbrándome con la linterna del móvil. Bosco vio un gato y pegó un tirón para jugar con él, lo que despertó todas las partes de mi cuerpo que aún estaban adormiladas. A pesar de la poca distancia, con la negrura de la noche se me hizo largo el camino. Llamé a la puerta despacio, por si algún miembro de la familia dormía, y enseguida me invitaron a pasar. Lo primero que me impresionó fue la cara de preocupación que tenían todos.

La Redonda me puso una silla para que me sentara, pero tras disculparme por interrumpir decliné la invitación. Le di a mi padre las llaves de mi casa, su teléfono y la noticia de que no tenía que trabajar a la mañana siguiente y le dije que podría dormir en mi cuarto de invitados hasta bien entrado el día. Uno de mis tíos celebró la noticia, así mi padre podría seguir un rato más buscando la solución.

Mi padre insistió en que me quedara, quería contarme cuál era el problema y que aportara alguna solución. La Redonda me sonrió, sabía lo que pensaba. Las cosas estaban cambiando y las mujeres teníamos mucho que decir, cosa que en un pasado hubiese sido impensable.

El problema era complicado. La aldea era una calle sin salida, una carretera recta que se curvaba en la casa de la Redonda, la rodeaba y ascendía sobre ella en una cuesta pronunciada, dejando la vivienda justo por debajo de ella. La cuesta desembocaba en una recta y finalizaba en una explanada sin salida a unos quinientos metros de la casa de la Redonda, en la parte trasera de lo que llamábamos las casas solitarias. Un conjunto de diez casas escalonadas, que tenían su entrada principal por otra calle paralela a la aldea. La explanada del final de la carretera pertenecía a los dueños de las casas solitarias, que solían aparcar allí sus coches, pero, inexplicablemente, la única carretera por la que se podía acceder a ella pasaba por la puerta de la

Redonda, un terreno de su propiedad, escriturado a nombre de su marido. O sea que la única forma de llegar en coche a ese trozo de tierra era por un camino privado.

Las casas solitarias pertenecían a una familia gitana de origen almeriense y nuestra relación con ellos siempre había sido tirante. Nos quejábamos continuamente de que los coches entraban a la aldea y subían a mucha velocidad, lo que era un peligro para los niños que jugaban en la calle.

El hombre de respeto de esa familia era un señor mayor educado, que siempre escuchó nuestras demandas con atención y llamaba continuamente al orden a los jóvenes, que solían hacer caso de sus reclamaciones hasta que las olvidaban.

El problema había comenzado cuando en paralelo a la carretera habían edificado una urbanización de lujo, ya que para hacer sus jardines se apropiaron de parte de la carretera de subida y la desplazaron tres metros en dirección al muro de la casa de la Redonda. En un primer momento eso no fue un problema, pero el día que tuvo que pasar un camión para traer unos muebles, la cosa cambió. El muro que limitaba la casa se resintió por el peso y empezó a quebrarse por la parte inferior, de la que se desprendieron unas piedras que cayeron en el patio de la casa de la Redonda. Juan, su marido, fue a hablar con ellos y les contó el problema. Los turismos podrían seguir accediendo, les dijo, pero no podía permitir que pasaran camiones porque estaban destrozando su casa.

Esa misma semana, había vuelto a pasar un camión e intentaron frenarlo. La Redonda estaba sola en casa y le exigieron que lo dejara pasar. La pelea llegó a mayores cuando gritaron e insultaron a la pobre mujer, que lo único que hacía era defender la integridad de su hogar. Al ver el trato que había sufrido, mi familia puso tres grandes macetones y un coche atravesado en medio de la carretera para impedir el paso de vehículos. Así no circularían más camiones por allí. La otra familia respondió con agresividad, rompiendo con bates de béisbol los cristales del coche y los macetones.

El objetivo de aquella reunión era buscar una solución antes de que las cosas llegaran a mayores, y mi padre me preguntó mi opinión.

—Creo que lo primero que hay que hacer es averiguar cuántos años son necesarios para que un camino privado que ha sido utilizado por vecinos sea considerado de uso público. Y también consultaría si podemos instalar una valla o un puente que impida el paso a vehículos altos. Si no tenemos la ley de nuestro lado, será complicado. Creo que nos falta información, antes de tomar ninguna decisión.

Mi padre sonrió orgulloso, yo estaba segura de que él había propuesto algo similar. Me marché dándole vueltas al asunto, que me parecía sumamente complicado de resolver.

A la mañana siguiente, antes de salir a trabajar, oí las sirenas de la policía. Mi padre, que aún estaba durmiendo en mi casa, pegó un salto de la cama al oírlas y salió corriendo. Cuando se percató de que iba en zapatillas y pijama, se volvió rápidamente para cambiarse.

Me fui preocupada al instituto, esas disputas me inquietaban. Además, mi padre se había vuelto a dejar el teléfono en mi casa. Cuando a primera hora vi que Coral no había venido a clase le mandé un mensaje para que me informara de lo que acontecía en la aldea. Tardó dos horas en contestarme. Habían atropellado a su padre, que se había plantado en medio de la carretera, para que no pasara un camión. Fue un accidente, el camionero no vio al hombre, que salió de la nada para impedir que pasara, y frenó justo cuando oyó el golpe. Por fortuna no había pasado nada grave, solo tenía una contusión en las costillas, pero el incidente había encendido los ánimos de las dos familias.

El pobre camionero, que no tenía nada que ver en el asunto y tan solo intentaba hacer su trabajo, se llevó un susto tremendo. Fue él quien llamó a la policía cuando vio que cada vez eran más los miembros de las dos familias que se liaban en la discusión.

Ese mismo día, Juan, que era el hombre de respeto de mi familia, le dijo a mi padre que ya era hora de arreglar el asunto de forma contundente, y los dos juntos fueron a buscar al representante de la otra familia. Durante unos minutos esperaron a que el señor se vistiera y se presentara ante ellos. Era un hombre mayor, de unos ochenta años, que portaba la *cachaba* con orgullo. —La *cachaba* no era solo un bastón, era un símbolo para el pueblo gitano. Tan solo lo portaban los ancianos arregladores que durante años habían trabajado por el bienestar de la comunidad gitana—. Se saludaron con un estrechón de manos. Escoltado por dos miembros de su familia, el hombre se colocó frente a Juan, para escuchar lo que tenía que decir.

—Hemos venido a su casa con ánimo de buscar una solución a lo que está pasando, pero antes de que empecemos a hablar me gustaría que me acompañara a ver la casa, quiero enseñársela para que vea con sus propios ojos los daños por los que estamos negando la entrada de los camiones.

Bajaron a la casa guardando silencio y respetando el paso lento del señor. Cuando Juan abrió la cancela de la propiedad, varios trozos de piedra se desprendieron del muro y cayeron en el porche delantero, lo que asustó a todos los que entraban en ese momento. Les invitó a pasar para que pudieran apreciar las grietas que indicaban que la estructura de la casa también estaba sufriendo daños.

La Redonda les sirvió un café y se sentaron a conversar como vecinos que llevaban toda la vida conviviendo.

—Como ve usted, no hemos tomado esas medidas por gusto ni por fastidiar a nadie. Es que nos vamos a quedar sin casa —explicó Juan—. Y el camino por el que ustedes están subiendo es privado, de nuestra propiedad.

—Este es un camino que llevamos usando toda la vida y por lo tanto tenemos derecho a hacerlo, ya que además es el único que llega a nuestra propiedad —replicó el señor con contundencia.

—Yo no lo tengo tan claro, la ley tiene que proteger esta casa —añadió Juan— y, si queremos podemos poner un muro en nuestra propiedad y ya no pasa ni Dios. Pero no es eso lo que queremos. Sabemos que usted no puede subir escaleras y que entrar por esta parte es más sencillo, pero si siguen pasando camiones no vamos a tener otra solución para salvar esta casa. Hay que apañar esto de un modo que no sea perjudicial para nadie, así que le invito a pensarlo bien y que mañana o pasado o cuando usted pueda nos volvamos a reunir para resolverlo. Pero una cosa sí le digo, no le voy a consentir más actos vandálicos. Me han roto las macetas, me han roto todos los cristales de un coche, ya llegaremos a un acuerdo para compensar eso, pero no quiero más destrozos, o las cosas se tornarán de otro color.

Se despidieron y quedaron en volver a encontrarse al día siguiente a la misma hora.

Aunque mi padre me había narrado los hechos con la tranquilidad que da encontrar soluciones, yo no las tenía todas conmigo, estaba seriamente preocupada por cómo terminaría la cosa, y para tener información de primera mano quise implicarme en el asunto.

Al día siguiente mi padre no pudo acompañarlos y me presté para hacerlo yo. Después de recibir varios comentarios del tipo «Esto es cosa de hombres» y «Las mujeres no pintan *na* allí», me rebelé. Elaboré un discurso reivindicativo, moderno y con mucha fuerza para que no pudieran negarme la asistencia. Ni siquiera así me dieron la aprobación para ir, pero no podían detenerme.

Cuando llegué al otro lado, el señor mayor me saludó de forma cariñosa. Me preguntó si era hija de mi padre y se alegró de verme.

—Tú no te acordarás porque eras muy chica, pero un día coincidimos contigo y tu madre en la granja donde comprábamos los huevos. Mi nieta la mayor, que era una mocosa por aquel entonces, se encaprichó de una muñeca negrita que llevabas en brazos, se la prestaste y no veas la que lio la chiquilla cuando te la tuvo que devolver. Al día siguiente subiste con tu hermano y tiraste la muñeca por un hueco que había en la verja, antes intentaste lanzarla pero no alcanzaste el filo. Yo estaba en la azotea de mi casa y lo vi todo, bajé por la muñeca y se la di a mi nieta. No te lo vas a creer, pero todavía la tiene por ahí rodando.

Recordaba la muñeca, y al oír esa historia recordé que cuando mi hermano y yo la llevamos, teníamos la sensación de que estábamos haciendo algo malo.

El hombre de respeto de mayor edad, en este caso el de las casas solitarias, tenía la primera palabra sobre el asunto que nos había llevado hasta allí. Nos invitó a tomar un vino en su casa. Una mujer joven, con un delantal de vivos colores, lo sirvió en unos vasos pequeños. A mí me ofreció un refresco que acepté para no parecer descortés.

Miraba atenta sus caras, la tensión que se supone que debía existir se había transmutado en un ambiente cordial, ya que las dos partes estaban dispuestas a escucharse. Me relajó el ambiente que se respiraba, la sonrisa de la mujer que nos sirvió y el lenguaje no verbal de todos los asistentes.

—Vamos al grano —le dijo el señor—. Las dos partes tenemos objetivos que parecen incompatibles, pero en el fondo no lo son.

Hizo una pausa que Juan aprovechó para hablar.

—Nosotros lo que queremos es que no pasen camiones, los turismos y las motos pueden pasar sin problemas —clarificó con contundencia.

—No, está usted equivocado, ese no es su objetivo. Su objetivo es que la casa no se caiga a cachos, y nuestro objetivo, que puedan pasar los camiones. Entonces lo que tenemos que buscar es la solución a las dos cosas. Hay unos culpables en todo esto, los vecinos nuevos, los constructores de esos chalets adosados que valen un millón de euros, van a tener que entrar en esta discusión, al fin y al cabo, son los responsables del cambio. O arreglan su casa construyendo un muro de contención y desplazando la carretera unos metros hacia su lado, o ya le digo yo que no van a vender ni uno de esos chalets. Y le voy a contar cómo lo vamos a hacer. Si no nos escuchan, su familia y la mía van a merendar en el césped que tienen delante todas las tardes, hasta que atiendan nuestras demandas. Y no pasará ni un camión hasta que esté arreglado el camino. Nosotros vamos a mandar a nuestro abogado a que nos solucione la cosa con los vecinos. Lo hará lo antes posible.

No pude contener una sonrisa al imaginar a las dos familias rompiendo la fina valla que nos separaba y colocando el *pañillo* para merendar. Al fin y al cabo aquella era una zona pública y no nos lo podían prohibir. Pero nadie compraría una casa de un millón de euros, que tuviera en su puerta a un par de docenas de gitanos comiendo y bailando. No sabía si yo iba a participar, pero la idea me pareció simpática. Recordé otras ocasiones en que a los gitanos se nos había acusado de resolver nuestros asuntos de forma violenta, con nuestras propias leyes, cuando en realidad la violencia solo llegaba cuando nuestras leyes habían fallado y no se había resuelto el problema de forma correcta.

Todos estuvieron de acuerdo en lo planteado y el pacto se cerró con un apretón de manos. El señor añadió, además, que ellos pagarían la factura de los cristales y los macetones rotos.

Regresamos a nuestras casas contentos, con menos peso sobre nuestros hombros. No nos gustan las peleas y sabíamos que si aquello no se paraba, la cosa se iba a complicar cada vez más.

Me detuve en la casa de Coral antes de ir a la mía para preguntarle cómo estaba su padre. Coral estaba jugando con una niña pequeña en la puerta. Se alegró al verme y vino a saludarme.

—Mara, he ido a tu casa, tenía que darte una noticia. Ya vamos a pedirnos —me contó ilusionada—. Será el mes que viene, el último fin de semana. Tengo que preparar muchas cosas y necesito que me ayudes.

Sonreí ante su nerviosismo tan infantil por dar un paso que se suponía tan adulto. Solo deseaba que hubiera un tiempo prudencial entre la pedida y la boda, para que al menos pudiera terminar el curso. Pensar en la posibilidad de que abandonara los estudios me angustiaba. Sentía una impotencia que debía plegar y guardar en lo más profundo de mí para que no se asociara con mi carácter, explotara y me viera exponiendo los argumentos que daban vueltas en mi cabeza. Era consciente de que lo único que con eso conseguiría sería alejarla de mí, justo lo contrario de lo que quería. Estar cerca de ella me ayudaría a agarrarla fuerte para que no se fuera.

—Tenemos que ponernos manos a la obra, que queda muy poco. Nos vemos pronto y comenzamos los preparativos. Por cierto, estoy preocupada por Saray, lleva varios exámenes suspensos, pero no quiere que la ayude. Necesito que hables con ella, tiene que dejarse ayudar —rogué a Coral.

—Pero si ella quiere, lo que pasa es que las dos niñas le ocupan todo el tiempo, no puede hacer nada, está atada de pies y manos. No sé cómo ayudarla, Mara, yo le doy los deberes, voy a su casa a hacer los trabajos, pero no puedo estudiar por ella.

—Tú no puedes, pero yo sí. Voy a hablar con ella y desde mañana iré a su casa para que tenga tiempo para hacer los deberes. Necesito que le mandes todo lo que se ha perdido. Yo me quedaré con las niñas mientras ella estudia.

Después de hablar con Coral, que me entretuvo un buen rato con su ilusión, fui directamente a mi segunda parada, la casa de Saray. Llamé decidida al timbre sin darme cuenta de que el coche de Manuel estaba en la puerta.

—Hola —dije cuando él me abrió—, venía a hablar con Saray, pero mejor lo dejo para otro momento.

—No, pasa, mujer, está en la cocina preparando la cena —me indicó señalando el interior.

Dudé unos instantes de si pasar o no, pero Manuel aprovechó mis dudas para cogerme del brazo y meterme dentro.

Saray estaba haciendo flamenquines. Envolvía el queso y el jamón con destreza y los introducía en el huevo batido, luego los sujetaba con un tenedor para pasarlos por el pan rallado. Lo hacía con tanta rapidez que yo no podía dejar de mirarla.

—Vaya, eres toda una experta —comenté con admiración.

—Quédate a cenar y los pruebas, mi padre dice que son los mejores que ha comido en su vida, así podré saber si es cierto o me lo dice para que se los siga preparando.

—Quizá en otra ocasión, hoy he tenido un día muy complicado —contesté.

Las pequeñas comenzaron a rogarme que me quedara.

—Vamos, no puedes ser maleducada y despreciar nuestra cena —me dijo Manuel, que aún llevaba puesto el traje chaqueta del trabajo—, nos vendrá bien un poco de compañía.

—Está bien —acepté—, pero voy a mi casa a por el helado para el postre. Tengo de turrón y de chocolate.

Las niñas escogieron el de chocolate, y Saray y su padre, el de turrón. También cogí unos siropes de caramelo y chocolate, y unos barquillos crujientes con forma de tulipas.

Cuando regresé, Manuel se había cambiado de ropa y las niñas saltaban, contentas, sobre el sofá.

—Vamos, no te quedes ahí parada —me dijo mientras yo no dejaba de mirarlo—, mete el helado en el congelador, si no tendremos batido de postre. Saray, prepáranos una ensalada con queso y nueces.

—Ah, no —objeté tirando de él—, la ensalada la vamos a preparar nosotros.

A las niñas les pareció muy divertido que le pusiera el delantal a su padre y le obligara a cortar la lechuga. Con sus risas me di cuenta de una realidad que ya sospechaba, Manuel no sabía dónde estaban las cosas en su propia cocina. No tenía ni idea de dónde se guardaba el escurridor para lavar la lechuga ni la tabla para cortar. Ese pensamiento se reflejó en mi cara, Manuel lo leyó claramente.

—Sí, lo sé, no he entrado en la cocina en mi vida. Cuando te comas la ensalada seguro que pensarás que es lo mejor que he podido hacer.

—Tienes que lavar la lechuga, si quieres que nos la comamos. Ven, que te voy a enseñar. Verás, solo tienes que subir esta palanquita de aquí que sirve para abrir el grifo y ponerla debajo y puedes moverla para que el agua llegue a todas las hojas —me burlé.

Me sentía cómoda, relajada, como si aquella cocina fuera un escenario que había compartido con anterioridad.

—Cómo se nota que eres maestra, Mara, hasta eres capaz de enseñar a mi padre a lavar una lechuga —bromeó Saray.

—No te rías de tu padre, niña —ordenó Manuel mientras escurría las hojas de lechuga con un gran vaivén para que el agua salpicara la cara de su hija.

Las niñas pequeñas comenzaron a correr alrededor de su padre para captar su atención y él les echó agua a ellas también. Me encantaba escuchar sus risas, ver cómo jugaban con su padre y la forma en que él se relacionaba con ellas, bromeando y llenándolas de muestras de cariño.

Tuve que parar varias veces a Saray para que no le hiciera el trabajo y Manuel tardó casi media hora en terminar la ensalada. Para él fue complicado encontrar cada uno de los ingredientes y a mí me divirtió, en su búsqueda hallaba motivos de chanza que hacían reír a Saray a carcajadas. Al terminar puso la ensalada en el centro de la mesa y todos aplaudimos. Pasando por alto el pequeño detalle de que la alió con azúcar en vez de sal, se puede decir que el resultado fue aceptable.

Comimos entre risas, con una comodidad que no me esperaba. Manuel parecía cansado pero intentaba estar de buen humor por sus hijas pequeñas. A la hora del postre preparé los helados y las más pequeñas lo devoraron rápidamente.

Después de cenar, las niñas se acostaron y Saray, Manuel y yo nos sentamos en el sofá. Sentía la pierna de él pegada a la mía y esa proximidad me incomodó, aunque él lo notó. Al cabo de un momento se levantó con la excusa de cargar el móvil y yo aproveché para despedirme e irme.

—Tienes que venir más a menudo, Mara, contigo las cenas

son más divertidas —me dijo Saray cuando me marchaba a casa.

Ya en mi casa, me duché y saqué a Bosco a pasear mientras le daba vueltas a los acontecimientos del día.

El hombre de respeto de las casas solitarias había hecho algo que me había llamado mucho la atención. Para solucionar el problema había unido los objetivos de las dos partes. Y había buscado una solución global. Y en eso yo me estaba equivocando con respecto a la relación con mis compañeras. En todos los conflictos que habíamos tenido en las diferentes reuniones de equipo solo estaba apreciando y luchando por un objetivo; el mío. Y en el conflicto había dos partes. Y yo había valorado la otra como inadecuada siempre, sin tenerla en cuenta. Aunque en la última actividad común acepté su actividad, no la hice. Posiblemente podía haber aportado algo original a esa actividad, habría incluido su idea y las dos partes hubiéramos colaborado. Pero automáticamente yo había decidido que no, que lo mío era mejor, anulando lo de ellas. A partir de ese momento tenía que cambiar de actitud y ser consciente de que, me gustara más o menos, éramos un equipo. Y que todas las partes tenían que ser tomadas en cuenta, me agradara o no.

Me iba a meter en la cama cuando sonó mi teléfono. Era un número muy largo, desconocido. Se me cortó la respiración cuando escuché lo que me contaban al otro lado. Modou estaba en el hospital, le habían dado una paliza.

17

En primavera, el olor a azahar despertaba nuestros sentidos a primera hora de la mañana. Los naranjos que bordeaban el mercadillo se acicalaban con cientos de flores que desprendían un aroma intenso, capaz de cambiarte el humor sin que fueras consciente de su magia.

Los visitantes miraban los puestos, entretenidos, mientras cargaban las bolsas de las compras que ya habían realizado. Era esa una estación en la que los espacios en blanco, el tiempo que transcurría entre una venta y otra, adquirían multitud de colores. Podías pasar el rato mirando a los primeros turistas que no acertaban con la ropa adecuada para el clima caluroso y húmedo de esa época del año. Mi padre bromeaba diciendo que se habían metido en el armario y se habían vestido al azar, con lo primero que les tocaba la piel. Era común ver a personas con jerséis de manga corta y gruesos calcetines de lana, o pantalones de pana con camisetas de tirantes.

A las ocho de la mañana ya teníamos más de veinte grados y descargar la mercancía se hacía el doble de pesado. Ese día había que sumarle además la carga que todos llevábamos en el alma. El estado en que se encontraba Modou nos apenaba. Los moratones que lucía y la lentitud de sus movimientos nos tenían pendientes de él continuamente. No podíamos dejar de mirarlo, de ver cómo se encontraba.

Cuando me llamaron del hospital salí a toda prisa sin avisar a nadie. No sabía muy bien con qué me iba a encontrar y aunque me temía lo peor, en cuanto lo tuve delante me desmoroné y rompí a llorar. Lo encontré en la sala de espera, tumbado en una camilla, aturdido. Tenía manchas de sangre seca y contusiones por todo lo que alcanzaba a ver fuera de la sábana con la que estaba cubierto. Me agaché y le rocé suavemente la cara.

—¿Qué te ha pasado, Modou? —le pregunté. No pude contener las lágrimas, que me salieron a borbotones.

—Me han pegado, Mara, mucho —me contestó muy bajito—. Yo no hacer nada malo. Nada.

No tenía fuerzas para explicar qué le habían hecho, y en la cama no encontré ningún parte médico, pero al acercarme a su cabeza noté un intenso olor a orines. Una enfermera notó mi angustia, me pidió que esperara un momento y fue a hablar con un médico, que me hizo pasar a la consulta.

—Buenas tardes, ¿es usted familiar de Modou Sallh? —preguntó sabiendo la respuesta.

—Soy su amiga, no tiene familiares en España.

—Me lo imaginaba, lo voy a traer y le voy a hacer algunas preguntas, a ver si con usted se tranquiliza un poco y conseguimos aclarar lo ocurrido. Lo he intentado con un intérprete, pero está muy nervioso.

—Modou habla español, no tiene un español perfecto, pero se comunica de manera efectiva —le aseguré—. Creo que está conmocionado, no ha sido capaz de contarme nada.

El médico pidió con amabilidad a la enfermera que llevara a Modou a una sala adjunta, donde podríamos hablar con tranquilidad. Una vez allí, entreabrió los ojos con esfuerzo, me miró y los volvió a cerrar, cansado.

—Modou, cuéntame qué te ha pasado —dije acercándome a él y cogiéndole la mano—. Este señor es médico, no es un policía, y necesita saber cómo te han hecho esas heridas. Yo estoy aquí, amigo, y no me voy a marchar ni voy a permitir que te pase nada malo. Ya sabes, soy una gitana con mucho carácter, nadie me va a poder separar de ti.

En el intento de sonreír Modou se quebró a causa del dolor.

—Le hemos hecho unas radiografías y he pedido que le hagan un escáner. Ha recibido fuertes golpes en la cabeza, es un milagro que esté vivo. Le han cosido varias heridas en la nuca, el costado, la espalda, las nalgas y las piernas, posiblemente algunas se las han hecho con un trozo de cristal. Creemos que más de una persona se ha orinado encima de él, porque toda su ropa estaba empapada. Lo han encontrado en la playa, sobre la arena, cerca del paseo marítimo. Hasta que se ha despertado y nos ha dado su número de teléfono no hemos podido ponernos en contacto con usted.

—Modou —dije bajito—, ¿quién te ha hecho esto?

—Los calmantes le han hecho efecto y se ha quedado dormido, vamos a dejarlo descansar —me dijo el doctor.

—No puedo entender qué ha ocurrido, Modou es una de las personas más pacíficas que conozco, nunca se pelea con nadie —informé al médico.

—Voy a rellenar el parte de lesiones. Por la cantidad de contusiones yo diría que quizá hayan sido como mínimo cuatro los agresores. Con la altura de su amigo y su fuerza, podía haberse defendido de dos, incluso de tres; tuvieron que cogerlo entre dos personas al menos, mientras otras dos o más le pegaban. La paliza que le han dado denota ensañamiento y odio, así que no podemos descartar que haya sido por motivos raciales. Creo que debería de hablar con la policía en cuanto esté en condiciones para hacerlo.

—Voy a llamar a un primo mío, es policía y conoce a Modou, creo que hablará con él antes que con nadie y será un poco más fácil que ponga una denuncia.

—Le traeré un poco de agua. Sé que está impresionada, pero en estos momentos es importante que apoye a su amigo. Cuando se despierte la va a necesitar.

Acepté el vaso que me ofrecía y me di cuenta de que me temblaba el pulso. Salí a la sala de espera y, además de llamar a mi primo hablé también con mi padre para pedirle que viniera y con mi hermano, para que me trajera ropa y Modou pudiera cambiarse. En menos de media hora mi padre, mi hermana y mi hermano estaban en el hospital conmigo esperando los resultados.

—Se nos está quedando una sociedad la mar de bonita —dijo mi padre con impotencia—, no sé qué mierda tienen en la cabeza las personas que pegan por pegar. De verdad que no puedo entenderlo.

—No sé qué ha podido pasar, pero sé que Modou no es capaz de matar una hormiga, cuando nos sentamos a desayunar las aparta para no aplastarlas. Es incapaz de pegar a nadie —conté a mis hermanos.

—Posiblemente se haya encontrado con algunos indeseables que se dedican a pegar a gente por diversión —añadió mi hermano—. Solo espero que los cojan y paguen por lo que han hecho. Le he traído una camiseta y un pantalón de chándal, es más alto que yo pero creo que le quedará bien.

Un rato después llegó mi primo con un compañero suyo. Modou estaba despierto y lo reconoció. Había ido al mercadillo con su novia y en varias ocasiones le había comprado zapatos y había estado charlando con él. Los dos compartían la misma afición por una música que a mi padre y a mí nos desesperaba por la repetición incansable de la letra.

Hasta que salió mi primo estuvimos muy nerviosos haciendo todo tipo de conjeturas. Necesitaron un buen rato para entender lo que había ocurrido. Modou estaba caminando por el paseo marítimo escuchando música; en dirección contraria, por la misma acera, iban tres mujeres y justo detrás cinco hombres que no tenían nada que ver con ellas. Modou se despistó y tropezó con una de las mujeres, se disculpó y siguió su camino, pero a los hombres no les gustó ese tropiezo y comenzaron a increparle y a empujarlo. Al defenderse hizo sangrar la nariz de uno, y eso desencadenó la ira de los demás. A esa hora no había mucha gente en el paseo y los restaurantes estaban cerrados. Lo cogieron entre todos y lo ocultaron detrás de un chiringuito, fuera de la vista de los coches que pasaban. Nadie lo vio hasta que pasó una señora mayor que paseaba a su perro. La mujer comenzó a gritar pidiendo que lo dejaran, que lo iban a matar, y sus gritos ahuyentaron a los agresores. Posiblemente sin la intervención de esa señora, Modou estaría muerto. Muerto a patadas.

Uno de aquellos hombres había roto la botella de cerveza que llevaba en la mano y con un cristal le hizo cortes en las piernas y, mientras lo pateaban en el suelo, otros dos orinaron encima de él.

Me preguntaba qué puede sentir una persona cuando hace algo así a otra. Qué estaría pasando por la cabeza de los autores de un acto tan cruel y vejatorio. Me imaginaba que el único objetivo que perseguían era humillarlo del modo más absoluto y no lograba entender qué podía generar tanto odio en una persona para que aflorara la necesidad de infligir tanto sufrimiento a otra. La poca calidad humana de aquellos hombres me daba terror.

Lo que en ese momento más me preocupaba era lo que sentiría Modou. Cómo se podía digerir esa violencia, cómo podría seguir con su vida siendo víctima de tanto odio, sintiendo tanto dolor. No sabía cómo ayudarlo, necesitaba algo más que nuestra compañía. Necesitaba, sin duda, dar respuestas a todas las preguntas que debía de tener en su cabeza. Estaba segura de que el resto de su vida viviría con miedo y eso me producía una pena infinita.

Modou llegó a este país buscando una oportunidad. Me contó su historia al poco de conocernos, sentados en un trozo de cartón mientras desayunábamos. Pasó tres años ahorrando para pagarse un pasaje en una barca que apenas se mantenía a flote. Como no consiguió suficiente dinero, buscó a un amigo para que se fuera con él. Estuvieron negociando con el dueño del barco y pagaron medio pasaje cada uno, con la condición de que entre los dos ocuparían el espacio de uno. Y así lo hicieron, se sentaron uno encima del otro a fin de compartir el asiento que habían pagado. Durante la travesía hubo un error de cálculo y estuvieron perdidos diecisiete días en el mar. Diecisiete días sin comer y sin apenas beber agua. Cuando pensaba que iba a morir, llegaron a tierra y se sintió el hombre más feliz del mundo. La vida le ofrecía una oportunidad. Se aferró a ella y no le importó tener que dormir en la calle, vender globos y meterse en muchos líos caminando solo, pero alcanzó su meta. Una meta que a mí me parecía pequeña para lo que merecía: se conformaba con tener un techo y algo que llevarse a la boca. Su mayor felicidad era enviar un poco de dinero a su madre y su mujer, con la que se había casado firmando unos papeles. Solo la había visto en unas fotografías y algunos vídeos que le habían mandado.

Y en ese momento se hallaba en una cama de hospital y cinco personas habían grabado el odio en su cuerpo. Cinco personas que tendrían una familia, unos padres. Traté de imaginar a mis padres lidiando con un hijo capaz de pegar patadas a un cuerpo inerte, pero no podía visualizarlo.

Mi padre estaba muy afectado, apreciaba mucho a ese vecino con el que compartía los sábados. Podía ver su impotencia, su consternación, se frotaba las manos nervioso y maldecía continuamente a los que le habían hecho eso a su amigo. Cuando has sufrido el racismo en tu propia piel, el sufrimiento del otro adquiere otra dimensión. Casi se puede experimentar, tocarlo con los dedos, sentirlo cuajado en una angustia que no desaparecía al meterse uno en la cama por la noche.

Cuando el médico nos dijo que el escáner estaba bien y que solo tenía varias costillas, la muñeca y dos dedos del pie rotos, suspiramos aliviados, aunque con el corazón encogido. Le iban a escayolar la muñeca, pero no era necesario hacerlo en las costillas ni el pie; se curarían con reposo. Esa noche lo dejarían en observación, ya que había vomitado varias veces. Si pasaba bien la noche y se encontraba con fuerzas, le darían el alta al día siguiente.

Por la mañana, mi hermana, que era la única que no trabajaba ese día, pasó a recogerlo y lo llevó a su casa. Estaba dolorido, pero le agradeció su ayuda con una increíble fortaleza. Cuando por la tarde fui a llevarle fruta fresca y la sopa que le había preparado me impresionó conocer dónde vivía. Tres personas compartían una casa que no tenía más de veinte metros cuadrados. Una habitación con dos literas y un sofá junto con una pequeña cocina y un minúsculo baño era todo lo que la vivienda contenía, pero estaba segura de que para ellos era un hogar, un techo bajo el que no pasaban frío en invierno y que los aligeraba del calor en verano. Lo encontré muy mejorado. Se levantó de la cama e intentó sacar la comida que le había comprado. Le pedí que no fuera el sábado al mercadillo, que se quedara en la cama.

—No preocupes, estoy bien, yo en unos días perfecto —me contestó sin fuerzas.

—Es imposible que te recuperes en tan poco tiempo, las costillas duelen mucho, no vas a poder cargar las cajas —le rebatí con rotundidad.

—Con pastillas sí se puede, no duele. No puedo perder trabajo, si yo el sábado no ir Inglés muy enfadado.

A pesar de mis ruegos, lo comprendía. No podía permitirse el lujo de que otra persona ocupara su lugar y perder el trabajo.

Cuando, tres días después, apareció por el mercadillo, no podíamos dejar de mirarlo. Carmen había llevado uno de sus remedios caseros para el dolor y la inflamación, un alcohol de romero y caléndula que ella misma elaboraba, además de un recipiente con sopa de puchero.

—Esto te lo tomas calentito cuando llegues a casa, y ya verás qué bien te sienta —le dijo Carmen cuando tomábamos el café.

Nadie hizo referencia a lo ocurrido. Habíamos avisado a Carmen el día anterior de la situación de Modou, y ella se puso a llorar con nosotros de pura rabia. No quisimos hablar de la agresión en presencia de nuestro amigo, él no necesitaba que le recordáramos lo que le había pasado. Sus continuas muecas de dolor hablaban por sí mismas: cada vez que se agachaba se tragaba un gemido. Comenzamos a trabajar sin perderlo de vista, yo notaba que no podía y aunque intentaba disimularlo, no lo conseguía. Mi padre intentó hacerlo reír, pero se detuvo al ver que se tocaba el costado a causa del dolor. Cuando el Inglés se fue a tomar el café, Carmen, mi padre, mi primo Jenaro y yo corrimos, formamos una cadena y acabamos de descargar todas las cajas de zapatos de la furgoneta. Cuando a los veinte minutos el dueño volvió, se asombró de que todo estuviera descargado.

Todo el mundo miraba a Modou, sabían lo que le había pasado. La voz había corrido como la pólvora, y el grupo de vendedores que se daban cita cada sábado frente a mi puesto para realizar el sorteo cuchicheaba sobre su suerte.

En el mercadillo había dos tipos de puestos, los fijos, como el nuestro, que siempre tenían el mismo lugar asignado, y los puestos eventuales, que se sorteaban cada sábado. Esos eran los que quedaban libres ese día, porque los dueños no habían venido o porque eran huecos que no estaban asignados de forma definitiva, normalmente situados en las peores zonas porque apenas pasaba gente. Los aspirantes a un puesto eventual sacaban una bola de una bolsa con un número y el que sacaba el número uno era el primero en escoger entre los sitios libres.

Los puestos fijos realizábamos el pago de forma mensual, el primer sábado del mes, mientras que los de sorteo lo hacían cada semana.

—Hoy hay muchos puestos, a ver cómo echamos el día —le comenté a mi amiga sin dejar de mirar a Modou—. Ay, Carmen, estoy preocupada, el día se le va a hacer muy largo al pobre.

—No puedo asimilar que haya tanta mala leche en el mundo y que este chiquillo haya tenido la maldita suerte de toparse de bruces con ella. Como si no tuviera bastante con el jefe que tiene. Hoy se lía, Mara, ten claro que se lía. Modou se mueve con más lentitud que un caracol y el Inglés de un momento a otro le liará un pollo. Y ya te digo yo que tu padre no se va a quedar callado.

—No sabes la semana que lleva, Carmen, le ha afectado mucho —confesé a mi amiga.

—Pues claro, hija, porque tu padre se las ha tenido que tragar también de todos los colores. Cuando éramos más jóvenes necesitábamos demostrar el doble las cosas, solo por tener la piel morena y nos llovía la discriminación por todos los lados. Él lo ha sufrido en sus propias carnes, sabe muy bien cómo se siente el muchacho.

—Ha intentado convencerlo de que no viniera, que se quedara curando esas heridas, pero él lo tenía muy claro.

—No debería extrañarte. Esto es así, hija, en el mercadillo no hay opción de ponerse enfermo. Tu padre también ha venido a trabajar más muerto que vivo. Así es la vida del vendedor ambulante, si no vas a trabajar no comes. Yo he parido y a los dos días he estado aquí con las niñas enganchadas a la teta. Desde que vengo aquí tu padre ha faltado un solo día, cuando operaron a tu madre. Hasta el día de la boda de tu hermano vino.

Carmen y yo no dejábamos de buscar con la mirada a Modou, que nos sonreía con mucho esfuerzo. Mi padre tampoco le quitaba ojo. Estaba dándole vueltas a la forma de ayudarle a cargar a última hora, y, conociéndole, sabía que si no la encontraba iría de frente y hablaría con el Inglés, aunque la idea no le agradara ni *mijita*. Y eso podía acabar muy mal: el Inglés no iba a permitir que nadie cargara su mercancía y mi padre no se quedaría callado. Ninguno de nosotros tenía el ánimo que acostumbrábamos los sábados por la mañana.

—¿Qué te pasa por la cabeza, niña, que te pones más seria que un muerto? —me preguntó Carmen sobresaltándome.

—Ha sido una semana muy complicada, estoy agotada. Y es que tengo algunas cosas dando vueltas en la cabeza que no me dejan dormir. Una de mis alumnas me ha dicho que se va a pedir y no doy con la forma de ayudarla para que no se deje llevar. Es muy difícil, Carmen, y ahí estoy, buscando el modo de acercarme a ella. No quiero que abandone los estudios y me da a mí que el novio no se lo va a poner fácil. Por un lado, debería ayudarla a preparar la fiesta y, por el otro siento que, si lo hago, la estoy llevando directamente a que abandone el instituto.

—Es que ves las dos cosas como si fueran incompatibles, y no lo son. Que le ayudes en la pedida no significa que no tenga que terminar sus estudios. Creo que siguiendo ese camino te acercarás más a ella y vas a poder abrirle más los ojos —añadió Carmen.

—Ojalá estuviera tan segura como tú.

No tuvimos oportunidad de volver a retomar la conversación hasta última hora. No paró de venir gente de todos los rincones del mundo. En primavera Puerto Banús recuperaba su brillo, los yates de lujo volvían al puerto deportivo y eso se notaba en el poder adquisitivo de los compradores.

Por la cara que ponía mi padre cuando contaba el dinero del día, yo sabía si las ventas habían ido bien o no. Y ese sábado habían sido altas, todos los comerciantes lo comentaban contentos, pero él seguía nervioso, no paraba de moverse de un lado a otro. Se acercaba la hora de recoger y Modou lo iba a pasar muy mal, estaba cansado y dolorido, se detenía a menudo y se tocaba el costado con demasiada frecuencia.

—He tenido una idea —le dije a mi padre—, no te muevas de aquí hasta que vuelva.

Necesitaba quitarme al Inglés de en medio para que entre todos pudiéramos ayudar a Modou a subir las cajas. No era tarea fácil, no tenía demasiados amigos en el mercadillo que pudieran entretenerlo. La idea que se me había ocurrido era complicada, pero podría dar resultado. Necesité de la colaboración de dos personas, Avril, la otra vendedora de zapatos del mercadillo, y Lidia, la limpiadora. Avril era una señora muy amable, también inglesa, con la que me encantaba charlar sobre viajes. Le pedí prestados tres pares de zapatos con sus correspondientes cajas y se las llevé a Lidia para que las tirara, literalmente, en el almacén del sótano. Cuando las dos hubieron entendido mi plan, me volví a mi puesto. A los pocos minutos, Lidia y Avril y fueron en busca del Inglés.

—He encontrado tres pares de zapatos en el sótano —dijo la primera—, no los he podido subir porque si lo hago y me ve mi jefe, que hoy está por aquí, pensará que estoy comprando en horas de trabajo y me despedirá. Bajad los dos conmigo y así veréis si son vuestros. Me suena haberlos visto, pero no sé dónde.

El Inglés y Avril se marcharon con Lidia, que por el camino se iba parando y entreteniendo todo lo que podía. Mi primo, mi padre y yo comenzamos a cargar las cajas de zapatos en la furgoneta formando de nuevo una cadena. En cuanto nos vieron, se nos unieron otros comerciantes y en unos pocos minutos todas las cajas de zapatos estaban cargadas en la furgoneta. Seguramente el Inglés se daría cuenta de que todo había sido una estrategia para quitarlo de en medio, pero no nos importaba.

—Menos mal que tenemos esa cabecita tuya que piensa —me dijo Carmen, satisfecha de haber podido ayudar a nuestro amigo—, aunque a veces piensa demasiado. Hace mucho que no me nombras a Manuel, ¿qué tal lleva lo de su madre?

—La que peor lo lleva es Saray, de golpe se ha convertido en limpiadora, cocinera, enfermera y niñera, y no le queda tiempo para ser lo que es, una adolescente. El otro día estuve cenando en su casa y lo pasé muy bien.

Carmen paró de recoger su ropa, se acercó adonde yo estaba y me miró a los ojos.

—Alma de cántaro, tú sabes que estás en terreno pantanoso y que en cualquier movimiento la tierra te puede tragar enterita, ¿no?

—Por si no lo sabía, mi padre vino a verme y me lo recordó el otro día con palabras muy parecidas a las tuyas. Pues claro que sé cuál es el peligro. Pero a las niñas les vino bien salir de la rutina. Viven en una tristeza que…

El sonido de un golpe fuerte nos interrumpió. Con un movimiento brusco, el Inglés había volcado la mesa que le servía de expositor. Mi padre salió corriendo hacia Modou, que la esquivó por muy poco.

El Inglés empezó a gritar a su empleado, le repetía que él no era una ONG y que si venía a trabajar tenía que trabajar, que no iba a regalar el dinero a nadie.

Cogí a mi padre del brazo, sujetándolo para que no fuera a pelear con él. Pero al oír un nuevo grito y otro insulto, mi padre se soltó y se enfrentó al Inglés.

—No estás viendo que está herido y que se está esforzando al máximo, está cumpliendo con su trabajo, pues déjalo que vaya a su ritmo, ya solo te queda la estructura por recoger —le increpó mi padre.

—¡Tú no te metas, gitano! —le gritó con malos modos—. Es mi negocio.

—No, él no es tu negocio. Tu negocio son los zapatos, y eso no te da derecho a tratar a todo el mundo con la punta del pie. No tienes corazón ni sentimientos, eres un maldito demonio.

Mi padre se estaba embalando y tenía que encontrar la forma de pararlo. Modou lo pasaba mal, no quería ser desagradecido con mi padre pero temía la reacción del Inglés.

—¿Qué es lo que quieres? ¿Que el muchacho vuele? —le preguntó Carmen con aspavientos que casi le rozaban la cara—, pues hoy va a ser que no. Te pongas como te pongas no va a correr más porque no puede, y si te vuelves a pasar un pelo o le insultas una vez más, llamamos a la policía y te ponemos una denuncia de las gordas por delito de odio y racismo, y por no tenerlo asegurado. Y como el sábado que viene no esté aquí, por mi madre que te pongo la denuncia más gorda y le haces el contrato al nuevo que lo sustituya por todas las horas que trabaje. Así que ahora, siéntate a la sombra o vete a tomar viento fresco, pero déjanos recoger en paz. Y a nuestro ritmo, cada uno al que pueda.

Las voces de Carmen se habían escuchado en todo el mercadillo. Una señora inglesa de un puesto cercano donde se vendían tarjetas hechas a mano, que tenía buena relación con el Inglés, más por patriotismo que por simpatía, se lo llevó al bar.

Terminamos de recoger, con un nudo en el estómago y la angustia de haberle provocado un nuevo malestar a Modou. Al despedirme de él le di un beso, un beso tierno y suave que flotó de mis labios a su mejilla herida. Le pedí que se viniera a mi casa esa semana, le dije que yo podía cuidarlo y que allí estaría más cómodo, pero no aceptó la propuesta.

Nos marchamos con un dolor que nos acompañó todo el camino.

—No puedo creer que yo haya empeorado las cosas, Mara —soltó mi padre en cuanto nos subimos a la furgoneta—, pero es que todo tiene un límite y ya no podía más.

—No te sientas culpable, si no hubieses saltado tú, lo habríamos hecho Carmen o yo. Tú estabas más cerca, y no has perdido las formas. Al menos no le has pegado un puñetazo en toda la boca.

—Y no ha sido por falta de ganas, ese hombre saca lo peor de mí. No ha tenido bastante el pobre Modou con la paliza que aquellos mal nacidos le dieron, para encima tener que aguantar al malaje de su jefe.

Mi móvil vibró en el bolso. Era mi primo Carlos, tenía noticias sobre los agresores de Modou.

18

No tenía ninguna esperanza de que la policía encontrara a los autores de la paliza. Por eso me sorprendió tanto que mi primo me llamara para decirme que los cinco estaban en el calabozo.

—Ha sido un trabajo bastante fácil. La cámara de seguridad del banco de enfrente los grabó minutos antes sacando dinero del cajero y mi compañero, que lleva toda la vida trabajando aquí, reconoció a uno de ellos como un delincuente con antecedentes. Tirar del hilo fue muy fácil, en su ficha contaba con varias condenas por delitos de odio. Mañana pasarán a disposición judicial —me contó mi primo.

Al menos los culpables pagarían por lo que le habían hecho a Modou, aunque tenía que reconocer que eso no me producía el alivio que esperaba. La policía ya se lo había comunicado a él y Modou les pidió no encontrarse con ellos en la misma sala, no quería volver a verlos. Todos lo comprendimos, no debía de ser nada agradable estar frente a tus agresores.

Pasé el resto de la tarde pensando y sintiéndome afortunada por tener la capacidad de empatizar, de ponerme en el lugar del otro. Las personas que habían agredido a Modou eran gente despreciable, para mí. No solo le habían dado una paliza, de cuyas heridas se iría recuperando, le habían dejado impregnado un miedo que no desaparecería. Su vida había estado llena de dificultades y se merecía ser feliz sin tener que preocuparse por la clase de personas con la que se cruzaba. También mi padre me preocupaba, lo veía demasiado afectado por lo que le había ocurrido a nuestro amigo. Estaba segura de que cuando coincidieran en el mercadillo de la Cala de Mijas, esa misma semana, tendría otro enfrentamiento con el Inglés, aunque sus respectivos puestos estaban muy alejados.

Ese domingo no fui a comer a casa de mis padres. Cuando terminaran de almorzar con sus familias, me vería con Saray y Coral para empezar a preparar la pedida. Así que, para no perder tiempo, me preparé algo rápido, una de las fiambreras de mi madre.

Me estaba pelando una naranja cuando Saray pegó a la puerta. Cada día estaba más bonita, el tono bronceado que adquiría su piel no conseguía oscurecerla, tan solo le intensificaba su bonito tono dorado. Traía una bandeja con un hojaldre relleno de manzana que aún estaba tibio.

—Qué bien huele eso —dije acercando la nariz al dulce para absorber el intenso aroma.

—Antes de que venga Coral quiero hablar contigo de una cosa, Mara. He decidido decirle a mi padre que quiero estudiar algo relacionado con el baile, con el flamenco, y no sé cómo hacerlo. No me lo quito de la cabeza, pero no tengo el valor necesario.

—Estoy segura de que encontrarás el momento adecuado. Solo tienes que estar atenta —la animé.

—Es que no me atrevo. Sé que no me va a dejar y cuando me diga que no, mi vida ya no tendrá sentido.

—Escúchame —le dije mientras cogía sus manos entre las mías—, tu padre te quiere con locura y no querrá otra cosa en la vida que hacerte feliz. Eso es lo que tienes que explicarle, que tu felicidad pasa por hacer lo que realmente te gusta.

—Tú lo dices tan bonito y parece muy fácil, pero yo me pongo delante de él y no me atrevo. Todos los días me levanto pensando que se lo diré sin falta, y todas las noches me acuesto con la misma cobardía. Tienes que ayudarme a convencerlo.

—Claro que te ayudaré. Pero creo que tienes que ser tú quien se lo diga y quien defienda la idea. Luego, por supuesto que te apoyaré. Si quieres, esta semana quedamos y empezamos a mirar las posibilidades que tenemos, la oferta educativa que hay y por dónde puedes tirar.

—Gracias. No sé qué haría sin ti. Ahora voy a ser yo la que te eche una mano. Sé que lo de la pedida de Coral te parece una locura, y voy a tener que frenarte los pies —afirmó con una sonrisa.

—Está bien tenerte cerca, tengo la certeza de que meteré la pata en algo. Me siento más tranquila si me ayudas a suavizarlo —añadí sincera—. Me va a costar un poco, pero voy a poner de mi parte.

—Mi padre dice que tú te quedarías soltera antes que tener que pasar por el miramiento de una suegra.

—Tu padre me conoce bien, no podría dejar que nadie me mirara entre las piernas y gritara a los cuatro vientos que soy virgen. Lo del miramiento es que me parece una barbaridad. Por fortuna es una de las costumbres que ya están en desuso. Cuando tenía tu edad y oía lo que decían sobre un miramiento, no puedes imaginar la que liaba, no podía quedarme callada. Yo tenía unos catorce años cuando el de mi tía Ani, y me echaron. Necesitaron tres personas para mantenerme fuera de la casa.

—Mi padre me lo ha contado. Dice que te colaste en la habitación cuando viste a la suegra preparada, tenía unas manos muy grandes, y tu prima estaba tumbada en la cama para el miramiento, empujaste a la mujer para que no la tocara y se cayó de culo. Me habría gustado verte por aquel entonces. Ahora ya te has librado, no creo que a estas alturas te encuentres a ninguna suegra que quiera saber si eres virgen —comentó divertida—. Esa es la realidad.

—Es verdad —corroboré riendo—, no se lo creería nadie, pero también te digo una cosa, en su momento tampoco lo habría permitido. Creo que hay costumbres que deben ir evolucionando. Y sería mucho más útil un reconocimiento por parte de la suegra mucho más psicológico, valorando si esa persona tiene buen corazón y valores. Creo que es más importante eso para la felicidad de un hijo que ninguna virginidad.

—Tienes toda la razón, a mí tampoco me parece nada agradable. Y creo que tenemos costumbres más bonitas que esa. Pero no le vamos a decir nada de eso a Coral, estoy segura de que ella se sacará el pañuelo y lo va a vivir con mucho orgullo.

—No te diré que me guste la idea, pero la respeto y haré lo que esté en mi mano para que sea lo más feliz posible. Prometo no empujar a la ajuntadora.

Coral llegó con una libreta en la mano y una enorme bolsa de golosinas.

—Siento llegar tarde, pero traigo recompensa —dijo levantando la bolsa.

Respiré hondo. Nos sentamos en el sofá y, antes de comenzar, preparé tres tazas de café. Nos comimos un trozo grande de hojaldre de manzana cada una y seguimos después con las gominolas.

—Bueno, vamos a empezar, que se nos va la tarde —propuso Coral.

—Venga, comencemos con la organización de la pedida del año —contesté mientras cogía mi cuaderno.

—Quiero que sea una pedida diferente, que no sea una fiesta como todas. Quiero que tenga muchas cosas distintas y, sobre todo, que mi familia tenga mucho protagonismo, no solo los novios.

—¿Has pensado dónde la quieres celebrar? —preguntó Saray.

—Sí, vamos a alquilar una casa rural cerca de aquí, en la Sierra de Mijas. Ya la he visto. Se tarda diez minutos en llegar y tiene diez habitaciones, para que después podamos quedarnos a dormir.

—Vamos a ser operativas —añadí—. Hagamos una lista de todos los puntos que tenemos que decidir y luego los ordenaremos por orden de prioridad.

—Ya la tengo hecha: tenemos que ver el vestido, que es lo que más tarda, el sitio del convite, la comida, las actividades que quiero hacer dentro de la pedida, la mesa dulce, la decoración y los regalos de los novios.

Saray y yo nos echamos a reír. Lo tenía todo tan pensado y decidido que poco íbamos a aportar.

—A mí me ha encantado la idea de darle más protagonismo a las familias —anuncié—, pero no sé cómo lo vas a hacer. Toda la fiesta gira en torno a vosotros, y es lo más normal.

—Sí, pero quiero que para mis padres también sea un día especial, y para mis abuelos. Mi abuelo tendrá su reconocimiento cuando mi padre le ceda el honor de hablar en el pedimento, pero también me gustaría que mi abuela y mi *mama* tuvieran un detalle.

—Cuando el novio venga a pedirte es tu padre quien te va a preguntar. Normalmente se pide la aprobación del padre diciendo: «Si a ti te parece bien» o «Lo que tú me digas, *papa*». ¿Por qué no añades si a la abuela y a la *mama* les parece bien? Harías algo distinto, algo novedoso y estarás honrando a las mujeres de tu familia —añadí convencida.

Coral se lo pensó unos instantes.

—No sé si alguien se lo tomaría a mal —dudó.

—Háblalo antes con tu padre, dile que es tu *pedía* y que te haría mucha ilusión decir eso, así no le pillará por sorpresa. Y háblalo también con tu novio, para que avise a su familia. Si todos saben que lo haces como una manera de honrar a las mujeres porque son muy importantes para ti, todo el mundo lo aceptará. Y ya es hora de que las vayamos valorando.

Coral seguía pensando, no tenía muy claro qué respondernos.

—Has dicho que quieres una pedida diferente, pues hazla moderna, con detalles que nadie se atrevería a incorporar por no romper una tradición, que, por otro lado, es injusta. Dale una vuelta, háblalo con tu padre y a ver qué te dice.

—Sí, lo haré. Ahora necesito ideas para la fiesta. Quiero

proponer cosas que sean muy nuestras pero con un toque muy distinto, y no tengo ni idea de qué hacer.

—Pues, mira, aquí sí que te voy a dar una idea. Uno de los puntos más importantes es la música y el baile. Conociendo a tu abuela, mi familia va a estar invitada, y la mejor bailaora que conozco seguro que no se lo pierde. Prepara un taller de baile, en el que mi hermano y mi cuñado canten, y Saray nos enseñe un baile. En la semana cultural lo hizo genial con los niños pequeños, estoy segura de que puede ser muy divertido.

—Esta idea me encanta, tendrá que ser una canción bonita, mi primo compone, se la podemos pedir a él. Seguro que nos la hace —anunció Coral, visiblemente emocionada.

—También puedes hacer varias canciones, una dedicada a las madres y que los novios la bailen con todas las madres de la fiesta, otra a los niños, y así los novios bailarán con todos los invitados —añadí.

—¡Me encanta la idea! —gritó Coral dando vueltas por el salón—, si sabía yo que me ibais a ayudar a tener la pedida más bonita del mundo.

—Voy a preparar una coreografía para cada baile. Y en cuanto haya decidido las canciones y tenga las que te componga tu primo, te lo digo para que tu hermano y tu cuñado las preparen.

—Otra actividad que estoy segura de que va a encantar —continué animada— es una que hicimos en la boda de una amiga. Tal como estábamos sentados, en mesas de seis, hicimos un concurso de karaoke. En cada una de ellas habían puesto la letra de una canción, estaban escritas en papeles de colores y todas eran antiguas y muy divertidas. Teníamos que defenderlas con pasión. Los novios escogieron a dos grupos finalistas que volvieron a cantar. Y por último decidieron cuál era el grupo ganador. Fue muy divertido.

—Ya sabemos quién va a ganar el concurso, Mara, tu hermano y tu cuñado se sentarán juntos y cantan como los ángeles —concluyó Saray.

—Bueno, no está todo decidido, eh, que en la pedida de la prima de Coral, los primos dejaron el listón muy alto.

Sin parar de comer golosinas, pasamos el resto de la tarde viendo fotos de vestidos, apuntando menús y diseñando mesas dulces.

Ya en la puerta, cuando nos despedíamos, volví a hablar con Saray.

—Habla con tu padre, estoy segura de que tarde o temprano lo entenderá.

—Ojalá tengas razón. Voy a intentarlo, ya te contaré.

Las dos se despidieron con un beso en la mejilla. Yo necesitaba un rato para reflexionar, para pensar en todo lo que el evento de Coral estaba removiendo dentro de mí. Le di un paseo largo a Bosco y me senté en mi porche con un zumo de frutas.

No me resultaba fácil enfrentarme a las tradiciones, había sido educada en la más profunda de las libertades y tenía un espíritu crítico que me ayudaba a tomar decisiones desde un punto de vista muy personal. Mi padre me mostró siempre varias maneras de hacer las cosas, de vivirlas y de solucionarlas, supongo que sus vivencias le condicionaron tanto que necesitaba que sus hijos tuvieran otras alternativas. Toda esta libertad que en mi casa se nos ofrecía se cortaba de golpe cuando algún miembro de mi familia quería abandonar los estudios. Ahí mi padre luchaba con uñas y dientes, y no cesaba en el empeño hasta que nos convencía de lo contrario. Insistía una y otra vez en que lo único que nos pediría en la vida era que tuviéramos una formación, la que quisiéramos, en la que nos encontráramos a gusto y con la que pudiéramos ser felices.

Aunque mi padre dejó muy pronto los estudios, la fortuna de mi abuelo estuvo a punto de devolverlo a las aulas y la mala suerte de mi abuela le arrebató la oportunidad. Mi abuelo ganó una quiniela que todos celebraron como el principio de un cambio de vida, mi abuela cobró el premio y fue a inscribir a mi padre y mis tíos en el colegio. Con ese dinero no necesitarían la ayuda de los niños y estos podrían estudiar.

En la cola que se formó en la puerta del colegio para recoger las solicitudes de las matrículas, a mi abuela le robaron el monedero con todo el dinero. Mi padre recuerda ese día como uno de los más tristes de su vida, había tocado con la punta de sus dedos el sueño de sentarse en un pupitre, con un lápiz y un cuaderno nuevos, de aprender sobre países, sobre números y letras, y se le había evaporado en un suspiro.

Mi abuela, que lloraba amargamente en la cocina por la pérdida de algo más que un montón de billetes, tardó mucho tiempo en recomponerse y seguir adelante. Mi abuelo, que tenía un carácter noble y un buen corazón, se culpó del robo, en un intento de aliviar la pena de mi abuela. No tenía que haber hecho correr la voz por el pueblo, no tenía que haber contado en el bar que había ganado la quiniela.

Mi padre tuvo que volver a su día a día en el mercadillo pasando de puesto en puesto, ofreciendo su ayuda por unas míseras monedas y buscando un lugar en el mundo. Por eso quiso que nosotros tuviéramos al menos la oportunidad de tener una formación que no limitara nuestra vida dentro de los cuatro hierros entre los que él había gastado la suya. Nunca hubo diferencia entre hombres y mujeres en mi familia. Mi abuelo educó de la misma manera a sus hijas que a sus hijos, y ese legado cayó en mi padre, salpicando de lleno nuestras vidas. Mi hermano tenía que hacer las mismas tareas que nosotras, no tenía ningún privilegio por ser hombre, y nosotras, como mujeres, nunca nos vimos privadas de ningún derecho.

Cuando analizaba las dudas de Coral, su visión tan estructurada de las tradiciones, me percataba de lo difícil que era avanzar. Las mujeres gitanas tenían un papel fundamental en sus hogares y poco a poco iban asumiendo también un papel en la sociedad, pero costaba mucho dar esos pequeños pasos debido a la creencia férrea en la inflexibilidad de las tradiciones. Todo se repetía una y otra vez sin cuestionarse. Así era y así se hacía, sin ningún revulsivo que condujera a un cambio. Es como si nuestro ADN se resistiera a lo diferente, nos costaba asumir que había cosas que ya no se podían aceptar en la época en que vivíamos.

Estaba satisfecha de las novedades que Saray y yo habíamos propuesto para cambiar el inexistente papel de la mujer en la pedida, pero no estaba segura de que Coral fuera capaz de llevarlas a cabo. No sabía cuál sería el resultado cuando se confrontaran en su entorno, no las tenía todas conmigo, a pesar de que a ella le había encantado.

La Redonda me mandó un recado con Coral para que al día siguiente fuera a merendar a su casa. No creía que quisiera hablar de la pedida, se suponía que si la llevaba adelante como la planteamos, las mujeres no tenían que saber nada. Me intrigó esa invitación que no respondía a ninguna fecha señalada para celebrar. Me pasé el día preguntándome para qué me había hecho llamar y por más vueltas que le daba no imaginaba cuál sería el motivo. Me presenté a la hora acordada con una bandeja de pasteles.

Cuando llamé a la puerta y me abrieron, no me esperaba que la casa estuviera tan concurrida. Había mucha gente andando de un lado para otro y me sorprendió ver a Manuel, que no era muy dado a frecuentar las meriendas familiares. También estaban en la casa Coral, sus padres y dos de sus tías, que trajinaban en la cocina.

—Hola, hija —me saludó la Redonda—, pero qué guapa estás. Entra, no te quedes en la puerta.

La casa de la Redonda estaba tal y como yo la recordaba. El salón tenía un mueble marrón con dos águilas labradas a mano, me acordaba de él, cuando de pequeña iba a traer o recoger algún encargo, ya estaba allí, y una colcha hecha de pequeños trozos de tela, seguramente confeccionada por la misma Redonda, cubría el gastado sofá.

—Coge el café y vamos fuera, que hace un fresco muy bueno —me ordenó, amable.

En el patio interior estaban sentadas la madre de Coral y Manuel, que parecía invitado a la conversación.

—Puedes creer que en todos estos años —dije dirigiéndome a la Redonda— no he sabido cómo te llamas. Creo que nunca he oído a nadie llamarte por tu nombre.

—Es que no me acuerdo ni yo —contestó riendo—. Mi madre me puso María Coral, pero no lo usaron ni una sola vez. Es un nombre que se plasmó en un papel y allí quedó.

—*Mama*, sí que se utilizó —contestó la madre de Coral—, me lo pusiste a mí y a tu nieta.

Me sentía incómoda, Manuel no dejaba de mirarme fijamente y me temía que su presencia allí no era fruto de la casualidad. Coral se sentó con nosotros y vi cómo se cruzaban miradas entre ellos. Empezaba a preocuparme. Algo estaba ocurriendo y decidí poner las cartas sobre la mesa.

—Alguien va a decirme qué hago aquí —los increpé mirándolos a todos—, estáis empezando a preocuparme.

—No te preocupes, hija —me dijo la Redonda—, solo queríamos hablar contigo de un asunto y no voy a andarme con rodeos, pero no te angusties, que no te vamos a dar ninguna mala noticia. Sabes que tu antigua casa está en venta, y en los días que estuvo por aquí, tu padre nos preguntó por ella, estuvimos hablando y nos dimos cuenta de que le encantaría vivir de nuevo en la aldea. Aquí están sus raíces y también su familia. Cuando le pregunté por qué no volvía me dijo que no podía arrastrar de nuevo a los suyos a un nuevo cambio de rumbo, que ya había pagado bastante caro sus decisiones del pasado para volver a equivocarse a estas alturas de la vida. No entramos en profundidades, no nos pareció el momento, pero pensamos que puede ser una buena opción para la vejez que vuelvan con nosotros. Además, si venden la que tienen allí, pueden comprar esta por menos de la mitad, arreglarla y quedarse con un fondo apañado para la jubilación.

—¿Eso dijo mi padre? —pregunté extrañada—. Nunca me ha dicho que quiera volver, aunque es cierto que es aquí donde realmente se siente feliz. El pan que más le gusta es el del pueblo, el café que más aprecia es el que haces tú y sus mejores compañeros de vida están aquí.

—Por eso hemos querido contártelo —añadió la madre de Coral.

—Por eso y porque se han interesado por esa casa personas que no queremos tener cerca —habló Manuel—. Vamos a ser sinceros, los Bocachanclas han preguntado por ella, quieren comprarla, y ya sabemos lo que eso significa. Esa gente solo la quiere porque este es un sitio tranquilo, apartado del pueblo aunque a una distancia que se puede recorrer a pie y, además, aquí no viene la policía ni para dar un recado. No queremos que haya droga en la aldea. Si la hubiera, nos salpicaría a todos. Tener a gente vendiéndola a todas horas es tener a personas indeseables cerca. La droga no trae nada bueno.

—Claro —añadí pensativa—, entiendo vuestra postura y os agradezco la sinceridad, no sé si mi padre está interesado.

Por unos instantes rebusqué en mi memoria algún detalle del que pudiera deducir que mi padre quería volver a la aldea, pero no recordaba que me hubiese comentado nada, aunque sí tenía claro que se sentía a gusto cerca de los suyos. Medité unos segundos sobre otra posibilidad que me pareció más acertada.

—No tengo claro si mis padres quieren volver, pero quizá a mí sí me interesa comprar la casa. Llevo tiempo mirando para adquirir una, y no me importaría tener en propiedad la que fue mi antigua vivienda.

—Tú no la necesitas, mi madre dejó muy claro que podías vivir en esa casa toda la vida, y siempre voy a respetar su decisión —afirmó Manuel con tono seco.

—Creo que es fácil entender que me gustaría vivir en una casa que fuera mía en propiedad, poder hacer las reformas que desee, al fin y al cabo la casa donde vivo no es mía —añadí con tono conciliador.

—Eso tampoco es cierto. La casa donde vives perteneció a tu bisabuelo y a tu bisabuela, ambos bisabuelos también de

Manuel. Te lo voy a explicar un poco para que entiendas. La pareja tuvo tres hijos, tu abuela, el abuelo de Manuel y mi madre. Tu bisabuelo dejó la casa en herencia a sus tres hijos con la condición de que nadie la vendiera, para que en ella viviera siempre alguien de la familia. El padre de Manuel se acababa de casar y no tenía vivienda, y sus hermanos y primos, que sí tenían casa propia, se la cedieron. En teoría, esa casa es tan tuya como de Manuel, aunque su padre le dejara en herencia su cuidado. No conozco mejor persona que tú para vivir en ella, al fin y al cabo, eres una de las herederas.

—Y si quieres hacer alguna mejora, es cuestión de que lo hablemos —intervino Manuel—. Yo puedo correr con los gastos de obra y tú con el mobiliario. Pero si quieres comprar la antigua casa de tus padres para que ellos vivan allí, me parece genial. Es más, sería un negocio redondo. Como ha dicho la Redonda, tus padres pueden vender la suya y con el dinero que les quedaría tendrían un desahogo. El precio de esta casa es de risa.

Cuando me dijeron lo que pedían por ella me di cuenta de que era lo mismo que pedimos nosotros cuando la vendimos, con la diferencia de que habían pasado casi veinte años. Sin embargo, en esos veinte años no se había avanzado en ciertas cosas y vivir rodeado de gitanos era algo que todo el mundo seguía evitando. Podía ser un castillo, pero en el sitio en que estaba, un asentamiento marginal, nunca tendría ningún valor. Recordé en ese momento los chalets de un millón de euros que estaban pegados a la carretera, a tan solo unos cuantos metros de la aldea, pero fuera de ella.

Meditativa, le dije a la Redonda que lo hablaría con mis hermanos, aunque estaba segura de cuáles serían sus respuestas. Tenía que empezar por comentárselo a mi madre, que era al fin al cabo la que tenía la última palabra. Mis padres se habían mudado a Churriana porque la hermana de mi madre vivía cerca, pero mi tía, al fallecer su marido, se había ido a vivir con mi prima a Benajarafe hacía poco. Sin embargo, toda la vida de mi madre estaba allí, sus tiendas, sus amigas y sus ve-cinas en los últimos veinte años. Si ella decidía quedarse en su casa, mucho más grande y con más servicios en su entorno, había que respetarlo.

Para nada esperaba lo que mi madre me dijo cuando se lo pregunté. No podía comprar la casa. Ya la habían vendido.

19

Siempre había presumido de tener una familia dialogante, en la que no había secretos y las decisiones se tomaban de común acuerdo, tras escuchar los argumentos de todos sus miembros, una familia que no ocultaba nada debajo de la alfombra. Hasta que mi madre me desmontó esa visión tan idílica con una sola frase.

—No puedes comprar nuestra antigua casa, hija —me dijo con seguridad.

—¿Por qué no puedo? —pregunté.

—Porque la he comprado yo.

—Mamá, tú no tienes dinero. Si tengo que estar pendiente de tus recibos para que el banco no los devuelva —bromeé.

—Pues me la he comprado —afirmó con rotundidad—, y estoy muy contenta con mi compra, pero no quiero que tu padre lo sepa. Es una sorpresa para su sesenta cumpleaños.

—Espera —me tomé unos segundos para asimilar lo que oía—, ¿me estás diciendo que te has comprado una casa y papá no lo sabe?

—No lo sabe y al que se lo cuente lo *machaco* —contestó divertida.

—Ese «al que se lo cuente» suena a multitud, ¿quién más sabe que has comprado la casa?

—Tus dos hermanos y tu tía —contestó con rotundidad.

—Soy la última en enterarme. Qué detalle, mamá.

—No, el último será tu padre. No te lo había dicho porque no te he visto y quería hacerlo en persona. No son noticias para darlas por teléfono, ha sido todo muy rápido.

—¿Puedes contarme ese proceso tan rápido o te lo voy a tener que sacar con un cucharón? —pregunté con la poca paciencia que me quedaba.

—El primo de tu padre necesitaba vender la casa y la única oferta que tenía era de los Bocachanclas. No quería vendérsela a ellos y, como tu padre le había comentado en Navidad que le encantaría volver a la aldea, vino a buscarlo para ofrecérsela, pero estaba trabajando. Cuando me dijo el precio, pensé en comprársela yo y regalársela a tu padre para su cumpleaños. Y como él no estaba, no se enteró de nada.

—Pero, mamá, si te cuesta llegar a fin de mes, ¿cómo has podido reunir ese dinero? —pregunté preocupada.

Conocía la economía de mi familia a la perfección y sabía que no contaban con grandes ahorros.

—He traficado con drogas, pero no te preocupes, ha sido por poco tiempo y ya lo he dejado.

—¡Mamá! ¿Qué has hecho?

—Es broma, hija, pues qué iba a hacer, pedirle ayuda a mi hermana. Ella me ha prestado el dinero. Con lo que ella tenía ahorrado y la indemnización que le han dado por el despido, tenía el dinero justo. Me ha faltado un poquito para los papeles y este me lo ha prestado tu hermana. Fue muy fácil, tu tía me puso de titular en su cartilla y en dos minutos tenía el dinero.

—No puedo creerlo. ¿Y cómo piensas devolverlo? —pregunté preocupada. Sabía que no era fácil en mi familia conseguir algún dinero extra.

—Está todo pensado. Ella se va a venir a vivir aquí, a esta casa, y va a alquilar la suya por días en una de esas páginas modernas. Yo le iré descontando el alquiler de esta casa del dinero que le debo. En ocho años ya habré pagado la deuda y podré vender la casa, sin hipoteca y con dinero en el banco.

—¿Todo eso lo has pensado tú sola? —pregunté sorprendida. No podía creer que ese plan de negocio hubiese salido de su cabeza.

—No, me ha ayudado una pareja de guardias. Toda la vida has estado engañada, tu inteligencia la has heredado de mí, de tu padre no tienes nada. Es más, por aquella época las borracheras que me cogía eran épicas, lo mismo tu padre no es tu padre.

—¡Mamá!

—Es broma, hija, sabes que no he bebido nunca y en tu caso no cabe duda, eres igual que tu abuela, lo que sí dudo más es si tu hermana…

—No puedo contigo. Como decía la Yaya: «Los que duermen en el mismo colchón se vuelven de la misma condición». Pero, mamá, la casa no está para entrar a vivir, hay que hacer una obra muy grande para que esté habitable.

—Está todo pensado, mientras duren las obras nos quedaremos contigo, así tu padre y tus tíos podrán ir arreglándola poco a poco. El dinero para los materiales me lo vas a prestar tú.

—Tengo que decir que estoy muy sorprendida —puntualicé—, pero me alegra mucho teneros cerca. Aunque tan cerca, tan cerca, bajo el mismo techo…, no sé yo, ya veremos.

—Mara, sé que eso no lo esperabais de mí. Es la primera vez en mi vida que tomo una decisión por mí misma, sin la influencia de nadie, y no te creas que no lo he pensado, pero estoy segura de que a tu padre le encantará envejecer allí. Toda la vida se ha dedicado a trabajar para la familia, nunca ha tenido vacaciones, y todo su sacrificio tiene que tener alguna recompensa, ¿no?, creo que no podía encontrar ninguna mejor que esta. Ahí estará cerca de los suyos, cerca de ti. La casa de Churriana es grande y se ha revalorizado mucho, tendremos dinero para vivir sin estrecheces cuando tu padre se jubile.

—¿De verdad piensas que papá se va a jubilar? Yo no lo tengo tan claro.

—Pues claro que sí, hija, en cuanto cumpla los sesenta y seis, o es un jubilado o un divorciado, tendrá que escoger.

—Me siento muy orgullosa de ti, mamá. No eres solo una madre estupenda, también eres una señora de negocios impresionante. Todavía no salgo de mi asombro.

—No digas tonterías. Si lo más que he hecho en mi vida es bordar unos vestidos. Mara, no quiero que se corra la voz por la aldea y que tu padre se entere. Vamos a organizar una fiesta por todo lo alto y le regalaremos las llaves.

—Será muy emocionante, lloraremos mucho.

—Bueno, volver allí y que tú también estés es importante para él. Es como resarcir el error del pasado.

—Mamá, papá no cometió ningún error, hizo lo que creía mejor en aquel momento. Y si no fue fácil para mí, imagínate para él, que había vivido toda la vida aquí.

—Fueron muchas noches sin dormir preguntándonos si habíamos hecho lo correcto. Y todavía sigue preguntándoselo, no te creas.

—Lo he hablado con él cientos de veces, no sé cómo convencerlo de lo contrario.

—No creo que puedas convencerlo..., acaba de llegar. Te dejo. Nos vemos el domingo.

Colgó sin que me diera tiempo a reaccionar. Por unos momentos me quedé pensativa, me costaba asimilar lo que mi madre había hecho. Siempre la había visto como una mujer tímida, sin iniciativa, que había ocupado un papel fundamental en mi familia, pero siempre en la sombra. Sus ojos estaban atentos, en silencio velaban para que todo fuera bien. Ella movía los hilos sin ningún tipo de protagonismo.

No podía salir de mi asombro y, aún ensimismada, me senté a preparar las clases. En la cabeza me daba vueltas la estrategia de mi madre y cuanto más lo pensaba, más inteligente me parecía. Trataba de imaginarme la cara que mi padre pondría al descubrirlo, cuando una alarma en mi móvil me recordó que tenía que preparar la convivencia que llevaría a cabo con mi clase. Estaba hecha un mar de dudas. Lo que pretendía hacer era arriesgado y si salía mal podía meterme en un lío monumental. Daba vueltas y más vueltas a la idea, quería conseguir que un grupo de adolescentes tomara conciencia de la situación de acoso que se había producido, y para ello no podía tener en la misma sala a los acosadores, al acosado y a todos los cómplices del silencio. Sin duda, mi primer objetivo era visualizar el problema, plantarlo delante de mis alumnos. Nunca me había enfrentado a nada tan grave, a una situación de tanta dureza, y aunque las cosas parecían calmadas, sabía que el fuego no se había apagado.

González tenía la tregua que le daba la vigilancia estrecha a la que estaban sometidos algunos de sus acosadores, sus padres se estaban encargando de ello. Pero si no resolvía la situación antes del final de curso, el acoso se extendería quizá en otro centro o en las calles del pueblo. La vigilancia no iba a acabar con un acoso de esas dimensiones, había que trabajar de forma más profunda.

Estaba tomando decisiones al respecto cuando apareció mi padre.

—¿Qué haces tú aquí? Si acabo de hablar con mamá hace media hora y me ha dicho que acababas de llegar.

—Sí, he querido dar una vuelta para despejarme —me dijo nervioso.

Lo miré extrañada. Sabía que tenía algo en la cabeza y no se atrevía a decírmelo.

—Papá, tengo mucho trabajo, así que te agradecería que fueras al grano.

—Tu madre me está engañando.

Rompí a reír a carcajadas.

—Papá, qué estás diciendo. Mamá no te engaña, puedes estar tranquilo.

—Hija, no te diría esto si no lo tuviera claro. No sé si está con otro o es que simplemente se ha cansado de mí y quiere separarse, el caso es que la he pillado con varias mentiras, y tu madre no me ha mentido en la vida. También pasa algo con el dinero, en la última semana han desaparecido unos cientos y dice que no los ha cogido. Mara, estoy muy preocupado, está muy rara. El otro día me dijo que se iba a comprar con las amigas, tuve que salir a por unos tornillos y me encontré a las amigas en la tienda, pero ella no estaba. Me engañó, no sé adónde fue.

—Son imaginaciones tuyas, papá —intenté calmarlo—. Estoy convencida de que lo de las amigas tiene una explicación, seguro que luego cambió de opinión y se fue sola.

—No, Mara, cuando llegó me contó con pelos y señales cómo se lo había pasado con ellas. Desde entonces no duermo.

La cosa se había complicado. No podía decirle la verdad, pero si no le daba una explicación lógica, se quedaría en vela muchas noches más.

—Papá, confía en mí. Sé dónde estuvo mamá y no tiene nada que ver con una infidelidad.

—¿Tú lo sabes? ¿Cómo que tú lo sabes? —preguntó poniéndose de pie nervioso—. ¿Tiene cáncer otra vez? ¿Es eso?

—No, papá, está bien de salud. Solo intentaba prepararte una fiesta de cumpleaños sorpresa, pero la acabo de fastidiar contándolo.

A mi padre se le cambió la cara, el alivio era bien visible.

—Una fiesta, pues vaya susto que me ha dado. Y menos mal que te lo he contado y me lo has aclarado, no podía más. No te preocupes que yo me haré el sorprendido para no estropearle los planes. Me siento muy mal por haber desconfiado de ella, pero es que como falta tanto tiempo…, no me lo hubiese imaginado. ¿Seguro que es eso?

—Papá, hace un rato que he hablado con ella y me lo ha contado.

—¡Esa era otra! La he pillado hablando por teléfono y me ha dicho que no hablaba con nadie, qué descanso. Te voy a dejar que trabajes, ya que estoy aquí saludaré a la familia, que no quiero que vean mi furgoneta y luego digan que soy un *descastao*.

No conocía a nadie que disfrutara más de los suyos que mi padre. Entraba sonriendo a casa de algún familiar y contagiaba la alegría a todos los que allí vivían. En todas las casas de la aldea era siempre bien recibido, con una mezcla de admiración y respeto de la que yo me enorgullecía.

Miró todos los papeles y los libros que yo tenía desperdigados por el salón.

—¿Qué estás haciendo que necesita todo esto? —preguntó curioso.

—Intento encontrar la forma de mostrar el acoso a unos cuantos adolescentes, pero no sé cómo empezar, es lo que me falta decidir. Tengo claro el objetivo, pero no sé cómo hacer para que lo vean.

—Pues yo diría que es muy fácil. He criado a tres adolescentes y lo único que me ha funcionado siempre es que se pegaran de bruces con la realidad, sin paños calientes. No son niños pequeños, hay que ser claros, nada de condescendencia. Bueno, me voy y te dejo trabajar.

Me quedé pensando en lo que me había dicho mi padre y me dio una idea. Comencé a buscar en la red y encontré un documental durísimo de una chica que se había suicidado por culpa del acoso que había sufrido, me pareció perfecto como introducción. Preparé un vídeo con las peores imágenes que había recopilado y creé un documental con nuestra historia. Busqué una música dramática y me quedé asombrada de lo impactante que resultaba. Sin duda, mis hermanos estarían orgullosos de mí.

Esa noche me acosté convencida de que tenía la solución para comenzar a trabajar de forma constructiva, y no me equivoqué. Había cambiado las horas de clase con mis compañeras y pasaría toda la mañana con ellos. Les había pedido que trajeran algo para compartir el desayuno porque íbamos a hacer una convivencia. También informé al equipo directivo de mis intenciones, y los cuatro chicos que habían generado el conflicto y González participarían en actividades paralelas con Marusella.

El día comenzó de un modo distinto del habitual. Llegué sin pronunciar palabra, apagué las luces, desplegué la pantalla y vimos el documental. La dureza de la historia nos sobrecogió, algunos alumnos intentaban contener las lágrimas. Saray, que se incorporó a la clase tarde, entró en silencio.

Antes de subir las persianas hice una pausa de un par de minutos. Les pedí que pensaran en lo que habían visto, y sobre todo que pensaran en lo que habían sentido, e inmediatamente después puse el montaje que había preparado. Tengo que reconocer que fui muy concienzuda al crearlo, copiando y pegando textos de mensajes de los propios alumnos de la clase, sus palabras humillantes, sus burlas, sus risas, el dolor que habían causado. De forma sutil aunque muy directa, puse delante de todos ellos la crueldad de sus acciones y cómo habían sido cómplices de ello.

En cuanto el vídeo terminó, hablé pausadamente.

—Llevo trece años en la enseñanza y hasta ahora nunca me había tropezado con algo parecido a esto.

»Cuando se humilla a una persona, continuamente, esa persona sufre. No solo en el momento que está padeciendo la agresión. El sufrimiento va más allá. Sufre por lo que le harán la próxima ocasión, que unido a lo que le hicieron la última vez crea un miedo insoportable. Sufre porque no puede caminar tranquilo, al estar esperando, siempre esperando, a que vuelva a ocurrir otra vez. Y sabe que va a peor. Hasta el punto de que su vida corre peligro, sin que le importe a nadie.

»En esta clase la mayoría de vosotros, con vuestro silencio, con vuestra cobardía, habéis sido cómplices del acoso. Había muchas formas de pedir ayuda. De forma anónima incluso, pero escogisteis callar. No me entra en la cabeza que pueda parecer divertido amarrar a alguien a un monopatín y dejarlo rodar por una carretera con mucho tráfico, no soy capaz de entender dónde está la gracia de meter a alguien en un contenedor cuyo contenido va a ser triturado horas después. Por mucho que lo intento no le encuentro la parte divertida a la humillación de ver cómo alguien es obligado a chupar el escupitajo de otra persona.

»Y si a todos os ha parecido gracioso, os pediría que por un solo minuto de vuestra vida hagáis lo que hasta ahora no habéis sido capaces de hacer, empatizar, poneros en el lugar de la persona que lo ha sufrido, que seáis vosotros por unos instantes las víctimas de todas esas atrocidades. La única persona valiente de esta clase es González. La única persona que, sufriendo como lo hacía, ha venido cada día a clase y ha luchado con uñas y dientes para ganarse la aceptación de todos vosotros. No solo son culpables los que han ideado, planeado y llevado a cabo estas crueldades, también lo sois todos los que mandasteis un "jajaja" como señal de aprobación. Vuestras risas han sido el motor para que esos cuatro compañeros siguieran cometiendo esas injusticias, aunque por supuesto eso no los disculpa.

—Él no ha sido el único que ha sufrido acoso —habló Tansy, que había levantado la mano—, yo también lo sufrí cuando llegué. Tuve la suerte de que mi novio lo vio y ajustó cuentas con esos impresentables que se cagaron cuando a la salida vino mi novio con sus amigos. No me volvieron a molestar, pero fueron meses muy duros. No podía dormir por las noches pensando en lo que me harían al día siguiente. Un día estaba bañándome en la playa y me los encontré, las chicas me quitaron el biquini dentro del mar, me dejaron desnuda y estuvieron horas esperando a que saliera del agua para grabarme. Una señora que estaba a mi lado se dio cuenta y me ayudó dándome una toalla en el agua. Fueron las peores horas de mi vida.

Yo no esperaba ese testimonio, pero debí imaginármelo. Tansy era una chica tímida, con baja autoestima, a la que le había costado adaptarse.

—Yo también lo he pasado mal —habló Saray—. El primer año de instituto fue muy duro para mí. Cada vez que hablaba recibía un «Cállate, gitana de mierda», que no entendía. Decidí alejarme, no relacionarme con nadie para no volver a escuchar «Vete al mercadillo, anda» o «Lávate». Nunca llegué a sufrir agresiones, pero me aislé con Coral, que sufría algo parecido, para no tener que enfrentarme a nada.

El silencio era absoluto. En las caras de los alumnos se reflejaba lo que acababan de ver y oír. Algunos lo gestionaban con lágrimas, otros miraban al suelo para no tener que cruzar la mirada con nadie y había quienes seguían pensando en su implicación.

Mi apuesta había sido muy arriesgada. Obvié las recomendaciones de los expertos de proponer dinámicas para la creación y consolidación de un grupo. Yo no quería un grupo consolidado, quería un grupo solidario, capaz de solucionar el problema que los había gangrenado. Y era un problema serio, de una gravedad que rozaba la supervivencia del agredido. Sabía que si me equivocaba, la cosa se complicaría aún más.

Por último les pedí que no compartieran lo vivido en esa clase con los alumnos que no habían estado presentes. No quería que se crearan nuevos conflictos entre ellos. Sabía que no tenía la solución al problema, pero este había salido a la luz, se había expuesto ante todos. Había llegado el momento de comenzar a trabajar para solucionarlo.

20

El final del trimestre es, para una profesora, un tiempo lleno de burocracia. No solo tenía que poner las notas, había que rellenar un montón desesperante de papeles que nadie nunca leía y que posiblemente están diseñados por personas que trabajan en una oficina y no en un aula.

La evaluación se convierte en un tiempo pesado, cuando debería ser todo lo contrario. Debería ser un tiempo reflexivo sobre los resultados de tus alumnos y sobre tus propios logros docentes. Pero es cualquier cosa menos eso. Es un tiempo a contrarreloj que no se vive de forma agradable.

Estaba contenta con mis resultados, había un índice alto de aprobados, y el comportamiento de mi clase había mejorado de una forma asombrosa. Casi todos los profesores que les daban clase habían notado el cambio; aun así, no se había producido un milagro. Dar clase era muy complicado, y los problemas de disciplina, continuos. Sin embargo, todos los alumnos fueron respetuosos en las exposiciones de los trabajos de sus compañeros, en las distintas asignaturas, y eso llamó la atención al claustro. La intervención de Coral y Saray, sobre el pueblo gitano fue la que más éxito cosechó en ese segundo trimestre. Las dos disfrutaron mucho compartiendo las costumbres y la historia de su pueblo. Y si la convivencia había mejorado en el aula fue gracias al trabajo de mis compañeros, que supieron proponer un contenido motivador y lograron una transmisión de valores que se hizo patente en cada clase.

Aproveché la entrega de notas para convocar dos reuniones con padres. La primera con Manuel: Quería que Marusella tuviera una charla con él e intentara mediar para encontrar una solución a las continuas faltas de asistencia de Saray. La segunda con los padres de González, con los que tenía encuentros frecuentes para realizar un seguimiento.

Con Manuel la cosa estaba muy complicada. Nuestro objetivo era conseguir su colaboración para que Saray terminara sus estudios y tratar de que pudiera escoger su futuro. Yo intentaba mantener la distancia con él, pero debía acortarla si quería ayudar a su hija. Era la primera vez en mi vida que se entrelazaba lo personal con lo laboral con tanta fuerza. Cada argumento que pensaba ofrecerle se tambaleaba, ya que conocía su forma de pensar y eso me provocaba inseguridad.

Cuando Marusella me mandó un mensaje para avisarme de que Manuel venía para mi clase, me dejó claro que la cosa no había fluido bien.

Al entrar se sentó en silencio en la silla que había delante de mí, ni me saludó siquiera.

—No creo que esto sea necesario, Mara, puedes decirme lo que necesites en la puerta de tu casa sin tener que montar este show —dijo enfadado.

Respiré hondo intentando no perder la calma. Manuel era una de las pocas personas en este mundo que me hacían perder la paciencia con facilidad.

—Hay que saber diferenciar las cosas, Manuel. Tu hija tiene un problema, ha suspendido cinco exámenes. Está en un momento complicado y tú no vas a hacerme sentir culpable porque me preocupe por ella. Mi obligación como tutora es comunicártelo, y es justo lo que estoy haciendo. Siento si tú no lo ves necesario. Yo sí, y como es mi trabajo, creo que tengo más argumentos que tú para saber cómo hacerlo —contesté con tranquilidad.

—Pero tú conoces mejor que nadie la realidad, no era necesario que me mandases a tu amiga para decirme que soy un mal padre.

—Nadie ha dicho que eres un mal padre —intentaba mirarlo a los ojos sin turbarme—. Has educado a una niña con unos valores y con unos principios espectaculares, pero ahora mismo estamos ante un problema y tenemos que buscar una solución. Y entre las personas que pueden participar de esa solución estamos la orientadora, tú y yo.

—Esa señora no tiene solución para nada, ni tú tampoco. Tengo dos hijas pequeñas y una vida muy complicada, no puedo encomendar la educación de mis niñas a ningún extraño, no voy a pagar a una niñera para que entre en mi casa y eduque a mis niñas a su manera. Siento con toda mi alma la vida que le ha tocado a mi mayor, no sabes cuánto. Perdió a su madre y ha perdido a su abuela, y ahora tiene que hacerse cargo de sus hermanas, así que no me vengas a hablar de soluciones, sé que no las hay. Y en todo caso, la única persona que puede ocuparse de eso soy yo. ¡Ni tú ni tu amiga tenéis ni idea de lo duro que es. Ni idea! —gritó alterado.

—Gritando no vamos a llegar a ningún sitio —respondí bajando mi tono.

—Ni gritando ni sin gritar vamos a llegar a ningún sitio porque no hay sitio al que llegar. Siento que la realidad no te guste, pero es lo que hay.

—Es que eres tan obstinado que no escuchas las posibles soluciones. En tu cabeza ya hay un itinerario marcado y no eres capaz de ver más allá.

—Porque tus itinerarios no me sirven, están en tu realidad, no en la mía. Mi realidad es que he perdido a las tres mujeres más importantes de mi vida y no he podido hacer nada por evitarlo.

El comentario me dejó pensativa, pero no me rendí.

—No hace falta que me informes de lo que acontece en tu vida, lo sé, y siento que sea tan dura. Pero Saray quiere tener un futuro, quiere ser algo en la vida, quiere una oportunidad que le estás negando. Y con esa negativa la vas a perder.

—Mi hija está educada como una gitana de bien. Aceptará mi decisión y me respetará siempre. Y no te voy a permitir que lo pongas en duda.

—Tu hija siempre será una buena gitana, no me cabe duda alguna. Pero tú no estás siendo un buen gitano.

—¿Ah no? —preguntó sorprendido.

—Uno de los principales valores gitanos es la libertad, es una de nuestras máximas, y tú no le estás dejando libertad a Saray para escoger, para luchar por sus sueños, no le estás dando la oportunidad de ser libre y decidir por sí misma. Tú has podido dedicarte a lo que siempre has querido. Los caballos eran tu sueño, imagínate qué habría ocurrido si no hubieses podido dedicarte a ello; tampoco es que lo tuvieras fácil para conseguirlo, pero tu padre te dio la oportunidad y tu madre te apoyó. A Saray, en cambio, ni siquiera le estás dando la oportunidad de luchar por ello. Ella necesita el graduado. Es la titulación mínima que una persona puede tener. Y puede serle útil si decide estudiar en una escuela de flamenco.

Por unos instantes esbozó una sonrisa, pero enseguida desapareció.

—Mis hijas tendrán el suficiente dinero para vivir toda su vida sin dificultades, para eso trabajo doce horas diarias.

—A lo mejor no es lo que quieren ellas. Quizá a ellas les gustaría decidir por sí mismas qué vida quieren vivir.

—Solo te voy a pedir una cosa, Mara. No insistas ni influyas más en Saray. El mundo del espectáculo no es lo que quiero para mi hija y si tú la apreciaras lo más mínimo tampoco lo querrías.

—Saray quiere aprender a bailar. Luego ella misma decidirá si quiere dar clases de baile o quiere dedicarse al espectáculo. No creo que nadie tenga que decidir por ella.

—¡Cómo no voy a decidir por ella! Es mi hija y es menor de edad.

—Eso es justo lo que quiero hacerte ver, en algún momento dejará de serlo e irá en busca de su sueño, y si tú no la acompañas, lo hará sin ti.

Manuel me miró y su mirada me dejó helada, se levantó y se marchó sin despedirse.

Apoyé la cabeza en la mesa, consternada. Sabía que no sería nada fácil pero esperaba encontrar en él algún punto débil que me dejara un poco de espacio para pasar, y lo único que había encontrado era el mismo muro de siempre.

Salí del instituto con la sensación de cargar con un enorme fracaso. Había quedado para ver a Modou, que necesitaba ayuda con la contratación de una línea de teléfono; en un papel llevaba apuntado el operador y la tarifa que mi hermano me recomendaba. Luego iría a cenar con unas amigas.

Recogí a Modou en su portal y nos acercamos al centro comercial. La cola era larga, y la espera, tediosa. Cuando por fin terminamos la gestión ya era tarde y lo invité a cenar con nosotras.

—No, gracias, no más molestias —dijo declinando la invitación con timidez.

—No es molestia, Modou, he quedado con cinco mujeres muy divertidas y vamos a ir cenar al bar de un amigo mío. Lo vamos a pasar en grande, quiero que vengas conmigo —insistí.

—Yo no ropa adecuada —dijo mirando su gastada camiseta de publicidad.

—Eso lo arreglamos en un periquete, vamos dentro —ordené tirándole de un brazo.

Entramos en una de las tiendas del centro comercial y le pedí que escogiera una camisa. Ante su indecisión elegí una celeste y unos pantalones negros. Tuvo que probarse cinco camisas para encontrar una que no le quedara corta de mangas. Estaba tan cambiado que se miraba al espejo con asombro.

Aunque Modou conocía el centro comercial a la perfección, para él era una experiencia nueva ir de compras con una mujer. Salimos con la bolsa y se cambió en el servicio. Los moratones casi habían desaparecido, pero él no era el mismo. Sus ojos, que antes sonreían a menudo, tenían ahora un velo triste. Lo notaba inseguro, más tímido y retraído.

—Vamos a cenar a un sitio donde mientras comes, lo pasas bomba con los juegos de mesa. Se llama Cometrivial, es de mi amigo Rafa y siempre nos trata muy bien. Ya verás como te va a gustar.

Cenar con mis cinco amigas fue un soplo de aire fresco para mí y también para él. Al salir me confesó que era la primera vez que cenaba en un restaurante en España. Y la primera que estaba en compañía de seis mujeres que no paraban de gastarle bromas. Cuando lo dejé en su casa me dijo que había sido la noche más bonita de su vida. Me fui pensando en cómo habría sido su andadura por el mundo para que una simple cena le pareciera algo maravilloso. Tenía a su familia tan lejos, y su apoyo emocional en este país era tan escaso, que casi se podía percibir visualmente su fragilidad.

Cuando llegué a casa Saray estaba sentada en los escalones de la entrada. En su cara vi que había llorado.

—¿Estás bien? —le pregunté sentándome a su lado.

—Me he peleado con mi padre —me contó con tristeza—, no quiere que baile. Tampoco quiere que siga estudiando.

—¿Eso te ha dicho? ¿Te ha dicho que no vayas más al instituto? —pregunté horrorizada.

—No exactamente —corrigió cabizbaja—, pero sí que la prioridad es que mis hermanas tengan lo más parecido a un hogar y él tiene que seguir trabajando. Y yo no puedo con todo.

—Tu padre está sufriendo mucho. Aunque lo veas ahí tan fuerte y tan hueso, también sufre, para él no ha sido fácil. Encontraremos la solución para que termines el curso y tengas tu título. Has escogido un mal día para hablar con él, ha salido del instituto que se lo llevaban los demonios.

—Y así ha llegado a casa. Nunca lo había visto tan enfadado. Estaba haciendo los deberes y las niñas no habían merendado, y ha empezado a gritarme. No me había dado cuenta de que era tan tarde. No puedes imaginar lo mal que me siento, no quiero volver a mi casa.

—Quédate en la mía, voy a hablar con él, a ver si puedo hacerlo entrar en razón. Escuches lo que escuches no vengas. Gritará un rato, pero luego se le pasará.

—Mejor que no vayas, no está de buen humor y lo pagará contigo.

—No te preocupes, conozco el genio de tu padre desde que era chica, no me pillará de sorpresa.

Respiré hondo y crucé la calle con paso decidido. La puerta estaba entreabierta, pero pegué para que supiera que llegaba.

—Quiero hablar contigo —le dije decidida.

—No tenemos nada de que hablar —me dijo altivo.

Tenía el torso desnudo, tan solo llevaba un pequeño pantalón corto. Sentí mi turbación antes de que él la notara e intenté guardar las distancias.

—Tu hija está en mi casa llorando, creo que sí tenemos algo de que hablar.

Se acercó y se quedó a pocos centímetros de mí.

—¿Y ahora quién viene a hablar conmigo, la maestra, la amiga, la prima o la Mara que me abandonó hace veinte años?

—Yo no te abandoné —dije sin pensar—, y no creo que ahora sea el momento de hablar de nosotros.

—Tú nunca quieres hablar de nosotros, pero entras en mi vida como un huracán poniéndolo todo patas arriba. No es fácil para mí tenerte cerca, no lo es, y tú, con tu carita de no haber roto nunca un plato, haces como que no te das cuenta. Tenerte cerca es una tortura, verte todos los días, tener que frenar estas ganas de besarte que me están volviendo loco. No duermo por las noches sabiendo que estás a cinco metros de mí, no te imaginas la de noches que me he quedado en tu puerta a punto de llamar, pero tú no quieres hablar de nosotros. Llevas veinte años sin querer hablar de nosotros. Pues dime de qué quieres que hablemos.

Me quedé callada, no sabía qué decir. No podía irme sin solucionar las cosas, sin ayudar a Saray, pero no me salían las palabras.

Manuel se sentó y puso su cabeza entre sus rodillas mientras se la frotaba con las manos, mirando el suelo.

Me senté a su lado, por unos segundos mantuve un silencio que pesaba en el ambiente.

—No podemos permitir que nuestro pasado haga daño a Saray. Nosotros somos adultos, pero ella es una niña y no merece sufrir más. Ha sufrido demasiado —dije sin mirarlo a los ojos.

—Lo sé y lo siento. Siento que mi hija esté en tu casa llorando por mi culpa, todo se me va de las manos con mucha facilidad.

—No es fácil lo que estáis viviendo, Manuel, y en vez de luchar contra todos los que queremos ayudarte, deberías escucharnos. No quiero un mal para ti ni para Saray.

—Tu forma de ver la vida es muy diferente de la mía. Nunca vamos a estar de acuerdo en nada —afirmó.

—Estamos de acuerdo en algunas cosas. Una de ellas es que los dos queremos que Saray no sufra más, así que por su bien tenemos que dejar de gritarnos. Y por el bienestar del resto de la aldea, a la que hemos despertado, también —bromeé.

—Intento hacerlo lo mejor que puedo. Intento pasar el mayor tiempo posible con ellas...

La voz de Manuel se quebró y por un momento lo sentí frágil, abatido. Se pasó la mano por la cabeza, un gesto que denotaba pesadumbre.

—Le estás dando a Saray responsabilidades que no le corresponden y la haces sentir culpable de no ser capaz de llevarlas a cabo. Ella no ha escogido tener dos hermanas de las que hacerse cargo, esas niñas son tu responsabilidad, no la suya —argumenté intentando que mi tono no denotara más reproche del que era necesario—. Te está ayudando y no solo no lo valoras, sino que cuando no puede con todo la haces sentir culpable. Ahí es donde te equivocas.

—No me equivoco, Mara, no puede tener dos niñas pequeñas sin comer tantas horas. Tiene que darles de merendar, no
es algo tan complicado. Y creo que no la estoy sometiendo al
trabajo más duro del mundo.

—Te equivocas en las formas. Si en vez de gritarle la hubieses ayudado a darles tú la merienda a las niñas cuando has
llegado, los dos os hubieses ahorrado el mal rato. Y mañana le
mandas un mensaje a las cinco de la tarde y le preguntas qué
han merendado las niñas, así no se le olvidará. Pero ayúdala,
ella no tiene la culpa de que tú seas un machista egocéntrico sin
ningún tipo de consideración.

—Lo sé, y no me olvido de que lo soy. Te encargas de recordármelo muy a menudo.

—Lo voy a seguir haciendo hasta que entiendas que la cocina es también tu territorio y que las tareas domésticas no son
exclusivas de tus hijas. Tienes que asumir tu parte. Y si eres un
hombre pues mala suerte, te adaptas y colaboras.

—¿Tú no te cansas nunca de mandar? —preguntó más calmado, esbozando media sonrisa.

—No. Y voy a ir a mi casa y le diré a tu hija que venga. Te
vas a disculpar y le vas a dar un abrazo, y mañana puedes tener
una conversación con ella para organizarte. También puedes
hacer un *room tour* por la cocina para irte familiarizando con
ella. No estaría de más que fueras conociendo el escobón, el
recogedor y esas cosas. Te va a sorprender lo sencillo que es su
manejo.

—Anda y lárgate antes de que me arrepienta y utilice unos
de esos aparatos para echarte.

—Tengo que contarle a mi padre que has llamado aparato
al escobón. Renegará de ti y de tus siete generaciones venideras.

Salí de la casa con la misma sensación que salí de la clase el
día de la convivencia. Había puesto el problema sobre la mesa,
pero no había encontrado la solución para resolverlo. Eso me
frustraba. Sabía que Manuel podía cambiar ciertas actitudes y
aportar un poco de flexibilidad al trato con Saray, pero su for-

ma de pensar, su modo de ver la vida, de encajonar a las personas dentro de unos roles según el sexo que les había tocado al nacer, no iba a cambiar. Asumía que mis palabras no tenían el poder de trastocar la forma de pensar de Manuel, apoyada en tantos años de pensamientos acartonados, anclados en épocas pasadas.

Que se justificaran algunas injusticias que sufrían las mujeres gitanas, sostenidas con argumentos de peso como «Siempre ha sido así» y «No puede ser de otra manera» que en el fondo estaban vacíos y tenían la ligereza de una pluma, hacían que me hirviera la sangre. Pero las que verdaderamente teníamos que cambiar eso éramos nosotras, las mujeres que las cuestionábamos y pensábamos que la vida podía ser de otra manera. Por fortuna las nuevas generaciones avanzan a pequeños pasos, arrastrando con ellas algunas de las angustias que nos perseguían por herencia. Las cosas podían ser diferentes para las que quisieran tener una vida propia, una formación y un futuro mejor.

En la cama seguí dando vueltas a la conversación con Manuel, a su forma tan dolorosa de recordar un pasado borroso. Percibía en él un rencor acrecentado con los años que mantenía una barrera entre nosotros, pero también un acercamiento y su forma de mirarme me seguía produciendo el mismo efecto que en mi adolescencia. Sentí la necesidad de abandonar las sábanas y tomar un poco de aire.

Cuando salí al porche me sobresalté al ver una figura en la negrura de la noche. Manuel estaba sentado en mi balancín, meciéndose suavemente.

—¿Qué haces aquí a estas horas? —pregunté en voz baja, como si fuera a despertar a alguien.

—Calmar la necesidad de estar lo más cerca posible de ti —respondió.

21

Todos los comerciantes del mercadillo esperábamos con impaciencia la llegada de la Semana Santa. Era el engranaje que echaba a rodar nuestra economía. Los desembolsos en mercancía que había que hacer para afrontar el Sábado Santo y el de Resurrección eran superiores a los de cualquier otro periodo, ya que de esa campaña dependía el resto del año. Según lo que vendieras esa semana, tendrías el monedero para «emplear» —usábamos esa palabra tan nuestra para designar el proceso de gastar lo ganado en nueva mercancía— en la campaña de verano, estación en la que se multiplicaban por diez las ventas del invierno. Y no solo era el punto de partida para tener liquidez, también era fundamental para evaluar si la mercancía iba a funcionar o no, era el aviso que te indicaba que ibas por buen camino o te encendía la alarma para que cambiaras el rumbo.

En mi infancia los días que mi padre iba a emplear, a comprar la mercancía que venderíamos el resto del año, eran emocionantes. Rebosantes de ilusión y de impaciencia esperábamos en la puerta de la casa a que llegara con la furgoneta cargada, nerviosos por ver las prendas que mi madre bordaría. Él las descargaba despacio, siempre emocionado, y nos las iba enseñando prenda por prenda, como si cada una de ellas fuera un pequeño tesoro.

Mi familia siempre se dedicó al bordado, pero mi padre fue

cambiando el producto que bordaban para adaptarlo a la demanda del público y al gusto de las nuevas generaciones. De los primeros vestidos sencillos pasó a la ropa vaquera, después volvió de nuevo a los orígenes y añadió conjuntos de dos piezas en el catálogo. Fue mi hermana quien sugirió ese cambio que mejoró las ventas y que en la actualidad llevaba la furgoneta cargada, sin grandes desembolsos. Las camisetas bordadas resultaron ser un producto versátil, apto para todos los bolsillos. Mi padre pasaba horas en internet, las compraba en cualquier lugar del mundo.

Esa Semana Santa se presentó con un tiempo ideal, al menos para nosotros. Las temperaturas eran altas, pero el viento soplaba sin pausa y no permitiría que los turistas permanecieran mucho tiempo en la playa: la arena que se levantaba en la orilla del mar era muy molesta, entraba en los ojos y ni siquiera se podía mantener la toalla extendida. Eso era ventajoso para el mercadillo, que acogería con agrado a los forasteros en busca de alternativas a tumbarse al sol.

Después de pasar un buen rato descargando, calculé que ese sábado llevábamos el triple de mercancía que cualquier otro. Todo el mundo montaba su puesto antes de la hora de apertura para poder atender a los visitantes más madrugadores. La alegría ante la perspectiva de un día con muchas ventas se podía palpar en el ambiente. El buen humor de los comerciantes, las cajas amontonadas con los repuestos debajo de las mesas y el ir y venir frenético de personas que corrían para tenerlo todo listo a tiempo creaba un ambiente rebosante de risas y bromas. En las calles del mercadillo hablábamos un lenguaje propio, que incluía miradas y gestos que solo nosotros sabíamos interpretar.

Estábamos acostumbrados a los madrugones, a los cambios de temperaturas bruscos, que te obligaban a cubrirte los brazos al amanecer y te hacían sudar al desmontar, cuando la temperatura superaba los treinta grados. Todo eso se vivía con menos pesadez si la recompensa económica merecía la pena.

Nuestro mercadillo no tenía nada que ver con los otros dos, que estaban unos metros más abajo. El nuestro lo cobijaba un centro comercial en sus pasillos y alrededores. El orden que guardaban los distintos puestos era armonioso, todos los toldos debían tener el mismo color y se nos exigía un mínimo de calidad en los productos. No podíamos vender cualquier cosa. En sus calles algunos pintores exponían y vendían sus cuadros y láminas, también había escultores con estrambóticas obras que acabarían adornando el salón de una gran mansión y artesanas que confeccionaban ropa infantil. Ellos eran los que otorgaban su verdadera identidad al mercadillo, los que aportaban ese toque de exclusividad que las clases pudientes buscaban con anhelo.

El ambiente entre los comerciantes era agradable, con una relación cordial, forjada por muchos años de trabajo codo con codo. Luego estaban los comerciantes nuevos, aspirantes a ocupar los puestos de sorteos, que creaban disputas, enrarecían el trato y ponían en peligro nuestra convivencia.

Ese Sábado Santo comenzó como siempre, los fijos ya habíamos montado los puestos y los de sorteo estaban pendientes de conocer su suerte, cuando Carmen se dio cuenta de que una de las chicas que participaba en el sorteo había estado merodeando las semanas anteriores por nuestros puestos.

—Mara, ¿has visto a la chica de los pantalones cortos que está en la cola del sorteo? ¿Te acuerdas de ella?, es la que el sábado pasado te dije que me dio mala espina. Se pasó un buen rato mirando mis etiquetas, y era el tercer sábado que venía pero no compraba nada. Le tuve que llamar la atención porque se puso a hacer fotos a todo. Mírala, está ahí, esperando un sitio para montar. Estuvo haciendo un estudio de mercado en toda regla —dijo Carmen bastante molesta.

—No me lo puedo creer, pues ya sabemos qué es lo que va a traer de mercancía. Pasó también mucho tiempo en el puesto de la Argentina, ella me lo comentó cuando nos íbamos, la tuvo que echar por grabar en vídeo su mercancía. A ver por dónde nos sale.

—En esta calle no hay ningún sitio libre, todos están por la parte de atrás, al menos no la vamos a tener cerca —añadió Carmen.

—Sí hay uno libre —afirmó mi padre—. Los muchachos de la cerámica no han venido y dividirán en dos su puesto, hay mucha gente y poco espacio.

—Mal asunto, la vamos a tener en nuestra misma calle, hoy se presentarán problemas, ya lo verás. Es muy raro que Karim y Anas no vengan.

—Se les rompió la furgoneta ayer y la llevaron a arreglar. La mala suerte es que al dueño del taller le ha dado un infarto y no han podido sacar ni la furgoneta ni la mercancía y alquilar otra. Por fortuna parece que el hombre ha salido de peligro, por lo visto fue Karim quien llamó a la ambulancia.

—Qué mal rato pasaría, con lo apañado que es, estoy segura de que se ha pasado la noche en el hospital acompañando al hombre —añadí convencida—. Mira, Carmen, le ha tocado esta calle, ahora veremos lo que trae la muchacha.

Mi amiga no se equivocaba. La chica había pasado muchas horas en el mercadillo, examinando quién vendía más y qué productos, y había anotado minuciosamente los precios. Cuando empezó a sacar la ropa, Carmen comprobó enseguida que le había copiado sus faldas. No se cortó un pelo, se acercó al puesto y se plantó delante de la chica con los brazos en jarra. Todos los modelos de sus faldas estaban allí, no faltaba ninguna.

—Chiquilla —le dijo con ironía—, no te has molestado ni una *mijilla* en ser original. ¿No te da vergüenza aprovecharte así del trabajo de los demás?

Por unos segundos la chica se quedó desconcertada, no esperaba la franqueza con la que Carmen se enfrentaba a ella. Algunos comerciantes pararon su actividad y se acercaron a escuchar el enfrentamiento.

—No me he aprovechado de nadie —contestó la chica con chulería—, no tienes la exclusiva de la venta de nada. Todo el mundo es libre de traer lo que quiera.

Carmen cogió con malos modos una de las etiquetas para ver el precio de una de las faldas de esa temporada. Como sospechaba, el precio estaba muy por debajo del suyo, y yo veía la rabia dibujada en su cara y cómo se contenía para no echarle el puesto abajo.

No era la primera vez que le ocurría. Carmen ya había pasado por eso muchas veces. Ella compraba la ropa en el polígono de la ciudad y, aunque seleccionaba su mercancía con el acierto que daban los años de experiencia, cualquiera que tuviera una licencia al por mayor podía comprarla. Los demás puestos solíamos mezclar la mercancía local con productos de distribuidores internacionales y de tiendas al por mayor de otras ciudades, a las que accedíamos por internet, pero Carmen prefería tocar la tela con sus propias manos, así que sus opciones de reposición eran muy limitadas y se arriesgaba a que ocurrieran cosas como esas.

Mi amiga le lanzó una mirada desafiante y se marchó a su puesto. La conocía muy bien y sabía que el asunto no quedaría ahí. Esperaría su momento.

—La mala gente nos rodea, niña —me dijo enfadada—, verás cómo los problemas empiezan a llover, el *copiao* que me ha dado no va a ser lo único. Esa niña tiene el corazón como una piedra, se le nota en la *mirá*. Hay que tenerla lejos.

Sentí angustia por mi amiga, que su trabajo se viera afectado de esa manera por culpa de alguien que acababa de llegar le afectaba. Yo sabía que no era la primera vez que pasaba por ese trance, y aunque se llenaba de coraje y vaticinaba que ese tipo de personas no tenía ninguna proyección empresarial, le estropeaba la venta del que se suponía era un día de expectativas altas.

Por eso mi padre siempre insistía tanto en el criterio de selección de la mercancía. Crear una identidad propia era fundamental para fidelizar a los clientes, si permanecías a la espera de lo que hicieran otros para copiarlos, los demás siempre irían por delante de ti.

Con el enfado de Carmen y muchos visitantes madrugadores comenzó una mañana que pudiendo haber sido una de las mejores del año resultó ser inolvidable, como Carmen había intuido.

Después de colocar toda la mercancía y aprovechando un claro sin clientes, Modou, Carmen y yo, que estábamos tomando nuestro café, nos quedamos con la boca abierta.

—Hoy problemas —dijo Modou, que fue el primero en darse cuenta—, la *copiona está* su *mesa delante*, Mohamed no ve.

La chica nueva que había copiado la mercancía de Carmen, y que desde ese momento pasó a llamarse «la Copiona», sin consultarlo con nadie había adelantado su puesto casi un metro y había dejado el de carteras y correas de Mohamed tan atrás que si se entraba por la parte izquierda del mercadillo no se veía.

—Señorita —le dijo Mohamed—, tiene que echarse un poco hacia atrás, está tapando mi puesto.

La chica hizo oídos sordos y no le contestó.

—¿No me oye? —insistió nuestro vecino—, no puede salirse de la marca del suelo.

La chica hizo un gesto con la mano con el que dejó claro que no iba a tener en cuenta su petición. Mientras Mohamed comentaba indignado el asunto con otros vecinos, llegó el Inglés, que también se veía perjudicado. Tampoco su puesto se veía al haber adelantado ella el suyo, en cambio el de la chica, que estaba esquinado, quedaba mucho más expuesto a la vista de los compradores con ese metro de ventaja.

Ella no atendía a razones. Mohamed insistió señalando de nuevo las marcas del suelo que mostraban los límites de cada puesto. Todos los hierros debían quedar dentro de las marcas. La chica lo escuchó con la indiferencia de quien oye llover, como si no fuera con ella la cosa.

El puesto de zapatillas pintadas a mano se unió a la protesta, madre e hijo se acercaron a pedir un poco de cordura, pero ella seguía sin atender las reclamaciones de sus vecinos, que le hablaban de manera correcta y educada. Con una serenidad fingida ella dijo que su puesto se iba a quedar ahí, porque, si no, no se veía.

Israel, el encargado del mercadillo, solía marcharse después del sorteo. Daba una vuelta rápida, cobraba a los eventuales y se iba. Lo llamaron por teléfono, pero no lo cogió. Teníamos un problema serio, de difícil solución y ningún jefe que mediara en el conflicto. Así que, como solía pasar en esos casos, mi padre se acercó al puesto para intentar razonar con la chica y Carmen se le unió.

—Tienes que respetar las señales del suelo —le dijo mi padre con una actitud conciliadora—, no puedes poner tu puesto donde te dé la gana, chiquilla, si no, esto sería un caos.

—No lo estoy poniendo donde me da la gana —le contestó ella—, lo he puesto donde me ha tocado, pero ahí no se ve, y yo no me he dado un madrugón y me he gastado un dinero en mercancía para quedarme aquí escondida. Si le molesta algo a alguien me da igual, eso es lo que hay.

—Te equivocas —replicó mi padre—, lo que hay son unas normas, y tú tienes que seguirlas te gusten o no. Las normas dicen que tienes que situarte dentro de las marcas del suelo, y si no te parece bien es muy sencillo, te buscas otro mercadillo donde no haya reglas.

—No pienso moverme —añadió altiva—, y si alguien toca mi puesto, llamo a la policía.

—Nadie va a tocar tu puesto —le espetó Carmen—, pero no te vas a salir con la tuya, ya te lo digo yo. Aquí no nos gusta la mala gente, y en tan solo media hora has demostrado lo mala persona que eres dos veces. Llevas un carrerón de aúpa.

—Cállese, abuela, y jubílese, que es lo que tiene que hacer, dar paso a los jóvenes y aceptar la vejez —contestó con chulería. Mi padre tuvo que agarrar a Carmen, antes de que se fuera para ella y se engancharan por los pelos.

—La *enmoño*, Mara, yo a esa la *enmoño*, no se puede tener más poca vergüenza —me dijo Carmen, visiblemente enfadada.

—Papá, dile al Jenaro que venga, que esto lo soluciono yo

como me llamo Mara. Llama también a Mohamed y a Santiago —pedí sonriendo.

Una vez reunida toda la comitiva, les conté mi idea. Si ella no se echaba para atrás, seríamos nosotros los que nos echaríamos hacia delante dos metros. Ella no podía hacerlo porque a un metro de distancia tenía un desnivel en el suelo, un antiguo escalón anulado que le impediría equilibrar los hierros.

Empezaron aupando el puesto de Carmen, luego el nuestro y posteriormente el del Inglés. Modou les ayudó a adelantar el resto, con el extraño beneplácito de su jefe, que por una vez estaba de acuerdo con nosotros.

Cuando la chica se dio cuenta de lo que tratábamos de hacer sonrió. Pensó que adelantando el suyo un metro más no se quedaría atrás, hasta que se dio cuenta de que no podía. Al intentarlo, los hierros temblaron y perdieron estabilidad. Creyéndose entonces con la solución intentó calzarlo poniendo una piedra debajo para equilibrar las diferentes alturas, pero su sonrisa triunfal duró los segundos exactos que necesitó para percatarse de que los hierros no estaban equilibrados y se iban a dañar. Retrocedió en el justo momento en que empezaba a desmontarse todo. Se había quedado encerrada y en esa situación su puesto se veía mucho menos que en su posición inicial. Se puso colorada como un tomate y escondió su rabia con una sonrisa mientras acomodaba su ropa.

Mi padre fue a hablar con ella.

—Cuando una persona llega nueva a un sitio, tiene que respetar unas normas que se establecieron porque antes que tú llegaron otros más listos. Disfruta del sábado, pero que sepas que el que viene no venderás en este mercadillo. Aquí nos gusta estar rodeados de gente educada con la que resulte agradable trabajar. Tú misma le has negado la posibilidad a tu negocio.

—Eso lo veremos el sábado que viene —contestó ella.

—Tú no lo vas a ver. El encargado tendrá que escoger entre que montes tú o todos nosotros, la elección será fácil. Ahora mismo tiene más de cincuenta llamadas perdidas y otros tantos mensajes. Las personas que dan problemas no son bienvenidas aquí. Y recuerda siempre esta lección, en el juego hay que seguir las reglas. Aunque te creas más lista, de poco te va a servir si tienes que jugar sola.

Tras las palabras sabias de mi padre, Carmen le regaló un mohín divertido y se marchó airosa. Aunque nos habíamos quedado con mal sabor de boca, la mañana mejoró con la intervención de mi padre. Llevaba toda su vida de mercadillo en mercadillo y se había enfrentado muchas veces a este tipo de contratiempos. Siempre los había resuelto echando mano de los valores que compartíamos en esas calles.

Con la tranquilidad de haber resuelto el problema, conseguimos borrar el mal humor que la chica nos había provocado y empezamos a recibir a los clientes más madrugadores. La mayoría venían con la toalla en la mano y la piel untada con una mezcla de arena y crema bronceadora cortesía del viento que soplaba.

Aquel iba a ser finalmente un buen sábado, no nos daba tiempo a reponer, a buscar las tallas que nos solicitaban, incluso el Inglés tuvo que levantarse de la silla para ayudar a Modou, que no podía atender a tantas personas a la vez.

Nuestro puesto también estuvo lleno la mayor parte del tiempo. Nos visitaron dos tipos de clientes esa mañana: los que señalaban la prenda y sin preguntar el precio la compraban, y los que intentaban, por medio de un regateo cansino, llevársela más barata. A mí el regateo me cansaba, me producía un malestar que me ponía de mal humor. Mi padre lo llevaba mucho mejor, lo cortaba con gestos simpáticos que se entendían en todos los idiomas.

—Qué alegría da no tener que recoger, Carmen. Tenemos todo el pescado *vendío* y ya mismo nos vamos —le dije a Carmen elevando el tono para que me oyera.

—Anda, vente a mi puesto y siéntate en la escalerita chica, deja a tu padre solo, ya nos avisará cuando tenga que cobrar con tarjeta, que quiero hablar contigo.

Cogí la escalera plegable que Carmen utilizaba para llegar a los hierros superiores y la utilicé de banqueta sentándome en el escalón superior. Mi amiga me miraba fijamente, intentando adivinar mis pensamientos, me conocía lo suficiente para saber que estaba preocupada por algo.

—Empieza —me dijo sentándose a mi lado—, te va a dar un infarto si sigues guardando más lo que sea que tienes ahí dentro *apretujao*.

No sabía por dónde empezar, me costaba poner palabras a lo que me abrumaba la vuelta del pasado, lo que me angustiaba en el presente y lo que me preocupaba del futuro. Las tres cosas me oprimían el pecho con una fuerza que no me dejaba respirar con normalidad.

—La otra noche tuve una pelea de esas de película con Manuel. Le grité lo más grande. El desencadenante, como siempre, fue que quiere que su hija sea su ama de llaves, limpiadora, cocinera, además de la madre de esas niñas, y la chiquilla no puede con todo.

—Es un gran cambio para esa familia. La abuela se ocupaba de todo, siempre en la sombra y ahora que no está no encaja ninguna de las piezas —afirmó Carmen.

—Después de discutir un buen rato me fui a mi casa, pero me ahogaba en la cama. Así que salí a tomar el aire...

—Hija mía, no puedes salir a tomar el aire si tienes a cinco metros al causante del ahogo. No tienes luces ningunas, Mara.

—Ni a cinco metros, si estaba sentado en mi porche. Y la lie, Carmen, la lie parda.

—No me digas que te acostaste con él —replicó mi amiga—. Ya te has enredado y no sabes cómo salir del lío.

—Sobre lo primero puedo contestarte que no, que no me acosté con él. Pero a lo segundo, no sé ni qué contestarte.

—Tranquila, ya te lo contesto yo. Estás *enredá* hasta las trancas.

A trompicones pero con detalle le conté a mi amiga lo que pasó esa noche, con interrupciones constantes de las clientas de última hora que, después de mucho mirar, se decidían por la primera falda o camiseta que habían visto.

—Cuando me encontré con Manuel en mi porche estaba demasiado cansada para poner resistencia a la petición de que me sentara con él. Con mi pijama de dibujos infantiles y las zapatillas de ositos, comencé a balancearme a su lado, en silencio.

»Manuel me miraba callado, no aportaba a la escena más que una media sonrisa, producto de sus pensamientos.

»—¿Te acuerdas del día que me clavé los dientes en la lengua al tirarme por la *chorraera*? —me preguntó él de pronto—, debía de tener unos catorce años, pues esa tarde supe que lo que sentía por ti no era una simple amistad. Me acosté pensando que lo tenía muy complicado, que no serías nunca capaz de ver más allá de un *chavea* con la lengua ensangrentada y lloré de rabia. Se me metió en la cabeza que debido a ese accidente no me verías nunca como un hombre. Tenía catorce años y ya sufría por no poder tenerte.

»—Llorabas por el dolor, no por mí, si te quedaste casi sin lengua. Nunca olvidaré la cara que pusiste al no poder sacar los dientes. Mi angustia era peor que la tuya, grité tanto que de todas las casas de alrededor del parque salieron a ver lo que pasaba.

»—Recuerdo que te colaste en la sala del médico y me cogiste la mano. El tacto de esa mano, la sensación extraordinaria de tu contacto, no la he olvidado nunca —explicó Manuel.

»—Ahí ya teníamos orden de no poder jugar solos y descubrieron que nos íbamos al pueblo para que no nos vieran, pero nadie se atrevió a regañarnos, después del mal rato que pasamos. Viniste a mi casa al día siguiente y te comiste treinta y cinco croquetas con la excusa de que era lo único blando que podías masticar. No lo olvidaré nunca, tuve que mentir y decir que me había comido la mitad, al ver la cara de espanto de mi madre.

»—En mi defensa tengo que decir que llevaba un día sin

comer y que las croquetas de tu madre son irresistibles. Cada vez que veo unas croquetas me viene a la mente el recuerdo de la complicidad de la que disfrutamos ese día.

»—Lo raro es que no te acuerdes de lo malísimo que te pusiste al día siguiente —añadí riendo.

»—Y después de veinte años me sigue preocupando lo que sientes por mí —añadió mirándome a los ojos.

»Estábamos sentados demasiado cerca, olía su aroma, esa colonia fresca que ha usado desde adolescente. Al oír esas palabras sentí que mi buen humor se esfumaba, mi cuerpo reaccionaba y una rabia que había estado muchos años aletargada salía a relucir. Por unos segundos dudé si debía contenerla, si lo mejor era volver a guardar dentro de mí todo lo que sentía, el dolor de antaño, la angustia que durante demasiado tiempo fue mi única compañera, el rencor que creí que se había evaporado con el paso de los años.

»—¿Ahora? ¿Ahora te interesa lo que siento? Nunca te interesó lo que yo sintiera en el pasado. Nunca te preocupaste por lo que sentí el día que me enteré que te habías pedido con otra, o el día que me dijeron que te ibas a casar, o cuando recibí la noticia de que ibas a tener una hija. En esos momentos te dio igual lo que yo sintiera. Ahora no es momento de preocuparte por lo que yo sienta, pero no sabes cómo me habría gustado que me lo hubieses preguntado entonces. Ya no tiene sentido que te cuente lo que siento —contesté con la rabia que había guardado durante muchos años—. Ahora no tienes derecho a preguntarme nada.

»Entré en mi casa llorando, y seguí haciéndolo durante horas, ahogando el llanto en la almohada para que no se oyera fuera, viendo como en una película cómo me sentí aquellos días cuando él iba a comenzar su vida con otra persona y yo no significaba absolutamente nada. Volví a vivir la crudeza de ese momento, la pena que me encogió el alma con un pellizco infinito, la sensación de que nada tenía sentido.

Carmen me escuchaba con los ojos humedecidos. Mi padre

me llamó para que cobrara una venta y cuando regresé mi amiga me invitó de nuevo a sentarme.

—Te voy a contar una historia que no le he contado nunca a nadie, y te pediré que se quede aquí.

Escuché atenta lo que Carmen, con voz pausada, me contó. Mi amiga compartió conmigo uno de los secretos más bonitos que había guardado.

A los catorce años ya ayudaba a su familia en el mercadillo por las mañanas y por las tardes comenzó a trabajar en la casa de una modista en el corralón de las dos puertas, en la capital. En un principio su trabajo era muy sencillo, quitar hilvanes, ordenar las cintas de organza y los alfileres, y doblar los trozos de tela. Poco a poco fue aprendiendo a coser dobladillos y ojales, a tomar medidas y a hilvanar lo que le daban cogido con alfileres. La modista fue adquiriendo prestigio con su buen hacer y su estilo, y se mudó a un pequeño bloque en el barrio de El Palo, donde tenía clientela de alto postín que valoraba el trabajo fino, elegante y con buenos acabados.

La primera vez que lo vio, Carmen subía las escaleras con los *mandaos* que había hecho para su jefa en las manos. Se encontraron en el descansillo de la primera planta, demasiado estrecho para que cupieran los dos y, con la vergüenza de la timidez y la ingenuidad propias de la adolescencia, se tropezaron y se disculparon mirándose a los ojos, para seguir después cada cual su camino.

Marcos tenía seis años más que ella pero cuando se vieron aquella primera vez ninguno cuestionó la edad del otro. Él se llevó la imagen de la muchacha más guapa que había visto en su vida y ella subió pensando que se había tropezado con un galán de cine. Después de ese día coincidieron varias veces, dejándoles esos encuentros las mejillas sonrojadas a ella y un desasosiego a él que le impedía retirar la mirada hasta que ella desaparecía.

Una mañana de abril, habiendo cumplido Carmen los quince años, escuchó una conversación de su jefa donde descubrió que el apuesto chico de la casa de abajo era un guardia civil que, gracias a la influencia de su padre, un pez gordo de renombre, tendría la suerte de quedarse en Málaga capital. Carmen se atragantó con su propia saliva al oírlo, nada más y nada menos que un guardia civil, con lo que a mi amiga le imponían. Al día siguiente, cuando se lo encontró en el descansillo, el muchacho se paró, ella tropezó, nerviosa, y él la cogió por la cintura para evitar que se cayera. Al incorporarse la besó en los labios con tal pasión que le temblaron las piernas. Carmen se fue sin entender cómo lo había permitido, y él se marchó con la sorpresa de saberse correspondido. No intercambiaron ni una sola palabra.

A partir de ese momento se encontraban al menos una vez al día, él lo propiciaba observando su horario, y se besaban hasta que el ruido de alguna puerta los separaba. Entre esos besos se fueron conociendo, creando un vínculo del que ninguno de los dos imaginó depender.

A los pocos meses su padre recriminó su indecisión por no decidirse por ninguno de sus pretendientes, y resolvió su pedida decantándose por un gitanillo *resalao* que llevaba meses rondándola.

—No tuve valor para decirle a mi padre que estaba enamorada de otro, que mi corazón nunca iba a querer a nadie que no fuera a Marcos y me callé. Tenía claro que nunca me casaría con un payo que no conocía mis costumbres y que nunca me haría feliz. Tantas veces me lo dije que me lo creí. Y menos iba a aceptar mi padre que lo emparentara con un guardia civil. Así que me casé sin estar enamorada, sabiendo que nunca iba a sentir lo que sentía por Marcos, de modo que me daba igual el gitano con el que compartiría mi vida, cualquiera me serviría.

Los años fueron pasando y Carmen dejó de trabajar para la modista, que se mudó a la calle Larios, una de las arterias principales de la ciudad, pero ella nunca dejó de ir al antiguo portal a buscar en aquel rellano lo que le hacía respirar cada mañana. Quiso seguir dando a Marcos un lugar en su vida, pero a partir del día que se casó no le permitió ningún contacto físico, por las noches quería dormir con la conciencia tranquila. Eso no evitó, sin embargo, que cada vez que lo veía le temblaran las piernas, el estómago le diera un vuelco y sintiera que esos ratos eran lo único en la vida que merecía la pena.

—Cuando me quedé embarazada creí que me moría. De repente me di cuenta de que mi barriga iba a crecer y Marcos no querría volver a verme, pero no fue así. Por aquel entonces él se había casado con una señorita hija de unos marqueses y se habían mudado a una casa en el centro de la ciudad. Algunos días me pasaba horas en el portal esperándolo, y él no aparecía. Otras veces era él quien esperaba y yo no me podía escapar. Durante años me dio dinero que utilicé para justificar mi ausencia. Yo le decía a mi marido que estaba cosiendo y él, al ver que llevaba dinero a casa, no me hacía demasiadas preguntas. Dedicábamos el tiempo que pasábamos juntos a sentarnos en las frías escaleras del último piso, lejos de las miradas de los vecinos, un rincón íntimo que para nosotros era el mejor de los escenarios posibles. Él me contaba su vida y yo le escuchaba y soñaba que todo lo que vivía lo compartía conmigo.

Carmen tenía lágrimas en los ojos. Nunca había visto a mi amiga hablar con tanta emoción. En su triste mirada brillaba una chispa de ilusión que yo no le conocía, que nunca se la había visto.

—He pasado toda mi vida preguntándome qué habría pasado si hubiese decidido vivir esa historia. Cómo habría sido mi vida. Y de lo que estoy segura es que no habría sido ni la mitad de emocionante que la que he vivido. Nos empeñamos en creer que solo hay un tipo de amor, Mara, y que tiene que encajar en nuestra forma de vida y en nuestra forma de ver el mundo. Pero el amor verdadero no tiene nada que ver con eso. Llega, se apodera de ti y no mira a su alrededor, no importa si el que tenemos enfrente es alguien con quien nos pasaremos media vida peleando o un ser con el que no tenemos nada en común.

»No quiero que pienses que te estoy animando a tener una

historia con Manuel, a tener una aventura o algo por el estilo. Te cuento esto para que abras los ojos y seas capaz de ver que el amor tiene muchas formas de vivirse. Y tú estás empeñada en vivir la tuya de una sola manera, evitándola, encerrándola en una encajonada forma de amar. Son esas barreras las que no te están dejando ver más allá, las que no te están dejando sentir la realidad. Que lo mismo la realidad está alejada de Manuel. Posiblemente. Pero tienes que averiguarlo, y la única forma de hacerlo es aceptando lo que sientes, asumiendo y evaluando si te merece la pena. Tú has pasado directamente a valorarlo, sin los pasos previos. Proyectando todos sus miedos y la seguridad de que no sois compatibles. Y no haces otra cosa que hacerte daño. Estás valorando una posible relación cuando ni siquiera te has permitido pensar qué es lo que sientes por Manuel. Mírate por dentro, deja que lo que sientes tenga su espacio, y cuando hayas disfrutado de esas sensaciones, de lo que te provoca ese amor, entonces toma las decisiones que quieras.

Me quedé pensativa, tratando de asimilar todo lo que Carmen me estaba diciendo.

—¿Cómo terminó esa historia? —pregunté a mi amiga.

—Nadie ha dicho que esa historia haya terminado, niña. Esa historia está esperando para poder empezar.

22

Mi antiguo colegio no había cambiado mucho, la secretaría estaba tal como la recordaba, y las eternas ventanas con cristales biselados y el gastado suelo de azulejos sevillanos envueltos en el mismo olor a desinfectante seguían en pie. Mis recuerdos regresaban a trompicones: cada vez que fijaba la vista en un rincón me veía allí de niña llevando de la mano siempre a mis hermanos. El colegio fue para mí una época feliz. Tuve la suerte de tropezarme con maestros innovadores que consiguieron que en clase disfrutáramos de experiencias diferentes y divertidas.

Llegué unos minutos antes de la hora acordada y la secretaria me pidió que esperara y me sentara en una silla de plástico verde que no tenía ninguna sintonía con el resto del mobiliario, pero que posiblemente alguien había colocado allí con la buena intención de alegrar la estancia que servía de sala de espera.

Casi no reconocí a mi amigo. No podía creer que aquel hombre alto y corpulento fuera el chico enclenque que apenas podía cargar los libros que cada semana sacábamos de la biblioteca ambulante. Los años lo habían tratado bien.

—Mara, ¡qué alegría verte! —me dijo abriendo los brazos—. Ven aquí, que te dé un abrazo.

Me abrazó con calidez y me tuvo atrapada el tiempo justo para que no me sintiera incómoda.

—Yo también me alegro de verte —le respondí—, aunque si te veo por la calle, no te habría reconocido.

—A ver, déjame que te vea —dijo mientras me observaba a corta distancia—. ¡Madre mía, qué guapa estás! Pasa, no te quedes ahí. Siéntate.

Al retirar la silla señorial que me ofrecía para sentarme, me di cuenta de que era más pesada de lo que me había imaginado.

El despacho era amplio y tenía un gran ventanal por el que entraba la luz del sol. La mesa de madera maciza que ocupaba casi toda la habitación estaba despejada, tan solo había en ella una fotografía enmarcada y un portalápices con algunos útiles de escritorio en un lateral.

—¿Es tu hijo? —pregunté mirando el retrato—. Se parece mucho a tu madre.

—No, yo no tengo hijos, no me he casado. Es mi sobrino, el hijo de mi hermano. Es clavadito a mi madre, menos mal, es la guapa de la familia.

—Me alegro mucho de verte, quiero agradecerte la rapidez con la que me has atendido —añadí sincera.

—Cómo no te voy a atender si eras mi compañera favorita. En toda mi vida no me he tropezado con nadie con quien compartir el amor por la lectura como hacía contigo. Y míranos, los dos nos dedicamos a la docencia, puede que no sea una casualidad. Cuéntame en qué puedo ayudarte y nos vamos al bar a tomar unas tapas, que me muero de hambre, no he tenido tiempo de almorzar todavía.

—Necesito tu ayuda, tengo una alumna en mi clase con una situación familiar complicada. Llega tarde a clase porque antes de ir al instituto tiene que traer a sus hermanas pequeñas aquí, y luego sale antes de tiempo de clase para venir a recogerlas. Te quería consultar si había alguna posibilidad de que me avisaras cuando haya alguna plaza libre en el comedor y en el aula matinal, sé que son dos y es muy difícil, pero necesitan ayuda.

—Son las niñas de la aldea, ¿no?, las de Manuel —me preguntó sabiendo la respuesta—. No te preocupes, aunque no haya plazas para nuevas incorporaciones les haremos un hueco desde mañana mismo. Yo me encargo de todas las gestiones.

—Pues no sabes cómo te lo agradezco. Aunque ahora me queda convencer al padre, no va a ser tarea sencilla, pero creo que lo conseguiré. Muchas gracias, es importante para mi alumna. Está en cuarto y le queda muy poco para titularse.

—Manuel es buena gente, seguro que aceptará. No tienes nada que agradecerme, Mara, el colegio debe dar respuesta a las necesidades del alumnado, y si la realidad de unas alumnas cambia, tiene que darles prioridad y ayudarlas. Habla con el padre y anota mi teléfono personal, mándame un mensaje para avisarme del día que van a empezar a quedarse.

—Vamos a por esas tapas, que pago yo —invité agradecida—. Tienes mucho que contarme.

El resto de la tarde estuvimos recordando nuestro lugar favorito, un viejo autobús cargado de libros que nos visitaba un día a la semana. Pedro y yo coincidíamos todos los miércoles en su interior y allí nos hicimos amigos. Solo podíamos sacar dos ejemplares por carnet de socio, pero nosotros, con la picardía que da la necesidad de leer más, hicimos el carnet a nuestros hermanos, con la intención de conseguir llevarnos libros extras a casa. Éramos lectores tan voraces que llegó un momento que al entrar pedíamos que nos indicaran las novedades, el resto ya lo habíamos leído. El rato que pasábamos dentro, descubriendo los nuevos tesoros que devoraríamos esos días, era para nosotros el mejor momento de la semana.

A pesar de tener la misma edad, estábamos en clases distintas, pero nos buscábamos en los recreos para contarnos las aventuras que habíamos leído la noche anterior.

Los días que había Bibliobús, Pedro se venía a casa a merendar y su madre lo recogía al finalizar la jornada laboral. El autobús paraba en la entrada de la aldea, y él vivía en una urbanización a las afueras del pueblo. En invierno anochecía pronto y estaba demasiado oscuro para que un niño de corta edad cruzara todo el pueblo caminando solo, así que mi madre habló con la suya y decidieron que se quedara en casa esas tardes. Cuando la mujer tenía que hacer horas extras, mi amigo pegaba saltos de alegría, así podía cenar en mi casa. Su madre era inglesa, y la comida que preparaba no tenía nada que ver con las tortillas de papas o los huevos rellenos que se cenaba en la mía.

Después de comernos una cantidad indecente de tapas, decidimos ir a Teseo, la librería más grande de la zona, situada en Fuengirola, a escasos minutos de donde nos encontrábamos. Era un lugar muy especial para mí. Los viernes de mi etapa universitaria había trabajado allí contando cuentos a niños pequeños. Sobre una alfombra de colores, rodeada de libros, compartía historias emocionantes con un público fiel que aumentaba cada semana. Con Ulla, su dueña, una mujer que amaba los libros por encima de todo, compartía una relación más estrecha que el simple trato comercial. Allí pasamos el resto de la tarde, entre sus grandes estanterías repletas de ejemplares, compartiendo emocionados los libros que habían sido significativos para nosotros. Ulla nos hizo varias recomendaciones y los dos salimos de la librería con varias bolsas a rebosar. Decidimos cenar en uno de los chiringuitos del paseo marítimo.

Me sorprendió la cantidad de veces que se paró a saludar a niños y a padres del colegio, a pesar de que estábamos en el pueblo de al lado. Todo el mundo lo trataba con familiaridad y cercanía, y yo no podía dejar de mirarlo con extrañeza. El niño tímido que no se atrevía a levantar la voz en clase era ahora un conversador magnífico, con un buen humor contagioso y una capacidad de escucha infinita.

Después de cenar y tomar la última copa me acompañó a casa en coche para que no tuviera que caminar sola hasta la aldea.

—Aquí es donde vivo ahora, no tiene pérdida, a unos metros de donde vivía antes. Vente a cenar un día de la semana que viene y seguimos charlando. Ha sido un placer volver a verte, Pedro. Es imposible que te llame Peter a estas alturas —reí divertida.

—Puedo perdonarte si me haces una tortilla de patatas como la de tu padre, no te miento si te digo que en la vida he probado una tortilla como la suya, no puedo sacármela de mi memoria.

—Haré algo mejor, le pediré a mi padre que nos la haga, estará encantado. Y seguro que se alegra de verte.

—Pues te llamo la semana que viene y hablamos —dijo al salir del coche para darme un abrazo—, y gracias por la cena.

No me había dado cuenta de que Manuel estaba en su porche, observándonos. Dudé si acercarme a darle la noticia o hacerlo en otro momento. era amabilidad lo que se reflejaba en su cara, precisamente; estaba serio, quizá enfadado, con una mirada más inquietante. Debía ser cauta y meditar bien los pasos que iba a dar, así que decidí saludarlo brevemente con la mano y meterme en casa. Cuando le hablara del comedor para las niñas tenía que hacerlo con cautela, en el momento adecuado, sabía que el «No» sería su respuesta inmediata y la negociación no sería nada fácil.

En cuanto me cambié de ropa y me puse cómoda, vi que tenía tres mensajes de Saray. No podía ir al examen de primera hora y mi compañera no había accedido a cambiárselo para que pudiera hacerlo más tarde. Abatida, me senté en la cama, tenía que sacar fuerzas de donde fuera para cambiar la situación, y para ello tenía que enfrentarme a Manuel e intentar convencerlo para que aceptara mi propuesta. Pero no estaba preparada, con el cansancio del día temía no tener la lucidez que necesitaba para encontrar los argumentos adecuados. Me volví a poner la ropa, me lavé la cara con agua fría y por mensaje le pedí a Manuel que me acompañara a dar un paseo, necesitaba hablar con él. Estaba nerviosa, insegura, en vano trataba de concentrarme para encontrar la mejor forma de abordar el asunto. Pero era importante, si lo conseguía, cambiaría significativamente la vida de Saray al facilitarle la asistencia a clase.

Sentí que las piernas me temblaban cuando vi a Manuel caminando hacia mí mientras se ponía una sudadera turquesa sobre su camiseta de tirantes.

—Tú dirás —dijo al llegar a mi lado.

—Mañana Saray tiene un examen a primera hora, sé que no podrá asistir porque tiene que llevar a las niñas al colegio.

Se paró en seco.

—¿Otra vez con lo mismo? ¿Y qué quieres que haga? ¿Dejo de ir a trabajar? No quiero hablar contigo de este tema, Mara. Te esfuerzas por hacerme sentir culpable, como si esta situación fuera solo culpa mía. No decidí yo que mi mujer y mi madre murieran, no decidí yo quedarme solo con mis tres hijas. Eres injusta, además de terca como una mula. No puedo cambiar mi realidad, tampoco a mí me gusta —me dijo volviéndose a su casa visiblemente enfadado.

Intenté cogerle un brazo pero se me escurrió, lo único que logré atrapar fue la sudadera, la agarré con tanta fuerza para detenerlo que le saqué la manga en el tirón.

—Hay formas de desnudarme mucho más sutiles —susurró mientras se acomodaba la sudadera, sin dejar de mirarme—. No tienes por qué hacerlo en medio de la calle.

Me hizo sonreír. Lo tenía tan cerca y me miraba de una forma tan penetrante que por unos instantes sentí que iba a caer derretida a sus pies. Respiré hondo y recordé el motivo por el que estaba allí.

—No quiero hacerte sentir culpable. He estado hablando con el director del colegio y me ha dicho que puede incluir a las niñas en el aula matinal y en el comedor desde mañana mismo.

—Te ha costado una cena, pero lo has conseguido. No debiste tomar estas decisiones por mí, si mis hijas van o no al comedor tengo que decidirlo yo.

—¿Has estado escuchando la conversación? —le recriminé molesta.

—No es muy difícil, las niñas dormían y Saray estaba estudiando en su cuarto. El silencio de la calle ha hecho el resto.

—No me ha costado una cena. La cena es porque el director es un viejo amigo y me encantaría retomar esa amistad.

—Sé perfectamente quién es ese amigo, no olvides que yo también iba al mismo colegio. Y nunca me gustó un pelo, por cierto.

—Ese argumento no resta importancia a lo que intento que aceptes. Es la solución, Manuel. Quedan solo unos meses de curso, no hagas que Saray tire por la borda tantos años de estudios. Si las niñas van al aula matinal y se quedan en el comedor, Saray podrá asistir a clase y graduarse. No puedes ser tan testarudo y no considerarlo la solución perfecta.

—Tú solo quieres que acepte lo que has pensado y has decidido por mí. Has ido a hablar con el director sin decirme nada. Todo, Mara, lo has hecho todo sin mi permiso, sin contar conmigo. Y se te olvida lo más importante. Son mis hijas. Tú no eres nadie para hacer gestiones en mi nombre, no eres nadie para decidir qué es lo mejor para ellas. Deja de meterte en mi vida, ya es lo suficientemente complicada para que encima tú la compliques más. ¿No te das cuenta de que esa solución también tiene sus consecuencias? Las niñas tendrán que levantarse antes y no volverán a comer comida casera. Yo he comido en ese comedor y créeme que no es lo que he soñado para mis hijas.

Se marchó dejándome sola. Me apoyé en la valla que delimitaba mi antigua casa y pataleé de rabia sobre las malas hierbas que crecían a su antojo. A los treinta segundos sentí que se acercaba y tiró de mí con fuerza.

—Vamos —me ordenó Manuel—, no pienso dejarte aquí sola de noche. Los Bocachanclas no paran de dar vueltas a esta casa y no quiero que nada pese sobre mi conciencia si te ocurriera algo.

—¡Eres tan sumamente egoísta que no te preocupas de lo que me pueda ocurrir, te preocupa tu conciencia! ¡Si algún día dejaras de pensar en ti y pensaras un poco más en los demás, todo sería mucho más fácil! —grité muy alterada.

—Sí lo soy, soy un egoísta y todo lo que quieras, pero anda o me veré obligado a llevarte a rastras.

—Puedo ir yo sola, no necesito que nadie me proteja, sé cuidarme por mí misma —contesté con dignidad.

—Está bien, pero ten cuidado y no pises la serpiente que tienes delante, que te morderá.

Miré asustada al suelo y pegué un grito cuando vi algo verde moverse a mis pies. Caminé con paso rápido hacia mi casa. Él me alcanzó cuando iba a abrir la puerta.

—No era una serpiente, era una lagartija —susurró en mi oído—, pero es fácil manipular a los demás, sobre todo cuando tienen miedo.

Le cerré la puerta en las narices. No solo no había conseguido mi objetivo, sino que, además, me había llevado un enfado considerable.

Manuel me desesperaba, acababa con mi paciencia. Su tozudez era un muro que yo no era capaz de derribar. No entendía cómo no pensaba en su hija, en el daño que le estaba haciendo; por no dar su brazo a torcer estaba robando a Saray la posibilidad de terminar sus estudios.

Tuve que contenerme para no volver a golpear su puerta y escupirle toda la ira que me había provocado, sabía que eso solo dificultaría más las cosas. Solo me quedaba la posibilidad de hablar con el director a fin de que intercediera con Blanca para que le cambiara la hora del examen a Saray, aunque tampoco sería una tarea sencilla, yo no era santo de la devoción de mi compañera.

Me acosté con mal sabor de boca y con él me levanté. Bosco no había parado de moverse, estuvo todo el rato golpeando con el rabo la mesita de noche. Como solución para calmar mis nervios, opté por subirlo a mi cama, pero sus patadas tampoco me lo pusieron muy fácil. Cuando estaba nerviosa, mi sueño se volvía frágil e inquieto, cualquier ruido me despertaba y me costaba volver a dormirme.

Ya que no podía conciliar el sueño aproveché la noche para

centrifugar mis pensamientos dándole vueltas a la conversación con Manuel una y otra vez. Amanecí tan enfadada como me había acostado. Mientras tomaba el café en el porche recibí un correo de mi querida compañera, me notificaba varios partes de incidencia. Intenté leer lo que me había escaneado pero no se veía con nitidez, así que me apresuré a vestirme y, con la taza de café recalentado en la mano, me fui para el instituto. Con un poco de suerte la localizaría a primera hora para que me contara qué había pasado.

Estaba segura de que si solo contaba con la versión de mi compañera, no sabría qué había ocurrido. Así que, previsora, quise conocer otra versión. Le escribí a Coral preguntándole por el incidente del día anterior y me contestó con un mensaje de audio. Por su voz se podía apreciar que se acababa de levantar.

—No ha pasado nada grave, solo que Blanca se pasó mucho con nosotros, nos mandó una cantidad de deberes exagerados, seis páginas enteritas de ejercicios, y como hoy teníamos un examen le pedimos que nos diera dos días para hacerlos. Ella se alteró un poco, nos llamó manada de vagos y algunos saltaron. Es una amargada.

En ese momento entendí a la perfección lo que había pasado. Mi compañera rellenó varios partes de incidencia en respuesta a los argumentos de los alumnos, que seguro que no fueron expuestos de la mejor manera. Por un lado, creía la versión de Coral y, por otro, no tenía duda alguna de que la de Blanca sería distinta.

La encontré en el despacho del jefe de estudios, dramatizando con parsimonia los hechos del día anterior.

—Qué bien que hayas llegado, Mara. Blanca me está contando el incidente de ayer. Por favor, siéntate.

—Nunca en mi vida me habían faltado tanto al respeto —contó Blanca con lágrimas en los ojos—. Esos chicos tienen una falta de disciplina tan tremenda que es imposible dar clase en esa aula.

—Perdona, pero esa clase no es la misma que me encontré

cuando llegué. Ha mejorado tanto que todos los compañeros que dan clase en ella están asombrados —rebatí.

—Quizá tú puedes, que los tienes todo el día jugando, pero en el momento en que les pongo un par de ejercicios, se rebelan de una manera intolerable.

—Un par de ejercicios o seis hojas llenas de ejercicios. No es lo mismo, Blanca, no es lo mismo. Y no se negaron a hacerlos, solo te solicitaron que se los aplazaras porque hoy tenían un examen, creo que contigo. Y yo no los tengo todo el día jugando, no confundas unas metodologías diferentes de la tuya con simples juegos.

—¿Eso te han dicho? Eran ejercicios muy sencillos, si les mandé tantas páginas era porque se hacían en un par de minutos cada uno...

—Blanca, los he visto, no eran de unos minutos, algunos eran trabajos de horas, tenían incluso que buscar información, pero no voy a discutir contigo, lo que quiero saber es qué ocurrió y por qué te sentiste tan ofendida —dije cortando de golpe la sesión de teatro que estaba montando.

—Les dije que tenían que aumentar su capacidad de trabajo, que estaban en cuarto de secundaria, y no te puedes imaginar la que organizaron.

—Les dijiste que eran una manada de vagos, Blanca, y si alguien quiere pedir respeto también tiene que ofrecerlo. Tomo nota de los alumnos amonestados y hablaré con ellos, a última hora me paso y acordamos con dirección las sanciones que les corresponden. Ahora me voy a clase, ya sabéis no se puede pedir puntualidad cuando uno llega tarde.

El jefe de estudios me guiñó un ojo y salí del despacho con una sensación de triunfo. Me alegraba de haber consultado con anterioridad lo que había ocurrido.

Al terminar la jornada tenía un mensaje de Pedro. Me decía que le habían regalado dos entradas para un espectáculo de flamenco esa misma noche y si me apetecía acompañarlo. Sabía de qué espectáculo me hablaba, mis hermanos y yo queríamos ir, pero cuando fuimos a sacar las entradas estaban agotadas. Accedí sin pensarlo, me vendría bien salir un rato y despejarme.

Benalmádena es un pueblo pequeño con una oferta de ocio que sorprende por su variedad. Los lugareños participaban de las actividades culturales junto a los visitantes que encontraban en ellas un aliciente más para disfrutar de nuestras raíces. El espectáculo era al aire libre, en un área habilitada cerca del puerto deportivo. En la parte delantera estaba una zona de sillas, ocupadas en su mayoría por personas mayores. Había también espacios perfectos para estar de pie, lo suficientemente amplios para poder bailar.

Pedro escogió dos sillas situadas en la esquina de la parte derecha.

—Este es el mejor sitio, veremos a los bailaores y podremos bailar cuando salgan los cantantes —me indicó al sentarnos.

El recinto estaba lleno. Unas cuantas filas más atrás vi una cabeza que me resultaba familiar, pero la aglomeración no me dejaba confirmar mis sospechas. En cuanto se acomodaron los asistentes pude confirmar que era Carmen, estaba sentada con dos de sus hijas. Me dio tanta alegría verla que me disculpé con Pedro y fui a saludarlas. Eran contadas las ocasiones en que nos veíamos fuera del mercadillo, pero justo antes de llegar hasta ellas, en el espacio libre de sillas me tropecé con una pareja joven. A él lo reconocí enseguida, había visto tantas fotografías suyas que no tenía ninguna duda. Justo delante de mí estaba Fali, el futuro prometido de Coral, que había venido esa semana, seguramente para ultimar los detalles de la pedida, que se llevaría a cabo la semana siguiente. Me extrañó que lo acompañara una chica de su misma edad con aspecto extranjero. Se comunicaban con risitas y gestos coquetos. Cuando oí hablar a la chica me di cuenta de que era inglesa.

Me sentí incómoda desde el primer momento que los vi. Sabía que Coral entraría en cólera cuando se enterara de que su prometido había estado *roneando* con otra.

—Hola, guapa —me saludó Carmen—. No me habías dicho que ibas a venir. Me alegro de que salgas a divertirte, que tanto trabajar no es bueno.

—No lo he sabido hasta hoy mismo, me ha invitado un viejo amigo. Tampoco sabía que venías tú, no me dijiste nada el sábado.

—Es que me han dado una sorpresa mis niñas, están comprando bebidas. Oye, ¿has venido con el director del colegio? Menudo mozo, esta noche te das una alegría para el cuerpo y te quitas todas las penas.

—No seas bruta, Carmen, es un viejo amigo, fuimos juntos al colegio. Encontrarte a ti es lo que me ha dado alegría, aunque se me ha ofuscado un poquillo al ver al novio de una alumna con una guiri cuando venía hacia aquí. Y encima es una de las niñas de la aldea.

—No puede ser. Espero que no sea ese gitanillo que se está dando el lote, que le va a sacar las amígdalas a la inglesita. Le ha metido mano hasta en el *sentío*.

—Ese mismo, y no está siendo lo que se dice discreto —asentí.

—Pues te lo voy a arreglar en un plis plas. ¿Cómo se llama la niña?

—No, Carmen, que te conozco. No le digas nada, que el enredo puede ser mayor. Voy a volver con mi amigo, que se está inquietando. Después, cuando termine el concierto, no te vayas sin mí, quiero saludar a tus hijas.

Me volví a mi sitio y Pedro me recibió con una amplia sonrisa. Tenía que reconocer que era un hombre muy atractivo. El niño pecoso, con los ojos claros y el pelo rebelde, era ahora un señor que iba al gimnasio y había descubierto las ventajas de los geles fijadores. Sonreí al pensarlo y él me pellizcó la mejilla con una familiaridad que no me incomodó.

—Te estás riendo de mí, ¿verdad? Estoy seguro de que te estabas acordando de mis peleas con el peine por las mañanas. No te creas, las sigo teniendo.

Reí al ver la forma tan certera con que había leído mi pensamiento.

—Me alegro de que ahora tengas dinero propio para comprar gel fijador —bromeé ante su simulado enfado.

El espectáculo nos tuvo absorbidos sin casi pestañear más de una hora y después comenzaron a desfilar distintos cantaores de flamenco. Disfrutamos y bailamos juntos unas canciones que contribuyeron a devolvernos a la niñez. Por un rato me olvidé de todo, vivía el momento, disfrutaba del baile y de la compañía, Pedro había mejorado también en ese ámbito. Al salir le pedí que me acompañara a saludar a las hijas de Carmen. Hice las presentaciones y decidimos ir a picar algo juntos a un restaurante cercano que Pedro nos recomendó.

La velada fue muy agradable. Las hijas de Carmen eran tan divertidas como ella e hicieron sonrojar a mi amigo en más de una ocasión.

Regresamos a casa tarde, eran casi las dos de la madrugada, lo que nos pasaría factura a la mañana siguiente.

No me equivoqué, al día siguiente me levanté con un intenso cansancio que me ralentizó cuerpo y mente, y me empapó de una desgana espesa que me empujaba de nuevo a la cama, a seguir durmiendo plácidamente. Además, no dejaba de pensar en la pobre Coral. ¿Cuánto tardaría en enterarse de la infidelidad de su novio? No me acordaba de lo rápido que volaban los cotilleos en el pueblo. No eran ni las ocho de la mañana cuando recibí un mensaje de mi alumna, no se encontraba bien y faltaría a clase. No hacía falta preguntar, estaba claro que ya le habían contado la hazaña de su novio y estaba hecha trizas, así que se me ocurrió invitarla a merendar. Sabía que la habría afectado mucho y necesitaría un poco de apoyo, al fin y al cabo, le acababan de tirar su sueño por los suelos.

Llegó casi media hora antes de lo acordado.

—Veo que tú tampoco has dormido mucho —le dije en cuanto se sentó en el porche.

—Ay, Mara, no sabes lo que ha pasado. —Las ojeras le oscurecían el rostro, hablaban sin reparos de una noche sin pegar ojo—. Vieron al Fali ayer con otra en el concierto del puerto. No te puedes imaginar lo mal que me siento, nos pedíamos en unos días.

—¿Has hablado con él? —pregunté.

—Claro, llevo toda la noche y todo el día hablando. Él me lo niega, dice que era una amiga, y yo no sé ya ni qué pensar. Es que lo ha visto mucha gente, Mara, lo ha visto mi prima que vive en el Arroyo y mi tía Pili, la del pueblo. Ellas nunca me engañarían. También lo vieron varias amigas mías —añadió avergonzada.

—No, no te han engañado. Quiero decirte algo, Coral, yo también lo vi. Lo reconocí por las fotos que me habías enseñado.

—¡No me lo creo! —exclamó Coral—. No puede ser verdad.

—Sí. Y siento mucho tener que decírtelo, pero tengo que ser honesta.

—¿Lo viste besándose con ella? —me preguntó angustiada.

—Sí. Lo siento mucho, Coral —dije abrazándola.

—¿Cómo era? ¿Era guapa? —me preguntó llorando.

—Ni la mitad que tú. Era un saquillo de huesos, una guiri insulsa que tenía dos palillos de dientes por piernas y la frente tan despejada que de lejos parecía calva —contesté intentando aportar un poco de humor para que su autoestima no se viera más dañada.

—Él dice que no ha sido nada, que él me quiere a mí, que yo soy la mujer de su vida, también afirma que no me ha sido infiel, que no somos novios todavía, pero yo siento que me ha traicionado, Mara, y me duele en el alma.

—Te entiendo perfectamente. Un compromiso comienza cuando dos personas se declaran su amor, no cuando ese amor se expone al mundo. No te preocupes, lo superarás, es cuestión de tiempo, ya verás.

—Es que yo no soy capaz de ver mi vida sin él, Mara. Sé que él está muy arrepentido y que no lo va a hacer nunca más. Creo que tengo que pensar las cosas. No puedo renunciar a mi gran amor por un error que ha cometido cuando los dos éramos libres, pero no creo que sea el momento de hacer la pedida. Voy a anularlo todo.

—Esta es una decisión que tienes que tomar tú. Solo tú. Quiero que te lo pienses bien, no hace falta que lo decidas hoy. Es muy complicado tener una relación con alguien en quien no confías, sobre todo si trabaja fuera. Piensa que una pareja se tiene para ser feliz, para compartir la vida, para disfrutar de ella, y no significa tener un sufrimiento continuo. Piensa también que una relación se puede romper en cualquier momento, es un riesgo que todos corremos cuando estamos en pareja. Por eso te insisto tanto en que seas independiente, que tengas tu propio dinero y decidas sobre tu vida. Imagínate que esto te pasa de casada, y por no tener recursos tienes que seguir atada a una persona que te ha traicionado. Si quieres seguir adelante es muy importante establecer unos límites, y si la infidelidad es uno de ellos, tienes que dejárselo muy claro. Si aceptas estos principios y quieres seguir con él, deberías hacerle entender que la infidelidad no es algo con lo que estás dispuesta a convivir, hazle saber todo el daño que te ha causado, hasta el más mínimo detalle. Pero tengo que serte sincera, Coral, si ahora, que es cuando tiene que estar más ilusionado, te hace esto, no puedes descartar que lo vuelva a hacer más adelante, cuando vuestra pareja entre en la inevitable monotonía que trae consigo el paso del tiempo.

Coral asentía con la cabeza a todo lo que yo le decía. En el fondo, las dos sabíamos que lo iba a perdonar, pero al menos tenía que intentar que su actitud fuera lo suficientemente explícita para que él entendiera que ella no era un juguete, un puerto seguro al que volver después de dar vueltas por todas las mujeres que se encontrara en su camino. Dudaba si Coral lo haría, y de si yo podía ayudarla en ese ámbito. Pero algo me incitaba a intentarlo.

Era difícil para mí guardarme lo que realmente pensaba: no veía en ese chico la madurez suficiente para casarse en unos meses. Aún no habían empezado y él ya era infiel, eso no auguraba nada bueno para el futuro, y su actitud no me gustó. Esa forma de exhibir a la chica, de acariciar con descaro su cuerpo en público, era más elocuente que todas las conversaciones que había tenido con Coral sobre él. Me preguntaba si ella lo conocía o tan solo tenía una imagen idílica de él.

No sé por qué, me acordé de Carmen y de su historia de amor, y de pronto caí en la cuenta de que el señor que estaba sentado a su lado en el espectáculo y me miraba de soslayo cuando yo hablaba con mi amiga era Marcos. Recordé en ese momento el lunar sobre el labio superior que me describió Carmen y el detallado retrato que me hizo de él: un personaje en la sombra que la acompañaba en silencio.

El sábado seguro que me daría información de cómo había conseguido otra entrada para él. Sonriendo le mandé un mensaje de texto.

«Es un hombre tremendamente atractivo».

A los pocos minutos recibí un mensaje de Carmen.

«Lo sé».

Aquel día me acosté reflexionando sobre la infidelidad, sobre las distintas formas que toma el amor y cómo lo vivían las personas que me rodeaban. Estaba a punto de dormir cuando pegaron a la puerta. Era Saray.

—Mis hermanas pueden empezar en el aula matinal cuando queramos —me dijo excitada—. Mi padre me lo acaba de decir. ¿Te he despertado?

—No, estaba leyendo. Qué buena noticia, llévalas mañana por la mañana. Ahora mismo voy a mandarle un mensaje al director. No sabes cuánto me alegro —le dije abrazándola.

Escribí a Pedro nerviosa, disfrutando del cambio que eso suponía para Saray. Inmediatamente él me confirmó la aceptación sin ningún tipo de obstáculos.

Le respondí con un simple «Gracias» que no recibió respuesta y me metí en la cama. No era capaz de imaginar qué era lo que había hecho cambiar de opinión a Manuel.

23

Las niñas comenzaron el comedor al día siguiente y Saray pudo asistir a clase en el horario completo. Eso me tranquilizaba, pero no había coincidido con Manuel desde la última discusión y no tenía muy claro si era bueno agradecerle en persona que hubiese aceptado mi propuesta. Lo conocía y sabía que aceptar algo que no le agradaba era una especie de derrota para él, y cualquier acercamiento por mi parte podría interpretarlo como una burla. Tenía que ser prudente y encontrar las palabras que encajaran en la conversación adecuada, a fin de no herir más su orgullo.

Sin poder quitarme de la cabeza a Manuel, me fui de compras con mi hermana. Necesitaba comprarme un vestido para la boda a la que iríamos el sábado. La prima de Coral se casaba y toda mi familia estaba invitada. Ni Saray ni su padre iban a asistir en un principio, querían guardar el luto por su abuela, pero todos insistieron en que tenía que ir para cumplir con la última voluntad de Manuela. La mujer había dejado muy claro que no quería que se perdieran ni una sola reunión familiar porque ella faltase. Antes de morir manifestó que donde estuviera su familia reunida, ahí estaría ella, viéndolos disfrutar. Se lo había dicho de forma individual a todos los miembros de la familia, para que con su presión empujaran a Manuel a asistir sin excusas a todos los eventos familiares. A Manuela le preocupaba que su hijo malgastara los mejores años de su vida metido en casa sin relacionarse con nadie. Lo había visto sufrir tras la muerte de su esposa, a la que había guardado un luto largo y tedioso que lo había aislado durante demasiados años, y no quería que volviera a pasar por lo mismo.

Después de visitar una docena de tiendas sin encontrar nada que me convenciera, mis pies me rogaban que regresara a casa, pero mi hermana insistió en que probáramos suerte en la *boutique* del centro comercial. Acepté no sin antes aclarar que sería la última tienda en la que entraba antes de decantarme por sacar del letargo uno de los vestidos que tenía en el armario. No recordaba cuántos años hacía que tenía la misma talla, y con la cantidad de eventos que celebraba mi familia, opciones no me faltarían si optaba por repetir modelo.

En el escaparate vimos un vestido verde esmeralda cogido al cuello y largo hasta el tobillo, con un sol dibujado con pedrería que partía desde la cintura y se difuminaba por toda la falda. Entramos para verlo de cerca, le pedimos mi talla a una simpática dependienta que en unos segundos la localizó en el almacén y me dirigía al probador cuando la vi allí, parada, mirándome fijamente. Era la amiga de Manuel. Se estaba probando un vestido corto de gasa rosa pálido, que le quedaba como un guante. La expresión de su cara cambió con brusquedad y, con una sonrisa forzada se dirigió hacia nosotras con decisión.

—Hola —me saludó—. Tú eres la prima de Manuel, ¿verdad?

—Somos primos segundos, sí —intervino mi hermana al ver que yo me había quedado paralizada.

—Él me ha hablado mucho de ti. Tiene muchas anécdotas de cuando erais pequeños. Los rosetas os llamaban, qué gracioso. —No supe si intentaba ser amigable o todo lo contrario—. Es que pasamos mucho tiempo juntos. Por cierto, me llamo Macarena.

—Yo soy Susana, y esta, mi hermana Mara, que, por cierto, tiene que probarse este vestido y llegamos tarde. Anda, date prisa —me apremió mi mientras yo seguía muda.

Entré en el probador, me desvestí sin prisas, esperando que Macarena se marchara, pero no, allí se quedó.

—Estás preciosa, Mara —me dijo mi hermana—. Te resalta el color verde de tus ojos.

—Estás muy guapa —opinó Macarena de forma gratuita—, pero deberías probarte otro. Este no te hace justicia, no resalta tu figura, te aprieta mucho el pecho y te hace demasiado trasero. Necesitarías una talla más grande.

Mi hermana me miró sorprendida y yo cerré los ojos unos instantes, a la espera de que le soltara una de sus groserías.

—No necesita una talla más, tiene la suerte de tener un tipazo que luce con ropa ceñida, pero entiendo que se lo aconsejes, tú sí necesitas una talla más del vestido rosa que te has probado para que, tan ceñido, no se vea ordinario —le contestó mi hermana sin dejar de mirarla fijamente y, dirigiéndose a mí, añadió—: Quítatelo, Mara, que nos lo llevamos. Serás la sensación de la boda.

Le eché una mirada fulminante a mi hermana, pagué el vestido y no pude disimular mi enfado.

—Te has pasado, Susi, no debiste ser tan grosera.

—Ella es la que se ha pasado, es una bruja. Está coladita por Manuel, se le nota a la legua. Tenías que haber visto cómo le babeaba en el cementerio, llegó a agobiarlo tanto que él se quitó de en medio varias veces.

—De todas maneras eso sobraba, has sido muy borde —dije disgustada.

—La grosera y borde ha sido ella, nadie le ha pedido su opinión. Se la podía haber ahorrado, pero no, la ha soltado ahí con mala leche. Me he contenido, eh, que podía haber sido más grosera todavía, no me hubiese costado nada.

—Un momento, ¿te has dado cuenta? —comenté nerviosa—, estaba comprando un vestido de boda. Mira que si va a la misma boda que nosotras... ¿Y si es la pareja de Manuel?

—No creo, Manuel podía haberla presentado como su novia en la pedida, o incluso en el cementerio, pero no lo hizo, y mira que a ella se le notaban muchísimo las intenciones.

—Sí, pero yo la he visto en su casa, y créeme si te digo que entre ellos había algo.

—Solo la viste una vez, ¿no? Si fuese su novia iría a echarle una mano con las niñas, aunque ya te digo yo a ti que esa a lo único que va a echar mano es a la cartera.

Me reí de sus ocurrencias. No podía enfadarme con ella, tenía el mismo sentido del humor que mi padre.

Después de darle mil vueltas en la cabeza seguía sin entender la intranquilidad que me producía el hecho de que esa mujer acompañara a Manuel a la boda. Lo que más me inquietaba era la idea de tenerla cerca en la ceremonia.

Aunque no habíamos hablado de ello, mi padre y yo nos apresuramos a recoger el puesto un poco antes, el día de la boda. Con el tiempo justo, nos duchamos y nos vestimos en mi casa; aun así, nos perdimos la primera parte de la ceremonia, en la cual la familia de los novios disfrutaba con ellos en la casa de sus respectivos padres, y nos dirigimos a la iglesia directamente. Llegamos en el momento en que los novios salían, ya casados, y les caía encima una lluvia de arroz, pétalos de rosa y purpurina dorada. Todos mis familiares participaban con alegría en ese rito, que se compartía en las dos religiones que practicábamos. Si bien unos pertenecían a la iglesia Evangélica, otros se consideraban miembros de la comunidad cristiana del pueblo y pertenecían a la parroquia donde se había realizado el enlace.

Cuando todos estaban bailando en la puerta, me asomé a la iglesia y me asombró la cantidad de flores que la adornaban. En los laterales del altar mayor resaltaban unos enormes jarrones con preciosas peonías de color blanco salpicadas de rosas que les daban un toque de color y alegría, y unas orquídeas blancas adornaban la superficie del altar. Una decoración tan colorida y elegante solo podía ser idea de Coral, que adoraba darle un toque natural a sus creaciones y una vez más demostró tener gustos sobresalientes en cuanto a decoración.

En la puerta de la iglesia, una guitarra y una chica con una voz preciosa pusieron el broche final a la ceremonia cantándoles a los novios un tema compuesto expresamente para ellos. Los asistentes guardamos un silencio sepulcral, teníamos la piel de gallina y lágrimas en los ojos por la emoción que los novios, que no podían contener la suya, contagiaron a los demás. En cuanto terminó la canción nos marchamos a una finca de Alhaurín de la Torre, donde iba a tener lugar la celebración.

La forma en que habían decidido comunicar a los invitados dónde se sentarían me hizo sonreír. En la entrada habían colocado una foto de la novia y otra del novio con unos cinco o seis años de edad, a tamaño natural, presidiendo el panel donde se indicaba el orden de las mesas. Tan solo teníamos que buscar nuestro nombre debajo de la novia, en nuestro caso, para saber el número de la mesa que nos habían asignado. En un mapa justo debajo se señalaba el lugar donde ese número estaba ubicado.

Mi hermano compartía la mesa con Manuel y sus hijas. Yo lo hacía con mi padre, mi hermana, mi cuñado y dos de mis tíos. Fue un alivio por partida doble para mí comprobar que Macarena no asistiría a la boda y que Manuel no estaría sentado a la misma mesa que yo.

Los novios entraron en el comedor bailando al ritmo de una canción y todos nos levantamos para bailar con ellos, como era habitual en todas las celebraciones. Los novios en el centro, y los demás en semicírculo, para que no dieran la espalda a nadie.

Casi una hora después nos sentamos a comer.

—Esto ha sido necesario para abrir el apetito —comentó mi padre—. No sé quién es capaz de comerse cinco platos para una cena.

—Lo mismo te vieron comer en la pedida y te han tomado como referencia —le contestó mi madre—. Han puesto cinco platos para que no te quedes con hambre.

Mi padre le hizo una mueca de desagrado a mi madre que nos hizo reír a todos.

El catering que organizaba la cena era uno de los más afamados de Málaga. El servicio era impecable y la rapidez se agradecía después del retraso que había provocado el baile.

Tras comer el primer plato sentí que me sobraban los cuatro restantes. Por lo visto a mi padre no le ocurrió lo mismo, pues apuró hasta el último con un apetito voraz.

Cuando llegamos a los postres, nos llamó la atención que no hubiera el típico de todas las bodas. Nos pusieron una torrija de miel con helado de turrón y chocolate fundido, y antes de empezar la fiesta entró la tarta en escena. Las luces se apagaron y un desfile de camareros, siguiendo una complicada coreografía, desfilaron bailando con los platos, que parecía que estaban pegados en sus manos. La tarta llegó rodeada de bengalas de colores, empujada por tres camareros que apenas podían con su peso.

Coral se había puesto en contacto con una decoradora de tartas inglesa afincada en Marbella, que hacía unas creaciones increíbles. La tarta tenía diez pisos y cada uno de ellos estaba adornado con distintas flores de azúcar. Los invitados no podíamos apartar la mirada de aquella obra de arte efímera que se convertiría en un recuerdo en pocos minutos. Fue tal la cantidad de gente que se acercó a fotografiarla que tardaron un buen rato en comenzar a partirla.

En un rincón apartado estaba la mesa dulce, que también llevaba el sello de mi alumna. El color violeta tenía el protagonismo en el atrezo y la decoración. Las servilletas, las flores de centro y los bordados de los manteles eran de ese mismo color, así como las golosinas, los envoltorios de las chocolatinas y todos los malvaviscos expuestos en los recipientes de cristal.

Saray no quería bailar. En un principio, cuando se lo propusieron, declinó la invitación hasta que los novios se acercaron a su mesa y se lo rogaron, solo entonces accedió. Mi cuñado y mi hermano la acompañaron cantando y tocando la guitarra.

Cada vez que la veía bailar, cada vez que levantaba sus brazos, sentía una extraña emoción que me conmovía. Y estaba segura de que el público asistente también lo sentía. Todos nos situamos alrededor del improvisado escenario. No me di cuenta de que Manuel estaba a mi lado hasta que oí su voz, confirmándole a alguien que la que bailaba era su hija.

—No puedo entender que si ves lo mismo que yo, no la animes a seguir bailando —le murmuré al oído.

—No empieces, Mara. Ella es feliz bailando para la familia y nunca me negaré a que lo haga, pero no quiero que el cuerpo de mi hija sea ningún negocio. El mundo del espectáculo no es para ella, es una niña —afirmó mientras no dejaba de mirarla.

—Manuel, no se puede tener más talento. No solo es cómo baila es lo que transmite. Mira el público. Podrían estar viéndola bailar toda la noche.

Manuel me miró. Lo que empezó siendo una mirada fría, cargada de reproche se fue tornando cálida, al no encontrar en mis ojos la misma respuesta.

—Eres la mujer más cabezota que he conocido nunca.

—Sí, lo has dicho con propiedad, la mujer; el hombre más cabezota lo llevas contigo a todos lados.

Cuando Saray terminó de bailar y recibió una sonora ovación, los novios volvieron a ocupar el centro de la sala.

—Has estado maravillosa, has bailado con un sentimiento y una fuerza impresionantes —le dije a Saray cuando volvió a su mesa.

—Gracias, Mara, es que se lo he dedicado a mi abuela. Estaba segura de que me estaba mirando —dijo Saray emocionada.

Era casi la una de la madrugada cuando nos anunciaron que la *ajuntaora* estaba esperando a la novia. Aunque en muchas familias esto se celebraba el día antes de la boda, en mi familia era costumbre hacerlo el mismo día.

Esa parte de la ceremonia era especialmente complicada para mí. No estaba de acuerdo en ese ritual ya que a mi parecer creaba una brecha entre el hombre y la mujer. Un ritual donde se sobrevaloraba la virginidad de la mujer, a la que se le suponía sacrificada, con una fuerza de voluntad para mantenerla intacta. Y, en cambio, no se tenía en cuenta la del hombre. Partir de esa diferencia ya me hacía injusto un hecho que no había evolucionado con los años.

Era capaz de respetarlo, por supuesto, dado que la mujer era libre de escoger si hacerlo o no, nadie la obligaba, pero no lo compartía. Me parecía algo obsoleto, a la mujer tan solo se la valoraba por la parte de su cuerpo que no había usado, y esa frialdad me exasperaba. Que la novia fuera virgen y honrara a su familia y la del novio era lo único que contaba, no se tenía en cuenta nada más. Y yo no entendía ese concepto de honradez, para mí la honradez era otra cosa. Yo honraba a mi familia si la respetaba, si estaba a su lado en los malos momentos y compartía los buenos, de acuerdo con los valores que me habían enseñado. Mi sexualidad era algo íntimo que no tenía que mostrar a nadie. No era capaz de comprender por qué eso tenía que ser parte de un ritual compartido.

Durante años, mi forma de pensar había sido motivo de discusión con muchos miembros de mi familia. Familiares que no eran capaces de evolucionar, de entender que si al novio y a la novia no se le pedía lo mismo, aquello dejaba de ser un valor para convertirse en una discriminación. No encontraba nada bello ni honroso en comprobar si una mujer era virgen el día de su boda.

A la sala donde se llevaba a cabo el examen solo podían acceder las mujeres casadas. Los hombres, los niños y las mujeres solteras esperábamos fuera. Coral repartió unos delantales violetas a las mujeres que participaban y se los llenó de peladillas de colores pasteles.

Aunque yo no estaba dentro sabía con exactitud qué ocurriría. La novia, ataviada con un camisón de encaje blanco, se tumbaría sobre pétalos de rosa y sábanas de raso para que la *ajuntaora*, una mujer contratada para la ocasión, con la ayuda de un pañuelo decorado por la madrina de la novia comprobara si la chica era virgen. La señora, experta en la tarea, rompería el himen de la novia, que dejaría varias manchas en el pañuelo. Se las denominaba «rosas», y la novia dedicaba cada una de ellas a algún miembro de su familia. A veces, si la novia podía soportar otro rato más de nervios y de dolor, se sacaba una cuarta rosa para ofrecérsela a alguien muy querido o especial. Luego las mujeres casadas le cantaban a la novia una canción que hablaba de la ceremonia, el conocido «Yeli, yeli», mientras le tiraban las peladillas.

El ritual no finalizaba hasta que se compartía la noticia con los hombres. El padre de la novia disfrutaba de la alegría de sentirse honrado, al igual que el novio y su familia. En ese momento los novios se reencontraban, varios miembros de la familia los alzaban y los llevaban en volandas mientras bailaban y todos los invitados volvían a cantar la misma canción anterior, tirando más peladillas a los novios.

Los hombres de la familia, sobre todo los más allegados, solían romperse la camisa en señal de alegría. Ritual que mi padre trucaba minutos antes poniéndose una camisa vieja que había llevado para la ocasión, con lo que salvaba la suya, que era nueva, de convertirse en jirones.

La fiesta adquiría a partir de este momento otro color para mí, y yo entraba en una profunda contradicción. Me encantaba observar el orgullo de la familia, su patente alegría al comprobar que la honra estaba intacta y lo estaban celebrando. Podía contagiarme, reírme con ellos y disfrutar del momento, pese a que minutos antes me había sentido mal, pero no era capaz de olvidar que lo único que se había valorado era la virginidad de la mujer; ella era la única que tenía que entregársela al hombre. Pensaba que una mujer tenía mucho más valor que eso y que se podía honrar a la familia con mucho más que con dejar de tener relaciones sexuales con tu pareja hasta el día de la boda.

Estaba sentada en una silla, mirando la escena, cuando se acercó Saray.

—Me siento muy culpable, pero no quiero pasar por eso nunca —me confesó.

—Yo me sentí así durante muchos años, no te creas, y aún sigo sintiéndome en momentos como este, en los que soy capaz de disfrutar de la alegría, pese a rechazar de pleno el motivo que la produce —le respondí—. Y lo peor de todo es que esto es lo único que la sociedad ve de nuestras tradiciones. Todo lo demás, todo lo bueno que hay en nosotros, pasa desapercibido.

—Es lo que todo el mundo te pregunta cuando te tienen un poco de confianza. Te preguntan lo que piensas del pañuelo.

—Nadie te pregunta por qué no hay ancianos gitanos en las residencias, por ejemplo.

—¿Cómo se hace para no tener que enfrentarte a los tuyos? No quiero ni pensar el día que le diga a mi padre que no pienso pedirme ni casarme. Se va a morir de un ataque al corazón.

—Exponiendo claramente lo que piensas. Si lo haces mostrando respeto hacia lo que no compartes, tienes más posibilidades de recibir respeto. Me costó muchos años diferenciar entre lo que se puede respetar y lo que se puede compartir. Hay cosas que no comparto pero respeto, y hay otras que nunca respetaré y que nunca compartiré, como el maltrato a la mujer. He oído a mujeres mayores afirmar: «Su marido solo le pegaba cuando se lo merecía». Me importa muy poco en ese caso que la mujer sea o no gitana, mi rechazo es rotundo. Ninguna mujer merece que la traten a palos bajo ninguna justificación. Y que una mujer asuma eso me parece terrible.

—Yo lo he escuchado en mujeres no tan mayores, de mi misma edad. Y me he dado cuenta de cuánto camino nos queda por delante.

—Bueno hay esperanza si a tu edad te das cuenta —le dije abrazándola tiernamente—. Vamos a bailar.

Mi hermana estaba bailando con los novios cuando nos acercamos. Manuel no bailó en toda la noche y fue bien entrada la madrugada cuando se acercó a hablar conmigo.

—Voy a tentar a la suerte e intentar darte esto sin que lances varios improperios —me dijo ofreciéndome un cóctel—. Es sin alcohol y te prometo que no está envenenado.

—Gracias —lo cogí con indecisión—, no tenías que haberte molestado.

—No ha sido molestia. Necesitaba alguna excusa para decirte lo guapa que estás, y ya sabes, soy un machista egocéntrico, no tengo muchos más recursos.

—Al menos estamos de acuerdo en algo. Nos ha costado un poco, pero por algo hay que empezar.

—No me has dicho qué decisión has tomado con respecto a la casa. Es un tema que me tiene preocupado.

—No tienes que preocuparte, esa casa no va a contener más droga que el café y el azúcar, eso sí, de esos dos habrá en grandes cantidades.

—¿En serio?, pues no sabes el descanso que me das. Vivimos a dos metros y tienes mi teléfono, me lo podías haber dicho.

—No he podido, en este momento es el secreto de familia mejor guardado, y tiene que seguir siéndolo. No queremos que se entere mi padre.

—No entiendo, ¿quién ha comprado la casa? ¿No ha sido él?

—No, no ha sido él. Y no se puede enterar de nada hasta el día de su cumpleaños.

—Ya entiendo, correré en cuanto escuche «Feliz cumpleaños». Por nada del mundo me perdería la cara de tu padre cuando se entere.

—No tendrás que correr, estarás invitado. Vamos a hacer una fiesta por todo lo alto en su sesenta cumpleaños. Y el regalo serán las llaves de la casa, y me temo que esa cara te la perderás en directo, aunque pienso grabarla en vídeo. Será algo íntimo.

—Y yo que me sentí orgulloso por el teléfono que le regalé a Saray por su cumpleaños. Menudos regalos os hacéis en vuestra familia, aunque tengo que reconocer que tu padre se lo merece todo. Es un buen hombre.

En ese momento Coral vino a saludarme y Manuel se separó de mí con disimulo.

—Mara, qué guapa estás hoy —me dijo sincera—, no pareces mi profe de Historia. No te sacas mucho partido, con los ojos pintados ganas una barbaridad.

—Me gusta demasiado dormir para perder una hora maquillándome todas las mañanas —argumenté—. Tú sí que estás preciosa.

—Mi vestido es bonito, pero el tuyo es espectacular. He estado hablando con el Fali y lo he perdonado, Mara. Si quieres esta semana podemos seguir preparando la pedida.

—¿Estás segura?, no te veo muy convencida.

—Es que me sigue doliendo, pero todo el mundo merece una segunda oportunidad. Él me quiere, y yo a él, que es lo más importante. Al fin y al cabo no éramos novios todavía.

—La decisión es tuya. Y decidas lo que decidas estaré a tu lado.

—¿Has visto los delantales de las mujeres? Los he hecho yo, y los arreglos de las mesas también, hasta la mesa dulce.

—Está todo precioso. Me encanta la decoración, tienes un gusto exquisito. Creo que dedicarte a la organización de bodas es algo que tendrías que plantearte. Lo haces de maravilla.

—¿Yo? ¿Profesionalmente, dices? Me encantaría, me lo paso genial y creo que tengo facilidad para coordinarlo todo, pero quién va a contratar a alguien como yo, una niña sin experiencia.

—Bueno, creo que es algo que debes proponerte. Con el graduado puedes acceder a muchos cursos de planificadora de bodas, y ya tienes experiencia, has organizado la pedida y esta boda, y el resultado puedes verlo tú misma, todo está perfecto.

—No sé yo si sería capaz, Mara, pero ganar dinero con esto no estaría nada mal. Y lo mismo el Fali me dejaría hacerlo, al fin y al cabo, solo me voy a relacionar con la novia.

—Coral, tu novio no tiene que darte permiso para nada. Eres libre de escoger en qué quieres trabajar, ningún hombre puede prohibirte que lo hagas. Creo que tener independencia económica es muy importante, ser la dueña de tu propio dinero te proporciona un respaldo que deberías valorar.

—Es que el Fali gana bastante en su trabajo y me dirá que no lo necesitamos, pero tienes razón. Lo que ha pasado me ha enseñado que puede irse al traste por una mala decisión, y no quiero tener que aguantar a nadie por no tener dónde caerme muerta.

—Piensa y decide por ti misma. Estar enamorada no es vivir la vida que otra persona quiere para ti, es vivir tu propia vida junto a otra persona con la que disfrutáis del camino.

No sabía qué palabras utilizar para que mi alumna entendiera lo que yo veía con tanta claridad. Que ella no lo viera de la misma manera y se dejara llevar por lo que suponía que estaba dentro de la norma me producía una gran impotencia. Por otro lado, tampoco podía insistir más, corría el riesgo de provocar el efecto contrario y la alejaría de mí. En ese momento apareció Saray y nos sacó a bailar. Bailamos las tres con los novios y por unos minutos estuvimos disfrutando de todo lo que nos unía.

24

Uno de los temas que más me gustaba trabajar en clase era la Segunda Guerra Mundial. Con todos los medios a mi alcance intentaba paliar la desinformación sobre nuestro pasado en esa época que tanto nos marcó.

Era el primer año que la historia del pueblo gitano formaba parte del currículum de educación secundaria. En los años anteriores, ningún libro de texto, ningún temario ni ninguna actividad educativa hablaba de nuestro pasado. Que este año se hubiera incluido me daba una justificación que nunca había necesitado pero aprovecharía para explicar el tema con más contenido.

Los gitanos teníamos nuestra historia escondida, negada a los ojos del mundo. Éramos el horror que al no nombrarse parecía no existir. Lo que la mayoría conocía sobre nosotros, sobre nuestra cultura, era lo que se exponía en televisión, casi siempre en shows guionizados. Eso, unido a una carga enorme de prejuicios, nos cerraba muchas puertas en la sociedad. Mi propia familia había vivido numerosos episodios de antigitanismo. Tantos que algunos habían pasado al olvido ante la necesidad de encontrar las fuerzas para seguir adelante.

Mi padre fue quizá uno de los más castigados, recibió una cantidad intragable de exabruptos de una sociedad empeñada en demostrarle que no podía optar a ocupar el lugar que él escogiera. Los pequeños rincones que podía ocupar sin estorbar estaban previamente designados. Sin embargo, su personalidad arrolladora, la inteligencia que lo hizo darse cuenta de que no era menos que nadie y sus ganas de disfrutar al máximo de la vida lo convirtieron en una persona luchadora que no se conformaba con un lugar en la segunda fila. Con su fuerte convicción y el deseo siempre renovado de impartir justicia, recibió más de una invitación para que volviera a lo que los demás consideraban que era su sitio. Pasó por momentos muy duros, y uno de ellos fue cuando se casó con mi madre e intentaron encontrar un piso de alquiler. Después de ir a cinco entrevistas mi padre se dio cuenta de que tenía que cambiar de estrategia, o no lo conseguirían nunca. Con la pena de ser él la causa por la que no encontraban un hogar, se mantuvo al margen y mandó a mi abuelo y a mi madre a las entrevistas, ambos de excelente educación y piel blanca como la leche. A la primera consiguieron un hogar, un pequeño apartamento en el pueblo, a orillas del mar.

Ante el desfile de gitanos que iban a merendar a su casa o de visita, los vecinos pusieron una reclamación al dueño, que no les renovó el contrato. Mis padres le devolvieron el piso recién pintado, más limpio de lo que lo encontraron y con algunas mejoras que mi padre había hecho en el baño. Ante la falta de un techo que le cobijara, mi abuelo mandó llamar a tres primos albañiles, pidió el permiso al ayuntamiento y amplió su casa por la parte trasera con una habitación, una cocina y un pequeño baño. Añadió una entrada y, además de un hogar les regaló una independencia que mis padres supieron apreciar. En cuanto la familia creció, mi abuelo fue empujando el muro de la casa comprimiendo la suya y ensanchando la nuestra, sin pesar alguno.

Cuando alguien comentaba a mi padre que no queríamos integrarnos y que siempre vivíamos en barrios apartados, él sonreía. Con ella tapaba una realidad que solo conocíamos los que llevábamos la misma sangre. No es que no quisiéramos, es que no podíamos. La sociedad no nos ponía fácil esa integración de la que tanto presumían los que no eran capaces de brindarla.

Yo sentía que en mis manos estaba parte de esa lucha, que les debía a los míos la oportunidad de que el mundo conociera nuestra historia. Aunque el mundo fuera un pequeño grupo de chavales de un instituto.

Me preguntaba a menudo el porqué de ese silencio. Por qué había una parte de la historia que no se narraba en el conjunto de los hechos. La única respuesta que obtenía era que el silencio provenía de una complicidad compartida: lo que no se nombra no existe, lo que no se recuerda no se analiza en el presente. Y yo no estaba dispuesta a seguir con ese silencio. Al contrario, intentaba incluir a nuestro pueblo en mis clases, mostrar una realidad dura, una historia cruel y desconocida que nunca se les presentaba a los alumnos.

Ahora la legalidad me apoyaba. Al formar parte del currículo, contaba con recursos y el tema tenía cabida en la programación anual, de modo que podía situarlos en la historia, en la Alemania cruel que se cebó con todos los que eran diferentes. No entraba directamente en el Holocausto. Para mí era importante resaltar los hechos anteriores, que fueron la cuna de tanto sufrimiento y los que engendraron el odio más profundo contra los gitanos.

Comenzaba sobre 1909 con un hecho impactante. En aquel año, en una conferencia policial para tratar «el problema gitano» se propuso que fuéramos marcados con un hierro caliente. Este hecho, por su extrema dureza, haría que mis alumnos pusieran los dos pies en el suelo, los situaría ante una realidad que desconocían. Y ese no fue más que el comienzo de las duras humillaciones y vejaciones a las que el pueblo gitano sería sometido.

Pocos años después se propuso la infertilidad de todos los gitanos. La supremacía de la raza aria tenía que ser una realidad. Esta infertilidad no tenía otra razón que su exterminación.

No era la primera vez en la historia que esto ocurría, pero esta vez la crueldad se presentaba en la máxima expresión ante un pueblo indefenso, que no tuvo oportunidad de defenderse.

Se les prohibió entrar en baños, en parques públicos y en ferias.

Hitler recrudeció las condiciones de vida de los gitanos, al igual que las del resto de las minorías que no encajaban con su prototipo de la raza aria.

Aunque las campañas de esterilización de la época fueron un duro golpe, no fueron las únicas que dificultaron la vida de los gitanos. Otras leyes, como las de Nuremberg, les prohibió casarse con los arios. Poco a poco se les arrebató el resto de los derechos, se les marginó y trató como seres que no merecían vivir.

Los niños de la época perdieron el derecho a estar escolarizados. Se creó la oficina de «higiene racial» o «limpieza gitana», que tenía como objetivo combatir lo que llamaron «la plaga gitana».

Fueron utilizados como ratas de laboratorio. Se les hizo experimentos tan atroces que no entraban dentro de la cordura.

En el Holocausto se calcula que fueron asesinados entre trescientos mil y seiscientos mil gitanos. Con el único argumento de tener tan solo una dieciseisava parte de sangre gitana, podían llevarlos a un centro de exterminio y a principios del mes de agosto de 1944 al menos tres mil de los nuestros fueron llevados a la cámara de gas en Auschwitz. La matanza estaba preparada para meses antes, pero la resistencia que le opusieron con su carácter difícil de domar logró que no se pudiera llevar a cabo en aquel momento.

Me sigue indignando que ni un solo gitano o gitana fuera a declarar cuando actuó la justicia. Fuimos parte de la historia, pero ni uno de nosotros estuvo presente en los juicios de Núremberg, donde se juzgó a los culpables por los crímenes cometidos contra la humanidad. No hubo ni un solo testimonio gitano de todos los que sufrieron tal barbarie.

Intentaba que los alumnos entendieran esta parte tan dura de la historia, pero no quería hacerlo a través de una clase magistral. Deseaba que los alumnos fueran los protagonistas de su aprendizaje, y para ello había preparado un conjunto de actividades diferentes.

Por primera vez en todo el curso me enfrentaba a una clase sin miedo a que algo saliera mal.

—Buenos días, chicos, hoy vamos a hacer una actividad muy interesante. Estoy segura de que todos conocéis algo sobre la Segunda Guerra Mundial. Habéis oído hablar de Hitler, sabéis el papel que desempeñaron los judíos y lo que les sucedió. He preparado una actividad para trabajar este tema, para no volver a repetiros lo mismo. Cada uno de vosotros va a coger una carta que nadie más podrá ver. En ella está escrito el nombre de un personaje, y vais a defender en un juicio la postura que tomó o sufrió el personaje en esa época. Por ejemplo, si Tansy saca una carta y en ella pone «niña gitana», tendrá que hablar de los derechos que le fueron arrebatados en esa época. Si González saca una carta y le toca «un soldado alemán» tendrá que defender la postura que los soldados alemanes mantenían en la época para justificarse. Tendréis quince minutos para investigar en la red cuál fue el papel del personaje para poder defenderlo con conocimiento de causa. Si está todo claro, comenzamos.

Los alumnos cogieron sus cartas, impacientes, y algunos se echaron las manos a la cabeza al ver la dificultad que presentaba su personaje. Había puesto carceleros, madres judías con niños pequeños y un sinfín de personajes que ocuparon una posición clara en la historia. Al finalizar el tiempo que les había dado, habían encontrado información suficiente para defender su papel.

—Ahora quiero que os sentéis a la derecha los que sufristeis los agravios o fuisteis perjudicados por ellos, y a la izquierda los que teníais el poder o colaborabais en la ejecución de las leyes.

Los alumnos se situaron a un lado u otro.

—¿Listos? El juicio va a dar comienzo. Tenéis dos minutos para hacer vuestro alegato, podéis exponer todo lo que creáis necesario. Yo seré la jueza.

Fue divertido ver a los chicos defender lo indefendible. Cuanto más alto se situaban en la escala del poder, más complicado lo tenían. Me sorprendió la forma tan dramática con que todos los alumnos sostuvieron sus posturas. Las madres que habían perdido un hijo en la cámara de gas nos emocionaron; los capitanes del ejército demostraron su pesar por tener que cumplir unas normas en las que no creían.

Sonó el timbre del final de la clase, ya podían irse a casa y aún quedaban cuatro alumnos por exponer. Nadie se movió. En ese momento me di cuenta de que iba por buen camino: había conseguido que las ganas de aprender, de saber más, los atrapara. En las siguientes clases veríamos un par de documentales y realizaríamos algunas actividades en torno a ellos.

Salí tan contenta del instituto que llamé a mi padre.

—Papá, los tengo en el bote. Hoy ha tocado el timbre y nadie se ha movido —le conté emocionada.

—Vaya, ¿qué estabas enseñando?, ¿la Segunda Guerra Mundial? —preguntó mi padre.

—¿Cómo puedes saberlo siempre todo?

—No era muy difícil. Para apasionar a los demás, hay que apasionarse primero, y llevas leyendo sobre el tema desde los diez años. Por cierto, ¿tienes la tarde muy liada? Tu tía quiere que me acerque a su casa a arreglar unas cosillas, vente si puedes y me ayudas.

—¿No estaba en Benajarafe la tía? Mi prima me dijo que iba a pasar un tiempo con ella.

—No, se vuelve la semana que viene. Como la casa de uno no hay nada, hija. Aunque será duro para ella, prefiere vivir aquí, es donde tiene a todas sus amigas y tu madre está a un paso.

—Vale, me acerco cuando termine de comer, dile a mamá que haga algo rico para merendar.

Llegué a casa de mis padres a las cinco de la tarde. Mi padre estaba preparado con la caja de herramientas a punto. Tenía que desmontar un toldo y unos días después irían a instalar uno nuevo.

La casa de mi tía estaba en Guadalmar, una urbanización de lujo donde tenían su residencia jugadores de fútbol y de baloncesto. Una hilera de bloques de viviendas que en su origen fueron de protección oficial separaba los chalets glamurosos del mar. Situados casi en la orilla, los apartamentos se adquirieron a un precio competitivo y en ese momento eran verdaderas joyas muy cotizadas. La zona me encantaba, su ubicación en primera línea de playa, su proximidad al río y al paraje natural lo convertían en un lugar privilegiado.

El piso de mi tía llevaba un tiempo cerrado. Al morir mi tío, ella se marchó a vivir con su hija, pero seguía sintiendo que su yerno era un extraño con el que no le gustaba compartir el cuarto de baño. Volverse a su casa, asumir su dolor y buscarle al apartamento un nuevo destino eran sus prioridades en ese momento. Yo estaba al tanto de cuál era ese destino: mi tía le había encomendado que hiciera las mejoras necesarias porque pensaba poner el piso en alquiler en cuanto mis padres se volvieran a la aldea y ella pudiera mudarse a la de ellos, pero tuve mucho cuidado en no revelárselo a mi padre para no arruinar la prometedora fiesta de cumpleaños.

No me dio tiempo a quitarme la chaqueta cuando él ya tenía el destornillador eléctrico en la mano y se subía a la escalera para quitar los tornillos. Mi cometido era recoger con paciencia todas las piezas que él iba desarmando. Cuando bajaba de la escalera uno de los escalones se partió y su pie quedó prisionero entre las maderas quebradas. Se sujetó con firmeza a la pared y después a la mesa para no caerse, como sí hizo el destornillador con todo su peso.

—¡Esta escalera está para una prisa, tiene que tener más años que yo! —exclamó muy molesto—. Tu tía quiere que me mate.

—Ten cuidado, anda, que caerte es tu especialidad.

—Pero qué dices, niña, tu padre es un atleta. No has visto el equilibrio que tengo.

Cuando fue a recoger el destornillador vio que se había partido y había quedado inservible. Lo puso sobre la mesa y pudo confirmar que no tenía arreglo. Al agarrar el cable tiró un portamacetas de barro.

—Ya sabía yo que la maldición de la Carmelilla tenía que salir por algún lado. No hay dos sin tres.

—¿Qué dices? ¿De qué maldición hablas? Tú nunca has sido supersticioso.

—Es que no te he visto y no te lo he contado. Siéntate, anda, que te lo cuente, verás la que hay liada. En el mercadillo habrá algunos cambios, el lunes me llamó el gerente para decírmelo. Van a abrir una tienda nueva en el centro comercial y los dos bares que llevan años cerrados, así que los puestos que están delante van fuera y tienen que reubicarlos. La Carmelilla le ha dicho al encargado que si Carmen se adelanta un poquillo, y yo me desplazo hacia el Inglés, se mete entre ella y nosotros. Y yo, claro, me he negado.

—¿No hay más sitio en otro lado? —pregunté con preocupación.

—Pues claro que hay, pero esa mujer está obsesionada conmigo desde que tenía catorce años y sigue dale que te pego.

—¿Qué me estás contando? La Carmelilla tiene su marido y sus hijos, y es verdad que siempre te ha reído las gracias, pero de ahí a que esté obsesionada contigo… Tú me estás ocultando algo. ¿Has tenido algo con esa mujer alguna vez?

—No, pero no porque ella no quisiera. La historia viene de lejos, de cuando éramos unos chavales. Yo trabajaba en la playa del Palo y una noche de San Juan en el *roneo* del agua, se pasó toda la noche detrás de mí. Yo por aquel entonces ya había conocido a tu madre y estaba más *enamorao* que el borrico de la gaseosa. Pero ella siguió en su empeño, hasta el punto de que venía una noche y otra también a comer sardinas. No contenta con eso, su padre vino a hablar con el mío para hacer un apaño. Yo no sabía dónde meterme, era un chavalín, aún no me había ennoviado con tu madre, pero ya nos estábamos conociendo. Mi padre, que me conocía *metío* en un saco, cuando me vio la cara, ni me preguntó, algún rumor le había llegado y le dijo que yo ya había *escogío* y que él no se iba a meter en si era gitana o no, que lo que yo eligiera bien venido sería.

»El hombre se fue con un disgusto de mil demonios, y la Carmelilla, que era una niña caprichosa, me hizo la vida imposible un par de meses más. Cuando mi padre habló conmigo yo le conté que a mí me gustaba tu madre, y él me dio su aprobación. Nos ennoviamos un martes y el sábado estaba hablando la Carmelilla con tu madre. Le dijo que yo estaba *pedío* con ella y que a tu madre solo la quería para pasármelo bien.

—¿Y qué dijo mi madre? —pregunté curiosa.

—Tu madre le dijo que le parecía muy bien que yo quisiera pasármelo bien con ella, que eso era lo que quería la Carmelilla también, divertirse conmigo. Tu madre ya estaba avisada de la historia por tu tía, que era amiga de la hermana de la muchacha, y no le pilló de sorpresa. Pues no contenta con eso, continuó persiguiéndome y cuando empecé en el mercadillo de la Cala, le dijo a su padre que quería vender allí. El hombre le compró la mercancía y la puso a vender.

—Por eso la Carmelilla trabaja en los mismos puestos que nosotros. Eres un rompecorazones, nunca lo hubiese sospechado.

—¿Cómo que nunca lo hubieses sospechado? Si siempre he sido un galán.

—Hombre, feo no has sido, eso es verdad, pero para perseguirte toda una vida, como que no.

—Está feo hablar delante de tu madre, y no quiero que sepa que a los sesenta años todavía la mujer sigue detrás de mí. Hace poco me dijo que ella y yo teníamos algo pendiente.

—¿Cómo? Sigue *roneando* la señora...

—Yo le contesté que los únicos pendientes que yo tenía eran los de mi mujer. Me puso muy mala cara, me echó una maldición de un cuarto de hora y, mira, se quiere colocar entre Carmen y yo.

—No creo que el encargado la ponga en medio. Nuestro puesto es uno de los más bonitos, y el de Carmen, el más antiguo. No le haría un bien a ninguno de los tres negocios.

—Yo tampoco lo creo, pero tengo que estar atento. No me fío de ella ni un pelo.

—Me he quedado cuajada. Ni por asomo podía imaginarme que esa mujer bebiera los vientos por ti.

—Es que tu padre está de muy buen ver, hija mía —dijo orgulloso.

Y no mentía. Mi padre era un hombre alto, no demasiado corpulento, pero había perdido el desgarbo que le caracterizaba en su juventud y había ganado unas canas que le asentaban el porte, siempre elegante. Vestía con una combinación de prendas clásicas, que escogía con un gusto inamovible, y la ropa moderna que mi madre y mi hermana se encargaban de regalarle.

Sonreí al mirarlo, admirada de su fidelidad. Siempre fue fiel a mi madre sin necesidad de esforzarse, nunca he visto una pareja que se profesara más amor que mis padres. Se cuidaban y mimaban a partes iguales. Algunas noches mi padre besaba a mi madre en la oscuridad y esta le arreaba un tortazo dormida para espantar al insecto que ella creía que la estaba molestando. Más de una mañana amaneció ella con un arañazo en la cara o una rojez que no podía explicar, pero le producía una risa floja.

El día en que mi padre se enteró de que mi madre tenía cáncer de mama sintió que se le quebraba el mundo. Le cogió la cara entre sus manos y la miró a los ojos. Ella le prometió que saldría de aquella y viviría muchos años más para aguantarlo. Fueron momentos muy duros. Cuando mi madre se cortó el pelo anticipando lo inevitable, mi padre estuvo secándole las lágrimas a cada segundo, y cuando las pestañas y las cejas se le cayeron y su cabeza se quedó lisa, compró la peluca más cara que encontró, sin caer en la cuenta de que mi madre no tendría la fuerza suficiente para llevar el pelo casi un metro de largo.

En las tres operaciones que mi madre sufrió, lo vi temblar, con un miedo y una fragilidad que no le había conocido nunca. En las largas horas de espera se maldecía por no tener fe en ningún Dios que le ayudara y se acordó de aquel cura que, siendo monaguillo, por un ataque de risa inoportuno, le cruzó la cara en la parroquia, en la misa del domingo, y con ese tortazo borró toda creencia en la fe cristiana. Desde ese día solo había pisado una vez la iglesia, en la boda de mi hermano, y porque si no lo hacía se enfrentaba al destierro de toda mi familia; aun así tuvimos que empujarlo para que entrara y cerrar después la puerta por si sus recuerdos volvían. Se pasó toda la misa mirando al suelo para no encontrarse con ninguna imagen que le recordara tiempos pasados.

Cuando lo veía trabajar me daba cuenta de que ya no era tan joven y no me gustaba la idea de que envejeciera tan rápido.

—Venga, vámonos, que tu madre ha hecho gachas para merendar.

—¿Gachas? No me gustan las gachas.

—Dijiste que hiciera algo rico, pero no algo que te gustara a ti, y para mí no hay nada mejor que unas gachas tibias. No te he lo preguntado, ¿cómo van las niñas de Manuel? ¿Se adaptan al comedor?

—Sí, están muy contentas, pero llevan poco tiempo aún. Lo que no te he contado es por qué Manuel aceptó el cambio. No te lo vas a creer.

—A ver, sorpréndeme.

—Soñó con su madre y esta le dijo que me hiciera caso, que yo solo quería lo mejor para las niñas.

—Y el pobre, ante la duda de si había sido el subconsciente o el espíritu de Manuela, apostó por hacerte caso.

—No me lo ha contado él, me lo contó el otro día Saray, mientras paseábamos con Bosco.

—Y con don Perico, ¿qué tal? ¿Has vuelto a quedar con él? —interrogó sin disimulo.

—No le llames así. Sí, mañana vamos a ir a cenar a un restaurante nuevo que han abierto en el pueblo. Nos han invitado a la inauguración.

—Vaya, qué casualidad, nosotros también estamos invitados. No íbamos a ir, pero ahora no me lo pierdo. Tu hermana y tu hermano también estaban dudando, digo estaban, porque ya todos nos hemos aclarado.

—Pues pediremos un reservado —dije con ironía—, no pienso comer rodeada por la curiosidad de mi familia entera.

—No seas exagerada, ni que fuéramos a estar toda la noche pendientes de lo que haces o dejas de hacer. De cómo lo miras o cómo lo dejas de mirar. De cómo te mira él o de...

—¡Para! Me acabas de estropear una cita, que sepas que te la guardo.

La risa de mi padre resonó en toda la habitación, lo que no contribuyó a que me enfadara con él. Los dos sabíamos que si todos coincidíamos en la cena, mi familia conseguiría que la cita fuera inolvidable.

25

Fuimos los primeros en llegar al restaurante y, aunque les pedí que la cambiaran por otra más discreta, nos sentaron a una mesa central. El *maître* se disculpó tras confirmar que todas las demás estaban reservadas.

Acababan de servirnos las bebidas cuando aparecieron mi hermano y mi cuñada, ambos muy elegantes. Me saludaron y ocuparon una de las mesas que nos rodeaban, la más cercana a nosotros. Mi hermano lucía una de aquellas sonrisas bobas que ponía cuando se burlaba de mí, miraba a mi acompañante con la curiosidad de quien observa a un desconocido sin recordar que ese desconocido, cuando era niño, le había regalado la última estampa que le faltaba para completar su álbum de jugadores de fútbol.

Cuando mi hermana entró agarrada del brazo de mi cuñado al restaurante todo el mundo la miró, era el efecto que siempre producía a su paso. Fingiendo sorpresa nos saludaron y mi cuñado me guiñó un ojo en señal de aprobación. La noche se presentaba prometedora.

Unos minutos después llegaron mis padres. Él con un traje chaqueta que le daba un aspecto juvenil, y mi madre, con un vestido rosa adornado con unos apliques sencillos de piedras minúsculas que ella misma se había confeccionado. Estaban guapísimos.

—Vaya, creo que no falta nadie de tu familia —observó Pedro—, y yo que quería una cena tranquila...

Todavía no nos habían tomado la comanda, pero ya estaba claro que la noche sería aún más interesante. A la que vi primero fue a Macarena, llevaba el vestido rosa que se probó aquella tarde en la tienda donde habíamos coincidido, y detrás de ella estaba Manuel. Percibí su cara de sorpresa al verme y su descontento al comprobar que Pedro me acompañaba. Pensé que vendría a saludarme, pero mi familia al completo estaba más cerca de la puerta. Durante unos minutos estuve evaluando si levantarme e ir a saludarlos yo también, era muy descortés no hacerlo. Mi hermana, como de costumbre, fue más ágil que yo y me llamó para que me acercara a saludarlos, como si no me hubiese dado cuenta de su presencia. Nos levantamos todos y tuve la sensación de estar dentro de una serie americana.

Cuando Manuel se sentó a la mesa, la nuestra quedó totalmente rodeada. No sería una cena demasiado cómoda, mirara donde mirase había ojos escudriñándome. Resultó que Macarena y Pedro se conocían; no me pareció extraño al vivir ambos en un pueblo tan pequeño.

Antes de empezar a comer mi hermana me pidió que la acompañara al baño y se disculpó con Pedro con amabilidad.

—Cuánto tiempo hacía que no me pasaba nada interesante —anunció emocionada—. Esta noche promete ser inolvidable.

—No puedo creerlo —murmuré enfadada—. Mira que hay restaurantes en el mundo, y ha tenido que venir a este.

—Hombre, teniendo en cuenta que es el restaurante de su hermano, era de esperar que viniera —concluyó Susi.

—¿El dueño del restaurante es el hermano de Macarena? ¿Tú lo sabías y no me dijiste nada? Como hermana cotilla dejas mucho que desear. Estaba claro que el vestido rosa que vimos que se probaba era para una ocasión especial. Y yo, mírame, con un simple traje chaqueta de hace cinco temporadas.

—Oye, tendrá cinco temporadas pero te queda como un

guante. Y el bordado de la solapa no puede ser más bonito, es uno de los mejores que he hecho.

—Quiero irme a mi casa —musité cabizbaja.

—Espero que no quieras irte sola porque el Pedrito está de madre del amor hermoso. Hazme caso por una vez y dale una alegría al cuerpo, hermanita. Además, el chico parece superdulce, te lo vas a pasar la mar de bien —me dijo dándome un codazo con picardía.

—Volvamos a la mesa antes de que vengan a buscarnos. Esta noche voy a comerme dos postres, total, no me van a engordar.

Como presentí, la noche fue inolvidable. Durante toda la velada no dejé de sentir la mirada de Manuel examinando cada uno de mis gestos. Macarena intentaba llamar su atención, y de paso la de todo el salón, con una risa que sonaba hueca y falsa.

La mirada de mis padres iba de mi mesa a la de Manuel sin disimulo alguno, como si estuvieran viendo un partido de tenis. De vez en cuando mi hermano me lanzaba una miguita de pan que siempre acertaba a caer en mi plato.

Cada vez que dirigía una mirada a mi hermana, esta me animaba a atacar a mi acompañante con gestos tan divertidos que en más de una ocasión me atraganté a causa de la risa que me producía. Se enganchaba al cuello de mi cuñado simulando que le mordía o le tiraba de los pelos poniendo los ojos en blanco. Yo trataba de no mirarla, pero era imposible. Una de las migas que nos lanzó mi hermano fue a caer en el vaso de Pedro, que no estaba dispuesto a sufrir la ofensa sin vengarse y se la devolvió encestando otra miga de pan en la copa de mi cuñada. La situación se nos estaba yendo de las manos y el fuego cruzado comenzó a hacerse evidente. Pedro no sabía las horas de entrenamiento que tenía mi familia en tales menesteres. Mi vergüenza iba en aumento y con la mirada le rogué a mi padre que pusiera un poco de orden. Él asintió, se limpió la boca con lentitud dando golpecitos suaves con la servilleta, se levantó y, para mi sorpresa, se dirigió a mi mesa.

—Hijo —habló dirigiéndose a Pedro—, tienes que comprimir la miga, estrujarla bien entre los dedos, y cuando esté compacta añade un poco más de pan y vuélvela a comprimir. Los misiles duplicarán la velocidad, ya lo verás. Tienes que seguir los dos pasos, no vale hacerlas del tirón, porque entonces se aflojan con el golpe y pierden consistencia.

Con la boca abierta vi que Pedro ponía en práctica los consejos que acababa de recibir de mi padre. El sentido de la justicia y de la igualdad de mi progenitor siempre aparecían en el momento menos oportuno.

Pedro y mi hermano pasaron una velada encantadora. No podía decir lo mismo de Macarena, que a cada mirada que me profesaba Manuel echaba fuego por los ojos. En cambio, Manuel parecía muy contrariado por lo bien que mi acompañante se lo estaba pasando con mi familia.

Me comí el postre sin dejar descansar la cuchara en la mesa, deseando que la comida terminara y encontrar un poco de paz, pero mi padre se adelantó y nos invitó a tomar una copa en un bar cercano. Lo comprendí, no podía tener a sus hijos juntos y no disfrutar de ellos. No solíamos salir a cenar, nuestras reuniones no iban más allá del trabajo y de la paella de los domingos, y si salir a tomar algo ya era todo un acontecimiento para él, hacerlo con sus tres hijos lo engrandecía. Aunque yo tenía otros planes, no me disgustó la propuesta.

Mi padre vio que Manuel y Macarena también habían acabado de cenar y los invitó a que nos acompañaran. Si no lo hubiera hecho, nos habrían visto salir a todos juntos y habría sido descortés por su parte no proponerles que se unieran a nosotros. Macarena declinó la invitación con una amabilidad hueca, amargada y fingida, pero Manuel la aceptó, preguntó el nombre del bar y dijo que iba a acompañar a Macarena a su casa y después vendría. A todos nos quedó claro que prefería nuestra compañía a terminar la velada con ella.

Al verse derrotada, Macarena cambió de planes tan rápido como pudo; lo hizo de un modo tan brusco que mi padre no pudo contener una carcajada. Él mismo sugirió uno de los bares de la orilla del mar donde servían cócteles en grandes copas con los bordes llenos de azúcar de colores, y hacia allí nos dirigimos.

Nos designaron un reservado para diez personas donde estaríamos cómodos. La noche era preciosa: la luna desgranaba luz en cada una de las calas, que, unidas entre sí por un fino espigón, le servían de espejo, y una agradable brisa aligeraba el sofocante calor que había calentado la arena tras tantas horas de sol golpeándola de lleno.

Eran las once y media de la noche, y yo estaba sentada al lado de Macarena. No alcanzaba a comprender cómo lo que empezó siendo una cita que prometía ser agradable había desembocado en aquella situación. Mi padre charlaba animadamente sobre la comida y le estaba sacando defectos cuando con disimulo le pegué una patada por debajo de la mesa. No quería decirle que el restaurante era del hermano de Macarena y tampoco deseaba que su espíritu de chef condecorado por alabanzas familiares saliera a relucir.

—¡Joder, Mara! ¡No te pongas más tacones que no los controlas, menuda patada me has dado! —exclamó mi padre.

Mi hermana intentó arreglar la situación con la genial idea de darle otro para que captara que se tenía que callar, pero la sutileza no era algo que mi padre percibiera con facilidad. Estaba a punto de protestar de nuevo cuando intervino Manuel dando un giro a la conversación en un intento de quitar importancia al asunto.

—Cuando éramos jóvenes veníamos aquí a tomar cócteles y no podíamos imaginarnos que nuestros padres estuvieran haciendo lo mismo dentro del local. Una noche Mara y yo cogimos una colchoneta inflable y nos metimos mar adentro. Serían las dos o las tres de la madrugada y nos cayó una buena a nuestro regreso.

Todos reían de un recuerdo que a mí se me atragantaba. No podía disimular el dolor que me provocaba, la angustia que removía dentro de mí. Dirigí a Manuel una mirada fría, hiriente, con el fin de que conociera mi sentir ante el golpe tan bajo que me había dado. Ese era un recuerdo que ninguno de los dos habíamos compartido con nadie nunca y temí que contara lo que sucedió dentro del mar, pero por suerte no lo hizo.

Cuando mi padre nos animó a tomar otra ronda, Manuel se disculpó y se levantó para marcharse, dijo que Saray había ido a dormir a casa de una prima, donde había una fiesta de cumpleaños, y había dejado a las niñas con la Redonda. No quería recogerlas demasiado tarde.

Suspiré aliviada y acepté con agrado quedarme un rato más. Pedro no era un desconocido y se adaptó rápidamente a mi familia. Mi padre contó un montón de anécdotas de cuando éramos niños, algunas de las cuales ni siquiera recordábamos y la velada acabó resultando encantadora.

De camino a casa Pedro me pidió que le invitara a tomar la última copa. Dudé mucho si dejarlo pasar o no, sabía que aquello podía significar mucho más, podía ser el comienzo de algo de lo que no estaba muy segura. Me sentía cómoda con él, pero no sentía en mi interior esa quemazón que a veces me agitaba con fuerza sin la cual sería todo un poco forzado, y yo quería que el paso de Pedro en mi vida no fuera solo cosa de una noche. Quería que se acomodara en mis días y se quedara a vivir en ellos para siempre. Su conversación era amena, y su trato, afable y cercano, sabía crear una comodidad que enriquecía mi vida de una manera tan fácil que no estaba dispuesta a rechazar.

Fui todo lo sincera que pude al declinar su propuesta. No necesité muchas palabras, la certeza de que las entendía acortó el camino.

—Invítame solo a una copa, que te contaré mis penas —me dijo con una amplia sonrisa.

La serenidad de la noche calaba en mi ánimo. Salimos al porche con un zumo de frutas cada uno, lo único que tenía para ofrecerle. El cielo estaba despejado, tan cuajado de estrellas que era imposible dejar de mirarlo.

—Estoy enamorado, Mara, atrapado en una historia que me agarra con tanta fuerza que todos los esfuerzos por salir de ella resultan inútiles.

»Pablo, el dueño del restaurante donde hemos cenado, es mi mejor amigo. Fuimos juntos al instituto y su carisma de líder se me pegó como fiel escudero. Cuando aprobé las oposiciones fuimos a celebrarlo y coincidimos con Macarena y Rocío, sus hermanas, en un bar de Fuengirola. La niña que yo recordaba se había convertido en la mujer más bonita que había visto nunca. Me enamoré. Totalmente. Pero ella salía con uno de los hombres más ricos de la provincia y estaba encantada. Pasé tres años a la sombra, sin decirle lo que sentía, atento a cada pelea con su novio, cada desencuentro, a mí me daban esperanzas y ella los vivía como la peor de las tragedias. No sé cómo pasó, lo cierto es que me convertí en un complemento emocionante de la vida de Rocío. Eso es lo único que soy, alguien a quien ve a escondidas, alguien con quien salir de la monotonía. Ese alguien que siempre está ahí de forma incondicional para consolarla en sus llantos de niña caprichosa. No sabes lo mal que lo pasé el día de su boda.

»Han sido diez largos años de escapadas furtivas, de viajes fingidos que se alimentaban de la ilusión de que algún día todo cambiaría. Pero nada va a cambiar, y mi amor por ella se ha vuelto tan rígido y me hace tanto daño que no lo puedo soportar. No te creas, no es fácil. Me falta una conversación, me falta poner el punto final a una historia que no me ha permitido casarme y tener una familia. Pero no me quejo, la acepté desde un principio creyéndome un hombre afortunado.

—Cuánto lo siento. Te mereces mucho más. Te mereces a alguien que tenga un proyecto en común contigo, a alguien que no tengas que compartir con nadie —murmuré con sinceridad.

—Gracias, al menos ahora tengo las cosas claras: no es eso lo que quiero para el resto de mi vida. Y tú me estás ayudando mucho, me has sacado de mi entorno y contigo me divierto. Siento que mi amiga de la infancia sigue estando a mi lado.

—Me alegro mucho de que sea así y tengo que reconocer que a mí me pasa lo mismo. Mis amigas viven a media hora de aquí y no es fácil coincidir con ellas; me siento un poco sola, aunque como has podido comprobar, mi familia no me deja ni a sol ni a sombra.

—Envidio a tu familia, Mara, no sabes la suerte que tienes. Mi padre es tan solo una figura negra en mi recuerdo.

—Y el mío alumbra cada paso que doy —dije con sorna—. A veces me gustaría que de vez en cuando guardara la linterna, pero soy afortunada, puedo prestártelo cuando quieras. Incluso puedo hacer un pack, padre-hermano-hermana, no te aburrirás ni un segundo con ellos.

—Estoy seguro de que no, tienen un sentido del humor que no ha decaído con los años. Por cierto, el domingo voy a comer contigo, no me pienso perder la paella de tu padre, y ahora me marcho, dame un abrazo. No creas que no me he dado cuenta de que no hemos hablado de ti, pero cada cual tiene su tiempo y su forma de compartir sus cosas. Y te voy a decir algo: si Rocío me mirara como te mira Manuel, no dejaría de luchar por ella, pero yo no tengo esta suerte. Descansa, hablamos mañana.

Tenía toda la razón, yo no era capaz de contar mi vida, de contar mis problemas. Así era siempre. Solo con mis hermanos podía ser de verdad sincera. Y no por una falta de confianza en la otra persona, era algo intrínseco, algo que ocurría dentro de mí. La maraña de mi interior no se deshacía cuando la verbalizaba ante un amigo, solo cambiaba de rumbo, se hacía más visible, y eso no me agradaba. En el momento en que los visualizaba, los conflictos se tornaban turbios, acuosos y mucho más difíciles de resolver.

La conversación con Pedro me había hecho recapacitar. Me había plantado su intimidad delante con una facilidad que envidiaba pero no era capaz de imitar. Por eso me sorprendí a mí misma cuando la tarde siguiente sin darme cuenta les conté mi historia a las chicas. Saray había venido para que empezáramos a buscar las alternativas para estudiar. Queríamos ver distintos itinerarios, valorar diferentes opciones. Coral simplemente nos acompañaba. Pasamos varias horas juntas, riendo y mirando en internet todas las posibilidades. Nos sorprendió la oferta que había y una de las mejores escuelas de flamenco estaba muy cerca de donde vivíamos.

—Las pruebas de selección son dentro de muy poco. Tienes que presentarte —sentencié—. No podemos dejar pasar esta oportunidad.

Si bien la mirada de Saray brillaba de pura emoción, la de Coral se mantenía opaca. Llevaba así desde hacía algún tiempo y, aunque nos comentaba que estaba esperando que el Fali tuviera un par de días libres para venir de Valencia, había perdido la ilusión del principio.

—Coral, ¿estás bien? —le pregunté—. No te noto tan ilusionada con tu pedida como antes.

—No es eso, Mara —musitó cabizbaja—, claro que lo estoy. Pero tienes razón, queda muy poco para el fin de curso y quiero centrarme en terminarlo. Estoy sacando muy buenas notas y prefiero esperar a que acaben las clases para hacer la pedida.

Me levanté sorprendida, no podía creer lo que oía. Saray me imitó y también se puso de pie. Entre las dos la aupamos en volandas e, incapaces de mantener el equilibrio, nos caímos las tres sobre el sofá.

—No puedes darme mayor alegría —anuncié—, creo que mereces el título, te lo has ganado con creces.

—He dicho que quiero, pero no puedo prometer nada. Si Fali se empeña, tendré que hacer la pedida antes, no podré evitarlo. Pero, eso sí, te prometo que voy a terminar el curso, se ponga como se ponga.

—No sabes cómo me alegra oírlo —contesté con lágrimas en los ojos.

Que Coral quisiera terminar no era lo importante, lo que más valor tenía era que lo iba a defender, que nadie la haría cambiar de opinión. Ella, en su proceso interno, había creado su propio camino por el que avanzaría con seguridad.

Me contuve, refrené la alegría que me producían las palabras de Coral, lo que significaban para mí, aunque tenía unas ganas enormes de llorar, de gritar a los cuatro vientos que lo había conseguido. Por suerte, ellas me calmaron con una conversación que no esperaba.

—Oye, Mara —dijo Coral, acercándose a mí—. ¿Cuándo nos vas a contar lo de ese novio nuevo que tienes?

—¿Qué novio? —pregunté con fingida seriedad—. No tengo ningún novio.

—El director del colegio, el Peter Pan —bromeó Saray.

—No podéis ser más malas. Pedro es mi amigo, un amigo de la infancia, pero no es mi novio. Si lo fuera, no lo negaría, ya sabéis que a estas alturas no necesito andarme con muchos rodeos.

—Qué pena, porque está buenísimo, hacéis una pareja de escándalo —decretó Coral—. Eres muy guapa, Mara, y muy buena gente, estoy segura de que has tenido muchos novios. Anda, cuéntanoslo, cuéntanos quién fue tu primer amor.

No pude negarme, me había implicado tanto en sus vidas tratando de cambiar sus caminos que era lo menos que podía hacer.

—Vale, pero vamos a hacer rosetas. Que la historia es larga —añadí.

—Pues hagamos mejor una pizza, tengo masa en mi casa —propuso Saray—. Voy por ella.

Mientras preparaba la pizza fui hilando las piezas del rompecabezas que formaban mi vida. Intenté encontrar una versión edulcorada de mi historia que no hiriera su sensibilidad, al fin y al cabo lo que iba a contarles también era en parte la historia de una de ellas.

26

Tenía catorce años cuando me di cuenta de que estaba enamorada de él, que todos los sentimientos que había ido coleccionando en mi corta vida habían atracado en un puerto distinto del esperado.

La primera señal fue una mirada, una mirada lasciva que le dedicó a una chica con la que nos tropezamos en una feria. Yo era demasiado joven para darme cuenta de que la quemazón que sentía no respondía a la envidia que me producían las inacables piernas de la chica. Recuerdo la justificación que me busqué: él era mi mejor amigo, mi compañero, y no quería compartirlo con nadie. Pero la señal más importante la recibí una tarde en que estábamos celebrando un cumpleaños en la playa. La noche nos sorprendió y seguíamos dentro del agua.

Desafiando la negrura del mar que imponía respeto pero no miedo a los que habíamos crecido en su orilla, él me invitó a subirme en la colchoneta hinchable. Subidos uno casi encima del otro y con las manos como remos, nos adentramos en el mar. Recuerdo la sensación de paz de nuestros cuerpos húmedos rozándose sin pudor. Con un movimiento brusco, él levantó la cabeza, dobló el brazo y apoyó el peso sobre su codo para mirarme. La postura era tan incómoda e insostenible que casi perdimos el equilibrio. La risa no ayudó y se cayó al agua, luego volcó la colchoneta y yo con ella.

Las continuas olas dificultaban la labor de volvernos a subir. Él sujetó la colchoneta con las dos manos, y yo metí la cabeza debajo del agua para colarme entre sus brazos y subirme por la zona que él agarraba con fuerza. En ese momento me di la vuelta y nuestras cabezas quedaron a unos centímetros una de otra. Una pequeña ola hizo el resto. No recuerdo cómo fue que nuestros labios se encontraron, pero sí lo que sentí en aquel momento, y con una nitidez asombrosa. Una sensación nueva para mí me recorrió todo el cuerpo, la timidez con que introdujo su lengua en mi boca para jugar con la mía, el deseo de absorbernos uno a otro que crecía por momentos. Cuando nos separamos estábamos tan avergonzados que ninguno de los dos dijo absolutamente nada.

Dos mujeres esperaban con los brazos en jarra. Solo en ese momento nos dimos cuenta de cuánto nos habíamos alejado y nos afanamos en remar hasta la costa. No nos imaginábamos que aquellas dos mujeres pudieran ser nuestras madres, y ni siquiera la bronca pudo borrarnos la sonrisa ni poner fin a la complicidad que acababa de nacer y daría lugar al amor más profundo y sincero que he sentido en mi vida.

A partir de ese momento, nuestra mirada cambió. Empezamos a relacionarnos con cuidado por miedo a tropezarnos con una barrera invisible. Pasaron los días y no volvimos a hablar de lo ocurrido, pero la magia de lo vivido se transformó en una frágil aureola que nos cubría y se extendía sobre nuestras actividades diarias.

Habían transcurrido cinco meses, cuando, al salir de casa un buen día, me dejé la llave dentro, fui por la copia que mi madre había entregado a la suya para casos de emergencia y volvimos a estar solos. Me miró a los ojos y se acercó a mí con decisión, sin pedir permiso. Nos estuvimos besando hasta que nos sobresaltó el ruido de la puerta y nos separamos con disimulo. A su madre no le extrañó encontrarme allí al llegar de la compra y me invitó a cenar. Yo decliné la oferta, le conté que solo había ido a por la llave y que me tenía que ir. Entonces la mujer se acercó a la vitrina, cogió una vieja copa de la que sacó la llave y animó a su hijo a acompañarme y traerla luego de vuelta.

Por el camino hablamos por primera vez. A borbotones y entre risas nos contamos lo que sentíamos y entonces advertimos que unas mismas sensaciones iban entrecruzándose en ambas direcciones. Decidimos guardarlo en secreto, dejar pasar el tiempo para tomar la decisión más conveniente. Él quería que nos pidiéramos, que en una bonita fiesta le dijéramos al mundo que queríamos ser novios. Yo prefería alargar lo que me parecía fascinante, un amor secreto del que nadie sospecharía y del que disfrutaríamos a solas y a escondidas. No contaba yo con que mi padre me conocía como la palma de la mano y al segundo trozo de bizcocho que rechacé empezó a preocuparse. Yo no comía, no dormía y estaba todo el día montada en una nube.

Tampoco es que se lo pusiera muy difícil. Una mañana de sábado me preguntó qué me pasaba. No hizo falta que contestara, conocía su nombre, la fecha de inicio y todos los secretos que yo había guardado con celo, o al menos eso creía. No temía la reacción de mi padre, pero sabía que para darme su aprobación tenía que prometerle que no dejaría mis estudios, que para él eran lo más importante.

Estaba previsto que al cabo de unos días me marchara con un beca a Inglaterra, donde permanecería un mes en un intercambio, y aunque estaba ilusionada, me pesaba separarme de él.

—Si cuando vuelvas de Inglaterra quieres pedirte, lo organizo todo, pero piénsalo bien y déjales muy claro, a él y a toda su familia, que no vas a dejar los estudios. Yo te apoyaré. Si quieres tener un noviazgo sin pedirte, que sería para mí lo más apropiado, no tienes más que decírmelo y hablaré con el padre del novio; no le va a hacer ninguna gracia, pero tendrá que aceptarlo —me dijo mi padre antes de que me marchara.

Me fui del país llorando, al separarme de él sentí un dolor casi físico. No me lo puso fácil, me amenazó cientos de veces con dejarme si me marchaba. El chantaje emocional cesó cuando se dio cuenta de que no me iba a mover ni un centímetro de mi postura, y que no lo haría tampoco en el futuro. Si me quería, tenía que aceptarme como era.

Su amor era incondicional y se adaptó a mi forma de ser. Pero no ocurrió lo mismo con su familia y la presión que ejercieron sobre él por no ser capaces de asumir lo que les parecía inaceptable casi lo volvió loco. Los gritos se oían desde mi casa.

—¡Cómo puedes permitir que la que va a ser tu mujer se vaya a otro país, sin control ninguno, y pueda estar con todo el que le dé la gana! —le gritaba su padre una y otra vez.

Yo lloraba en silencio, no acababa de entender qué tenía de malo, sin querer que esos gritos inundaran mi futuro. Mi padre cerraba las ventanas en un intento de no intervenir para que la cosa no fuera a mayores.

Me marché una mañana de junio a pasar el que sería el mes más largo de mi vida. Cuando llegué a la casa de la familia que me acogió en Inglaterra todo me pareció tan horrible que me pasé la noche entera llorando, y el desayuno no mejoró mi estado de ánimo. Pensar que tenía que estar un mes comiendo aquellas habichuelas pequeñas y un tocino requemado que olía a rancio, para desayunar, no me proporcionaba las mejores expectativas. Suerte que al segundo día pusieron en la mesa un bollo de pan. Lo agarré con tanta fuerza, lo devoré con tal ansiedad que durante el resto de mi estancia me pusieron tres bollos de pan todas las mañanas. No me importaba que me lo dieran a palo seco. Ellos imaginaron que me lo comía así en mi país y yo no me atreví a pedir nada para rellenarlo, por miedo a que me pusieran algo parecido al beicon frito que tanto detestaba.

Para colmo, no solo la casa donde me alojaba me resultaba desagradable; el instituto me pareció un sitio tenebroso en el que todo el mundo miraba mis rizos con fingido interés. Una niña colombiana que estaba en mi misma clase fue mi tabla de salvación; ella y las arepas con queso que su madre le mandaba para el almuerzo. Yo no era capaz de adaptarme a nada. Los madrugones demasiado tempranos y la obligación de ir a la cama cuando apenas comenzaba la tarde me desconcertaban y me mantenían con los ojos abiertos más horas de las deseadas. El intenso frío, que se derramaba a veces en forma de lluvia helada, me desesperaba; no encontraba calidez ni con tres mantas sobre mi cuerpo. Era como si el sol no se asomara en aquel país donde de vez en cuando una niebla espesa envolvía la vida y lo emborronaba todo como en una película de miedo. Me preguntaba si el verano jugaba al escondite o si era así todo el año, y mi carácter alegre se volvió turbio. La angustia y el desconsuelo permanecieron en mi pequeña habitación como dos acompañantes de aquel viaje.

Cuando hablaba con mi familia intentaba disimular mi malestar, mi falta de adaptación a una experiencia que supuestamente iba a ser una de las más apasionantes de mi vida.

Y mientras yo estaba en aquel país, los acontecimientos que se sucedieron en la aldea cambiaron el rumbo de las cosas. El que iba a ser mi suegro habló con mi padre, no iba a permitir que ninguna mujer de su familia diera vueltas por el mundo, le dijo. Él quería para su hijo «Una gitanita buena, que cuidara de sus nietos, de su hijo y de su hogar con esmero». Mi padre le contestó que no me había educado para ser la criada de nadie, que yo escogería mi propio destino y él no se iba a meter en mis decisiones. Yo seguiría estudiando, llegaría a la universidad y decidiría por mí misma cuándo quería ser madre y esposa. La conversación terminó con un puñetazo en la mesa y un portazo que desencajó la puerta y se oyó en toda la aldea.

A mis espaldas, mi padre habló con mi novio y le contó cómo estaban las cosas. Si me quería, tenía que aceptarme como era: una mujer independiente, con carácter, que tenía muy claro lo que quería en la vida.

—Yo la quiero tal como es. Estoy enamorado de cada una de sus decisiones, porque son parte de ella —le respondió mi novio.

Mi padre respiró aliviado y volvió a casa convencido de que la historia saldría adelante. Esperaba que a mi vuelta las cosas se hubiesen calmado, pero no fue así. Una tarde que daba una vuelta con el perro vio a mi novio y mi suegro discutiendo en la puerta de su casa.

—No voy a permitir que en mi casa entre una cualquiera, que se pase la vida dando tumbos por el mundo para luego acostarse contigo cuando esté cansada.

Mi padre se paró en seco, no estaba dispuesto a que nadie me insultara.

—No voy a consentir que hables así de mi hija. La has visto crecer, la conoces desde que era una recién nacida, y nunca has visto nada reprochable en su conducta. Es una niña noble y generosa, que siempre piensa en los demás antes que en ella misma. No se merece tus palabras ni tu desprecio, deberías de estar feliz por la elección de tu hijo —añadió mi padre.

Aunque mi novio intentó calmarlo, no lo consiguió. El chico cogió su bicicleta y se marchó, pensaba que si él desaparecía, lo haría también la causa de la disputa, pero no fue así. Para que los gritos no llegaran a todos los rincones de la aldea, mi padre decidió entrar en la casa de mi suegro para tener un poco más de intimidad. La disputa acabó de forma brusca con un puñetazo que mi padre recibió sin esperarlo. Tras él llegaron patadas y golpes que nadie vio, pero mi padre se los llevó clavados en las costillas y en la pena más profunda. Cuando recuperó fuerzas regresó a su casa en la oscuridad de la noche, avergonzado y aturdido, cubriéndose la cara con sus propias manos, y mi madre fue la única que supo de la agresión. Él nunca en su vida se había peleado y lo único que pudo hacer, ante una violencia que ni siquiera había calculado, fue defenderse.

—No le culpes —le decía mi padre a mi madre mientras limpiaba sus heridas—. Solo repite lo que ha aprendido, su padre le educó sin enseñarle otra cosa que no fuera resolver los problemas a palos. No sabe hacerlo de otra manera.

—No puedo creer que lo justifiques —replicó mi madre—. Tiene tu misma sangre y casi te mata. No quiero verle la cara todos los días, no quiero que mi hija tenga que convivir con un hombre así.

Las disculpas llegaron tarde. Cuando el padre de mi novio se presentó en mi casa, cargado de vergüenza y con una botella de vino, mi padre ya había vendido su casa y apalabrado otra cerca de la capital. La decisión no le llevó más de un par de días sin dormir, era consciente de que si yo entraba en esa familia no me lo iban a poner nada fácil y no se respetarían mis decisiones. Si seguíamos viviendo ahí, la historia tarde o temprano se repetiría y mi padre me defendería hasta quedarse sin fuerzas. Pensó que si nos marchábamos las cosas serían distintas, podríamos pedirnos y casarnos y vivir lejos de la aldea, en un lugar donde nadie se metiera en nuestras decisiones. Ahora, después de tantos años, sé que esta fue una de las decisiones más difíciles de su vida. Lo dejó todo para que yo tuviera la oportunidad de ser feliz. Mi padre nunca había vivido fuera de la aldea y tuvo que ser muy duro para él renunciar a esa seguridad.

A pesar de todo, mi padre aceptó las disculpas, aunque no se le borraron los moratones que enturbiaban su piel y su alma. No cambió su decisión, pero tampoco le contó al padre de mi novio sus planes. La tirantez con la que a partir de ese momento se trataron dejaba claro que la relación se había roto en añicos, como un jarrón de porcelana. Podrían pegarlo, pero nunca sería el mismo.

A la semana siguiente, un día antes de la marcha de mi familia, mi padre fue a ver a mi novio con la buena intención de dejar abierta la puerta para que nuestro amor no chocara con ningún impedimento. Como no lo encontró en su casa, se sinceró con su padre e intentó poner las bases para que su hijo y yo pudiéramos construir un futuro.

—Nos vamos —le comunicó mi padre sin preámbulos—. Nos vamos de la aldea, creo que es lo mejor para todos. Tú y yo nunca nos pondremos de acuerdo. Mi forma de pensar es diferente de la tuya, y tú nunca la aceptarás. No quiero que la felicidad de nuestros hijos se vea empañada por nuestras malas decisiones. Estoy dispuesto a respetar tu modo de hacer las cosas, siempre y cuando los niños estén de acuerdo. Tu hijo puede venir a pedir a mi hija en cuanto regrese y las puertas de mi casa estarán siempre abiertas para tu familia, pero mi hija no dejará de estudiar, irá a la universidad y tendrá una profesión. No porque lo diga yo, sino porque es lo que ella quiere. Te pido que respetes eso tú también.

Dejó su casa con la tristeza de abandonar el único hogar que conocía. Renunció a su vida, a sus amigos, al entorno seguro en el que jugaban mis hermanos, para que yo fuera feliz.

Mi padre siempre se había sentido orgulloso de ser gitano, de sus valores, de lo que él significaba para la familia, pero este fue un duro golpe que no pudo superar. La única vez que la violencia había golpeado la aldea la había sufrido en su propia piel. No importaba que en nuestra calle siempre hubiese reinado la paz, que nadie se hubiese visto nunca envuelto en ninguna pelea cuerpo a cuerpo, que nuestra convivencia de toda la vida hubiese rozado la perfección. Si lo que había ocurrido se sabía, a partir de ese momento seríamos gitanos que lo resolvían todo a palos, que solo se regían por sus leyes y que arreglaban las cuentas a «su manera». Todo esto le habría dolido más que los puñetazos que recibió en el suelo, cuando intentaba calmar con palabras a su adversario. Para él fue muy importante guardar ese secreto, esconder esa vergüenza para que solo doliera en su propio recuerdo.

Cuando regresé del viaje, contenta y ansiosa por volverlo a ver, me encontré con unas caras que parecían anunciar la muerte de un ser querido. Me sorprendió que tomara un camino distinto para ir a casa, y cuando paró el coche, mis hermanos y mi madre salieron, y con los ojos acuosos mi padre me pidió que esperara un momento.

—Mara, lo que voy a decirte no te gustará —me adelantó con una seriedad que puso en alerta todas mis alarmas—. Esta es nuestra casa, ahora vivimos aquí. La familia de tu novio no aceptó que te fueras al extranjero y hubo varias discusiones, en una de ellas el padre de tu novio perdió los nervios y me pegó. Esto no significa que tu relación tenga que terminar, tú eres libre de escoger qué quieres hacer.

No podía creerlo, en mis labios se dibujó la sonrisa, pensaba que era una de las bromas de mi padre, su sentido del humor a veces me desconcertaba, pero la seriedad de su rostro me asustó.

Una parte de mí se negaba a aceptar todos los detalles que mi madre me contó después, y culpé a mi padre con rabia. Por la pelea, por habernos alejado de nuestro hogar, por obligarme a dejar mi habitación de siempre, mi casa, mi instituto, mi vida entera. Había vuelto del viaje y tenía la sensación de haber entrado en una pesadilla.

Me aislé. Pasé días sin comer, sin hablar, sin salir de mi cuarto, sin entender los cambios de mi vida. Las atenciones de mi madre y mis hermanos poco a poco me sacaron del pozo en el que había caído, pero aun así estuve mucho tiempo sin dirigirle la palabra a mi padre. No conseguía perdonarle, a pesar de que él hacía todo lo posible para que eso ocurriera.

Por las noches lo oía hablar con mi madre y también cómo ella lo consolaba, cómo intentaba calmar la pena que él sentía por mi rechazo. Mi padre no podía gestionar aquellos sentimientos desconocidos que lo embargaban y lo tenían en el limbo más absoluto, lo descentraban y lo volvían incapaz de resolver las cosas más cotidianas. Cuando nos sentábamos a la mesa su mirada se dirigía a mí esperando el milagro de oír mis palabras y resistiendo con heroicidad la hostilidad que reflejaba la mía.

En cuanto pude llamé a mi novio, cogí el teléfono con ilusión, imaginando que en unos minutos oiría su voz y nos veríamos. Tenía la esperanza de que todo volviera a ser como antes. Su madre contestó al teléfono, con una voz seca e insegura que me sonó extraña. Me trasmitió la peor de las noticias.

—No quiere ponerse, hija. Es mejor así, cada uno por su lado, él lo ha comprendido.

No podía dar crédito a lo que me decía su madre. Me negaba a creer que sus sentimientos hubiesen cambiado de esa forma, que hubiesen girado y él se hubiese apartado de mí con tanta crueldad. Volví a intentar hablar con él varias veces, sin éxito alguno. Tenía que verlo, mirarlo a los ojos y que me lo dijera a la cara. Solo así me creería que ya no sentía nada por mí. Y un día, al salir del instituto, sin decírselo a nadie, cogí un autobús y me presenté en la aldea.

Pasé por mi antigua casa y saludé a los niños que jugaban en el porche que había sido nuestro. Al ver la antigua valla pintada de un verde chillón, no lo pude evitar y me eché a llorar. Me detuve un momento, necesitaba respirar hondo, calmar la presión que sentía en el pecho, que me estaba ahogando. Durante un buen rato lloré con amargura en silencio, escondida para que nadie me viera y, cuando me tranquilicé, hice acopio de fuerzas para alcanzar mi destino.

Llamé al timbre y me abrió su madre. Por unos instantes la mujer se sintió confusa, me pidió que esperara y, dejando la puerta entornada, se metió en la casa. Intenté asomarme para verlo, para gritarle que estaba allí y que no me iría hasta que hablara conmigo, pero en ese momento salió su padre.

—¿Qué haces aquí? —me preguntó mirándome con desdén—. ¿No te ha quedado claro que mi hijo no quiere verte? Anda, vete, niña, no compliques más las cosas.

—No me iré hasta que no hable con tu hijo —le dije envalentonada.

—Ya te he dicho que mi hijo no quiere hablar contigo. Puedes aceptarlo ahora o dentro de diez años, puedes sentarte en esa silla o irte con la poca dignidad que te queda, pero no mendigues más, que ya has hecho bastante el ridículo.

Sus palabras arrumbaron mi decisión, abrieron una herida en mi orgullo adolescente que me engulló de golpe, me volví pequeñita, tenía un único deseo: desaparecer de allí cuanto antes.

No lloré, no me quedaban lágrimas. Emprendí el camino de vuelta mirando las piedras que tantas veces habíamos pisado juntos cuando éramos niños, jugando, corriendo uno detrás del otro. También ellas nos habían visto pasear de la mano al dejar atrás nuestra infancia con el estallido de la pubertad, que nos agarró desprevenidos.

Llegué a mi casa en un estado inerte. Mi cuerpo caminaba como un autómata, pero mi mente se había parado en seco para frenar cualquier pensamiento que pudiera causarme más dolor.

No salí de mi habitación en varios días. No podía comer ni dormir. Me encontraba en un estado lamentable cuando una mañana mi madre levantó la persiana, me sacó a empujones de la cama y me metió en la ducha bajo amenaza de bañarme ella si no lo hacía yo por mí misma. Y reaccioné. Luego me mandó al nuevo instituto de la mano de mi prima, que se tomó mi custodia como la misión más importante de su vida.

Poco a poco me fui adaptando a una nueva realidad que me acogía con pereza. Mis compañeros de instituto miraban por encima del hombro a la chica nueva que sacaba diez en todos los exámenes y no se molestaba en hablar con nadie. No fue fácil. Culpaba a mi padre de haber roto mi mundo y haber creado con los añicos otro que no me gustaba. Durante tres años no acudimos a ningún evento social para no tener que coincidir con él. Había que evitar que la llama de los antiguos rencores pudiera revivir.

El amor se fue transformando en ira. Ira porque nunca vino a buscarme, porque no luchó por el amor que un día nos juramos eterno y que no había sobrevivido a la primera batalla.

Una mañana mi tía le dijo a mi madre que él se iba a pedir con una gitana del pueblo que no podía ser más guapa, y que ella iría a su pedida. Habían pasado tres años, aunque en mi interior sentí que no habían transcurrido más de tres días a lo sumo. Me encerré en mi cuarto y me prometí a mí misma que no volvería a llorar por él, que olvidaría ese amor tan cruel que no me dejaba sanar mis heridas, que lo enterraría en el rincón más recóndito de mi memoria, que no evocaría ni uno solo de mis sentimientos nunca más.

Ese día empecé a mirar a los chicos de mi alrededor, a buscar entre ellos al candidato perfecto para demostrarme que el amor era mucho más que lo que yo había vivido, pero tengo que confesar que el día de la boda me volví a hundir de nuevo. Me embargó una congoja que no fui capaz de aplacar en mucho tiempo.

El tiempo que se suponía que lo curaba todo pasaba y mis heridas seguían abiertas. Nos encontramos por casualidad cuando nació su hija, el destino hizo que en la habitación de al lado estuviera mi prima dando a luz. Al vernos en el pasillo nos quedamos parados a medio camino, ni él ni yo sabíamos cómo avanzar. Estaba tan guapo que sentí que mis piernas se aflojaban y no eran capaces de sostener mi propio cuerpo. Cuando nos acercamos, nos fundimos en un fuerte abrazo. Ninguno de los dos lo había planeado, pero no lo pudimos contener. Refrené, asustada, todo el amor que había brotado de pronto, sin previo aviso. Percibí su olor como parte de mí, y no podía diferenciar dónde terminaba yo y dónde empezaba él. Me cogió la cara y me miró con una ternura que me hizo sentir viva con una intensidad olvidada. Me volvió a abrazar y se acercó a mi oído.

—Mara —murmuró, y no añadió nada más.

Mi nombre sonó dulce en su voz e hizo vibrar cada poro de mi piel, que reaccionó con fuerza mandando señales que yo era incapaz de descifrar.

No sé cuánto tiempo estuvimos mirándonos, sin saber qué decir, pero tampoco hacía falta decir nada. Su madre nos encontró con las manos entrelazadas a la altura del pecho.

—Mara, qué alegría verte —dijo con sinceridad—, pasa, que conocerás a mi nieta, ya verás qué bonita es.

El nudo que tenía en el estómago no me dejaba articular palabra. La niña era perfecta, parecía una pequeña muñeca de porcelana. Estuve tan solo unos minutos y salí de allí con prisas, con la excusa de que tenía que atender al nuevo miembro de la familia que estaba a punto de nacer.

Nunca pude borrar de mi memoria aquella escena: él tenía a su hijita en brazos, le acariciaba el pelo y sonreía. Estuve horas llorando sola por la calle. Lloré por el amor perdido que nunca volvería a recuperar, por mi soledad que de golpe se volvió insoportable, por lo que mi cuerpo había sentido y por saber que él ya nunca formaría parte de mi vida.

Y ahí se cerró la herida que el resentimiento había mantenido abierta.

Al poco tiempo conocí a un chico que no me hizo sentir mariposas en el estómago, pero me gustaba. Sabía que nunca volvería a sentir lo mismo y me forcé en aceptar esta segunda opción.

—Y como ya sabéis —les dije a mis alumnas, que no parpadeaban para no perderse un solo detalle de mi historia—, no me salió del todo bien. Por eso ahora quiero estar segura de que solo comenzaré algo cuando sienta aquella fuerza en mi interior.

—Mara, a lo mejor la estás volviendo a sentir y no quieres verla —concluyó Saray.

Esa frase me hizo intuir que ellas sabían quién era el protagonista de mi historia, y la intuición se convirtió en certeza cuando caí en la cuenta de que ninguna de las dos me había preguntado por su nombre.

No fue necesario. Las dos sabían que Manuel fue mi primer amor.

27

El director quería hablar conmigo a primera hora de la mañana. Yo ya conocía el motivo, los implicados me lo habían hecho
saber de primera mano, había habido una pelea en la clase de
Blanca.

—Eres tú quien tiene que tomar la decisión —precisó el jefe
de estudios—. No hubo agresión física, pero ambos perdieron
los papeles, se insultaron de forma muy violenta, y tememos
que la cosa vaya a más. Por otra parte, son alumnos que no han
tenido un solo parte de incidencia en toda la escolarización, así
que valora lo que creas más conveniente.

Tenía la seguridad de que mi compañera abogaría por el
castigo máximo que el plan de convivencia estableciera para
estos casos, y estaba convencida de que eso no mejoraría las
cosas.

—Creo que tengo la solución, aunque reconozco que es un
poco arriesgada. Está claro que ninguno de los dos tiene habilidades para resolver conflictos, y el próximo martes comienza un
curso de mediación para escolares, lo da una psicóloga amiga
mía. Propongo que estos dos alumnos asistan al curso y que
luego, como penitencia, se encarguen de mediar en los conflictos
que surjan en otros cursos, en primero y segundo, por ejemplo.

—¿Es en horario escolar el curso de mediación? —preguntó
el director.

—No, será por la tarde, fuera del horario escolar. Puedo pedir a sus padres el permiso, no habrá ningún problema, ambas familias son muy colaboradoras y cercanas, y también me presto para acompañarlos, si os parece.

—Perfecto, hagámoslo así. Y, por favor, pásanos información, me parece un curso muy interesante, para el año que viene.

—Claro —añadí—. Si sois tan amables de informar a Blanca, os lo agradecería.

—Mejor lo haces tú. Blanca nos ha dicho que aceptará lo que creas conveniente.

En ese momento mi compañera entraba en la sala de profesores y el director la llamó.

—Blanca, sobre el incidente del otro día, tengo una propuesta —le dije con una actitud conciliadora—, pero me gustaría contar contigo antes de pasar a la acción. En realidad son dos alumnos que no han presentado nunca problemas y que nunca han tenido partes de incidencias, así que he pensado que podrían asistir a un curso de mediación y que, cuando estén formados, dediquen algún tiempo a mediar en cursos inferiores. ¿Qué te parece?

Blanca lo pensó unos instantes.

—Me parece estupendo, así sabrán lo que se siente cuando intentas mediar y no lo consigues —contestó con amabilidad.

Al salir, el jefe de estudios me guiñó el ojo. No podía creer lo que acababa de pasar: por una vez Blanca había aceptado mi sugerencia sin protestar y se había mostrado colaboradora. Nuestras reuniones habían ido mejorando desde que yo había optado por cambiar de actitud, pero no tenía claro si esa mejora se debía a la falta de temas que tratar o la armonía del equipo.

Al salir llamé a mi padre, que estaba en mi casa para celebrar su cumpleaños.

—Hola, papá. ¿A que no sabes qué me ha pasado? —anuncié antes de darle tiempo a decir nada—. He resuelto un conflicto en el aquelarre y no ha habido ningún drama.

—Y eso es más importante que felicitar a tu padre en su sesenta cumpleaños —añadió quejumbroso.

—No te pongas penoso, te he mandado un mensaje esta mañana y estaré ahí contigo en un rato. Solo llamo para avisar de que se me ha hecho un poco tarde, me paso a recoger la peluca y salgo para allá.

—No te preocupes, tus hermanos no llegarán hasta dentro de un rato, justo ahora están acabando de desmontar el puesto.

Habíamos decidido celebrar el almuerzo en mi casa. Desde primera hora de la mañana mi madre trajinaba en mi cocina guisando sus platos favoritos y la noche anterior mis hermanos y yo habíamos dejado preparada la sorpresa en nuestra vieja casa. Todo estaba listo para que este fuera uno de los días más especiales de la vida de nuestro padre.

En todo momento habíamos contado con la colaboración de todos sus amigos y familiares. Además de invitarlos a una moraga en la playa al anochecer, les pedimos que me mandaran un vídeo corto, de no más de veinte segundos, para felicitarlo, y con ellos preparé un pequeño montaje audiovisual al que dieron brillo mis hermanos añadiendo efectos especiales y una música preciosa. Cuando lo tuve listo, al ver todas las muestras de cariño que había recibido sentí que mi padre era una persona muy querida y yo estaba muy orgullosa de él. Una de las felicitaciones más bonitas fue la de Modou, le decía que él era el padre que hubiese deseado tener. Estaba segura de que cuando mi padre escuchara esas palabras se emocionaría.

No contentos con el resultado, mis hermanos le añadieron una especie de introducción que nos hizo reír a carcajadas. En ella se veía a mi hermano intentando convencer a algunos amigos de mi padre para que grabaran sus felicitaciones, y ante su negativa aparecía de nuevo en pantalla con un jamón escondido en la espalda, a modo de soborno. Nos reímos mucho con el cómico cambio de los participantes al ver el pago que recibirían.

Mis hermanos y yo llegamos a la vez y comimos con prisas, impacientes por darle a mi padre su regalo. Tras soplar las velas, mi madre le dijo que teníamos una sorpresa para él, solo tenía que taparse los ojos y dejarse llevar. Nos costó cuarenta minutos convencerlo de que se pusiera la venda en los ojos. Cuando lo logramos lo sacamos a la calle a ciegas y lo llevamos a nuestra antigua casa.

—¡Me espero cualquier cosa de vosotros, a saber para qué me habéis traído aquí! —exclamó sorprendido al verse en su interior.

Mis sobrinas, que habían guardado el secreto, le dieron un pequeño paquete. Cuando lo abrió y vio las llaves, las reconoció al momento. Mi madre había guardado el llavero, una pequeña casita que mi padre le regaló siendo novios.

—¿Qué significa esto? —preguntó él sin imaginarse ni por asomo lo que había sucedido.

Le pedimos que se sentara en la silla que habíamos preparado y yo lo hice enfrente de él para grabar su reacción cuando leyera en la pantalla que la casa era suya. Apagamos las luces y pusimos el vídeo. Como esperábamos, se emocionó con la primera felicitación, aunque hay que decir que el entorno también colaboró. En aquel salón yo había dado mis primeros pasos, mi hermano se había roto su primer diente y mi hermana había bailado durante su infancia. Nosotros fuimos los últimos en salir en el vídeo y lo hicimos con unos carteles en los que expresábamos nuestros sentimientos hacia nuestro padre, y que se quedaban en el día a día prensado en un «Te quiero» rápido y frecuente. En el vídeo estábamos en fila y nos íbamos quitando los carteles unos a otros, hasta llegar a las más pequeñas, las habíamos grabado en la puerta de la casa. En el cartel final se veía una frase que decía «Este es nuestro regalo» y luego desaparecía volando para dejar en la imagen la puerta de la casa.

Mi padre no reaccionó, no supo interpretarlo. No podía creer que la casa fuera suya de nuevo. Mi hermana tuvo que decírselo claro.

—Papá, esta casa es tuya de nuevo. Mamá te la ha comprado.

—Estáis de broma, ¿no? Si tu madre no tiene un duro, cómo va a comprar esta casa. No entiendo por qué tenéis todos esa sonrisa boba en la cara.

—Pues te la he comprado. A veces no hace falta tener dinero para hacer las cosas, solo hay que tener inteligencia, iniciativa y una hermana que te lo preste —declaró mi madre.

Cuando por fin se lo creyó, se tapó la cara con las manos y rompió a llorar. No era la primera vez que veía a mi padre llorar, lo había visto cuando murió su madre, pero la emoción que en ese momento le embargaba nos arrastró a todos a un llanto incontrolable.

Yo estaba grabando la escena y cuando lo vi abrazando a mi madre y que los dos se echaban a llorar, supe que no podía conformarme con un amor que no fuera igual que este: desinteresado, puro, tan fuerte que había sobrevivido a mil batallas, pese a que algunas habían dejado grandes cicatrices.

Mi padre tardó un rato grande en calmarse y cuando lo hizo comenzó a dar vueltas por la casa.

—He ido al ayuntamiento y he pedido permiso para hacer una habitación en la parte de atrás, así podrás tener un cuarto para tus herramientas. Y en el cuarto libre se podrán quedar tus nietas siempre que quieran. Hay que hacer algunas obras antes de volver y tenemos que dejar nuestra casa la semana que viene, así que nos mudaremos a casa de Mara en breve —le dijo mi madre con un aplomo y una decisión que sus hijos no le conocíamos. Y por la cara que tenía mi padre, aposté que él tampoco.

Durante la sobremesa estuvimos repasando las mejoras que la casa necesitaba y tomamos algunas decisiones inútiles que mi primo, el arquitecto, tumbaría con un par de argumentos en cuanto viera el espacio.

Luego volvimos a mi casa a disfrazarnos para la fiesta, que tendría lugar en la playa, con todos nuestros familiares y amigos. En nuestro pueblo era necesario pedir un permiso a nombre de uno de los participantes, que se responsabilizaba del estado de conservación en el que debía de quedar la playa después del evento. Habíamos intentado invitar a todas las personas que por alguna razón habían sido importantes en la vida de mi padre: amigos que se habían ido a otros pueblos y con los que había perdido el contacto, viejos compañeros de mercadillo que se habían jubilado y hacía tiempo que no veía, incluso contamos con la compañía de su mejor amigo de la infancia, que vino desde Madrid muy ilusionado. Me encantaba ver a mis sobrinas reír con cada una de nuestras transformaciones. Con la peluca de casi un metro de largo de mi padre, sujetada con una guirnalda de flores, nos reímos a carcajadas.

Fueron necesarias quince mesas plegables para exponer toda la comida que había llevado mi familia. En la más grande pusimos los bocadillos, las ensaladas y los aperitivos. No podía creer la cantidad de paquetes de patatas que se amontonaban sobre una sábana que alguien había extendido en la arena.

No reconocí a Carmen cuando llegó. Llevaba una peluca de pelo rizado y una indumentaria que estaba segura de que ya había usado en algún momento de su vida. Me saludó de forma efusiva y enseguida adiviné quién era la figura masculina que la acompañaba.

—He pensado que aquí, con tanta gente, nadie se dará cuenta, y Marcos y yo podremos disfrutar de la velada —me confesó al oído.

Él no dejaba ver ni un solo centímetro de su cara. Oculto bajo un bigote, unas barbas y unas gafas de cristales oscuros, nadie podía identificarlo.

Pocos minutos después vi a Manuel, lo identifiqué al reconocer a Saray y las niñas, que estaban a su lado. Su disfraz no tenía demasiados accesorios, pensé que el luto por su madre no se lo permitía. En cuanto llegó se acercó a saludarnos.

Cuando ya no esperábamos a nadie más apareció la Redonda con toda su *troupe* cargados con dos cubos de basura enormes, llenos de bebidas frías. Al ver a Coral, todos se voltearon para mirarla. Estaba preciosa, con una corona de flores blancas fijada a una peluca rosa que le llegaba hasta la cintura. Corrió a saludarme y a felicitar a mi padre.

—He vuelto a casa, hija, a la casa de donde nunca tenía que haberme marchado. Debí afrontar las cosas con más valentía y no privarnos de esto —musitó mi padre, pegado a mí.

—Vender tu casa y empezar de cero en otro sitio para proteger a tu familia es lo más valiente que has hecho en tu vida, papá, y me alegro mucho de que lo hicieras —concluí abrazándolo.

Mi padre se estremeció al oír mis palabras. Quizá debí decírselas hacía mucho tiempo, cuando los remordimientos no le dejaban dormir por las noches y sintió que se había equivocado y había destrozado mi futuro. Nuestro abrazo se prolongó por unos segundos en los que sentí a mi padre lo más cerca que se puede sentir a un ser humano. Nos mantuvimos abrazados hasta que mi hermano nos llamó para que viéramos bailar a Saray. Era mi última oportunidad para convencer a Manuel de que firmara la solicitud para realizar la prueba de acceso de su hija a la escuela de flamenco; se nos acababa el tiempo, muy pronto terminaría el plazo de admisión.

La noche nos regaló un escenario cubierto de estrellas. La luna llena hizo brillar los pies descalzos de la niña con una magia que nos hipnotizó a todos.

—¿Has visto alguna vez a alguien bailar así en la arena de la playa? —pregunté acercándome al oído de Manuel.

No hubo respuesta. Su mirada estaba cargada de reproche, de cansancio, de desgana por responder siempre lo mismo. Me quedé a su lado, observando de reojo la emoción que expresaba su rostro y cómo disfrutaba al ver a su hija bailando.

Los brazos de Saray acariciaban la música, su cuerpo expresaba el arte que corría por sus venas. Todos los que la miraban contenían el aliento y no apartaban ni un segundo la vista de ella.

La ovación que recibió cuando terminó de bailar la conmovió. Se emocionó y vino corriendo a buscarme con lágrimas en los ojos.

—Quiero sentir esto siempre —me dijo abrazándome.

Su padre estaba cerca y nos miraba. Por un instante pensé que sonreía, pero cuando me acerqué a él para ofrecerle un espeto de sardinas, en su rostro solo vi preocupación.

—Tengo que irme de viaje quince días —me dijo muy serio—. Es muy importante, y necesito que me ayudes. No te lo pediría si tuviera otra alternativa. He de marcharme a Costa Rica para cerrar unos negocios.

—¿Cuándo te vas? —pregunté mientras hacía mis cálculos.

—A principios de agosto —contestó Manuel.

—Perfecto. Esos días mis padres seguirán por aquí vigilando la obra de su casa y podrán ayudarme a cuidar a las niñas.

—Me alegro de que regresen, es una buena noticia para todos, sobre todo para tu padre. Nunca debieron irse, podríamos haber solucionado las cosas de otra manera.

—Ya ha pasado mucho tiempo, de nada sirve que le demos vueltas ahora. No te preocupes por las niñas, yo las cuidaré. Espero que me traigas un regalo bonito de Costa Rica.

—No lo dudes. Te traeré algo para demostrarte mi agradecimiento.

—Antes de irte podrías dar tu consentimiento para que Saray se presente a la prueba, este sería el mejor regalo para mí. No sabemos el nivel que exigen y lo mismo no la escogen, pero al menos lo habrá intentado, la escuela está muy cerca, en Marbella, podría ir y venir en el día...

—No he visto una mujer más cabezota que tú —me cortó tirándome del brazo—. Anda, vamos, que tu padre va a soplar las velas y si sigues con el temita no vamos a probar la tarta.

—Esta semana te voy a llamar para que vayas a recoger las notas de Saray, te lo comunico para que después no me digas que no te he avisado.

—¿De verdad me vas a hacer pasar de nuevo por tu amiga la psicóloga?

—No, esta vez va a hablar contigo el equipo directivo al completo. Saray ha hecho un gran esfuerzo, ha sacado unas notas inmejorables en el último trimestre y creo que se merece que vayas a recogerlas. Claro que si no quieres..., eso es otra cosa.

Sabía que no dejaría de ir, que nunca faltaría a su obligación como padre.

—Ya que vas a estar con las niñas, podrías hacerme un favor. La mediana tiene muchos problemas con las divisiones y yo no tengo mucha paciencia para ayudarla, quizá puedas echarle una mano.

—De acuerdo, pero las clases particulares te las cobraré aparte.

—Espero que me pongas precio de amigo y que luego me invites a cenar.

—Firma la solicitud de Saray y te invito a cenar donde quieras.

—Esto suena a chantaje emocional. ¿Te estás vendiendo por conseguir tus objetivos?

—Sí, para que tu hija cumpla sus sueños soy capaz de cualquier cosa. Incluso de soportarte.

Manuel me miró y soltó una sonora carcajada.

—No tienes remedio. Anda, vamos a por esa tarta.

Mi padre sopló las velas rodeado de todos los que le querían.

En un momento de la noche llegó su amigo de la infancia, lo escondimos bajo una toalla y le pedimos a mi padre que lo reconociera por los pies. No acertó su nombre pese a los numerosos intentos y cuando le quitamos la toalla para mostrarle el personaje misterioso no podía creerlo.

—Eres el mejor regalo de la noche —le dijo a su amigo mientras lo abrazaba.

Incluso Modou se sumó a la fiesta. Llegó justo a tiempo de

ver cómo soplaba las velas y, tras abrazar a mi padre, vino a saludarme a mí. Se encontraba mucho mejor, apenas le quedaban secuelas físicas de las heridas. Su agradecimiento hacia mi familia por habernos ocupado de él era infinito. Estuvo bromeando un rato conmigo y luego me levantó en volandas. Perdió el equilibrio y casi nos caímos en la arena. Manuel nos observaba desde no muy lejos.

Carmen se acercó a nosotros, moviendo la cabeza de forma ceremoniosa para que no se le ocurriera a Modou auparla también a ella, y nos ofreció un pastelillo de almendras que nos dejó los dedos pringosos.

—Niña, tienes a tus dos enamorados juntos —me dijo con cuidado de que no se oyera—. No sabes qué envidia te tengo en este momento.

—Qué dices, Carmen. Modou me ve como una hermana.

—Modou está enamorado de ti desde el primer día que te vio. O crees que no te quita ojo en el mercadillo por mera fraternidad. Qué inocente eres, hija.

—Anda ya, Carmen, estás muy equivocada.

—No tienes que preocuparte, nunca te dirá nada. Lo tengo claro desde hace mucho tiempo.

Mi padre nos interrumpió, una pareja de policías se acercaba a nosotros. Corrí a buscar mi bolso, que se había quedado enterrado bajo un montón de bolsas y mochilas. Saqué el permiso de la fiesta y, antes de que se creara inquietud entre los invitados, corrí hacia ellos. La llegada de la policía siempre anunciaba algún problema para muchos de los nuestros. Normalmente no nos sentíamos bien tratados por los cuerpos de seguridad del Estado; los prejuicios salpicaban cualquier escena en la que nos viéramos envueltos y nos caía encima la culpabilidad antes que la inocencia. Suspiré aliviada cuando me di cuenta de que uno de los policías era mi primo, que había terminado el turno y venía a tomarse algo con su compañero. Le pusimos un par de túnicas encima del uniforme y les dimos un par de pinchitos a cada uno.

La noche era perfecta y mi padre estaba tan feliz que no podía disimularlo. Hasta que apareció ella y mi padre soltó un «Ay, Dios» que se oyó por encima de la música.

En cuanto la vio pensó que acapararía el protagonismo, y no se equivocó.

28

El verano mostraba su poderío desde las primeras horas de la mañana. Las calles despertaban con los aleteos de los primeros abanicos que los residentes no soltaban en todo el día y con los pasos acelerados de los turistas que, acostumbrados a madrugar, disfrutaban del fresco que se esfumaría en cuanto el día avanzara.

Cuando llegaba el final de curso el cansancio se instalaba debajo de mis ojos en forma de dos profundos surcos oscuros que los demás miraban sin disimulo.

Nunca he sabido conciliar el estrés y el descanso, y no alcanzo a disfrutar del sueño cuando la lista de las obligaciones es más larga que el día. Cualquier papeleo pendiente, archivo que rellenar o responsabilidad extra me mantiene con los ojos abiertos toda la noche, y puedo pasar horas y horas dando vueltas en la cama, paseando el problema por todas las posturas posibles.

En unos días cerraría el ciclo y tenía que preparar la ceremonia de graduación. No puedo decir que me disgustara el acontecimiento ni que fuera una carga demasiado pesada para mí. Más bien todo lo contrario, era algo de lo que disfrutaba e intentaba que tuviera un cariz emotivo, que se quedara grabado en la memoria de los chicos para siempre.

A escondidas había visto el baile que estaban preparando mis alumnos para la ceremonia. Saray y Coral fueron las encargadas de aportar lo que ellas definieron como «fusión cultural al flamenco».

Estaba yo sumida en mis pensamientos, ordenando mentalmente los pasos de la graduación, cuando mis hermanos llegaron con medio litro de helado de turrón, el único sabor en el que coincidíamos los tres. Mientras lo comíamos nos pusimos manos a la tarea que nos había reunido.

—Quiero algo original, que no esté muy visto y que pueda poner en el instituto —añadí para que mi hermano tuviera claro el contexto—. Quiero que ellos sean los protagonistas y que yo salga lo menos posible.

—¿Qué material tenemos? —preguntó mi hermana.

—Tengo muchos vídeos y fotografías que he ido tomando durante todo el curso. Las familias me han proporcionado fotos de cuando eran pequeños y disponemos de un cañón para proyectar.

Sabía que mi hermana y mi hermano harían un buen trabajo. La confianza que tenía en ellos y el conocimiento de sus capacidades me daban esa seguridad. Atrás quedaba el tiempo en que mi hermano era un niño travieso que nos quitaba el sueño a toda la familia, su capacidad para perderse nos hizo pasar algunos malos ratos que nunca olvidaremos. En una de esas tardes en que el corazón estaba a punto de salírseme por mi boca, de pura angustia, conocí a una de las personas más importantes de mi vida, la que me hizo superar la pérdida de Manuel y volver a sonreír.

De pequeño mi hermano disfrutaba escondiéndose y en más de una ocasión estuvimos buscándolo durante horas; como no lo encontramos, tuvimos que llamar a la policía. El niño creció y con él también su creatividad para darnos esos sustos que nos dejaban sin respiración. Uno de ellos, el que más recordamos, tuvo lugar una tarde de marzo en que su entrenador de baloncesto nos llamó muy angustiado porque mi hermano y dos niños más habían desaparecido y no los encontraban. Mi familia y yo corrimos al polideportivo como locos, y cuando llegamos había un dispositivo de búsqueda impresionante. La última vez que los habían visto se dirigían al vestuario para cambiarse. Por nuestra cabeza pasaron a ritmo acelerado todas las tragedias posibles mientras los buscábamos por las carreteras cercanas, los comercios y los lugares de ocio. Javi, el entrenador, no se explicaba cómo había podido ocurrir, estaba abatido y hundido en una desconsolada consternación. Aparecieron a las dos horas, cuando sus piernas ya no soportaron más la doblez dentro de las pequeñas taquillas inferiores del vestuario de los mayores, donde habían estado metidos todo ese tiempo. Mi padre se llevó en volandas a mi hermano, que se sabía castigado hasta que cumpliera la mayoría de edad, y yo acompañé al pobre entrenador, a quien hasta el pensamiento le temblaba, a tomar una tila.

Nos sentamos en una cafetería cercana y allí comencé a descubrir una de las personalidades más arrolladoras con las que me he topado nunca. Javi tenía un sentido del humor fresco, ingenioso y contagioso, que te hacía reír a carcajadas. De esa tarde de nervios nació una amistad que encajó en mi vida a la perfección. Cuando estaba con Javi no me acordaba de Manuel; dejar de sentir dolor fue muy liberador, y me aferré a esos ratos que poco a poco fueron aumentando en frecuencia. Comencé esa relación segura de lo que hacía, pero con la certeza de que nunca volvería a tener unos sentimientos tan intensos como los que me unían a Manuel.

Ni un solo día de mi vida dejé de pensar en él, en su vida con su hija y su mujer, en su abandono sin siquiera una conversación que me ayudara a cicatrizar las heridas. Mi familia y yo evitábamos los eventos en los que sabíamos que ellos iban a participar; mi padre no quería encontrarse con su primo y yo sentía la misma necesidad de eludir el encuentro con Manuel. Nuestras vidas transcurrieron en paralelo, pese al lazo de sangre imposible de romper que compartíamos, a través del cual nos llegaba información de la vida del otro.

Javier y yo estuvimos algunos años juntos. Yo me acomodé a sus risas y disfruté de sus atenciones, que me resultaron agradables, e incluso viajamos por el mundo, como yo siempre había soñado, hasta que hubo que dar un paso más. Cuando llegó el momento de casarnos y formar una familia sentí que los cimientos de esa relación eran demasiado frágiles para construir algo sólido. No fue fácil dejar atrás un proyecto al que me había acomodado y con el que me sentía feliz.

Fue mi hermano, precisamente, quien me abrió los ojos y me hizo ver que no era justo para él. Tenía que ser honesta y reconocer que mis sentimientos no llegaban más allá de un cariño inmenso y una convivencia pacífica. Él se merecía que alguien lo amara con tanta fuerza que no hubiera ni un atisbo de duda en el deseo de llevar una vida en común. Y aunque caminar sola de nuevo me resultó extraño, me acostumbré pronto. Echaba de menos lo que un día tuve, pero tenía la certeza de que había hecho lo correcto. Supongo que todo el afecto que me rodeaba me lo puso un poco más fácil, mi familia siempre estaba a mi lado cuando la necesitaba. Con ese pensamiento me quedé dormida esa noche, mientras mis hermanos seguían trabajando en el salón de mi casa hasta bien entrada la madrugada.

Me levanté contenta sin ninguna razón aparente. El día se me presentaba largo y la tarde comenzaría con una tutoría con los padres de Coral. Quería hablar con ellos personalmente para darles la noticia de que su hija lo había aprobado todo y muy pronto podrían celebrar su titulación. También quería aprovechar para contarles que, en mi opinión, Coral tenía un talento innato que debían de fomentar.

Llegaron cinco minutos antes de la hora acordada. Les pedí que se sentaran en dos sillas que había traído de la biblioteca, algo más cómodas que las que había en la clase. Estaban serios y expectantes, no tenían muy claro el motivo por el que los había hecho venir. En sus caras podía ver su preocupación, seguro que sospechaban que no los había citado para nada bueno.

—Os he hecho venir para felicitaros, tenéis una hija extraordinaria —dije con familiaridad, sonriendo.

Los padres de Coral se miraron con asombro. Ninguno de los dos había valorado la posibilidad de que quisiera hablar con ellos por lo bien que había acabado el curso su hija. Normalmente los tutores llamábamos a los padres para todo lo contrario.

—Coral ha hecho un cambio muy positivo. En todas las asignaturas ha sacado buena nota, y cuando digo buena nota me refiero a que ha sacado más de un diez.

Ninguno de los dos pudo disimular su sorpresa.

—¿Mi Coral? —preguntó la madre.

—Sí, tu hija. Las notas del primer trimestre fueron aceptables, en el segundo trimestre mejoró en todas las asignaturas y en el último ha sacado una media de nueve en la mayoría de ellas. Ha demostrado su valía y es una pena que no siga estudiando, podría conseguir lo que quisiera.

Hubo una pausa. La madre se encogió un poco de hombros, no sabía bien qué decir y se tomó su tiempo para encontrar la respuesta.

—Mi Coral no quiere estudiar, si no quería ni sacarse el graduado. Ella en lo que está pensando es en pedirse y tener una familia —afirmó la madre.

En cuanto terminó de pronunciar esas palabras, me di cuenta de que destilaban cierta resignación. Estaba segura de que ella quería lo mejor para su hija.

—¿Y qué pensáis sobre eso? —quise indagar aprovechando la cercanía que teníamos.

—Hombre, a mí me gustaría que tuviera unos estudios y fuera alguien en la vida, pero es ella quien tiene que decidirlo. Si quiere casarse y ser feliz, pues también está bien —confirmó la madre.

—A mí me gustaría que estudiara, la verdad —declaró el padre—, pero hasta ahora, que tú eres su tutora, no la había visto nunca ilusionada con los estudios. Mi niña ha cambiado mucho desde que está contigo, se ha vuelto más responsable y ha descubierto que le gusta estudiar, pero yo no la veo con ganas suficientes para seguir estudiando una carrera ni nada de eso.

En ese momento tuve claro que, si jugaba bien las cartas, podía tener dos grandes aliados. Los dos querían que su hija estudiara, pero se mantendrían al margen en esa decisión. Mi optimismo creció al ver que podían ser cómplices en mi meta.

—Podría estudiar muchas cosas, pero creo que hay algo que le va a encantar, aunque no he hablado con ella de eso todavía. Se trata de un curso de protocolo y organización de eventos. Coral tiene un don para las fiestas, se le da muy bien planificar eventos. De hecho, me está ayudando a organizar el acto de graduación, se ha encargado de la decoración y de diseñar las invitaciones para los profesores. Esos estudios le ayudarían a tener más herramientas para preparar fiestas más grandes en distintos ambientes.

—Sí, ella es la primera para las fiestas, es verdad, se le da muy bien pensar en todos los detalles y tiene mucho gusto para todo —afirmó la madre.

—Yo no entiendo mucho de estas cosas, pero si eso le gusta y es lo que quiere, nosotros la apoyaremos, claro que sí —afirmó su padre.

—Voy a tratar con vosotros un tema algo complicado, os tengo la suficiente confianza para hacerlo. Me preocupa que después de la pedida Coral deje de ser ella misma para ser la mitad de su novio. Creo que ambas cosas, estar pedida y seguir estudiando, pueden ser compatibles. Los tiempos están cambiando y...

—No te preocupes por eso —me cortó su padre—. Si mi Coral quiere estudiar, yo me encargo de dejarle muy claro al novio que le doy mi bendición siempre y cuando respete sus estudios. Y ya verás como no hay problemas.

Sentí un inmenso alivio. Sería fácil convencer a Coral y, con el apoyo de sus padres, casi todos los obstáculos se salvaban.

Me despedí de ellos antes de lo que me hubiese gustado, pero acepté tomar un café en su casa el sábado siguiente para retomar la conversación. El apoyo de los padres en este proceso era fundamental y me alegraba tenerlos de mi lado.

Estaba tan emocionada que no me di cuenta de que Manuel me esperaba en la puerta del aula. Me miraba fijamente, apoyado en la pared.

Con la alegría de haber conseguido uno de mis objetivos me senté delante de él.

—Hola —me dijo con timidez—. Qué contentos se han ido los padres de Coral, espero salir como ellos.

Saqué las notas de Saray del cajón de la mesa.

—Quería dártelas en mano y felicitarte, además de ver la cara que ponías. Tu hija no solo lo ha aprobado todo, sino que ha sacado una nota media de ocho en el tercer trimestre. Considerando sus circunstancias y que te tiene a ti como padre, es muy meritorio —dije con tono burlón.

—Espero que no trates así a todos los padres con los que te reúnes, tu puesto de trabajo correría peligro —añadió en tono relajado.

—Dime la verdad, ¿no te sientes orgulloso de tu hija?, ¿ni un poco siquiera?

—Claro que me siento orgulloso de ella. La he visto estudiar día a día a pesar del cansancio, después de hacer las cosas de la casa. Estoy más que orgulloso —dijo emocionado—. Aunque para ti sea el peor padre del planeta, quiero a mis hijas más que a nada en el mundo y sé valorar su esfuerzo. Siempre lo he apreciado en las personas que me rodean, mucho más en mi hija.

—¿Y no crees que tu hija se merece luchar por sus sueños?

—Mara, es que sus sueños son los sueños de una adolescente, no es una persona adulta. Y sueña con meterse de lleno en un mundo de adultos donde no hay nada bueno para una niña.

—Estás muy equivocado, Manuel. Ella solo quiere estudiar, formarse, hacer lo que le gusta. Eso no quiere decir que mañana se vaya de gira sola por el mundo. Si Saray quisiera ser peluquera, ¿le negarías esa posibilidad? Ya contesto yo por ti: la dejarías estudiar e incluso, si me apuras, le montarías una peluquería con los secadores más modernos del mercado.

Manuel intentó contener una sonrisa, pero no lo consiguió. Así que decidí poner sobre la mesa mi último argumento.

—Sé que eres el padre más tozudo que conozco, pero también que cuando tienes dudas imaginas lo que te diría tu madre. No había nadie que disfrutara más viendo a tu Saray bailar que ella, estoy segura de que tu madre te aconsejaría que la dejaras perseguir su sueño, como ella permitió que tú siguieras el tuyo. ¿O no recuerdas cómo te sentiste cuando te apoyaron en lo que realmente querías hacer? Estarás al lado de tu hija cuando tome todas las decisiones que tenga que tomar. Estoy segura de que te escuchará, si has sabido acompañarla en el camino.

—¿Has terminado ya? —preguntó en tono pausado—. Anda, vamos a tomar algo, que tienes que contarme quién era la señora que apareció en el cumpleaños de tu padre y lio aquel *tangao*. Fue lo mejor de la fiesta.

—Madre mía, no quiero acordarme —dije mientras recogía las cosas—. Se llama Carmelilla y es compañera de mi padre en el mercadillo. Cuando era adolescente bebía los vientos por él, y tiene una gracia que no se puede aguantar. No me digas que la poesía que le regaló no tuvo arte.

—Tu madre fue la que mejor se lo pasó, lloraba de la risa.

—Tengo que reconocer que la señora le echó arrestos a la poesía, resumió la vida de mi padre en unos cuantos versos, pero con gracia. Yo creo que después de eso a él le quedó claro que durante todo este tiempo la mujer solo le había estado tomando el pelo, y que hasta descansó. Pensaba que seguía enamorada de él y lo vivía de una forma *regulera*.

Salimos del instituto y caminamos unos minutos en dirección a la playa. Le había pedido a Manuel que diéramos un paseo y continuamos charlando de la fiesta de cumpleaños de mi padre.

Sin habernos puesto de acuerdo previamente, al llegar al paseo marítimo nos dirigimos a nuestro chiringuito favorito, donde en verano íbamos a comer pescado con nuestras familias. Nos sentamos en la terraza, mirando al mar. Pedimos un par de limonadas y los dos centramos la atención en la mesa de al lado, donde una pareja mayor se miraba enamorada.

—Si la vida nos hubiera ido de otra manera, podríamos haber envejecido juntos y ahora seríamos tan felices como ellos —comentó Manuel.

—No te creas, nos habríamos peleado día y noche, yo habría querido trabajar y dar tumbos por el mundo, y tú no lo habrías permitido. Si es ahora y me está costando la vida que le brindes a tu hija la oportunidad de estudiar.

—Mara, no le niego a mi hija la oportunidad de estudiar, yo…

—¡Lo tengo! ¡Lo has dicho! Has dicho que no le vas a negar a tu hija la oportunidad de estudiar. Eres un hombre de palabra, brindemos por ello.

Levanté la limonada con aire triunfal y Manuel me imitó resignado.

—Escúchame, Mara, que no me has dejado terminar —replicó con cansancio—, lo que no quiero es que pertenezca al mundo del espectáculo siendo tan niña. Que se aleje de su vida y que cuando quiera regresar ya no encaje ni en un mundo ni en otro.

—¿Eso es lo que crees que me pasa a mí? —pregunté incrédula—. Yo encajo en mi mundo, en el de mis alumnos y en el de mi familia. Por fortuna, las cosas cambian, y aunque no lo hacen a la velocidad que a mí me gustaría, las mujeres gitanas cada vez tienen más peso en la sociedad. Mira nuestra prima Bea, ahí la tienes, nada más y nada menos que en el Congreso de los Diputados. O mi amiga Estefanía, diseñadora de éxito. Tener una pareja ya no es sinónimo de entregarse a una vida en la que solo se puede ser madre y ama de casa. Se puede ser muchas cosas más, y yo estoy segura de que tú quieres que tu hija sea ante todo feliz. Para eso tienes que darle la oportunidad de cumplir su sueño. Que salga de la aldea no significa que no quiera regresar. Mírame a mí, he viajado por cuatro continentes y al final he vuelto al sitio donde nací.

—Nunca debiste irte. Tu padre no debió irse de la aldea, eso nos separó.

Cuando pronunció esas palabras lo miré a los ojos, incrédula.

—Mi padre no nos separó. Habló con el tuyo y le dijo que las puertas de mi casa siempre estarían abiertas para ti y para tu familia, que podríamos pedirnos si querías, que nunca se opondría. Te llamé, fui a buscarte y tus padres me dijeron que no querías verme, que no querías saber nada de mí. Me volví a casa humillada, llena de dolor. Pasé años buscándote en la calle, rezando para que coincidiéramos en algún evento familiar, pero eso nunca ocurrió. Evitaste ir a donde sabías que yo estaría y tuve que resignarme a perderte.

La expresión de Manuel cambió, sus músculos se tensaron y noté la rigidez de todo su cuerpo. Se tapó la cara con las manos en un gesto de desesperación y suspiró profundamente.

—Será mejor que nos vayamos —dijo en un tono cortante que me desconcertó. Dejó un billete en el mostrador y caminamos hacia la aldea callados.

Y en ese silencio se fueron fraguando las respuestas que nunca llegaron, se desveló la incertidumbre que habíamos llevado pegada a la piel todos estos años. En ese momento comencé a entenderlo todo. Mi versión de los hechos lo había descolocado, supe inmediatamente que su padre nunca le habló de la conversación que tuvo con el mío, de la intención de mi familia de aceptar nuestro compromiso. Me di cuenta de que él nunca supo que lo busqué y de que sus padres me mintieron cuando me dijeron que él no quería verme.

Caminamos en silencio, encajando cada uno por su lado las piezas de un mismo puzle.

—¿Estás bien? —le pregunté antes de entrar en casa.

Me miró a los ojos. Su rabia y su dolor se arracimaban en ellos proporcionándole una dureza que yo nunca había visto.

Se acercó a mí y me acarició con un dedo la cicatriz de la cara. Me dejó un beso en la mejilla y, sin mediar palabra, se marchó abatido.

Acabábamos de descubrir que perdimos la partida porque alguien jugó las cartas por nosotros.

29

La tarde antes de la graduación cité a Saray y Coral en mi casa. Quería hacerles un regalo, tener un detalle con ellas, y no me había costado mucho encontrar el adecuado. Deseaba agradecerles cuánto me habían ayudado en el problema de acoso en clase al darme el apoyo que necesitaba para empezar a organizar las pruebas. Gracias a ellas todo había tomado otro rumbo. Disfrutaba cuando González me contaba sus progresos con selfis divertidos que ilustraban la mejora de su autoestima y la nueva comodidad con la que se movía por el mundo. Los alumnos que lo habían acosado estaban trabajando de una forma muy sistemática, guiados por profesionales que pagaban sus padres, en un intento de encauzar a unos adolescentes que habían perdido el rumbo.

El cambio fue posible gracias a la ayuda de Marusella, que trabajó muy duro a mi lado. Pasamos tantas horas codo con codo que nos hicimos grandes amigas. Sus ganas de encontrar soluciones germinaron en nuevos proyectos para años venideros, nos centraríamos en la prevención, para que ningún alumno tuviera que volver a pasar ese duro trance.

Quedaban apenas unos días para que el curso llegara a su fin y sentía la nostalgia de todos los años, un sentimiento de tristeza por saber que la belleza es efímera, que no se puede atrapar y se escurre entre los dedos. Una sensación agridulce que intenté dejar en segundo plano en mi encuentro de aquella tarde.

Las dos llegaron juntas, estaban expectantes, alegres y risueñas. Saray comenzaba a superar la muerte de su abuela, poco a poco se iba despojando de aquella tristeza densa de la que había sido presa durante demasiado tiempo, y Coral había madurado tanto que no parecía la misma. Su autoestima, hasta entonces dependiente de los demás, comenzaba a tomar vida propia, a sacudirse los complejos y ella resaltaba con un brillo empoderado. Esa transformación me fascinaba: la niña que quería seguir un camino trazado se había convertido en una mujer que disfrutaba de su poder de decisión. La pedida se llevaría a cabo dos sábados después del fin de curso, pero su padre había hablado con Fali y su familia, y Coral podría seguir estudiando si eso era lo que ella deseaba. La familia del novio aceptó esta condición, comprendió que los tiempos cambian y la vida no estaba como para negarse a la entrada de dos sueldos en el hogar.

Las senté a las dos en el sofá, impacientes por saber a qué se debía aquella reunión que yo había envuelto en secretismo. Cada una de ellas tenía dos regalos: un paquete pequeño, envuelto en un papel dorado y un sobre. La cajita pequeña contenía un colgante bañado en oro, diseño de Mil Duquelas, con una pequeña rueda, símbolo central de la bandera gitana. Era discreto, pero con una belleza y una carga emocional de gran valor para nosotras.

—Podéis abrir el paquete pequeño —dije impaciente.

Coral fue la primera en desenvolverlo y al ver lo que había en él se quedó absorta mirándolo emocionada.

—Mara, qué preciosidad. ¿Dónde has conseguido esta cosa tan bonita? Es la rueda de la bandera gitana, ¿verdad?

—Se lo compré a una amiga diseñadora. Se llama Estefanía y es una activista gitana que os voy a presentar muy pronto, este verano vendrá a visitarme. Os encantará conocerla, su lucha y su forma de ver la vida os va a fascinar.

—Esto es muy caro, Mara, está bañado en oro —añadió Saray—. No debiste gastar tanto dinero en nosotras.

—No, no es tan caro, no os preocupéis por eso. Me parecía que era el regalo perfecto, y las tres tendremos uno. Estefanía me regaló uno para mí.

—Creo que no me lo voy a quitar nunca —dijo Saray—. Es el regalo más bonito que me han hecho en la vida.

Nos lo pusimos las tres y nos hicimos una foto. Juntas, sonrientes, abrazadas. Tres mujeres unidas por algo más que un símbolo común.

—Ahora el otro regalo. Saray, abre tu sobre.

Nerviosa, lo abrió y sacó de él un par de papeles. No acababa de entender qué era, miraba el papel y me miraba a mí, no podía dar crédito a lo que veía.

—No entiendo muy bien qué es esto —confesó sincera.

—Es la solicitud para la prueba de acceso a la mejor escuela de flamenco de España.

—¡No puede ser! —gritó dando saltos de alegría—. ¡No puede ser! ¡Mara! ¿Tiene la firma de mi padre?

—Sí, nos ha costado un poco, pero ha accedido. Te lo dije, es el hombre más testarudo que conozco, pero te quiere con locura. Y creo que esta firma es la prueba de amor más bonita que he visto nunca. Por cierto eso es una copia, el original ya está entregado.

Coral y Saray saltaron contentas por todo el salón. Gritaban y reían como dos niñas pequeñas, y yo las miraba embelesada, disfrutando de su alegría.

Ese instante se quedaría en mi colección de momentos felices, de experiencias que me mostraban de frente que la vida merecía la pena, que la lucha por lo que uno siente que es justo tiene su recompensa.

No recuerdo cuánto tiempo estuvieron saltando y riendo. Cayeron exhaustas en el sofá, sorprendidas de haber olvidado que Coral también tenía un sobre.

—Voy a abrirlo —dijo esta, emocionada.

Era un contrato simulado, sacado de una página de internet, en el que contrataba los servicios de Coral para organizar la boda de mi hermana. Al final había añadido la cantidad que se abonaría por el servicio.

—¡No puede ser! —exclamó poniéndose de nuevo de pie—. Esto es mucho dinero.

Entonces vio que detrás había otra solicitud parecida a la de Saray.

—También tienes una solicitud para hacer un curso de organización de eventos. Tus padres están encantados con la idea.

—No, Mara, los estuve mirando precisamente ayer y son muy caros.

—No te preocupes. En el contrato de organizadora de bodas figura un adelanto por el encargo, así que podrás presumir de que te lo has pagado tú con tu esfuerzo.

Saray comenzó a dar saltos alrededor de su amiga.

—¡Vamos a dar mucho de qué hablar! —gritó Saray arrastrándome a un abrazo compartido—. Gracias, Mara, sin ti todo esto no hubiese sido posible. ¡Vamos a ser dos mujeres de éxito! Has conseguido que seamos la mejor versión de nosotras mismas.

Me guardé esa frase dentro de mí para siempre. Estaban convencidas de que les había enseñado mucho, pero solo yo sabía la verdad: en realidad habían sido ellas las que me habían enseñado a mí, me habían mostrado el camino, me habían dado la satisfacción más humana y sincera con la que una profesora pueda soñar.

Estaba contenta por ellas, sabía que las dos triunfarían en el futuro. Las dos tenían una meta, un camino en el que sus sueños y las ganas de desarrollar las capacidades con que las había obsequiado la vida se combinaban a la perfección. No podían tener en sus manos mejor baza ganadora.

En aquella habitación nos habíamos reunido tres mujeres sin miedo, unidas por el sentimiento de pertenencia, por el color canela de nuestra piel, por la libertad que nos permitiría escoger por nosotras mismas. Seguro que nos perderíamos mil veces, pero siempre tendríamos un hogar al que volver, unos lazos que nos protegerían y nos envolverían en los momentos difíciles, y nos alumbrarían cuando perdiéramos el rumbo. Nos teníamos a nosotras mismas.

Saray y Coral salieron corriendo para darles las gracias a sus respectivas familias por el apoyo prometido, y yo me quedé preparando los últimos flecos de lo que estaba segura que sería una ceremonia que mis alumnos no olvidarían. Quería controlar hasta el más mínimo detalle, eso me daba seguridad y me tranquilizaba.

Al día siguiente me levanté antes de lo previsto y me pasé la mañana completa en cuarto A; había llegado el momento de despedirnos. Los alumnos, especialmente sensibles ese último día, volvieron a sorprenderme. Conseguir que guardaran silencio ya no era una tarea complicada, tan solo tenía que pedirlo para que todo el mundo se callara, me parecía mentira que lo hubiese conseguido. Me di cuenta de que la diferencia con los primeros días eran tan solo los lazos creados: yo era la misma persona y en la clase había el mismo número de alumnos, pero habían surgido unos sentimientos que nos envolvían, un enganche emocional que nos conectaba de una forma cercana.

Nos despedimos emocionados. Algunos alumnos se marcharon secándose las lágrimas con disimulo y otros no querían levantarse de la silla, sentían que cuando lo hicieran pondrían fin a una etapa de su vida. Yo salí del aula con una melancolía que no era capaz de sacudirme, con la conocida sensación de que me habían quedado demasiadas cosas por mejorar.

Tan solo quedaban un par de horas para el acto de graduación, así que, al llegar a casa, me salté la comida y me metí en la ducha. Arreglarme el pelo me llevó casi una hora. Había dudado mucho sobre qué ponerme, y en el último momento cambié el serio traje chaqueta por un vestido que me regaló mi madre. Era de color verde agua, con vuelo en la parte inferior y mangas largas con un bonito volante fruncido en sus extremos. Cuando me miré al espejo vi la zíngara que quería ser, ese era el vestido con el que me sentía más auténtica. Luego guardé todo el maquillaje que había seleccionado y me quedé tan solo con un lápiz de ojos negro y un brillo de labios. Necesitaba ser yo misma, no quería esconderme en una versión disfrazada de mí, en la que no estaría cómoda.

Salí de la aldea con la certeza de que no me había equivocado. De nada serviría esconderme tras un maquillaje perfecto, que me presentara como una persona que no soy. Al fin y al cabo, nunca me había maquillado para ir a clase y no encontraba el sentido a hacerlo en ese momento.

Había quedado con los chicos un rato antes de la hora a la que se había citado a los padres y al resto de los profesores. Me costó reconocer a algunas de las chicas, que, con un vestido de fiesta, un maquillaje espectacular y varias horas de peluquería, habían ganado algunos años desde el mediodía. Los chicos estaban elegantes y algunos vestían el traje con la formalidad que no les había visto en todo el curso. Se echaron a reír cuando les conté lo que pensaba.

El salón de actos estaba lleno a rebosar, no había ni un solo asiento libre cuando el director comenzó su discurso, que se alargó demasiado en su exposición formal. El jefe de estudios decidió abreviar el suyo, al ver que algunos de los asistentes empezaban a moverse, incómodos, en sus asientos y terminó agradeciendo mi trabajo, que calificó de espectacular.

Cuando llegó mi turno me puse nerviosa. Miré al público y por unos segundos me quedé bloqueada, muda. Mi mirada se cruzó con la de Manuel, que me sonrió desde su asiento, acompañado por sus dos hijas pequeñas. En su mirada encontré la tranquilidad que necesitaba para comenzar a hablar. Mi discurso fue breve, a los pocos minutos se apagaron las luces y se desplegó la pantalla del proyector.

Mis hermanos habían hecho un magnífico trabajo. Con una

animación espectacular, simulando el comienzo de un largometraje, fueron apareciendo los personajes, mis alumnos. Había hecho un recorrido por cada uno de ellos que empezaba por una palabra, un valor, una cualidad sobresaliente, acompañado de una foto de cuando eran pequeños cedidas en secreto por sus familias —fotos divertidas que mis hermanos habían adornado y retocado dándoles un aire simpático que hizo reír a carcajadas a los presentes—, y terminaba con el alumno disfrazado de un personaje histórico de los que habíamos visto en clase. Los chicos no podían parar de reírse al verse.

Para finalizar se pasó un vídeo corto pero muy emotivo, con frases cariñosas que hilaban una pequeña historia, la suya, ilustrada con las actividades que habíamos realizado en clase. Intenté que todos los alumnos aparecieran el mismo espacio de tiempo y en cada secuencia notaba el cariño que habían puesto mis hermanos en su elaboración.

Los alumnos se pusieron de pie cuando acabó y aplaudieron a rabiar, y yo, emocionada, me alegraba de no haberme maquillado.

Cuando pensé que los alumnos subirían al estrado para bailar, me di cuenta de que me habían preparado una sorpresa. En la pantalla apareció una gran sopa de letras, un pasatiempos que yo había utilizado a menudo en clase para esconder conceptos que los alumnos tenían que encontrar. Poco a poco se fueron iluminando distintas palabras. La primera fue «generosidad» y en ese momento se levantó una alumna y, dirigiéndose a mí, explicó a todo el mundo por qué mi generosidad les había marcado. Todos y cada uno de los alumnos habían escogido una palabra. La imagen que tenían de mí, que estaban exponiendo en público, me hizo llorar sin freno. Era una sorpresa tan bonita, tan llena de sentimiento, que me costaba asumirla. Sabía la cantidad de horas de trabajo y de ilusión que habían puesto en ello, y lo que más me emocionó fue que Blanca y Milagros les hubiesen ayudado.

Me hicieron subir al escenario y me entregaron dos regalos

preciosos: un ramo de flores silvestres y un libro que los propios alumnos habían creado. En sus páginas se leían historias acerca de lo que el curso había significado para ellos. Lo habían encuadernado a mano con todo el cariño. Era, sin duda, uno de los regalos más bonitos que había recibido en mi vida. Estaba tan emocionada que no me di cuenta de que Saray subió al escenario. Con Coral y sus compañeros habían preparado un cuadro flamenco que nada tenía que ver con el que les vi a hurtadillas. Su calidad no tenía nada que envidiar a los que se ofrecían en los mejores tablaos del mundo. Convocados por el sonido de una guitarra española se unieron en el escenario todas las nacionalidades que convivían en la clase. Tan bien lo hicieron que todos los asistentes se quedaron boquiabiertos.

Un silencio absoluto los acompañó durante toda la actuación. Yo no era capaz de dejar de mirar el escenario, de disfrutar con ese baile que habían preparado con tanta dedicación y cariño. Antes de terminar me pidieron que volviera a subir al escenario, me colocaron en el centro de un círculo y uno a uno fueron bailando conmigo, como si yo fuera una novia gitana con sus invitados. Era un homenaje tan bello a mis orígenes que tuve que parar varias veces para secarme las lágrimas que la emoción hacía brotar de mis ojos.

Al finalizar la ceremonia pasamos al gimnasio, donde se ofreció a los asistentes un refresco. Manuel fue el primero que se acercó a felicitarme. Yo no había salido aún de mi aturdimiento, del efecto de sentirme tan valorada y querida en tan poco espacio de tiempo.

—Parece que con los demás has hecho mejor trabajo que conmigo —bromeó Manuel, que parecía de buen humor.

—No te creas, el trabajo más arduo lo he desarrollado contigo. Eres el que más me ha hecho sudar el sueldo —contesté divertida.

La llegada de otros padres que querían felicitarme cortó bruscamente la conversación, que prometía ser interesante. La última en acercarse fue Marusella, mi principal apoyo en ese curso tan difícil. Estaba totalmente agotada cuando se vino a mi lado.

—Nunca he visto una cosa así, y la verdad es que nunca hemos tenido una maestra como tú —me susurró al oído.

—Gracias, Maru, pero tú tienes parte de culpa de todo lo que ha pasado. No habría sido posible sin tu ayuda.

—Mi ayuda habría caído en saco roto si no me hubiese juntado con una persona con tus valores. En este curso he aprendido yo más que los alumnos, y te doy las gracias por ello. Es un placer encontrarse en el camino con compañeros con los que avanzar. Y, oye, me encantaría que nuestra relación fuera más allá de estas cuatro paredes. ¿No crees que nos hemos ganado unos días de vacaciones en un balneario?

—Totalmente de acuerdo. El lunes nos ponemos a buscarlo —contesté risueña.

—Prometo contarte lo que le pasó a tu antecesor, creo que ya es hora. Por fin vas a saber en qué problemas legales nos metió —dijo burlándose de mi curiosidad.

En ese momento supe que mi compañera había entrado en mi vida para quedarse.

Por la noche, antes de acostarme, le mandé un mensaje a mi padre, que estaba con la familia de mi madre en la casa de campo.

«Tenías razón, lo he conseguido. Todo ha salido perfecto. Ha sido una de las noches más bonitas de mi vida. Al dar los diplomas me he acordado de pasar lista».

Mi padre me contestó un escueto: «Tú sí que eres bonita y lista», que me regaló la última sonrisa del día.

30

El mes de julio prometía temperaturas superiores a los cuarenta grados, que a pleno sol bajo los toldos, sumarían algunos más. Si en invierno las manos y la cara se agrietaban por el frío y la humedad, en verano el gran enemigo era el insufrible sol, que apretaba desde primera hora de la mañana. Yo siempre había pensado que a las personas que trabajaban en los mercadillos no se las valoraba, hacían un trabajo que se suponía fácil, pero la realidad es que había en él una dureza de la que nadie hablaba.

La noche anterior nos habíamos acostado tarde porque celebramos el cumpleaños de Modou en mi casa, con una barbacoa que mi padre alargó hasta que no nos cabía ni un solo gramo más en el estómago. La primera fiesta de cumpleaños de la que Modou disfrutaba en su vida estuvo marcada por las risas que Carmen nos regaló con sus divertidas anécdotas. Descubrimos que era una gran animadora de fiestas y con sus inagotables juegos pasamos una encantadora velada.

El cansancio que acusábamos, sumado al calor de esa mañana de julio, nos sumergía en un sopor que ni el café cargado de Carmen era capaz de vencer. Estábamos apurando los últimos sorbos cuando Israel, el encargado, nos avisó para que nos diéramos prisa en montar, pues cinco autobuses de extranjeros habían solicitado permiso para estacionar en nuestro parking.

Eso significaba que por nuestros puestos desfilaría una cantidad extra de posibles clientes y nos tocó espabilar.

El Inglés, que no se había enterado de la noticia, no entendía el porqué de aquel ajetreo, pero estaba contento con la premura de Modou, que corría de un lado a otro para colocar la mayor cantidad de zapatos en las estanterías.

Rápidamente avisé a mi padre, que, adelantándose a las buenas ventas que íbamos a tener con tanto público, empezó a colocar la ropa mientras canturreaba de alegría, y Carmen, que ya tenía su puesto montado, se pasó al nuestro para ayudarnos.

—Niña, qué belleza de vestidos, estos nuevos, vaya manos tiene tu hermana. Son preciosos —dijo Carmen mientras los colgaba.

—Estos no los ha hecho mi Susi, los ha hecho Mara —corrigió mi padre—. Ahora que ya está de vacaciones ayuda a su hermana y se ha lanzado a diseñar una nueva línea. La ha llamado «Colección origen». Dice que le ha puesto este nombre porque he vuelto a mis orígenes, pues así fue como empecé mi negocio, con vestidos bordados.

—Mara, hija, sirves para todo, qué maravilla. Son espectaculares, de estos no te llevas ni uno de vuelta a casa, ya verás. Además, son tan vistosos que llaman la atención sobre el puesto.

—Me alegro de que te gusten, Carmen, pero me temo que sí me voy a llevar algunos de vuelta, tengo la furgoneta cargadita. He hecho más de cien esta semana, ya sabes el no trabajar en el instituto es lo que tiene, además el bordado que llevan es muy sencillo, se hacen en nada.

—Ya te digo yo que los vendes todos, los colores son espectaculares. Yo he traído unas faldas nuevas preciosas, ven que te las enseñe.

No había salido aún de mi puesto cuando cientos de personas comenzaron a desfilar por las calles del mercadillo. Habíamos aprendido a diferenciar las personas con alto poder adquisitivo de las que no lo tenían solo con observar su forma de vestir. Carmen y yo nos miramos con la certeza de que aquel era un público que compraría sin mirar el precio, y no nos equivocamos. En menos de una hora nuestro puesto estaba casi vacío, tan solo nos quedaban los vestidos que no habíamos tenido tiempo de reponer. Mi padre y yo nos miramos asombrados. Carmen había vendido mucho, pero no tanto como nosotros.

—Mara, voy a traer los vestidos que hay en la furgoneta. Coge las faldas nuevas de Carmen y colócalas en las cañas vacías.

Me conmovió el gesto de mi padre. Nosotros no teníamos la suficiente cantidad de vestidos para llenar todas las perchas, así que rápidamente decidió que nuestros vestidos podían ser también un reclamo para vender las faldas de Carmen, que guardaba en grandes bolsas bajo la mesa. Sin pedirle permiso, me metí debajo y cargué dos de esas bolsas. No eran ni las diez de la mañana, teníamos muchas horas por delante para vender, así que fui sacando las faldas y colocándolas en mi puesto.

—¿Qué haces, Mara? —me preguntó Carmen.

—A mí no me preguntes nada, yo solo cumplo órdenes. El jefe me dijo que colocara tus faldas y eso es lo que estoy haciendo.

Carmen estaba emocionada, sin saber qué decir se acercó a mi padre, que ya había llegado y estaba soltando las dos bolsas con los últimos vestidos bordados.

—Eres de lo que no hay —le dijo mientras lo abrazaba con cariño—. La vida me ha bendecido con un amigo como tú. Gracias.

—Déjate de carantoñas, que la gente es muy chismosa, y ponte a trabajar. Nos queda aún mucha mañana y va a venir más gentío —contestó mi padre.

—Voy a buscar a Israel, necesito preguntarle hasta qué hora han pedido permiso en el parking para los autobuses. Si se van después de las dos no sería mala idea que pidiéramos permiso para quedarnos, así todos los que no hayan comprado podrán hacerlo a la vuelta —comenté con Carmen y con mi padre.

Encontré al encargado tomando café en el bar de la plaza y me confirmó que tenían permiso hasta las cinco. Me dijo también que no habría problema si queríamos quedarnos hasta esa hora.

Me di una vuelta por todo el mercadillo para informar a los comerciantes de la hora del regreso de los turistas y todos accedieron a quedarse. Trabajar tres horas más podría incrementar nuestras ventas de forma considerable.

La mañana se pasó volando, no habíamos parado de recibir a clientes de todas partes del mundo, y al filo de las dos de la tarde se acercaron unas caras conocidas. Manuel y Saray venían risueños, con una buena noticia en los labios.

—¡Mara! —gritó Saray—. ¡Lo he conseguido! Me han admitido en la escuela. Empiezo en septiembre.

—¡No puede ser! —grité mientras la abrazaba con fuerza.

—Sí que puede ser —atestiguó Manuel—. Ha recibido un correo hace un rato y cualquiera esperaba a que llegaras a casa. Ha tenido que salir volando a contártelo.

—Has hecho bien en venir —dije mientras seguía abrazando a Saray—. Sabía que lo conseguirías a la primera, que no dejarían escapar tu talento.

Emocionada, compartí la buena noticia con Carmen, que felicitó a Saray y le dio un tierno abrazo. Nadie sabía mejor que yo lo importante que era para ella que la admitieran, y estaba feliz, pero también me alegraba que Manuel lo hubiera aceptado. Su hija había sido capaz de contagiarle su ilusión, sus ganas de comerse el mundo con su baile. Que él la llevara de la mano en su nueva aventura era lo más gratificante para mí, que conocía a la perfección lo importante que era para ella la aprobación de su padre.

—¿Habéis almorzado? —preguntó mi padre tras felicitar a los recién llegados.

—No, hemos dejado a las pequeñas en casa de mi hermano, hoy es el cumpleaños de mi sobrina, así que habíamos pensado ir a comer unas pizzas —contó Manuel.

—Pues, si te parece, tú me echas una mano y las tres se van a comer algo al bar de la plaza —dijo mi padre dirigiéndose a él—. Tú puedes cuidar del puesto de Carmen y yo del mío. Hoy no finalizará la jornada hasta pasadas las cinco, nos viene bien un poco de ayuda para comer tranquilos. Luego, cuando regresen, nos vamos nosotros.

—Perfecto —contestó Manuel—. Cuando vengas te habré vendido el puesto entero, Carmen.

—No me extrañaría nada, eres un buen reclamo para las mozas que vienen buscando el producto nacional. Mira mi vecino, ha vendido casi todo el puesto a las nórdicas que vienen a verlo.

Mi padre soltó una sonora carcajada. Cogí dinero para pagar la comida y le dejé el cambio a mi padre. Carmen hizo lo mismo con Manuel. No nos habíamos alejado demasiado y ya vimos el puesto de Carmen lleno de mujeres mirando las faldas.

—¿No os lo he dicho? Con lo guapo que viene, cuando vuelva os he superado en ventas —rio Carmen, que no dejaba de mirar a Manuel.

—Mi padre es un experto en vender, te camela en dos minutos —añadió Saray—. No nos vendría mal un extra los sábados. Si lo quieres contratar, es todo tuyo.

—Tu padre no sé, pero el resto del verano no me vendría mal un poco de ayuda. Creo que eres la candidata perfecta, así tendrás un dinerito para comprar todos los materiales que necesitarás en tus clases. Aunque las castañuelas no hace falta que las compres, tengo unas en casa de cuando yo era joven que son una maravilla, te las traeré el sábado que viene si aceptas mi propuesta.

—¡Me encantaría ayudarte! —contestó Saray emocionada—. Se lo preguntaré a mi padre, pero no creo que haya problema, me dijo que si quería podía ir a fregar platos en el chiringuito de mis primos, pero prefiero venir contigo.

Todas las mesas estaban ocupadas, pero la camarera nos ofreció tres sillas para sentarnos en una pequeña barra que improvisó para nosotras. Pedimos raciones para compartir y comimos sin prisa, disfrutando de nuestro buen humor. Saray estaba radiante.

De pronto caí en la cuenta de que en la barra comíamos tres generaciones de mujeres gitanas: Carmen era una mujer emprendedora que tuvo el coraje de mantener en su vida las personas que ella escogió y no permitió que nadie la censurara por ello; yo había conseguido tener el trabajo que deseaba, a pesar de que en el camino hice muchos cambios de rumbo y Saray no se había rendido y ahora podía luchar por sus sueños. Las tres habíamos elegido, algo que no podían hacer todavía muchas mujeres en el mundo. Esa libertad, ese poder escoger, que nos costó más de lo que habríamos deseado, nos animaba a valorar mucho más nuestros logros.

De regreso nos paramos en los distintos puestos, todo el mundo estaba contento por cómo estaba yendo el día. La mayoría de ellos habían superado sus propios récords de ventas, lo que nos llenaba de alegría después de un invierno tan duro.

Cuando llegamos a nuestro puesto, el de Carmen seguía lleno.

—Niña, ve a por un par de bocadillos para estos galanes, que es más rentable que se queden aquí —bromeó Carmen.

—Muy simpática, ahora vamos nosotros a tomar unas tapitas —replicó mi padre.

Manuel y mi padre se marcharon. Al verlos caminar uno junto al otro me fijé en que los dos tenían casi la misma altura y los mismos andares, con las manos a la espalda.

Mi padre quería tener una conversación con Manuel a solas, me lo contó después para no romper la promesa de no guardarnos secretos. En cuanto le hablé de mi última conversación con él, se dio cuenta de que había partes de la historia de las que tenía una versión errónea.

—Manuel —le dijo sin preámbulos—, voy a contarte todo lo que ocurrió antes de marcharnos. Me da la impresión que hay varias piezas del rompecabezas de tu pasado que no te encajan demasiado bien.

»Yo nunca me opuse al amor que sentías por mi hija, todo lo contrario. Estaba encantado de que fueras tú su marido, pero, como sabes, tu padre no aceptó que Mara se fuera al extranjero. Intenté no enfrentarme a él, traté de no meterme en vuestra relación, pero cuando lo oí diciéndote que mi hija era una cualquiera, no pude callarme. Estuviste en la primera parte de la discusión y te fuiste con la bicicleta. La conversación fue a más y tu padre me agredió, descargó sobre mí una ira que yo no supe parar, a la que no supe enfrentarme. No por cobardía. Podía haberle devuelto los golpes, pero si lo hubiese hecho mi relación con él se habría roto para siempre. Le perdoné la paliza sin sentido que me dio, pero si le hubiese devuelto los golpes, nunca me lo habría perdonado a mí mismo.

—¿Por qué yo nunca supe de esa pelea? —preguntó Manuel—. Nadie me contó nada de eso. Siento mucho lo que tuviste que pasar por mi culpa, sé cuánto apreciabas a mi padre y la relación tan buena que tenías con él.

—Imaginé que tu padre no te lo contaría, estaba demasiado avergonzado. Ninguno de los dos únicos testigos nos sentimos orgullosos de lo que ocurrió, es normal que no lo compartiéramos con nadie. Ocultamos mis golpes visibles inventando una caída. Tú no tienes la culpa de nada, ni siquiera tu padre la tuvo. Él había sido educado de esa manera, su padre le enseñó cuán importante era casarse con una mujer gitana que se ocupara de sus labores, no conocía otra alternativa y no estaba dispuesto a que tú corrieras el riesgo que implican los cambios. Cuando solo has tenido un modelo en la vida y te venden que lo diferente no te hace feliz, es muy difícil cambiar. Tu padre solo quería protegerte, veía a Mara como una mujer inteligente que tendría una vida distinta, y pensó que eso no te haría feliz. Es muy fácil repetir los modelos que nos enseñan nuestros padres.

—Yo amaba a Mara tal como era.

—Sin embargo, te ha costado mucho aceptar que Saray quisiera dedicarse al flamenco, porque tu afán de protegerla te cegaba. Eso mismo le pasó a tu padre. No te creas, después de la pelea vino a pedirme perdón, pero yo ya estaba decidido a irme. Si me quedaba condenaba vuestro amor al fracaso más absoluto y la familia se habría quebrado en mil pedazos. Esa fue la razón por la que me marché.

—Vi que mi padre iba a tu casa a hablar contigo. Llevaba una botella en la mano y pensé que iba a arreglar las cosas, nunca entendí por qué te fuiste. Sabía que me apreciabas, y no podía comprender por qué no te parecía lo suficientemente bueno para tu hija.

—Te equivocas. Tu padre vino a pedirme perdón, es cierto, pero ya había decidido marcharme, y durante la conversación me di cuenta de que en cualquier momento las chispas volverían a saltar. Mara iría a la universidad, quería viajar y conocer mundo. Antes de marcharme hablé con tu padre, le dije que podíamos hacer lo que tú y Mara decidierais. Si queríais una pedida, la celebraríamos en cuanto ella volviera. Tu padre me dijo que nos llamaría para comunicarnos cuál era tu decisión, pero esa llamada nunca llegó.

—No supe nunca de esa conversación. Mi padre me mintió, me dijo que os habíais marchado porque yo no era suficiente para tu hija, y que no permitirías que yo estuviera cerca de ella. Me lo repitió día tras día y me destrozó. Pasé semanas sin salir de mi cuarto sintiendo que era un desgraciado, muy poca cosa para Mara. No me rendí, fui a buscarla, pero nunca os encontré.

—Mara también fue a buscarte a la aldea en cuanto llegó de Inglaterra, pero tus padres le dijeron que no querías saber nada de ella, que no se rebajara más y aceptara que lo vuestro se había terminado. Se volvió humillada, con el corazón roto en mil pedazos. Pasó mucho tiempo antes de que volviera a sonreír y que me volviera a hablar.

»Cuando supo de tu compromiso, se encerró en su cuarto y pasó horas llorando con amargura. El día de tu boda fue uno de los días más duros de su vida, al igual que cuando se tropezó contigo en el hospital, tras el nacimiento de Saray. Mara nunca te olvidó, en su interior siempre supo que la amabas.

—No he dejado de amarla ni un solo día de mi vida —confesó Manuel sin contener las lágrimas que tanto lo avergonzaban—. Mi padre nunca me contó que Mara fue a buscarme, nunca me dijo que estabas de acuerdo con nuestro noviazgo. Más bien lo contrario, estuve mucho tiempo respirando la ira de mi padre por el desprecio que vuestra familia le había hecho, cuando fue él quien despreció mis sentimientos. Y mírame ahora, me he convertido en un hombre que tu hija aborrece, soy todo lo que Mara no quiere en su vida, no se cansa de recordármelo.

Mi padre pagó la cuenta y sin mediar palabra pasó el brazo por los hombros de Manuel, que aún estaba asimilando lo que acababa de conocer.

—La vida a veces es dura, hijo, pero no olvides una cosa: si has sido capaz de vender las faldas de Carmen, eres capaz de cualquier cosa que te propongas en esta vida —bromeó mi padre.

Cuando regresaron los dos sonreían y noté que Manuel me miraba de manera distinta.

—¿De qué os reís? —pregunté con los brazos en jarra.

—De Manuel, que se está planteando hacer cambios en su vida. Y no te quiero decir nada, pero lo de las faldas de Carmen lo ha marcado. Si es que ha vendido en una hora más que ella en una mañana.

No me dio tiempo a contestar, pues los turistas volvían en bandadas y nos colocamos rápidamente en nuestros puestos, Saray en el de Carmen y Manuel a mi lado.

Deseosos de gastar el dinero que les quedaba, los extranjeros se llevaron casi todas las existencias, de modo que desmontamos y recogimos más deprisa que nunca, pues apenas quedaba mercancía que guardar.

Cuando llegué a casa estaba tan cansada que me metí en la ducha con la intención de echarme un rato en el sofá, necesitaba descansar. Al poco recibí un mensaje de Manuel; quería charlar un rato conmigo. Ya me lo esperaba, sabía que después de hablar con mi padre, tendría la necesidad de compartir conmigo sus sentimientos.

Nos sentamos fuera, uno al lado del otro. Anochecía y el calor se despedía por unas horas mientras disfrutábamos de la brisa fresca que de vez en cuando soplaba haciendo tintinear las plantas de mi porche.

—Necesito que sepas algo —me dijo muy serio, con la mirada perdida—. Cuando me enteré de que tu familia se había ido me quedé destrozado. Mi padre me aseguró que el tuyo no me quería y para separarnos te había llevado lejos, al fin y al cabo, yo solo era un mozo que limpiaba las cuadras de los caballos. Me grabó a fuego que te cansarías de mí en cuanto fueras a la universidad y que te llevarías los mejores años de mi vida, pero yo no lo creí. Sabía perfectamente lo que sentías por mí ya que cuando me mirabas me sentía el hombre más afortunado del mundo. La misma noche que os marchasteis oí que mi padre le decía a mi tío que os habíais ido a vivir a Torremolinos, a la casa de tu tía. Y ese fue mi error: no pregunté, no investigué, di por sentado que estabais allí. Eso, sumado a que me encerré en mí mismo, a que dejé de relacionarme con todo el mundo en la aldea y a que me obsesioné con encontrarte, me impidió salir de mi error.

—En un primer momento, mi padre pensó en irse a casa de mi tía, en Torremolinos, pero luego encontró una casa de alquiler y nos fuimos a Churriana —lo interrumpí.

—Recorrí en bicicleta los doce kilómetros que nos separaban todos los días. Pedaleé desesperado por las calles, esperé en la puerta de todos los institutos para verte, pero no te encontré. Lo hice durante mucho tiempo, todos los días, sin rendirme. Pregunté en todos los barrios, fui a todas las playas, enseñé tu foto a todas las chicas de tu edad con las que me crucé, y no di contigo. Buscarte era lo que me impulsaba a levantarme por las mañanas. Un día mi padre se enteró de lo que andaba haciendo y me quitó la bicicleta, entonces estuve un mes entero yendo todos los días andando. Me tuve que cubrir los dedos con tiritas para cuidar las ampollas que me salieron en los pies. Nada ni nadie iba a hacer que dejara de buscarte.

—Cuánto lo siento, Manuel, no tenía ni idea de que me estabas buscando —añadí consternada.

—Cuando ya pensaba que no iba a encontrarte, te vi. Yo estaba caminando por el paseo marítimo y tú llegaste con un chico en una moto. Te vi agarrada a su cintura y la alegría de encontrarte se convirtió en unos insoportables celos. Llevabas un vestido amarillo con flores, estabas preciosa, y el chico era mucho mayor que tú. Entrasteis en una heladería y te sentaste con él. No quise ver más, me fui llorando, llevándome una rabia que me ha acompañado toda la vida. Entendí que mi padre tenía razón y que no me querías y pensé que había sido un iluso. Había soñado todas las noches con que tú sentías lo mismo que yo, que me esperarías.

»La necesidad de encontrarte me había mantenido vivo, con fuerzas, y aquella tarde una parte de mí murió, se quebró en mi interior con un dolor que no fui capaz de manejar. Acepté a la primera mujer que se interesó por mí y, aunque no me enamoré de ella, viví unos años muy apacibles. A su lado todo era tranquilidad, no sentía celos, no sufría por nada, tenía una calma que aprendí a valorar día a día. Creamos una bonita familia, pero ella siempre me recriminó mi falta de pasión, mi falta de amor. No hubo un solo día de mi vida que no me acordara de ti, de ese amor tan grande que cuando desapareció me dejó tan vacío.

»Hoy me he enterado de la verdad: mi padre me engañó, todo lo que me dijo era mentira, y yo le creí. No puedo explicarte cómo me siento ahora, no puedo expresar lo que tengo dentro, pero sí quería que supieras por mí lo que pasó en el otro lado de la aldea que no llegaste a ver.

»Sé que soy todo lo que detestas en la vida: un hombre machista, egocéntrico, que vive en la prehistoria. Sé cuánto has crecido fuera de estas calles y no sabes cuánto me alegro. Estoy seguro de que has tenido una vida mejor de la que te hubiera dado yo. Posiblemente mis celos no te habrían dejado vivir, mi forma de entender la familia y los valores te habría asfixiado, pero tenía la necesidad de contarte la verdad. Lo que ocurrió cuando saliste de mi vida.

»El día que nació Saray sentí que estaba vivo de nuevo cuando te vi en el hospital. No puedo explicar la reacción que tuvo mi cuerpo al estar cerca del tuyo, solo puedo decirte que pasé toda la noche en vela pensando que tenía que encontrarte, decirte cuánto te amaba. Pero luego miraba a mi mujer y a mi hija, y sentía que no podía hacerles eso, no podía romper el hogar que se merecían.

»A pesar del tiempo que ha pasado, de lo distintos que somos ahora y lo imposible de nuestra historia, quería que supieras que nunca he amado a nadie como te he amado a ti. Y que lo seguiré haciendo hasta el día que me muera.

Al terminar de pronunciar esas palabras se levantó y se fue sin mirarme.

Yo me quedé sentada en mi porche, intentando encajar todas las piezas de mi pasado que Manuel acababa de ponerme delante. Me costaba asimilar que me hubiese buscado durante tanto tiempo y que le hubiera hecho tanto daño que me tomara un helado con el novio despechado de mi mejor amiga de entonces. Sentí que la vida no había sido justa con nosotros, se había esforzado tanto en separarnos que ni aun viviendo uno enfrente del otro nos habíamos encontrado. No pude reaccionar, me quedé quieta intentando ordenar unos pensamientos que parecían tener vida propia en mi cabeza.

De pronto me sobresaltó una sombra. Mi madre me traía un plato para la cena.

—Mara, cariño, supuse que estarías demasiado cansada para cocinar y te he traído unas croquetas de jamón y queso —susurró muy bajito, como si no quisiera despertar a alguien que estuviera durmiendo.

—Gracias, mamá, pero no creo que pueda comer nada ahora —musité con voz quebrada.

—Anda, entra —me rogó mi madre—, será mejor que charlemos un rato.

Nos sentamos en el sofá y yo no podía dejar de llorar. Apoyé mi cabeza en su pecho y flexioné las piernas. De pequeña solía ponerme así cuando estaba enferma y necesitaba una dosis extra de cariño.

—Hija mía, tu padre me lo ha contado. Ha tenido que ser un duro golpe para ti enterarte de todo.

—Me esperó, mamá, estuvo buscándome durante mucho tiempo pero no me encontró. Por casualidad me vio un día con el novio de mi amiga Pili y creyó que yo tenía una relación con él.

—Es terrible lo que hizo ese hombre, hija. Pero de nada sirve ahora martirizarse. Es normal que te sientas mal, ya verás como en un par de días lo habrás asimilado todo y estarás mejor.

—No es que me sienta mal, es que siento una rabia que no puedo controlar y eso me hace daño. Tú sabes cómo amaba a Manuel, cómo me sentí morir cuando fui a su casa y su padre me despreció. No sé cómo fui tan estúpida de creerle, cómo no insistí hasta verlo y hablar con él.

—Mara, tú no podías imaginarte que te estaba mintiendo, eras joven y muy impresionable.

—Mi vida habría sido tan distinta, mamá...

—Pero no sabes si habrías sido más feliz. De nada sirve lamentarse por lo que no pudo ser, sobre todo cuando tienes delante la oportunidad de ser feliz.

—¿Me estás animando a que tenga una relación con Manuel? No funcionaría. Somos como el agua y el aceite, siempre me lo has dicho. Su forma de ver la vida no tiene nada que ver con la mía, queremos cosas distintas. Es imposible hacer un proyecto juntos desde el punto en el que nos encontramos.

—Manuel ve el mundo desde esa perspectiva porque nadie le ha enseñado otra forma de mirarlo. Su mundo es machista, cierto, pero es que no ha conocido otra cosa. Su padre le educó en unos pilares tan oscuros como férreos.

—Yo creo que pertenecemos a dos mundos tan distintos que no encajaríamos nunca.

—Pues quizá tengas razón y la vuestra no sea una pareja viable. Pero lo que sientes por él y lo que él siente por ti no va a desaparecer, Mara, estará siempre presente, hasta que seáis capaces de canalizarlo de alguna manera. Así que tienes dos opciones, o haces las maletas y te vas lejos, o te enfrentas a lo que sientes e intentas vivir lo que la vida te arrebató de malas maneras. Tal como están las cosas, vivir el uno enfrente del otro no os va a hacer feliz a ninguno de los dos. No hace falta que tomes una decisión hoy, así que intenta descansar, y cómete las croquetas.

Mi madre me dio un beso en la frente, se levantó para irse y me dedicó una mirada tierna antes de cerrar la puerta.

Al salir al porche, el aire fresco me golpeó en la cara y me senté en el balancín para intentar poner en orden mis pensamientos. No sabía qué decisión tomar ni qué rumbo seguiría mi vida, pero lo que sí sabía era que no quería coger las maletas y partir. Mi sitio estaba ahí, en la aldea. Algo se movió en el suelo y yo me sobresalté. Una enorme lagartija había salido de la casa y se había quedado parada en el suelo, observándome. Sonreí al pensar cuántas cosas habría oído desde su escondite durante el tiempo que llevaba viviendo allí.

Miré el plato de croquetas, estaba lleno a rebosar. Quizá no había treinta y cinco, pero sí las suficientes para compartirlas con alguien que las iba a apreciar.

Cogí el plato y crucé la calle. Caminé segura sabiendo que en aquel momento estaba tomando la decisión correcta.

Agradecimientos

A Ana Pérez-Brayan, por su apoyo incondicional, incluso antes de conocerme, cuando aun sin saberlo estábamos entrelazadas por el amor a la verdad y a las letras. Gracias por regalarme la historia de Pepita.

A Manuel Martínez, por sus correcciones y oportunas recomendaciones sobre la historia del pueblo gitano, gracias.

A Mari Carmen Padilla, por leer todos mis textos desde que era una niña que apenas podía coger el lápiz. Eres la lectora cero más bonita de este mundo.

A Marusella, Mari Carmen y Pilar, porque me disteis la cosa más bonita que una persona puede recibir, que alguien crea en su talento. Sin vuestro apoyo y vuestra confianza en mí, no lo hubiese conseguido.

A Tansy, Carmen, Modou, Anas, Karim, Lucía y Hassam, mis compañeros de mercadillo. Gracias por regalarme vuestras historias, por prestarme un poquito de vuestro mundo para crear el mío.

A Mara Maldonado, mi gitana favorita, gracias por ayudarme a crear a mi protagonista.

Y, por último, a Ana María Caballero, gracias por creer en mí, por darme la oportunidad de mostrar al mundo la historia y la cultura del pueblo gitano. Por hacer realidad un sueño en el que creíste antes de que yo me hubiese atrevido a imaginarlo.

Queremos compartir más momentos contigo.

Únete a la comunidad de PenguinLibros
y encuentra tu siguiente lectura.

¡Únete hoy!

Penguin
Random House
Grupo Editorial